U0606987

全民閱讀精品文庫

当代中国最具实力中青年作家作品选

香树街

宗利华中篇小说选

宗利华／著

中国言实出版社

图书在版编目(CIP)数据

香树街：宗利华中篇小说选 / 宗利华著. — 北京：中国言实出版社, 2016.1（2019.1重印）

ISBN 978-7-5171-1698-1

Ⅰ.①香… Ⅱ.①宗… Ⅲ.①中篇小说—小说集—中国—当代 Ⅳ.①I247.5

中国版本图书馆 CIP 数据核字(2015)第 292903 号

出 版 人：王昕朋
责任编辑：胡　明
文字编辑：张凯琳
美术编辑：张美玲

出版发行　中国言实出版社

地　址：北京市朝阳区北苑路 180 号加利大厦 5 号楼 105 室
邮　编：100101
编辑部：北京市西城区百万庄大街甲 16 号五层
邮　编：100037
电　话：64924853（总编室） 64924716（发行部）
网　址：www.zgyscbs.cn
E-mail：zgyscbs@263.net

经　销　新华书店
印　刷　三河市华晨印务有限公司
版　次　2016 年 1 月第 1 版　2019 年 1 月第 2 次印刷
规　格　710 毫米 × 1000 毫米　1/16　印张 19.25
字　数　330 千字
定　价　48.00元　ISBN 978-7-5171-1698-1

目录

香树街

1

事情的起因，似乎是一套房子。

米东两口子终于还是在罗马假日买了那套小房子。六十多平米。罗马假日是小县城的富人区。在那里买房是巧绣的主意，米东起初极力反对，说，干吗要搞得那么累？米东的意思很明白，两口子都在半死不活的企业里，随时都会面临下岗。一套房子，尤其是罗马假日里的一套房子，会让全家人生活质量直线下降。然而巧绣的观点不同。她说人这一辈子说到底就四个字儿，衣，食，住，行。现在衣食已不是什么大问题，至于行，实在没钱不一定非得买车，骑自行车上下班也不丢人。但住的环境必须得跟上，房子品相好与坏，决定着人的档次的优与劣。再者，米朵儿大了，自尊心强，因为家里电视机不好，她就取消邀请同学们来家过生日的计划。巧绣一提到闺女米朵儿，米东心思便动摇了。米朵儿是两口子的宝贝儿。再穷不能穷教育，再苦不能苦孩子。于是俩人开始去看房，精打细算，艰难取舍，东借西凑，最终入住罗马假日。

米朵儿在进入自己房间的那一刻，由衷地发出一声欢呼。站在客厅里的米东和巧绣相视一笑。米东觉得，就冲那声欢呼也很值。

跟米东所说的一样，新房住进去后，一家人被搞得很累。巧绣转得相当快，当天晚上餐桌上的花样就让米东父女看出明显变化。米朵儿端详了几盘青菜半天，耸耸肩膀，老妈，没搞错吧？马上就开始过苦日子？米东也看着桌面笑，但不说话。巧绣仍旧带南方口音，不过紧巴日子怎么办？为了这套房，老爸老妈可是债台高筑。债主虽说是银行，但每月必须得把钱打进卡里。还有，米东哦，我说你还是把烟戒了吧？

米东的烟瘾已有些年岁，一下子掐断，难于上青天。房子品相有了，米东兜里烟的品相却骤然大跌。米东平日里都不好意思往外掏。

可话说回来，毕竟，住新房了嘛！起初那段时间一家人的心情是好的。尤其米朵儿，上学放学进出楼洞都哼着歌儿。米朵儿已初中三年级，终于有了一间完全属于自己的屋子，兴奋劲儿自是不必说。米东呢，觉得欠了巧绣的一笔账终于还上了一点儿，心里也快慰。巧绣是南方女子，跟米东相识于深圳。当年的米东雄心勃勃，大学毕业后决定到南方闯天下，闯了数年没有成就，决定回乡。那时，已与巧绣恋爱很久。在跟不跟米东回北方这事儿上，巧绣花费很长时间去做决定，最终还是放弃家人建议，跟着米东千里迢迢到这座小县城。米东是回到家乡，可巧绣在北方举目无亲，等于孤注一掷。

当初给米东抛绣球的是县城一家毛巾厂，产品多数对外出口，效益相当不错。两人刚回来那会儿，生活还是顺的。巧绣进了另一家企业。在这座北方小县城，两个工人的工资加到一起，相当可观。但随着经济形势发展，企业的不稳定性越来越突出。米东的技术非常过硬，但交际能力欠火候，只稳稳当当干他的车间主任。巧绣呢，脑子很灵活，不几年进了厂财务科，做会计。小日子看得见摸得着，波澜不惊，撑不死，也饿不着。

米东把两口子后来战争不断的原因归结到那套房子上，却也不无道理。房子是住上了，紧巴日子却降临。巧绣平日就是个精打细算的女人，在那段时期尤甚。脑子里似乎只为一个字，钱。怎么赚钱，怎么省钱，以及，怎么还钱。米东此前容忍度是高的，没觉得怎么着。可现在，慢慢地米东就有点儿烦。一些此前不为两口子所重视的小毛病，此时有了膨胀。比如，生活习性上，米东喜欢吃馒头、水饺、面条，而巧绣自始至终保持南方人本色，每顿必有米饭，否则就吃不好。在她感召下，米朵儿自小到大几乎不吃面食。

再比如，巧绣喜欢洁净，屋里屋外浑身上下收拾得干脆利索。这是好习惯。可米东是男人啊，不拘小节，诸如每晚必要洗袜子、洗脚、刷牙等事项偶尔就会出现遗漏，巧绣会喔唷一声，伸出光溜溜的脚蹬他下床，立刻补上。再有，米东数年内混得不好，斗志全无，平日里多一项喜好，跟人凑一起打扑克。住旧房时，起先约狐朋狗友家里打，遭遇几次巧绣的冷面孔，几位牌友识趣，不登门了。后来转战楼下，马路边儿路灯底下。米东一身烟味儿回到家，巧绣便絮叨不止，说，米东你看看你自己，好好看看，都堕落成什么样子了？当初我认识你那时候，你是多么有冲劲的一个人。米东起初还不反驳，嘟囔多了，就开始还击，我这人就这样了！一副死猪不怕开水烫的架势。搬到新家，离狐朋狗友远，米东牌瘾犯了，也找不到人打。住罗马假日的人除了老板就是官员，米东跟他们扯不上线。

于是，开始吵。也未必说此前就不吵，只是这个时候吵，落脚点最终好像都到了房子上。所谓的穷吵，吵穷，纯粹为“钱大爷”而着急。夫妻间斗斗嘴，本无可厚非，上午赌气出门晚上照例还在被窝里弄出点响声儿。但慢慢地，米东和巧绣像是不约而同觉得倦了，对对方身上的缺点似乎变得不愿容忍。这也直接影响到米朵儿，一次，在米东和巧绣唇枪舌剑间隙，米朵儿突然从房间里跑出来，大声吼道，别吵啦你们！早知这样，就别买这套房子！我宁肯住原来那个家。

米东和巧绣的战火突然停歇，面面相觑。

2

米东有个高中同学叫王大同，当时人送外号王大头。脑袋长得有特色，与身体不大成比例，但后来居然没影响他考上警校。王大同所在的派出所辖区，恰巧就包括米东那家毛巾厂。米东一进车间就不大出来，但出来后心里烦闷，就跑到王大同警务室去打发时间。碰到王大同不忙，俩人半躺在沙发上，把鞋脱下来，两只脚放在茶几上，吞云吐雾，胡吹海侃。聊天内容，自然会触及夫妻间的矛盾。米东有时会说，我有点儿受不了了。王大同盯着他嘿嘿地笑，你小子别揣着幸福装痛苦。你家那位，要身段有身段，要样子有样子，还不知足啊？王大同这话里有话，他老婆刘翠生得水桶样子，偏偏脾气火暴得很。虽然王大同做警察，但夫妻俩展开近距离对抗，人民警察王大同一点儿便宜都占不到。

后来的一个晚上，米朵儿去上晚自习，米东跟巧绣为一点小事儿又吵起来。吵着吵着话题严重脱轨，陈芝麻烂谷子一窝蜂咕嘟咕嘟往外冒。巧绣一边哭一边骂米东是白眼儿狼，自己从遥远的家乡跟到北方，是个无法弥补的大号错误。米东说了句不该说的话，你要是觉得亏，就给我滚！巧绣盯他半天，脸唰的一下变了，随即老鹰一样扑上身来，伸手一把，米东脸上顿时五道抓痕！巧绣一般是不这个样子的，看来是真急了。米东顺手一推，巧绣噼噼啪啪倒在茶几上。恰巧王大同当晚值班，闲着没事打电话玩儿打到米东这里。米东阴沉着脸说了没两句话，巧绣在一边发出惊天动地一声哭。王大同问，怎么了老米？米东说，打架！然后，沉默半天又说，受不了啦大同。王大同觉得自己有责任到现场调解。不一会儿，他就出现在罗马假日。王大同脑袋大，嘴皮子却很薄，很利索，天生一副调解纠纷的口才。没过多久，就把巧绣哄得笑出声来。

如此一来，反倒留下后遗症。后来几次，米东两口子吵到不可开交，米东随手就打王大同电话。再后来，事情悄然发生转变，米东不打的时候，巧绣打。巧绣这边，觉得王大同是个风趣的人、可依赖的人、可吐吐怨气的人。巧绣在单位其实也没几个说得上来的姐妹。王大同她本来就熟悉，两家此前常走动，所以巧绣开始有事没事就给王大同打电话，发牢骚，说米东的不是。米东乐得她这样做，巧绣的气出了，也就不再跟他找碴儿。每次巧绣找过王大同，后者都会及时跟他汇报。说说对话内容，提醒米东同志该注意一下什么问题。米东觉得这样挺好，老同学嘛！王大同呢，在派出所干片儿警，整天就是苦口婆心给人调解事儿，捎带着给老同学解忧，还有点儿成就感。

但有个人觉得不好，王大同的媳妇刘翠。不知什么原因，刘翠打心眼里就不喜欢巧绣。她觉得这个南方女人眉眼里、话语里透着一股子狐媚气，心思呢又密集得像是针眼儿。刘翠说，南方女人鬼心眼儿多，咱是直杆儿烟筒弄不懂人家心里想什么，人家遇事要拐成百上千个弯儿。

没想到，有一天晚上巧绣给王大同打电话，让刘翠给逮住了。

天挺晚了，王大同刚要上床睡觉。刘翠等在被窝里打算要搞点儿夫妻内容的。王大同知道刘翠不喜欢巧绣，一紧张，就拿着电话走到客厅去。刘翠眨巴一下眼睛，遂跟出来。正逢王大同说，这么晚了，我就不过去了。一抬头，见只穿内衣的刘翠白晃晃的身子堵在卧室门口，觉着尴尬，说完几句话就扣掉电话。刘翠问，半夜五更的，谁要你过去？王大同说，米东，两口子吵架。刘翠哼了一声，明明是女人的声音，怎么会是米东？王大同一笑，是米东的老婆花巧绣。刘翠一伸手，拿来！王大同把手机递过去。

刘翠一翻，确认是花巧绣。顺手就把手机扔到沙发上，说，王大同你跟那个小狐狸精怎么扯到一块去了？王大同给别人调解心里有底，但面对刘翠心里反倒七上八下。王大同说，人家两口子吵架，找我劝架？刘翠反问，干吗不是米东找你？王大同还笑，说明人家两口子都信任我。

刘翠终于火山喷发，王大头你别糊弄我啦！我还不知道你那点儿花花肠子？劝架干吗整得鬼鬼祟祟的？那次咱们一起吃饭，你就老往人家身上打量。是啊，她苗条，奶子大，屁股大，眼睛里面有水，你相中了是不是？王大同嘴唇动了动，开始反击，你这人真是不可理喻！跟你说什么都说不通。刘翠说，跟那个女人能说得通是不是？跟我没共同语言是不是？好，你个狗日的王大同，你别以为我刘翠好欺负！说着，晃动着一对巨乳，朝王大同扑来！

那个时刻，米东在楼下的小花园抽烟，根本不知道发生了什么事儿。

但那天晚上，他无意中发现了另外一件事儿。坐在花池旁抽烟的时候，米东突然看到一个小男孩跟米朵儿一人骑一辆自行车进了小区。这不算奇怪，但俩孩子一块到了楼底下，又对着头说了好一会儿话，那男孩才骑上自行车，返回头出了小区。米东张大嘴巴，忘记拇指食指之间还夹着一根烟头，直到手指一疼，才反应过来！米东顿时就把跟巧绣吵架的事儿丢到脑后。与米朵儿早恋相比，两口子吵嘴算什么呢？这孩子什么时候开始早恋了啊？初中三年级，按说，也倒可以理解。但米东没防备，突如其来的信息让他一下子头脑发涨。米东气冲冲地上了楼。当时，米朵儿坐在沙发上正开导她老妈。一见米东进屋，站起来说，老爸你咋回事儿？怎么老惹我妈伤心？米东没接她的话茬，反问，刚才那男孩儿是谁？米朵儿愣了愣，什么男孩儿啊？米东一皱眉头，我都看到了。你俩一块进的小区。

巧绣一听这话，也扭头看米朵儿。

米朵儿说，我同学啊！人家送我到楼下，怎么了？巧绣问，你不是一直跟两个女同学一起回家的吗？米朵儿说，看你们俩，大惊小怪的。今晚上走得晚了点儿。那同学正好顺道，把我送回来了。米东和巧绣互相看了一眼，都沉默着。米朵儿说，刚才还互相斗气，现在倒一致对外了。米东脸型松弛一下，但随之依然是沉默。米朵儿说了一句，不管你们，我睡觉。米东和花巧绣又互相打量了一眼。

巧绣说，你过来，怎么回事儿？米东就走过去，把刚才看到的重新描述一遍。巧绣低声问，很亲密吗？米东一皱眉头，有点儿黑，看不很清楚。不过，我刚才脑子里嗡的一下。巧绣说，问题很严重！马上就中考，要早恋就麻烦了。米东说，你这当妈的怎么当的？这种事儿要我当爸的去注意？巧绣立即反驳，到这时候你倒埋怨起我来了？我整天忙了单位忙家里，有时间关注这些事儿吗？米东也压着声音，咱俩别吵，你这阵子看着她。有些话我不好说，闺女大了。

3

对米东来说，第二天上午发生的事儿，就像晴空起个响雷。太意外了！根本想不到。头天夜里，发生在王大同两口子之间的打闹，米东一无所知，当然更不知道事情起因，是花巧绣的一个电话。接王大同的电话时他有点儿懵。

王大同说，米东啊米东，让你给害死啦你知道不？

王大同在家里给米东打的电话。两口子打得狠了点儿，他脸上挂了彩，不好意思去上班。王大同说，就因为你老婆昨晚上一个电话，我家那水桶闹了个天翻地覆！米东越听越奇[illegible]巧绣给你打电话？王大同嘴里嘶的一声，米东你个王八蛋，你两口子打架，干吗老找我啊？米东说，大同你慢点儿，巧绣给你打电话啦？你说，她晚上打什么电话啊？王大同咬牙切齿，米东你要在我跟前，我就揍你一顿！现在好，我老婆跑到我局里去，跟领导反映我在外面包二奶。米东抓抓头皮，真的还是假的？王大同说，操！米东说，你别急啊大同！你老婆说你包的那个二奶，就是我老婆花巧绣？王大同说，不是你老婆还有谁？米东说，这误会大了，需要我去给你解释吗？王大同说，算了吧你！你要能分开五和六谁大，我还用得着为你们操心？我跟你说，刘翠这娘们儿，一条胡同走到黑，你告诉花巧绣，她有可能去找她麻烦。

米东也骂了一句，这叫他妈的什么事儿？

米东赶紧给花巧绣打手机，那边一直不接，又打她办公室座机，巧绣同事接了。米东耳朵里立刻灌进震耳欲聋的吵闹声，脑袋就开始眩晕。巧绣同事说，是你啊米大哥，巧绣姐这边有点事儿，不方便接电话。那孩子还知道给花巧绣打马虎眼。米东说，是不是一个水桶样的女人在跟花巧绣吵架？那小姑娘一听，沉默一会儿说，是啊，俩人都撕扯到一块了。警察已经来了。

下午，米东给王大同打电话，说，出来喝点儿？王大同闷声闷气，喝个屁！米东嘿地一笑，你包了我老婆二奶，我又没怨你，还主动请你喝酒，你说我做的够可以吧？王大同说，好，我去喝，谁要不往死了喝，谁是王八蛋！米东问，吃点儿什么？王大同说，我还有心思吃？米东说，去香树街吧。那家火锅鱼不错。

香树街是小县城的老街，街面不宽，两边小饭店小商铺林立。原本通车的，可出过几次微型交通事故，两边就堵了起来，号称步行街，或俗称美食街，仅容摩托车、自行车出入。米东选择那里，是因为王大同的警务室就在香树街街头上，那家火锅鱼馆儿，就离警务室不远，喝多了可以晃到警务室休息。俩人见了面，王大同黑着脸，盯着米东沉默半天，随后叹了口气。米东也没话说。鱼煮好了，俩人闷着头喝酒。喝到中场，王大同脸上带着酒意，说米东你知道吗？刘翠到我们局这一闹，等于把我这些年的努力给闹没了。现在是关键时刻，局里打算给我解决个人问题了，我却遇到这种莫名其妙的作风问题。米东，你说，我容易吗？王大同居然哭了。米东还说什么呢？王大同又说，米东，好在你他妈的是我同学，你能理解，要是换别的女人？我操！刘翠分别到王大同和花巧绣单位这么一闹，事情真给搞大了。不但王大同有苦说不出来，花巧绣也是满肚子委屈。派出所的民警到现场一看，是王大同媳妇，总算连说带劝把她拉走。花巧绣回到家，一句话没说就钻进了被窝里。

不料，这事情还不算完。米东和王大同正喝酒，刘翠打进电话来。王大同一看号码，坚决不接。但刘翠锲而不舍，王大同手机音乐是，咱们老百姓哪，今儿个高兴。王大同不接，手机就一直在那里高兴不止。最后，王大同还是忍不住，接起来，刘翠在那边杀猪一般哭叫，王大同你个狗日的，死哪里去了？你老婆叫一个小狐狸精打了，你也不回来看看。王大同忽地一下就立起身，坏了，米东你老婆打到我家了。米东也慌张起来，赶紧结账。俩人跑着出了香树街，伸手搭上出租车就往王大同家赶。到楼下一瞧，看热闹的里三层外三层。王大同和米东挤到跟前一瞧，都傻了！

跟刘翠对战的不是花巧绣，却是米朵儿！

米东张大嘴巴，面前的米朵儿好像根本不是自己那个乖女儿。什么时候变成这样子啦？灯光下的米朵儿脸型扭曲，双手卡腰，活脱脱一个小泼妇。她身边站着俩跟她差不多大的女孩子，抱着胳膊，显然是她的同党。刘翠呢，此时坐在地上，双手捂着脑袋，呼天叫地。米东和王大同挤进去的时候，米朵儿说了一句话，让米东浑身一哆嗦。米朵儿说，你信不信啊臭水桶，我立马找人废了你！

米东吼叫一声，米朵儿，你这是干吗？米朵儿回过头来，看清是米东。哼一声，我找她算账！她凭什么到我妈单位上去闹？王大同，你也来了，正好！你说说，我妈怎么着你了？轮到她去我妈的单位闹？王大同同志哑口无言。米东连忙走到米朵儿跟前，拉着她胳膊低声说，米朵儿，别这样子跟你王叔叔说话，大人之间有误会，小孩子不要管。连拉带拽，把米朵儿给弄走了。

4

香树街醒得比较早，在夏季，它往往整夜都不睡。喜欢夜生活的人们还没散场，环卫工人胖婶的身影以及她手里的扫帚发出的声音就出现了。身影以及有节奏的声音，从香树街西头到东头，后面已经跟出几地灯光。随之响起男人女人的对话声，三轮车的车铛晃荡声，拖鞋踏在街上的噼啪声，孩子被大人喊醒的抱怨声。香树街慢慢清醒，卖早点的铺子被热气淹没，一个身材苗条的姑娘打着哈欠，急匆匆从街上走过，她要回家睡觉。卖豆腐的梆子声，卖豆汁油条麻汁粽子的叫卖声，开始宣布香树街的早市渐入佳境。

米东这个清早来到香树街，纯粹是心血来潮。连续一周没有王大同那边的动静，电话也不接。米东觉得好像有什么不妥。小丫头米朵儿参与之后，那件事儿就此悄无声息，米东一面长舒一口气，一面内心压抑无比。米朵儿在不合适的场面表现出的与其年龄不符的泼辣，是米东此前从来没想到的。

王大同看到米东，转身进了警务室。米东跟进去，王大同拿眼睛瞪他。米东嘿嘿一笑，从口袋里抽出一支烟递过去，来点儿粗粮。王大同说，滚一边去！还是伸手接过，俩人对着头，点烟，吸烟，无话。米东坐在沙发上，有一搭无一搭地闲扯，王大同换上警服，说，一会儿到所里开会，你老人家在这里等我，还是先走一步？米东说，我走，我走。

米东无处可去，正轮着他休班。于是就沿着香树街开始闲逛。路边一家咸鱼店，摆放的一箱小咸鱼甚是诱人。米东记起多年前就着小咸鱼吃热馒头的场景，突然一下子嘴里满了口水。米东蹲下来，开始挑拣小鱼。卖鱼的老头说，你有眼力，昨天刚上来的。挺肥，水分还少。就在米东一手提塑料袋，另一只手往里挑鱼的时候，听到身后传来一声女人尖叫！他扭回头，想看看出了什么事儿。突然一件不明物件自天而降，直朝他而来！米东来不及躲闪，就听啪哧一下，那东西先打在他肩膀上，随即落到咸鱼箱子里。仔细一瞧，原来是一只旧布鞋，鞋面上湿了半截。无缘无故遭受袭击，米东很生气。

他还没立起身，卖鱼的老先生先喊起来，秋红，你这算咋回事儿？你叫我这一箱子鱼怎么卖？

那叫秋红的女人此时顾不得接茬，她一只脚穿着鞋子，另一只脚光着，左手提着一把刀，一瘸一拐地追赶一个瘦猴一样的男子。男子慌不择路，差点儿把路边卖西红柿的摊子给踩了。女人一边追，一边骂，你要是敢再来，我就捅了你！米东张着嘴巴看着女人把那个男子追出香树街。女人就那个样子一摇一晃从街中间走回来，到米东身边时停下了。她总算还惦记着她的一只鞋子在人家鱼摊儿上，而且还袭击到一个男人。秋红提着一只脚，拖过那只鞋子来穿上，说，不好意思哈大哥，手上没准头，没寻思打到你了。说完打量着米东，咦了一声，你，你叫什么来着？

米东说，我叫米东。

秋红哈哈大笑，是啊，米东，果然是你。

就这样，一只啪哧一下砸在肩膀上的鞋子，让米东接下来的生活跟香树街上卖鲜鱼的秋红连到一起。秋红说，你没看到王大头啊？他就在前面那警务室。米东说，刚从他那里出来。秋红，你也在香树街啊？王大头咋没说过？秋红说，人家是人民警察、国家干部，咱是摆摊儿卖鱼的，没共同语言。米东说，别这么说。秋红又笑，说着玩儿的，大头天天在这街上晃，动不动就坐我那里拉半天。秋红突然发现自己左手还提着一把剖鱼腹的刀，有点儿不好意思，说，我得去看摊了，吃鲜鱼过去拿哈。米东在整个过程中，鼻子里都嗅到一股温和的鱼腥味儿。缭缭绕绕，挥之不去。秋红弯腰穿鞋的时候，米东还捕捉到一个有意思的细节，这女人居然不穿胸罩。米东不小心从上面看下去一眼，那儿既大又白，简直晃人眼睛。米东挪了下视线，但还是感觉颇为新奇。以前没见过那样的。

秋红跟王大同、米东都是高中同学，多少年不见。说起来这秋红跟米东想当年还有过一段情感纠缠。那时候的秋红没这么丰满，身材比现在细一些。当然，乳房没这么诱人。

接下来，米东常去香树街，跟王大同拉呱，买咸鱼，有时也买鲜的，从秋红那儿买。偶尔，坐在秋红的鱼摊前，帮一下她的忙。有一天下午，秋红说，米东你再帮我一下，把这些鱼抬回储藏室，我一个人弄不动。俩人架着一个大铁盆，穿过沿街的那间小房子，进了后面的储藏室。储藏室里空间很小，秋红转身的时候蹭到米东身上，轻轻哼一声，却一动不动。俩人不说话，沉默半晌。米东的手慢慢伸过去，从秋红背后，准确地抓住那对乳房。秋红软着身子，慢慢转回来，两只手缠在米东脖子上，一只脚伸出去，将门蹬上，然后拖着米东向墙角一张杂乱无章的床上靠过去。米东在那个过程中，满脑子里是温和的鲜鱼腥味儿。在那个过程中，秋红只说了一句话，米东你貌似老实憨厚，实际上心眼儿坏着呢。

5

第一个发现问题的是王大同。那天傍晚，米东从秋红屋里出来，正低头往前走，突然觉得浑身不自在，一抬头，却见王大同站在警务室门口，正皮笑肉不笑地打量他。米东站住，回头看看，又端详着王大同。王大同把大脑袋往屋里一扭，先进去了。米东跟进去，王大同伸手把他推倒在沙发上。王大同说，米东你咋回事呀？快四十的人了不知道深浅啊？米东说，你说什么呢？王大同伸出右手食指点着米东，老米啊，我是这街上的片警。这街上哪只猫开始叫春我都能分辨出来。米东不说话了，伸手去掏烟，往王大同手上递，被王大同一巴掌打掉。王大同说，不说巧绣，就为了米朵儿，米东你不能这么做。米东抱着脑袋，不说话。王大同说，你放个屁也好啊？怎么，想学人家大款包二奶玩儿？你米东还没那资质！我知道，你跟秋红高中时有那么一段眉来眼去的日子。可你想，你老婆孩子一大家子，秋红可是刚离婚的女人。除非，你打算跟巧绣离了，跟秋红过。米东一摆手，别说了，我知道分寸。

王大同哼一声，你知道个鸟啊！

米东果然把握不住分寸，或者说，这分寸不是米东能左右的。自从有了第一次，秋红浑身上下散发的鱼腥味儿，就一直缠着米东的思维，赶都赶不走。这俩人本来就有高中时的情感做底，米东现在跟巧绣又出现了所谓的审美疲劳，再加上秋红很会黏人，米东挡不住。这样一来，米东很累，心里累，倒是不跟巧绣吵了。他内心觉得愧疚，回家就拼命表现。巧绣有一段时间觉得不适应，拿怀疑的眼光打量米东。米东就解释说，米朵儿要中考，得给她营造良好的家庭氛围。这样，巧绣也就能够理解。米朵儿从小到大，米东对她呵护备至。再者，刘翠事件一出，巧绣感觉自己做得确实也不合适，不该晚上给人家王大同打什么破电话。事情出了，影响无法挽回，巧绣愧对王大同，一边也对米东觉得抱歉。

没想到，把事情泄露的不是王大同，而是米朵儿。

香树街中段，有一家网吧，名叫鸟窝。老板是个小伙子，很像韩剧里的小男孩儿，头发倒真像个鸟窝。米朵儿这年龄是喜欢上网的。巧绣为了让米朵儿专攻学习，歪门邪道的东西不允许在家里出现，连电视机都烂得快要没法看了都不更换。米东申请好几次接上网线，都被巧绣一口否决。于是，米朵儿有时候趁周末，就跟同学去网吧。专门选择离家较远的地方，以避开家长。那个周六就选择了鸟窝。米朵儿跟另外一个女孩从网吧出来，挥手告别。米朵儿刚跨上自行车，突然在对面就看到米东。米东身后跟着秋红，要是没有接下来一个细微的动作，米朵儿还不会起疑心。秋红伸手，将米东后面塞进裤腰的一截T恤衫抽了出来，顺手拍了一下米东的屁股。

而那时候，米东正傻愣愣地看着米朵儿。米朵儿一声不吭，骑上自行车就走。米东赶忙快走几步，喊，米朵儿米朵儿，你来这里干什么呢？他心里明白米朵儿刚从鸟窝里出来。米朵儿像是没听见，快速逃离了香树街。

当晚，餐桌上的气氛就沉闷了。巧绣在父女俩脸上扫来扫去，你俩怎么啦？米东看看巧绣，问，什么怎么了？巧绣说，肯定有事儿。米朵儿把碗一推，我去写作业。夫妻俩都盯着米朵儿的背影看。巧绣扭回头来，再问米东，怎么回事儿？米东咧嘴一笑，我怎么知道？巧绣说，你肯定知道，你表情也不对。米东说，今天厂里活儿多，累了。

彼此相安无事几天，但米朵儿不愿跟米东说话。俩人在家的时候，米东的话里举动里，透着巴结米朵儿的意思，可米朵儿不领情。有段时间俩人倒是谁也没有揭对方的老底，但彼此别扭。米朵儿神情里透着一股子烦躁。终于，这股火压抑不住，开始迸发。米东那天晚上本来也是讨好，问米朵儿当天考试的情况。米朵儿上来就一句，问那么多干吗？米东脸色一变，但随之温和下来，关心你啊。米朵儿说，不需要。巧绣正在整理衣服，探过头来问，怎么啦米朵儿？干吗跟爸爸这么说话。米朵儿闷声闷气一句，他不是我爸！米东一皱眉头，我不是你爸我是谁？我问你的考试成绩是关心你。米朵儿说，我没心思考试你知道吗？我一坐在教室里，就开始胡思乱想。米东说，想什么啊？马上就中考，你怎么能这样？米朵儿声音高起来，我想什么，你心里有数！

米东被咔嚓一下击倒。

巧绣慢慢走出来，米朵儿，到底怎么回事儿？米朵儿说，你问问他，整天去香树街干什么？巧绣看看米东，又看看米朵儿，说，你王叔叔办公室在那里，你爸跟王叔叔是同学。米朵儿一撇嘴，算了吧，他去香树街就是找一个卖鱼的。

米东一声吼，米朵儿！

6

巧绣根本不想追究为什么米朵儿会出现在香树街。与此相比，米东跟一个卖鱼的女人之间的暧昧关系才是她急需关注的。第二天上午，巧绣没去上班，直接去了香树街。她从王大同看她第一眼的慌乱神情，就揣测到，王大同知晓内情。王大同喊了一声嫂子，随即变得热络起来。这样的举动更让人怀疑。巧绣不打算拐弯抹角，第一句话就直奔要害，大同，米东跟这街上一个卖鱼的女人怎么回事儿?

王大同根本没心理准备，也没和米东提前沟通交流，不晓得巧绣对这件事究竟掌握到什么程度。嫂子，什么卖鱼的女人？这话显然又错了。你王大同不可能不知道。你整天在这街上逛，米东整天打着来找你聊天的幌子，原来是弄神弄鬼啊！巧绣有着南方人的精明，微笑着说，你真是米东的好兄弟。我都调查清楚了，你还替他遮遮掩掩。王大同也不笨，嫂子你调查清什么了？我真不知道。巧绣说，那好，我去找那个女人。王大同不由自主伸手一挡，嫂子你别去！巧绣说，为什么？王大同一脸尴尬，那卖鱼的是我跟米东的老同学。他们俩，其实什么事儿都没有，你可别想歪了。巧绣说，什么叫没事儿？大同，咱俩之间叫有事儿吗？你老婆还找到我单位呐。可你说的那个秋红，跟米东都搂肩膀拍屁股的，那叫没事儿？王大同吧嗒一下嘴巴，没话说了。巧绣说，你放心我不跟她闹，我就去看看我们家米东什么眼力，相中一个什么货色。说完，巧绣转身出了警务室，朝秋红的鱼摊儿而去。

王大同站在门口，跺一下脚，立即给米东打电话。响了半天，米东却不接。

巧绣已经站到了秋红的鱼摊前。

整个香树街就秋红一家卖鲜鱼的，很好找。巧绣站到水盆前，眼睛却往屋里瞧，先是看到一个肥硕的大屁股以及半截白花花的腰身。秋红正弯腰端出另外一个盆子，一扭身，看到巧绣，大姐你买鱼吗？稍等一会儿我马上来。巧绣看了看那张脸，看了看那一头蓬松的头发，看了看那卷着的裤管，看了看在拖鞋里探头探脑的脏兮兮的脚趾头，嗓子眼里突然涌上一股子水儿来。巧绣很失望，怎么会是这样啊？看来米朵儿误会了，米东怎么可能会看上这样一个女人？

买鱼啊？你看，鲤鱼鲶鱼鲫鱼草鱼，都新鲜的。大姐你要大点儿的还是小点儿的？秋红的口音倒是跟米东差不多。巧绣皱皱眉头，看看地上的几个水盆，抬起头，看着秋红的脸，是王大同告诉我你这里卖鲜鱼的。秋红哎呀一声，他呀？我们是老同学。您怎么称呼？巧绣看着秋红的嘴巴，我是米东的老婆。秋红的脸色一下子就变了！秋红结结巴巴地说，米，米东啊，我们也是同学，都好多年没见了。

巧绣心里突然像是被针扎一下！

是真的了。米东，米东跟这个脏女人真的睡过了！还问什么呢？就这一个神色，这句话，足够了。巧绣转身就走，经过警务室的时候，根本就没斜眼睛，当她出了香树街钻进一辆出租车里，才浑身哆嗦，眼泪流了出来。

晚上，巧绣一声不吭收拾饭菜。一家三口坐在桌子上，巧绣甚至还谈笑风生。米东和米朵儿各怀心事，这顿饭吃得照样不爽。米朵儿吃过饭就去上晚自习。她带门走了之后，米东和巧绣开始收拾碗筷。米东好几次眼珠儿转着去巧绣脸上察言观色，但看不出什么。米东给王大同回过电话，知道巧绣去找过秋红，而且王大同说，两人似乎没发生什么冲突。秋红期间也来过一个电话，说了俩女人见面的所有细节。米东反复推敲，觉得这一切也没什么意外纰漏。总之，不管米朵儿还是巧绣，直到现在也只是推测，掌握不了实情。所谓实情，就是米东和秋红上过床。只要俩人不承认，别人说的也只是捕风捉影。但这个时刻巧绣如此沉稳，反倒让米东心里着急。

巧绣打开电视机，俩人坐在沙发上。巧绣突然开了口，米东，我现在对你彻底失望了。你要是找情人，找个档次比我高的我也心悦诚服。米东说，你什么意思？什么情人啊？巧绣居然笑了，巧绣说，米东，你老婆不是傻瓜。我跟那个女人只说了一句话，心里就明明白白的。我就一直觉得好笑，米东，你老婆哪一点比不过那个卖鱼的啊？屁股、奶子不如她的大？你知道吗米东，我一看到那个女人，直接泄气得要死，米东你从来没注意过她的脚趾头？黑乎乎的像是一个月都没洗。还有那头发，老天爷啊，那还叫头发？米东，你跟这样的女人在床上什么感觉啊我想知道？米东张张嘴巴，皱皱眉头，巧绣你说什么啊？我们只是同学。巧绣说，算了吧米东，米朵儿马上要考试，我不跟你折腾。接下来怎么做，你自己拿主意吧！要离开这个家也行，去吧，去跟那个脏女人闻鱼腥味儿。怪不得，好几次我闻到满屋子的怪味儿。我可真想不到，这样一个女人，会把米东拿到了床上。

米东说，巧绣！

巧绣摆摆手，转身走进卧室，抱出一床被子来。求求你米东，以后别进卧室。我受不了那鱼腥味儿。

巧绣说到做到，一家三口在家的时候，她有说有笑的。连米朵儿都觉得奇怪，悄悄问她，你怎么能这样呢？我爸他明明不对头。巧绣说，有什么不对头？那卖鱼的是你爸高中同学，跟你王大同叔叔也是同学。米朵儿不说话了。巧绣说，米朵儿你给我好好读书，大人的事儿你别瞎掺和。但巧绣一旦跟米东在家，那脸子说拉就唰的一下拉下来，让米东隔着一层纱去琢磨她。米东试图和解，刚开个头，巧绣就说，打住打住，我不想听那些破事儿，你爱找谁找谁，你就是找个卖烤地瓜的我也不反对。反正，米东你就这个档次了。对了，改天你去秋红那里，买条鲤鱼回来，我给米朵儿换换口味。

7

人说四十不惑，可年届四十的米东在女人问题上却感到困惑。即便是生活在身边十几年的巧绣，他也琢磨不透。巧绣这个女人，发作的时候火山一样，哪怕是为一些鸡毛蒜皮的事儿，可现在，隐忍不发起来，却是滴水不漏。而秋红呢，此时却表现出另一面，温柔体贴，善解人意。完全不像米东第一次遇见她飞鞋子追打前夫时那个泼妇样子。秋红在与巧绣见面之后，好像觉得心慌，见了米东就说，你老婆这么漂亮，这么有素质一个人，你干吗还来找我这样的？你回去吧米东，跟人家好好过日子，巧绣她也不容易。越这样，米东反倒越丢不开秋红。他开始琢磨秋红的不容易，找个男人不正经，吃喝嫖赌，离了婚，自己带个小丫头，在香树街起早贪黑卖鱼。就是再婚，这一串累赘还能找到合适的？

更不要说自己的宝贝女儿米朵儿。几件事发生过后，米东有时候会在一边暗暗打量米朵儿，心道，这丫头的确是大了。心思变得让大人完全弄不懂。当孩子开始跟你玩心眼的时候，你会发现，那不是简单的代沟问题。在那种类型的对抗中往往败的是大人。

米朵儿很快中考完毕，考试成绩并不理想，但升普通高中是没问题的，也算顺利过渡。米东总算舒了一口气，秋红那里去得少了，但并非完全截断交往。一座小县城，人与人抬头不见低头见，怎么能不见面呢？只是小咸鱼暂时可以不吃，而鲜鱼米东自此也不敢往家买，即便这个字眼米东也不去提及，为了一个秋红，米东家好久不吃鲜鱼。

可两口子一起过日子不是一天两天，出现这种裂痕，还要在一个锅里摸勺子，这就别扭了。米东和巧绣真正相敬如宾。米东有时候暗骂古代造词语的那些人，他觉得相敬如宾的夫妻，是世界上最难受、最尴尬的夫妻。

米朵儿上了高中以后，开始忙。具体体现在跟同学外出多，到乡下奶奶家的次数多，课余时间总共有多少啊？这样一来，米东根本没时间跟她沟通。

这样的日子过了小半年，表面波澜不惊。

可一天晚上，巧绣和米东俩人在家。巧绣端着米饭碗，突然说，米东，要不咱俩离了吧？米东很惊讶！他隔着桌子盯着巧绣的脸，为什么？巧绣说，你心里很清楚，这样俩人都累。不是俩人，是三个人都累。米东心里哀叹一声，说，什么三个人呐，我都多少时间不去香树街了。巧绣说，人不去心去了是一样的。我能感觉出来。米东，半年了咱俩都没做过爱，你觉得这还算是正常夫妻吗？米东张张嘴巴，说不出话。的确，巧绣不提，这个话题倒像是彻底被忘记了。这个年龄的男女据说是很厉害的。可米东和巧绣居然厌倦了。

米东说，这也不是离婚的理由啊？

巧绣说，我跟你说实话，我跟别的男人做过了。

米东一动不动，脑子里顿时一片空白！片刻过后，他伸手抓起桌子上一只碗掼在地上，问，是谁？巧绣用筷子一个米粒一个米粒往嘴里送，却不说话。米东再次问，是谁？你告诉我是谁？巧绣叹口气，是谁你没必要知道，但事情发生了我必须跟你讲。我跟你米东处理问题的方式是不同的。我没必要遮着掩着。

米东在当地迅速转了一圈，转身走出了屋子。他呼吸急促，在院子里抽掉半包烟。然后，向大门外走去。他没有叫出租车，说起来，小县城就是个巴掌大的地方。从西到东，从南到北，也走不了几十分钟。米东来到香树街，在街头打量过去。香树街的夜晚生机勃勃。米东先去看王大同的警务室，他知道王大同晚上一般不在这里值班。他没有停顿脚步，直接去了秋红的鱼摊儿。秋红正送走了一个买主，将一张钱往兜里塞，一眼看到米东，就愣了愣。随后说，这个点你怎么来了？米东没说话，抬脚上了路沿石，躲过几个水盆，进了屋子。秋红随后跟进来，问，怎么了？出什么事儿了？米东不说话，一把拉过秋红，就往床上摁去。秋红嘤了一声，米东，你这是干吗？我还没收摊儿呢？门还没关。米东不说话，喘着粗气去褪秋红的裤子。秋红没阻止他，双手紧紧揽着米东的腰，米东，我没洗，浑身鱼腥味儿。米东仍然不说话，手忙脚乱解自己的裤子。俩人的裤子都褪到半截，就紧贴到一处。米东发出一声呻吟，秋红一下子把指甲抠进米东的后背。

就在那时，有人轻轻敲门。巧绣什么时候进来的，屋里的两个人谁也没注意。秋红的双手先迅速落下来，然后，是米东浑身血液迅速回流。俩人一起往门口看。

巧绣站在门边儿，笑眯眯地说，你们忙着。我是来买鱼的。

8

米东你就是吃饱了撑的。王大同瞪着眼在训米东。依然是那家火锅鱼，锅里一条草鱼整个儿咕嘟咕嘟动着，窗外是让人皱眉头的喧闹声以及树上的蝉鸣。米东说，对呀，我就是撑的，我都快撑死了。王大同嘿地一笑，怎么说呢？米东我觉得有点佩服你。能量巨大。俩女人，你怎么能伺候得了啊？米东说，现在就一个。王大同说，依我说你还是回去，毕竟你和巧绣还没离，在一块就是个完整的家。米朵儿也少受影响。王大同压低声音，我可提醒你米东，我在鸟窝网吧，已经发现米朵儿不止一次。米东一脸痛苦，可我没办法啊大同，这孩子不听我的。王大同说，都是你自找的。米东说，是啊，我自找的。可你说啊大同，人活在这世上怎么就这么累？王大同说，别跟我探讨这些问题，你以为我不累？这世界没有一个人不累。俩人的舌头都有点拧，聊的话题也就越来越深奥。米东说，人家一个哲学家不是说了吗？生，还是死，这是个大问题。王大同骂了一句，狗屁！什么哲学家？是莎士比亚。他说的。

秋红收了摊儿，过来喊米东，一进门，哎呀一声，你俩这是干什么呀？喝这么多酒。米东低着头不说话，王大同扭着头，冲秋红笑。秋红说，大头，你怎么笑成这样？王大同说，我大头理解此刻秋红同志的心情，是不是很幸福？秋红说，都开始说普通话了。王大同说，秋红你坐下，喝点儿。不管怎么说，你俩啊，山不转水转，想当年你俩通过我传过纸条，还记得不？米东说，放屁！你那时候自己忙得团团转。秋红坐下来，米东你忘了，有这么回事儿。米东说，有吗？王大同说，肯定有。内容我是忘了，要是记住我就给你们背一背。不过我想说的是，你俩这么多年，转了一圈儿又走到一块，不管他妈的合适不合适，毕竟是在一块了，作为老同学我不觉得高兴，也不反对。王大头一边说，一边大脑袋不断下垂，说着说着，抓起面前的酒瓶，就灌一口。秋红扯扯米东，都别喝了，看成什么样子了。王大同说，我哥俩一喝酒就高兴。秋红说，以后你俩直接到我家里去喝，鱼是现成的，我给你们做。

王大同回到家的时候，刘翠已经躺下。听到动静，赶紧起来给大同倒水。刘翠这一点倒值得夸奖，大同在外面喝酒，喝多少跟谁喝，她不是很计较。而且，只要王大同醉了，她伺候得很周到。王大同说，翠儿，我跟你说件事儿。刘翠哈哈大笑，舌头短了是吧，还翠儿？你说吧，说什么事儿？王大同说，你说米东怎么想的？抛开跟巧绣的好日子不过，去跟卖鱼的秋红黏到一块。刘翠说，萝卜白菜各有所爱，米东就喜欢吃这一口，你管那么多闲事干吗？

9

王大同不可能不管这闲事儿，说到底他多多少少也被卷进去了。至少，米朵儿现在对他很感兴趣。王大同一次进鸟窝网吧例行检查，不料又一下子撞见米朵儿。小丫头正跟一男一女两个同学有说有笑，一看见王大同，脸色就一沉。王大同皱皱眉头，慢慢走过去，悄声说，米朵儿你跟我来。米朵儿抬起头看看王大同，为什么？王大同说，你来我跟你聊聊。米朵儿说，你跟我聊什么啊？你是我爹吗？王大同说，米朵儿你不能这样！今天又不是周末，你是不是逃学了？米朵儿站起身来，看着王大同，警察叔叔，你管得太严了吧？我爹还没这么管过我呢。再说，你这样是不是有点儿自作多情啊？难道你真对我妈有点儿意思？不过我妈不一定看上你这模样的。王大同被一下子闷住了，米朵儿，不管我跟你爸是同学，还是我本身是警察，我都有责任管你。我现在就让老板赶你走，否则我罚他款。米朵儿嘿的一声笑，怪不得，人家说警察比街上的痞子厉害。我服了。我走，不给老板添麻烦。不过王大头你记住，我到香树街不是来上网的。我会经常来。我来的目的，一个是想看看米东究竟在干什么，再一个，你，还有那个女人，我不会放过你们！

王大同愣住了！

他根本没想到这一层。米朵儿一个小孩子，做事不按照成人规则。轻了重了的，这分寸还真不好掌握。王大同立刻给米东打电话，有时间你过来一趟，我跟你说说米朵儿的事儿。米东一听就急了，米朵儿又怎么了？王大同说，现在还没怎么着，可我担心这孩子让你们给毁了。米东好半天不说话。王大同说，米东你还是抽空来一趟吧。这事儿一句话两句话也说不清。米东下了班，就直奔王大同那里。王大同跟他说了米朵儿逃学的事情，复述了米朵儿的话。米东把头低得快塞进裤裆了，半天才抬起头来，一脸扭曲。大同，你说这孩子怎么成这样了？王大同反问，你心里不清楚啊？米东掏出手机，就给巧绣打过去。米东说，巧绣你怎么回事儿？米朵儿现在天天逃学你知道不知道？巧绣在那边一愣，谁说的？不可能！米东说，大同都发现好几次了，她在香树街上的网吧里。巧绣呼吸急促，这熊孩子怎么这样呢？米东说，你问我啊？米朵儿跟着你，你不好好看着。巧绣声音提高八度，姓米的你说这话什么意思？她是个大孩子，我整天跟着她啊？再说，孩子为什么这样？你他妈的心里不清楚？

米朵儿说的话并不是虚张声势，王大同接下来又有领教。一天上午，他接到所里电话，说香树街上有人打架。王大同出了警务室，隔着大老远一眼就看到了米朵儿。她穿着一件米黄色的超短裙，腿又细又长，红头发披到肩上，脸上有种与之年龄不符的憔悴和苍白。米朵儿坐在一辆硕大的摩托车上，嘴里叼着一根烟，脸上似笑非笑，像是在看热闹。吵架的，却是卖鲜鱼的秋红和一个栗黄头发的小伙子。王大同心里咯噔一声，当即明白了怎么回事儿。

他走到米朵儿跟前，问，米朵儿，你这是干吗？米朵儿嘿地一笑，大头叔叔，这种破事儿您也管？王大同说，怎么又逃学啊？米朵儿把烟头扔到地上，靠，你累不累呀？王大同悄声说，米朵儿你别闹了。大人之间的事儿，大人会解决好。米朵儿把小嘴一撇，笑了，警察叔叔既然你来了，就给评评理儿。我们是买活鱼的，可她卖给我们的是死鱼呀。在这里好好的，没出香树街就翻了白眼儿。你说她是不是给鱼打了兴奋剂？王大同忍不住也笑，米朵儿，你这么闹有什么用啊？

米朵儿呵呵笑着摆摆手，我听你的，我们就吃这个哑巴亏。油条，油条！咱走吧？那根油条似乎还意犹未尽，这鱼怎么办呢？秋红忙不迭地说，我给你换一条活的。油条提着那盛鱼的袋子走过来，递给米朵儿。他自己跨上摩托车，发动起来。米朵儿挥了挥手，那摩托车嗖的一下，窜出老远去。那个时候，米朵儿做了一个反常举动，她把那袋子晃悠两下，突然一下子甩向半空！那袋子在空中画了道弧线，啪的一下掉在香树街中间。那条鱼被甩出来，绝望地在地面上摇头摆尾。秋红紧盯着那条鱼，眼看着流出泪来。

米东骑着辆破自行车，急匆匆地出现在香树街，与米朵儿所乘的摩托车擦身而过。米东连声喊叫，米朵儿，米朵儿，你给我下来！说着调转车头，去追摩托车。哪里会追得上？米东来到秋红的鱼摊前，问，怎么回事儿？秋红闷了半天，终于哭喊出来，你个狗日的米东呀，你要坑死老娘啊？你赶紧给我滚！我不想看见你。米东说，不是你打电话给我的吗？秋红说，我是让你来看看你的好闺女。她整天这样子，我还卖不卖鱼？你看看大街上那条鱼，是不是活蹦乱跳？她说我卖给她死鱼。米东晃荡着个大个子，走向那条鱼。抓鱼的时候，费了一点劲儿，那鱼太滑溜，米东抓了三四次，才把它抓起来。王大同站在那里，一直保持沉默。他跟米东对视一眼，长叹一口气。

10

接到巧绣电话的时候，米东正在睡午觉。

巧绣说，米朵儿是不是在你那里？米东还处在一种半睡眠状态，她不是跟你一块住吗？巧绣突然把声音提高八度，米东我跟你说正事儿！我问你朵儿是不是在你那儿？米东一下子清醒，她怎么可能在我这里？你教育的好孩子，把她亲爹当仇人。巧绣说，朵儿又跑了！米东呼地一下坐起来，你等会儿，你什么意思？又跑了？她往哪儿跑？那边的巧绣沉默了半天，才说，我让她姥姥看着她的，可没想到，就趁她姥姥上厕所的一会儿工夫，不见了。

米东意识到情况有点儿严重。米东说你等着我一会儿过去。米东开始手忙脚乱地穿衣服。秋红在外面听到动静，走进来问，你不睡觉去哪儿？米东说，她打来电话，说米朵儿跑了。秋红抱起白白胖胖的胳膊，米东你到底咋回事儿呀？她一个电话你就屁颠屁颠往那儿跑？是不是这骚货又想你？米东你一个男人伺候俩女人，累不累呀？米东眨巴眨巴眼睛，看着秋红，你说什么呀秋红，我女儿不见了！是我女儿！米朵儿。秋红说，好，你去吧米东，你去，到那边儿好好琢磨琢磨，还有没有回来的必要。米东立刻软下来，伸出手去搂抱秋红。秋红厌烦地挥了一下手。

一出门口，一股带着怪味儿的燥热扑面而来。这是香树街多年来形成的气息。米东以前感觉到它很温暖，很亲切。米东起初跟秋红睡在床上，从窗外飘进来的就是这种味道，秋红身上也是这种味道。可现在米东皱着眉头，骑在自行车上，对香树街的好感荡然无存，甚至有了厌恶。

巧绣开了门，米东走进去。巧绣好半天不说话，转回身就坐在沙发上。米东说，你跟我说说到底咋回事儿？米朵儿咋了？巧绣眼睛红红的，突然叫起来，米东你别装模作样，还不都因为你？一个卖鱼的破鞋有什么好的？你到底看上她哪里？米东皱起眉头，你又来了，到现在还说这个。巧绣说，你说米东你还算个人？你撇下我们娘俩去跟一个卖鱼的鬼混！你以为米朵儿什么不懂？她去香树街跟踪过你好多次了。米东心说，我当然知道的。巧绣继续说，现在这孩子直接不去学校。逃学，上网，打架，你说这是女孩子干的事儿？我被老师喊去学校好几次，每次去都丢人得抬不起头来。后来，人家老师也不管啦。我把她弄回来，打一顿，关几天，眼睁睁地看着她进了学校，下午再眼睁睁地看着她从学校走出来。可老师告诉我，那段时间她根本就没进过教室。巧绣拿过一张纸，擦一下眼，展开，折叠一下，又去擤了一下鼻涕。米东说，巧绣你就这样教育孩子啊？一个女孩子，你打啊关起来啊？巧绣呼地一下站起来，我不这样咋办？我什么招都使了她还不是照样离家出走？

这个时候，里屋内传出一声叹息。米东知道那是米朵儿的姥姥。米东去香树街不久，巧绣就打电话让母亲过来，一者便于照顾老人，再者有个老人在家，米朵儿的起居饮食也有人照看。米东四下看一眼，这间屋子现在既熟悉，又陌生。

米东说，巧绣你先别急。咱俩商量一下，你觉得米朵儿会去哪儿？巧绣擦一下眼睛，低声说，我快疯了米东！到这一次为止，米朵儿已经失踪了三回。我很害怕。我没办法了，米东你回家吧！我一个人不行。米东慢慢坐下来。巧绣盯着茶儿上的一个杯子，嘴唇嚅动了好半天，才说，她肯定跟那个黄毛小痞子在一起。米东瞪大了眼睛。巧绣沉默不语，却点上一支烟。这让米东内心深处的厌恶感，腾地一下浮上来。米东也压低声音，巧绣你别把所有一切都推我身上，你跟那个老总怎么了？巧绣狠劲吸了几口，吼道，米东你个狗日的去死吧你！要不是你先出去找女人，我会那样？我就是报复你，就想证明米东你不要的女人，别人还会要的！她话音还没落，就听到卧室的门被砰地一下打开。一个头发花白的老女人走出来。老女人一声不吭，颤巍巍地向门口走去。巧绣声音颤抖，妈你去哪儿？老女人依然不吭声。巧绣急忙站起来，跑到门口去搀扶她回来。老女人一声不吭地挣扎着，撕扯着。巧绣大声说，妈你就别给我们添乱啦！老女人浑身一顿，转回身来，瞪着眼睛盯看巧绣半天，突然抬起手，啪一下打在她脸上！随后，她步履蹒跚走向米东。米东从沙发上慢慢站起来，他以前没怎么跟老岳母待在一起，也没发现过她这种样子。老人眼睛里闪着怒火，嘴唇哆嗦。米东弯着腰站着，眼看着她越走越近，眼看着她抬起右手，他耳朵边也是一个爆响！

米朵儿的姥姥用减缓了速度的南方口音说，我打巧绣，是打自己的闺女，我生下她，就有这个资格。打你，因为米东你是米朵儿的爸爸。你俩不去找孩子，在家里斗鸡有什么用？我跟你们说，你们俩离婚不离婚，我不管！我也管不了。可米朵儿要是有什么三长两短，我从这楼上跳下去！

11

巧绣坐在米东的自行车后头。两个人奔走在小县城的大街小巷。寻找的范围，一开始是米东的亲戚朋友家，然后是米朵儿的同学家，再后来是这座城市的每一家网吧，每一个角落。这个过程差不多是三天三夜，可米朵儿呢，就像一滴水珠，在这座灼热的城市哧地一下蒸发掉，一点儿痕迹都没留下。

三天里的第二个上午，巧绣心慌意乱地提议，报警吧？米东浑身一哆嗦。他早就想到这一点。米朵儿要只是离家出走，玩一玩，这么大个孩子估计不会出大问题，可如果她在出走的过程中发生别的事呢？比如，被拐卖？俩人越想越可怕，米东掏出电话打给王大同。王大同说，米东，你先别着急，咱们分头找。我跟所里其他民警也打个招呼，让他们想想办法。米东很清楚，警察不可能花很多时间帮他们去找孩子。警察的事儿很多，街上的小偷、大盗、抢包的、杀人放火的都得去抓。米朵儿的失踪，对他们来说，算不得火烧眉毛。王大同还说，我觉得米朵儿这孩子可能早恋了，说不定俩人一商量出去玩几天，没钱了就回来。米东说，大同，这事儿你得费费心。王大同叹口气，米朵儿是我从小看大的，这话你还用跟我说？

三天三夜，秋红没打电话过来。米东也没主动给她打。有那么一瞬，米东觉得这似乎透露出某种信息，或许，香树街上的秋红对这种状况，也觉得厌倦了。但米东现在没有心情管这些。他和巧绣都请了假，孩子的事情是重中之重。

第三天夜里，快十一点，米东突然接到一个电话。米朵儿一个同学的爸爸。问，你家米朵儿回家了吗？米东说，还没呢。对方说，今晚上九点钟左右，米朵儿打电话来找我闺女，是个手机号码。米东马上就朝着巧绣说，快去拿笔！那人继续说，我闺女没在家，她妈妈接的。米朵儿说让我闺女回来就给她打这个号码联系。我觉得这个线索，会对你们有用处。扣上电话，米东跟巧绣面面相觑。好半天，巧绣才说，这孩子有手机了？米东说，你问我我问谁去？同时，米东内心深处咯噔一下，米朵儿哪来的钱买手机？但嘴上却安慰巧绣，说不定，是你说的那小痞子的。

至于那黄毛小痞子到底叫什么住哪儿，谁也不知道。巧绣说，我就见过一次，骑着一辆巨大的摩托车，头发是黄颜色的，在楼下等着米朵儿。我从窗口看见的。实际上，巧绣撒了一个谎。遇见黄毛的时候，她正坐在一辆车上，也就是米东说的那老总的车上。老总喜欢巧绣很久了，一直追，没追到手。不想，米东给了他一个机会。巧绣跟秋红第一次见面后不久，老总约巧绣吃饭。吃完了，跑到市里一家练歌房唱歌。唱着唱着，老总就把巧绣搂到了怀里。这一次，巧绣没有拒绝。那一天，巧绣在车上，看到黄毛骑着摩托车，在一辆辆汽车的空隙间穿行，像一条滑溜溜的鱼。接着，惊讶地发现米朵儿坐在摩托车后面，双手紧紧搂着黄毛的腰。当然，米朵儿也发现了巧绣。回家以后，巧绣把米朵儿狠狠地揍了一顿，用腰带抽的。然后把她关进卧室。巧绣站在门外吼叫，你不是不愿上学吗？那好，你在家闭门思过，什么时候想清楚，什么时候去！米朵儿在第三天求饶说她改了，巧绣才把她放出来。但没过两天，米朵儿第一次消失。

现在，总算有了一条线索，就是那一串数字。米东的意思是直接拨打。巧绣犹豫着说，万一她不回来反而打草惊蛇怎么办？米东说这可是唯一一条线索。巧绣摆摆手，你让我想一想。巧绣说，这样，咱们先去查查这个号码到底是谁注册的。或者，咱们去找王大同。米东否认了后面一条，说，既然米朵儿没事儿，干吗找王大同？他也忙。巧绣说，那明天一早去查这个号码。我跟你说米东，我了解这孩子。她如果不想回来，你要打这个号码，一种可能是她根本就不接，另一种可能是，明天一早这个号码就没人用了。

虽说米朵儿还没回家，但有了这个线索，至少证明米朵儿目前没什么危险。俩人稍稍放了心。米东和巧绣这几天都没怎么睡觉，是真正的身心疲惫。前两个夜晚，米东一直是睡在沙发上。实际上，也根本没睡多少时间。巧绣呢，跟米东差不多，折腾半晚上回到家，也不管米东睡在哪儿，回到卧室就躺下。这个晚上熄灯之后，过了好久，正迷糊着的米东觉得有人在轻轻推他。米东就一下抬起头，马上就意识到是巧绣。巧绣没说话，只是牵着米东的手，向卧室里走去。

巧绣在米东身子底下。两只胳膊狠劲地搂着米东。巧绣哭出声来。

12

米东动用了一连串社会资源，拐好几个弯儿，去查询那个手机号码，结果让他非常沮丧，卡是街头手机店里出售的，根本没有机主档案。不过，他们顺线追踪，找到那家出售手机卡的小店。店主对买卡的人颇有印象。因为，小女孩来她这里的主要目的，是买部手机。那手机价值两千余元。买卡是捎带的。米东和巧绣又对视一眼。他俩从店主的描述里，一下就清楚，买手机的小女孩正是米朵儿。她就在这座城市，并没有离开。

米东和巧绣坐在街边，目光呆滞地打量着熙熙攘攘的行人。就在那个时候，米东的手机响了。是秋红。米东没接。不一会儿，又打进来。巧绣盯着米东看。米东接起了电话。秋红说，米东你在哪儿？米东说，还能在哪儿？在大街上。秋红冷笑一声，我跟你说米东，女人的忍耐是有限度的。你三天三夜都不回来，你想干吗？米东一脸尴尬，我跟你说过，米朵儿离家出走，到现在还联系不上。秋红停顿一会儿，我就不信你一直找了三天三夜，晚上你睡哪儿？米东站起身来，走得稍远一点，我还能住哪儿？厂里宿舍。秋红说，米东我知道你不会撒谎。你一撒谎，语气就不对。你什么意思？想吃回头草？那你把我当什么？一件破衣裳，穿够了就扔一边儿？

米东沉默不语，秋红说到破衣裳，他突然想起一只破鞋子。

米东还在斟酌措辞，手机被巧绣一把抢去。巧绣把手机举在耳朵边说，死婆娘，你要不要脸？你弄得我家四分五裂，你现在高兴了是不是？我跟你说，米东这几天一直跟我睡在一起，她不要你这只破鞋了。巧绣的这番话依然带点南方口音，软乎乎的。她脸上非常镇定，好像经过深思熟虑一样。米东感觉胃里一阵收缩。他不知道香树街上的秋红什么反应。巧绣说完，就把电话扣掉。

这个时候，天空开始布起乌云。在夏季，这样的乌云说来就来的。米东抬起头，仰望天空，突然极其盼望下一场大雨。巧绣把手机递给米东，然后，掏出一张纸条，走向路边的电话亭。米东心里一紧，也跟着走过去。巧绣每按一个数字，米东的心就砰地一下，那串号码终于摁完了，米东开始把目光从巧绣的手转移到她的嘴唇。巧绣的嘴唇哆嗦着。突然，她眼睛一亮！

巧绣面带微笑，米朵儿，我是妈妈呀！

但转瞬之间，巧绣眼睛里那丝亮光就熄灭了。她举着电话，嘴唇抖得更厉害。过了好长时间，她把话筒冲着米东。巧绣说，你看啊米东，这孩子她把电话扣了。巧绣开始浑身哆嗦。巧绣说，她一句话都不说就把电话扣了。米东走过去把巧绣拦在怀里。米东说，你别急，再慢慢想办法。米东拿出手机，开始给米朵儿发短信。

米东说，朵儿，我跟你妈妈在一起，我们不分开了，你回来吧！

米东说，你妈妈不会再打你，也不会把你关起来了。

米东说，你姥姥她很想你，这几天她一直在哭。

米东说，爸爸知道错了。爸爸以后再也不离开你。

米东发短信的时候，巧绣就在一边呆呆地站着，看着米东发出一条，等待一会儿。再发出一条，再等待一会儿。后来，就下起了雨。这阵雨来得果然很急。一开始，雨点儿很大，打得树叶噼噼啪啪响。有个雨点儿打在米东举着的手机上，他打出的字就变得一片模糊。街上的行人开始慌乱地奔跑。他们已经从密布的乌云里推测出雨的嚣张气焰。只有米东和巧绣站在那里，一动不动。一个骑自行车的经过的时候，狐疑地看了他们一眼。

米东发了好多条信息，米朵儿一条也没回。

暴雨终于骤然降临！后来，媒体上说，那是入夏以来这片区域下得最大的一场雨。电视画面上，出现了街面上的积水，陷在水里的汽车，以及，被狂风刮断的树枝。据说，有的地方还下了冰雹。

13

巧绣是躺在床上突然冒出那个可怕的念头的。

一场突如其来的雨让她回到家以后，一连打了几个喷嚏。巧绣觉得坏事儿了，感冒了。她躺在床上，一动不动，尽管天气炎热，她却感到了冷。在那个时候，她脑子里有一道可怕的亮光闪过。巧绣呼地一下坐起了身。巧绣就喊，米东，米东，你来一下！米东慌慌张张地跑进来，腰上系着围裙。巧绣说，米东，我觉得大脑一片空白。米东说，你感冒了，得好好躺着休息。我给你熬姜汤去。巧绣说，我不是这意思。我是说，我觉得很害怕。米东说，你害什么怕呀？这么大个人害怕感冒？巧绣盯着米东的眼睛，米东在她眼睛里看到了片片血丝。巧绣终于还是说了出来，你觉得，这孩子，会不会，去干那个了？米东一下子没反应过来，干什么？巧绣像是自言自语，要不，她哪儿来的那么多钱？米东突然一下子明白了巧绣的意思。米东觉得脑袋膨胀了一下！

米东说，你别胡思乱想，她还是个孩子，她才十五岁。巧绣哭出声来，米东你仔细想一下啊，一个十五岁的女孩子，去买两千多块钱的手机，这钱不是你给的，也不是我给的，从哪儿来的？你见过啥时候，天上掉下馅饼来？

米东呼吸急促。他站在床边，额头立刻渗出一层细密的汗珠。巧绣的声调也变了，你去，你现在就去给我买一个手机卡来！

在米朵儿离家出走的第四天晚上，她爸爸米东失魂落魄地从她购买手机的同一个店里，买来一张手机卡。但怎么利用这张卡，米东和巧绣谁也没拿出主意来。或者，直说了吧，他俩谁也不想去做这个可怕的试验。

最后，米东说，我还是喊王大同来吧！巧绣低声呵斥，还不嫌丢人呐？米东说，丢人重要，还是米朵儿重要？现在，左邻右舍亲戚朋友，哪个不知道咱家米朵儿离家出走？我是他爸，我做不出这种事儿来！要不你来。秋红绝望地摇着头，米东，我不行。米东说，还是喊王大同吧，毕竟是我同学，而且是警察。

王大同不一会儿就过来了，明白怎么回事儿后，张口就骂米东和巧绣，你两口子发神经是不是？自家的孩子哪能这样糟蹋？自己往自己头上扣屎盆子？米东揪着自己的头发，大同你骂得很对，我俩现在就是精神病人。好好的日子不过，折腾成这样。大同我现在想过以前的日子，可我回不去了你知道吗？巧绣说，大同，我们喊你来，因为本身你不是外人。我们也实在没办法了。我俩不是不能做，可你想，我们是她的爸妈，有些话说不出口，会穿帮的。只要你帮我们把米朵儿找回来，我给你磕头。说着，巧绣一脸泪水，要跪在大同面前。大同赶紧说，好，嫂子你别，这事儿交给我，我回去想办法。

巧绣说，你就在这里试试，我等不及了。

王大同拿过那个手机，像是抓着一块烙铁。可他沉思半天，也不知道该怎么说。他遇到难题了。说实话，要王大同做这件事儿，也有点儿难为他。毕竟米朵儿也是他自小看着长大的。米东和巧绣看着他，不说话。王大同终于发出第一句话：很偶然地知道了你的号码，想跟你见个面儿。然后，举着手机。米东俩人则一直盯着那手机。过了好半天，手机突然响了！米东和巧绣一下子靠到王大同身边，只见手机屏幕上一条信息：你是谁呀？我又不认识你，干吗跟我见面？巧绣稍稍舒口气，甚至挤出一丝笑容。米东说，你再回一条，继续。于是王大同皱着眉头摁出这样一行字：你不认识我，可你的一个客人告诉我，你是做那个的。

一会儿后，短信回来：你他妈的搞错了吧？我是个男人。

三个人面面相觑，米东突然就感到一丝不祥。他暗示大同继续。大同继续摁字母说，你这个号码没错，我朋友说的就是你。过了好一阵子，手机响起来：你朋友说我什么样子？

米东闭上眼睛，巧绣脸色苍白。王大同说，嫂子，你回屋休息一下。巧绣咬咬牙，不！你继续发，我一定要弄清楚。大同又发了一句：他说你是一个十五六岁的小姑娘。

你朋友说得很对。正因为我小，所以开价是很高的。

王大同的脑袋嗡的一下，把手机放在桌子上，你两口子的事儿我不管了。爱怎么办你们自己想办法。说完，转身就往外走。米东像个傻子。巧绣盯着窗外，突然说，大同你好人做到底吧，你跟她谈价钱，约个地方见面。求求你了。说完，巧绣站起来，像是一下子苍老了，跌跌撞撞向卧室走去。米东脸型扭曲着，大同，怎么着，得把孩子找回来吧？王大同说，米东啊米东，你两口子啊！我真想揍你啊米东！他把手机拿在手上，继续发短信。米东一下子躺在沙发上，眼睛瞪着天花板。

——钱的事儿好说，你开个价。

——最少八百！房间你去开。

——高了点儿，你又不是第一次。

——可我是个小孩子啊。你在哪儿见过我这么年轻的？

——六百。如果你觉得可以，我在常青树旅馆三零二房间等你。

不一会儿，对方回：好吧，就这么说定了。钱要先付。

大同面对着米东，你能确认这电话是米朵儿的？米东直起身子，好像抓住一根救命稻草。是啊，要是她拿别人的手机呢？大同说，不管怎样，定好了在常青树旅馆，走，咱俩过去看看。米东一下子站起来！俩人走到门口，巧绣忽然在后面喊起来，你们等着我。我也去。

14

三个人打了辆出租车，直奔常青树旅馆而去。一路上谁也不肯说话。快到的时候王大同说，你们在路对面等，我进去。米东和巧绣什么话都说不出来。王大同说完，兀自掏出一根烟来点上，呼地一口喷向夜空。小县城的夜生活还是很丰富的。出租车经过一家洗浴中心，门前泊着一排轿车。一家练歌房门口，彩灯闪烁，一道光柱直刺夜空。楼内传来歌声以及音乐轰鸣声。路边有两个男孩子在追另一个看不清男女的孩子，终于追上了，俩人把另一个摁在地上拳打脚踢。巧绣紧紧地靠着米东，浑身哆嗦。巧绣的感冒似乎更严重，她的呼吸很浑浊。

下了出租车，米东和巧绣站在路的这一边，对面就是常青树旅馆。早些年，常青树旅馆是这座城市最高档的旅馆，这两年就不行了。旅馆越盖越高档，这座只有五层楼的旅馆就失却当年的气派。可每一座城市里，都少不了这样的建筑物。它们像是已至不惑之年，好处是它具备中年人的沉稳气质。很多外地的客人来，依旧是喜欢这种气质的。米东和巧绣站在一棵法桐树下，看着王大同的背影进了旅馆。

过了不一会儿，巧绣突然说，米东，他们来了。果然是那个黄毛小痞子。天哪，米东，我看米朵儿是被他劫持了。米东也看到了那辆摩托车。骑车的头发什么颜色看不清，但肯定不是黑颜色。米东看到了米朵儿，她穿着很短的裙子，从那辆摩托车上跳下来。米东的胃再一次收缩，就像有人躲在里面突然用机关枪扫射了一通。巧绣忍不住就要迈动脚步。米东一把把她拉住。米东说先别急，等她进去。俩人紧盯着米朵儿走向旅馆的大门口。那骑摩托车的小男孩儿在马路上转了一个弯，却将车慢慢停到了米东和巧绣站的树下。米东虽然警告自己要冷静要冷静，但还是忍不住。米东呼地一下就跑过去，一拳打向那个男孩子的脑袋！男孩子刚把车停稳，还没熄火，突然看到路边窜出个男子向自己发动攻击，本能地扭了一下脸！米东这一拳就蹭着他的耳朵边过去了，米东还没站稳的时候，男孩子已经加足油门，发动起车来，在马路上转一个弯，冲旅馆方向大声叫喊，米朵儿，米朵儿！刚要伸手推门的米朵儿回过头来，就看到她的爸爸妈妈向路这边跑过来！她呆愣片刻，却毫不犹豫地跑向那辆摩托车！

此时，王大同也从门里窜出来。米东、巧绣和王大同从三条线路在追拼命奔跑的米朵儿，那摩托车在路边吱的一声停住，米朵儿一下子跨上了摩托车。

一阵马达声中，摩托车不见了踪影。

整个过程，不过一两分钟。米东呆呆地站在那里，巧绣起先还是摇摇晃晃地站着，后来，扑通一下子躺在了路中间。

15

那个上午，米东早早地就到了香树街。他先在一个摊儿上喝了碗豆腐脑，吃了两个肉火烧。然后，才向秋红的摊点走去。卖咸鱼的老板已经对他很熟悉，满脸堆笑，说，米东，这么早就来买鱼？昨天我刚进了一批，很合你的口味。米东脸上没笑容。米东说，今天我不买鱼。那老板意犹未尽，这批鱼真的好。米东一边走一边说，我以后不吃鱼了。咸鱼不吃，鲜鱼也不吃了。老板说，这倒怪了。我知道秋红那边是不卖咸鱼的。米东不跟他说话，只朝秋红那边走过去。秋红挽着裤管、袖子，正低着头摆弄那些鱼。鱼在盆子里活蹦乱跳，显得很有精神。米东走过去，站在那里端详了秋红半天，她还没注意到。后来，秋红终于感觉到了他的目光，站直了腰，双手张着，看了米东半天。秋红说，真新鲜，我还寻思你永远也不回香树街了。米东说，秋红，我来拿我的东西。秋红说，拿什么东西？米东说，秋红，我想清楚了，我得回去。秋红就在衣服上擦了擦手，笑笑，米东，你是不是以为我会求你，会跟你说，求求你米东，你别离开我。米东你是不是那样想的？米东说，我觉得对不起你。秋红哈了一声，算了吧米东，我又没吃亏。

米东苦笑一声，我上去收拾一下东西，回来给你留下钥匙。说着，米东就往秋红住处那儿走。秋红呆呆地站着。米东回到秋红的屋子里，才发觉自己要带走的东西真是不多，无非几件衣服。米东把几件衣服胡乱塞进一个袋子，提在手上轻飘飘的。他在屋里转了一圈，然后把袋子放在床上，坐在床边发了一阵子呆，又侧过脸打量着那袋衣服，嘟囔说，原来我米东活到现在，只剩下这几件衣服。

米东回到秋红身边的时候，秋红好像还在原地站着。秋红脸上似笑非笑，额头有几绺乱发飘来飘去。米东说，秋红，给你钥匙。秋红看着他，却不接。米东的手伸出老半天，见她不接，弯下腰给她放在天平秤的盘子里。那一个钥匙发出很可怜的声响。然后，米东转身走在了香树街上。米东走着走着，突然就听到后背上啪的一声，他回头一看，地上是一只鞋子，一只拖鞋，被水打湿了的塑料拖鞋。他远远地看一眼秋红。秋红站在那里，很滑稽地提着一只脚。

米东没有说话，只是觉得自己应该赶紧离开香树街。于是，他转身继续走，这个时候，第二只鞋子飞过来，却打在他后脑勺上。米东站在香树街上愣了一会儿，突然，他把那袋衣服扔在地上，俯身捡起那只鞋子，就往回跑。秋红赤着两只脚，站在那里。

秋红终于大声吼叫起来，狗日的米东，你算是什么东西呀？你真把老娘当成破鞋了？秋红还在骂着的时候，米东已经奔到她跟前。米东红着眼睛，用尽全身气力抡起胳膊来，那只鞋子就狠狠地打在了秋红的脸上。米东说我的米朵儿是让你给毁的，我的一切也是让你毁的！秋红捂了一下脸，恨恨地看着米东。秋红说，米东我总算看清楚你是什么东西了，你跟我以前的男人没什么两样！

街两边瞧热闹的人越来越多。秋红在这条街上生活了半辈子，大家都是认识她的。秋红就冲着四周说，你们都来看看这个男人，他是什么东西？他老婆偷男人，他就来找我。现在把我玩够了，就想甩了我。米东说，秋红你再胡说八道，我就杀了你！你信不信！说着，抡起鞋子又扇了她一下。

后来，香树街上的人都这么说，秋红那个动作，纯粹是无意识的。秋红身后的桌子边就是那把刀子，她顺手就抓起来了。然后，就像平时剖鱼肚子那样，悄无声息地把刀子捅进了米东的肚子。

那个清晨，香树街突然出现了很长时间的宁静。是真正的悄无声息。街道两边的人，就像被武林高手点中了穴道。他们眼睁睁地看着那把刀子进了米东的肚子，眼睁睁地看着米东慢慢地蹲下去，慢慢地躺在地上。秋红先是后退了一步，傻乎乎地站在那里，然后，一声尖叫打破了香树街的宁静。秋红扑上来，说，你个死米东你别吓我！我不是故意的，我绝对不是故意的。有人反应过来，说，秋红，赶紧把人送医院啊！

于是，有人报警，有人打电话给医院。

米东眯着眼睛盯着香树街的天空。米东说，秋红你给我掏出手机来。秋红说，哪儿呀？米东说，裤子口袋里。秋红把手插进米东的口袋，抽出来，手上、手机上沾满了鲜血。秋红说，你要给谁打电话。米东说，你给我，我要发短信。秋红哆嗦着把手机递给他。米东左手拿过手机，伸出右手食指，一个键一个键地按下去。最后，手却无力地垂下来。米东说，秋红，你帮我发出去，一定，帮我发出去！走之前，我得见到，我的米朵儿。说这番话的时候，米东歪着脑袋，从几条腿之间的缝隙里，看到王大同飞一样跑过来。

（首发于《时代文学》2009年第9期，《中篇小说选刊》2009年第6期转载）

香树街 104 号

1

胖嫂站在火锅鱼店门口，正拿悲天悯人的目光，扫描着香树街上的行人，忽然一扭头，却开始关注起小满的肚子。

小满一袭宽松的亚麻色外衣，站在对面的梧桐树下，抬起头，隔着树冠眯了眼睛看天。可疑之处在于她的那两只手，好像忍不住就要放下去，摸一下小肚子。胖嫂忍不住笑了，竟隔着街喊，小满，小满，有啦？那边的小满一愣，问，什么有啦，胖嫂？胖嫂一边指着自己肚子，一边挤眉弄眼的，你肚子里啊。小满大窘，急忙向沿街两边瞅一瞅，企鹅一样走过街来，小声说，胖嫂啊，这种事儿也是好大呼小叫的？胖嫂哈哈一串长笑，说，女人嘛，两腿一劈让男人种上了，再一劈，孩子出来了。有啥不好意思的？小满哭笑不得，说，再这样，我就不理你了。胖嫂继续开着玩笑，看不出来哈，小乐子闷声不出的倒是蛮会搞。小满一甩手，回到街对面去。不一会儿，却用塑料袋提一条鲤鱼回来，胖嫂啊，这鱼是我自家塘里养的，你尝一尝。胖嫂眨巴一下眼睛，说，这是干吗呢小满？不过，你放心吧，这事儿我绝对不说。满香树街你去访一访，还有谁比我的嘴巴更牢？

小满无声一笑，我又不是拿一条鱼堵住你的嘴。

胖嫂却暗想这里头有事儿，怀个孩子丢什么人？街上的女人大了肚子，哪用别人去宣传，自己就到处去炫耀。除非，那肚子是被别家男人悄悄搞大的。她只想把这消息迅速说出去，说不出去，心里难受。可惜的是上午店里没客人。想跟自家男人说说的，刚哎了一声，又生生咽回去了，她担心那个躺在摇椅上打呼噜的络腮胡子，再拿鞋底抽她的嘴巴。

这种事情以前发生过一次。那一天早上，胖嫂刚一开门，却瞧见在毛巾厂上班的吴家老姑娘小俊，打着一路呵欠从街上幽然而过。不知怎的，胖嫂鼻子一嗅，竟闻到一阵刺鼻的香气，立刻断定丫头身上有一股子风尘味儿。没半天工夫，一条爆炸性新闻就在香树街铺散开来，传到最后，竟是这样子了：老吴家的小俊啊，已堕入了红尘，就在新区那边一家洗浴中心里，操起皮肉生意啦！有根据吗？有的，有的。香树街有个男人去泡澡，心里一痒，喊个女人来按摩，不料门一开，花枝招展走进来的，就是那街坊小俊！

当日傍晚，香树街的夜市喧嚣刚刚响起，却见俊丫头飞扬着褐色头发，手握一柄剔骨小刀，脚步踩得街面噔噔作响，惊起一路鸡飞狗跳。嚯，那架势，让街上几乎所有人都张大嘴巴，瞪圆眼睛，心甘情愿把目光交给她牵着走。到火锅鱼店，小俊抬腿只一脚，门就哐一声大开！小俊旋风一般冲进去，一把拽过胖嫂的头发，把刀尖顶在她两个肥胖的乳房之间，问，怎么回事儿？洗澡的那男人是谁？你去把个狗日的叫来，老娘我要当面对峙。胖嫂的嘴不但快，而且还硬。哪怕小俊往里一递，把刀子哧啦一声捅进她肚子，也绝不承认是她说过那种话。

小俊没把刀子再往前递，却鼓着眼睛，呼哧呼哧喘息半天，一扭屁股走上香树街，双脚分开，稳稳当当站在街心，开始了一次让整个香树街男男女女恨不得钻地缝里去的叫骂。一个大姑娘家的，骂街上的男人，是猪，是驴，是骡子，是戴绿帽子的乌龟王八蛋。骂街上的女人，是裤裆嘴，是扫把星，是千人骑万人压的窑子里的妓女。好事者举着手表计算过，老天爷啊！那场骂，足足持续了 104 分钟。奇的是，那段时间街上的猫儿、狗儿都踏地无痕，连覆压在街顶的烟尘，都畏首畏脚一派萎靡不振。香树街的男男女女，就没一个敢站出来放声小屁的。

小俊的叫骂起得突然，停得倒也利索，咔嚓一下就止住，又像来时一样，风一样去了。身后的街面，遂水一样漫过一阵笑闹。忽然，从火锅鱼店那边儿传出一声杀猪般的嚎叫，登时响彻小街上空！几位在那里吃火锅鱼的爷们后来作了证，说胖嫂的络腮胡子男人，正是用鞋底抽她老婆嘴巴的。男人光着一只脚，居然闪展腾挪，灵活无比。从大堂开始抽，一直把胖嫂抽进厨房，后来，都抽到剁鱼的大案板底下去了！男人一边抽一边骂，你这张嘴，是老爷们的裤腰带吗？说解开就解开！

按说，香树街上一个女人肚子鼓起来，实在不成为一个话题的，可小满就不太一样了。

这里头，有些缘故。

小满和小乐不是香树街的老居民，是两个多月前才搬来的。

之前，香树街 104 号这栋沿街房，是一个叫秋红的女人租住的。女人离了婚，一个人在香树街卖鲜鱼。后来，跟一个叫米东的男人挂拉上，稀里糊涂睡了好久，才睡明白一件事儿——狗日的米东，家里居然还有个细皮嫩肉的南方老婆！秋红一气之下，就在香树街上舞弄起了刀子。她整天给滑腻无比的活鱼开膛破肚，手法果然了得。结果，扑哧一声，当街就把刀捅进了米东的肚子，目标精确无比，正中心脏！在这座小县城，秋红一刀成名。血案发生地——香树街，这条人间烟火气腾空缭绕的鸭肠子般的小街，遂也炒得炙手可热。人人都摇头晃脑地说，那街上的人，野蛮得很！连女人，都敢拿刀切开人的肚皮。

街口老槐树下，用电脑给人测字算命的刘半仙，却诡秘地发表了另一套理论，说，秋红杀人之根本原因，不在于情变，主要是她租错了房子。那门牌号码不吉，104，一动死！

房的主人，也是个老头儿。南方人，因天生一副公鸭嗓子，皮肤白净，不长胡子，香树街人送外号马公公。刘半仙言论一出，香树街 104 号那套房，更变成一片烂白菜叶子了，谁人敢租？马公公退休后的生活支柱被秋红硬生生一刀斩断，正恼火着呢，刘半仙的话无疑是火上浇油。他蹀躞着一路碎步，赶到刘半仙地摊儿前。俩人脑袋顶着脑袋，斗鸡一般，吵了个狗血淋头。

那真叫一个精彩！

马公公说，你就是标准流氓一个！五年前，你在前街看厕所。却在墙角挖个窟窿，专看女人屁股，被一个老娘们发现了，提到路边儿上打了个半死！刘半仙虽仙风道骨模样，却容不下这一套，胡须一抖，果断还击，老太监，我看谁的屁股了？你老母的，还是你老婆的？前些年，你把房子租给俩女人洗头泡脚，老太监你可不只看屁股，豆腐都吃过好几顿。

俩老家伙站在街面上骂着。围观者轰然叫好，觉着好过瘾，好过瘾。

小乐和小满呢，却根本不在乎这房子是否吉利，悄无声息就住进去了。有一天早上，这房檐下的灯啪一声打开，亮光四溅。紧跟着，几个大水盆乒乒乓乓摆出来。戴着蓝帽子、白口罩，穿着蓝大褂儿的环卫工吴嫂，拄着扫帚，扭头一瞧，恍惚间竟觉得，那个秋红又回来了！

满街人都没想到，人家这两口子，仍然卖鱼，卖活鱼！

许多天以后，香树街人回味起这一细节，才觉得此事颇耐人咀嚼。

香树街血案发生后，街上只剩一家咸鱼铺子，没有卖鲜鱼的。闻不到馥馥郁郁的鱼腥味儿，老街坊总觉得少了味调料。最受影响的是胖嫂家，火锅鱼店一部分货源，就是从秋红那边直接进的，忙起来时，胖嫂隔街吼一嗓子，秋红，秋红，鲶鱼，两斤半！秋红哎一声，那边儿就噼噼啪啪一通响。不一会儿，剁好的鱼块端过来，唰一下直接进了客人面前的锅里。秋红刚被投进监狱那会儿，胖嫂有时候站到门口，刚要喊，秋——，猛一个急刹车，醒悟过来，对面那屋早已是空空荡荡。

小满夫妻一来，这条生物链似乎又达成了某种平衡。

可这两口子，一看业务就不熟练。第一天，居然啊呀一声叫，让一条草鱼活蹦乱跳到大街上去了！浑身上下一尘不染的小乐，挽挽袖子，嘴里斜叼一支烟，扯着架子，帮小满去抓鱼，抓到手里，掉在地上，抓在手里，又掉在地上。满街人呵呵大笑，买鱼的不高兴，说，你们卖鱼呢，还是卖沙子啊？遂甩手而去。还有一条，在香树街上做小本生意的，衣着打扮、言谈举止，得跟整条街匹配。俩卖鱼的，打扮成白领样子，像什么话啊？一天早上，胖嫂还发现，小乐揉着眼睛从鸟窝网吧钻出来。老天！那里头都是些什么人？你自己进去瞅一瞅。除了把头发弄成五颜六色的小混混儿，就是附近中学活蹦乱跳的小屁孩儿。一个卖鱼的进网吧干什么？现在有了更奇的，小满居然怀孕了！胖嫂掰着指头一算，准确地算出，这粒种子，早就种上了。

两口子来香树街的时候，已经发芽。一个刚怀孕的女人还要出来做生意，而且卖腥了吧唧的鲜鱼，不奇怪吗?

香树街人并不缺乏想象力。

于是，有了不同版本的猜测。

比较合乎情理，也是胖嫂坚持认可的是，俩人从农村跑到城里来，躲避计划生育。现如今，农村人腰包里的钱，不比香树街上人少，不在乎罚款，只担心绝后。好些个大字不识的建筑队包工头，都开着豪华轿车，到城里来，包养大学生生孩子，号称更换遗传基因。

另一种版本，听起来就比较玄，说小乐和小满是避难的。所谓避难，无非躲债以及躲罪。欠了一屁股债，在乡下没法混了。或者，犯了事儿，到这里逍遥法外，大隐隐于市。基于后一推断，香树街男男女女有好一段时间，都悄然去打量小乐和小满，想从中发觉杀人犯或抢劫犯的影子。

2

盛夏时节，小乐和小满入驻香树街，等小满的肚子眼瞅着鼓胀起来，已是初秋。街道两边的白杨树，开始哗哗啦啦落叶子。天气一凉，胖嫂家的火锅鱼店，生意一天比一天火。

这天傍晚，小乐上身天蓝格子衬衣，下身牛仔裤，慢悠悠踱进店来。

胖嫂咦了一声，稀客啊小乐，你还是第一次进我家店呢。有事儿吗？小乐闷声闷气吐出俩字儿，吃鱼。胖嫂好像没听清楚，吃火锅啊？小乐点点头，目光忧郁。胖嫂呵呵地笑，这可真叫个稀罕。卖鱼的还差这一口啊？小乐不说话，拣靠街的窗口下稳稳一坐，扭头去端详一地乱飞的树叶儿。胖嫂没话找话，天冷了哈小乐。小乐依然不吱声。胖嫂眨巴眨巴眼睛，并不尴尬，小满呢？

小乐冲外面抬抬下巴。胖嫂挪出目光去，见小满穿一件硕大的羽绒服，踩着满街落叶，小心翼翼地走过来。更像一只企鹅了。

胖嫂又是一笑，你两口子吃什么鱼？小乐说，鲤鱼。

小满进来了，面对着胖嫂说，这天真冷啊。女人和女人对话，肢体语言就顿时丰富多彩。胖嫂说，可不是嘛，你家小乐抗冻，这么冷的天穿成这样。你可得注意点儿啊小满，别感冒。吃辣的，还是不辣的？小乐扭过头，辣。小满柔柔地说，那就鸳鸯锅吧，一边儿辣的，一边儿不辣的。

转眼儿工夫，锅里的鱼翻滚开了。胖嫂在一边冷眼观察，心里直说，小满怀有身孕，需要照顾的，看上去倒是她在巴结小乐。城里头的夫妻，哪有这样的？老婆不怀孕都娇气得像公主，一旦怀了孕，都成皇后娘娘了。小满夹一块鱼，递进小乐碗里，柔声细气的，可以吃了啊小乐。小乐拿起筷子来就吃。胖嫂皱皱眉头，替小满发愁。你说这个小乐，人家小满是给你家生孩子的，你板一张脸，给谁看啊？我就不信你还有天大的能耐。有本事的人会在香树街摆摊儿卖鱼？嘁！

让胖嫂对小乐刮目相看的事儿，是这两口子吃饱喝足之后。

小乐擦擦嘴巴，说，结账。胖嫂拿起一个计算器，摁了半天，报出个数字。小乐摇摇头，不对！胖嫂再摁一遍，对啊，没算错。小乐开始仔细询问锅底、手擀面、二锅头、一次性筷子，以及餐巾纸，都多少钱。说，就这些，胖嫂你再加一遍。小满扭着头，一声不吭看着窗外，像是强忍着笑。胖嫂说，还有条鱼呢小乐？

小乐说，那条鱼，本来就是我们家的，不能算在里面。

胖嫂一下子愣住！这小子，他今天不是来吃鱼的！

胖嫂扭头去看看小满。小满仍饶有兴趣地看着街上一片旋转的树叶。胖嫂呆愣的时候，小满已经站起来，谁也没看，扭头走出屋子。

小乐抽出根牙签，一边剔牙一边说，知道吗胖嫂？我们老家有个风俗，女人怀上孩子，要给亲戚家送这么大一条鱼。我们把你当亲戚看，不是让你败坏人的。你嘴皮子咋就这么碎呢？你还真猜对了，我跟小满就是出来躲生的。我爹现在穷得啊就只剩下钞票了。他最大的心愿，就是抱孙子，好把万贯家产交给他。可小满她肚子不争气。小乐说着，伏下身子，压低声音，到现在小满都生仨丫头片子了，胖嫂你可千万别把这事儿传出去。

胖嫂怎么也没想到，看上去闷不作声的小乐，一开口，那话居然像葡萄一样，一嘟噜一串。每句话，都像刀子，都像箭头，直冲胖嫂的面皮而来。自始至终，小乐目光直视着胖嫂，那两道精光，让胖嫂觉得一股一股的冷风从后脊梁骨那儿直升上来，竟比小俊顶在她两个乳房之间的那把刀子还要锋利！

胖嫂嘴唇动一动，说，算我请客，街坊邻居的，多大点儿事儿。小乐说，不，我不喜欢欠别人的。这是二十，剩下的算小费。说着，将一张纸币拍在桌子上。然后吸吸鼻子，缩着脑袋出去了。胖嫂盯着小乐的背影，张着嘴巴，愣了好半天，才说，操！什么人哪这是！

小乐走进屋里时，小满已经打开了那台小电视机。

她抬头看一眼小乐，眯着眼，一声轻笑，左腮边就出现一个酒窝。过分了吧小乐？送人家东西，还要再吃回来？小乐不笑，过什么分啊？小满说，本来，想跟她打听事儿的。你这一闹，以后怎么好意思啊？小乐说，你跟这种人打听事儿？脑壳被驴踢了吧？小满兀自嘿嘿呵呵地笑，语言很生动，不愧是小说家。小乐却截住话头，说，我要出去转转，消化消化这条鱼，在肚子里不舒服呢。小满看他一眼，算了吧，肯定又要去上网。要不，接根网线来家里，省得整天出去。

小乐却问，小满，你还真打算在这里常住啊？差不多行了吧？

小满答非所问，上网有什么好？浪费时间，玩物丧志。

小乐哼了一声，缩着脖子出门口，站在街上，却呆愣了一会儿，好像拿不定主意去东边还是向西走。一到傍晚，香树街尤其热闹。街两边的小酒馆里，已经传出男人的划拳声。小乐走到鸟窝网吧门口，却毫不犹豫就走过去。不一会儿，竟走出了香树街。小县城巴掌一般大，再走不到一刻钟，已经到了县城东郊。小乐站到路边，却见一列火车从北向南驶过来。那是一辆运煤的小火车。车头里面那个人模糊了一下，就急匆匆滑过去了。小乐目送火车走远，才下了一道坡，穿越沟渠，再慢慢攀上去，于是，站到轨道边上。小乐左右看一眼，两条腿劈开，一只脚踩住一根铁轨，慢慢伸开双手，使劲呼吸一口。兴许那股子油气味道太浓，居然咳嗽起来。

咳嗽过了，小乐突然挥挥手，大声叫喊，操你妈的！我受够啦！

一个小时后，小乐回到那个临时的家。

小满还在看电视。

小乐看看她，说，我还是去找点事儿做吧。小满没听清，你说什么？小乐拿过遥控器，把电视机声音调小。我说，我考虑过了，想出去找份工作。小满叹口气，我们不是正做着事儿吗？小乐哧啦一笑，这叫什么工作？我不想卖鱼。小满笑问，你想卖什么？小乐一挥手，怎么就想卖东西呢？就是卖东西，非得卖鱼啊？小满咬咬嘴唇，小乐，你知道我不是来卖鱼的。小乐原地转了一圈儿，我一个大男人，学的是计算机专业，却整天帮着你杀鱼？小满开心地笑起来，语气仍不紧不慢，你不愿杀，就算了，我杀。你老婆一个怀孕的女人都不怕，你怕什么？小乐嘟囔，你这人真怪。

小满慢悠悠地嘟囔，我知道，你不是讨厌卖鱼，是讨厌这条街。

小乐四下一瞅，咦，你还真说对了，自从来这条街，我就睡不好觉。小满说，怎么会呢？我睡得挺香的。小乐说，你当然睡得挺香，没心没肺。小满，求求你，咱别闹了好不好？小满反问，你认为我是在瞎胡闹？小乐急忙摆摆手，你没胡闹。可是这里不适合咱们，回家吧？小满拧过头来，面无表情地端详着小乐，要回你自己回吧，但你保证每天给我送鱼来。

小乐仰天长叹，天啊，又是鱼！

我姐是卖鱼的。不卖鱼，我怎么能感觉她的存在？小满的语气加重。小乐也脱口而出，你姐她在监狱里，不在香树街！小满忽地一下站起身来，我知道她在监狱。可人家不让我整天去看她。我在这里，就能感觉到，我们俩每时每刻都在一起。

小乐看了小满的眼睛半天，小满，看国外电影看多了是不是？我告诉你，香树街不适合搞行为艺术的。你心里究竟想什么啊？折磨自己，还是欺骗自己？你现在很病态，知道不知道？小满伸手一指门外，你走！跟一个病态的人住在一起，有什么意思？

小乐顿时无语，好半天才慢慢靠近小满，把她搂在怀里，说，对不起，我不该惹一个怀孕的女人。小满用手背擦一下眼睛，嘿了一声，你应该说，你不能惹一个怀了你的孩子的女人。小乐抬头看着房顶，看了好久，才叹息道，可是，我真不喜欢这条街啊小满。

小满说，我知道。咱们就在这里待一年，好不好？

3

香树街细小如肠，却如一个杂货铺子，一应俱全。街口竟还有一间蓝色外包装的警务室。门边墙上挂的牌子上，显示着片警的名字叫王大同。

小满蹒跚着身子，到了警务室门口。王大同感觉到屋子里稍稍一暗，扭回头来，顺口就说，是你啊小满。小满赞叹一声，不愧是警察。你就是王大同吧？王大同拍拍脑袋，当然是我，街上人都喊我王大头。看到了么？我脑袋比别人整整大一号。小满抿嘴一乐，我姐跟我说过你的大脑袋。哦？王大同嘴唇嚅动几下，不开玩笑了。

小满笨拙地坐在沙发上，目光执着地看着王大同，我姐说你跟她是同学，跟米东也是同学？王大同点点头，却不说话。小满的身子向前倾着，又问，那他俩的事儿，前前后后你肯定都清楚。王大同手里抓着一块抹布，这里抹一下，那里擦一下，你想了解什么啊？再说，事情不都过去了吗？

小满说，没过去。我姐还在监狱里。她这辈子恐怕都出不来。王大同拖过一把椅子来坐下，说，小满，我理解你的。你姐一个人，即当姐又当娘，挣钱让你上大学，确实不容易。可人得往前看，不能老是沉浸在过去的伤心事儿里头。小满的眼里瞬时有了泪花，我就是放不下。我从小就没娘，我姐就是我娘。她是因为我才离了婚的。她那个男人，不愿意拖着我这个累赘，他打我姐。王大同忙起身去倒一杯水递给小满，这些我都知道。小满说，那你告诉我，米东到底是个什么样子的人？

王大同有点儿心不在焉，似乎不想提及往事，小满你去看过你姐吗？小满说，去了。整个人瘦了一圈儿。一见到我就哭。王大同沉默着。小满身子一耸一耸，抽泣起来。

王大同搓着双手，好半天才说，秋红和米东在中学时候就谈过恋爱。

小满抬起头，怎么没人跟我说这事儿？王大同说，那时候你还小呢。小满问，既然我姐她喜欢米东，为什么拿刀子捅他呢？王大同说，那是个意外。你姐根本没想到会把米东杀死。米东嫌你姐做的面条太咸。你姐随口就说，吃着不顺口，回你家去吃你老婆做的。米东说什么意思啊秋红，我都这样了怎么回去？你姐说什么样子啊？我又没赖在你身上不走。米东说这可是你说的啊，那我走。可米东刚走出门你姐就慌了，嘴上却不服输。她扔了一只鞋子，啪哧一下砸在米东身上，说，米东！你真把我当成一只破鞋了吗？咦，小满，你怎么了？

小满的脸色变得苍白。

小满说，我没事儿，你说。

接下来的事儿，你都知道了。米东捡起那只鞋子走回来，用那只鞋子打了你姐的脸一下。然后，整个香树街的人都眼看着你姐把一把刀子捅进了米东的肚子。米东一声都没吭，就倒在大街上。我当时的确就在这间屋子里，有人喊杀人啦杀人啦！我呼一下子就跑了出去。街上所有人都傻了！整个一条街，寂静无声！你姐坐在地上，一动不动，眼睛瞪得好大。我蹲下身去看米东，已经晚了。王大同没有去看小满，而是看着墙角的一个虚空的位置，脸上的肌肉紧绷着。又说，小满，不光你难过，我一想起来也难受。

小满突然问，你觉得，我姐她找到自己的爱情了吗？

王大同一愣，我可以肯定，他俩是相爱的。他俩好的时候，我们仨，就在胖嫂火锅鱼店里喝酒，聊天，其乐融融。好半天，小满慢慢站起身来，好像还不是我想要的。王大同抬头问，你到底想要什么？小满叹口气，我也不知道。不过，好像没这么简单。王大同说，小满，香树街不适合你的发展，你如果这样，我估计你姐也不高兴。

小满没再说话，转身出去了。

小满走进火锅鱼店，胖嫂正在擦地，抬头看她一眼，笑了。这女人倒是不记仇。小满啊，快来坐下，反应厉害吧？想吃酸还是辣？酸男辣女么。小满懒洋洋的，啥都不想吃。胖嫂将拖把扔一边去，拉一张凳子让小满坐，自己坐在对面。那怎么行？你不吃，孩子吃什么？

小满不想跟她聊这个，她指一指路对面，以前卖鱼的那秋红，你跟她熟吗？胖嫂却说，还以为你不知道她呢。秋红出什么事儿，你也知道？小满点头，我知道。胖嫂把凳子往前一拉，你租房子前，来问问我就好了。我给你找另一家。小满面露疑惑，为什么啊？胖嫂说，刘半仙说那房子门牌号不吉利。小满扭头看对面，嘁了一声，迷信。

胖嫂点点头，也是，都住进去了就啥也别信。你刚才问秋红的吧？我俩好的，就跟亲姐俩一样。没想到她能出那种事儿。叫我说，世界上的男人就没一个好东西。就说我们家这个。我整天忙里忙外，都累死了。可人家什么都不管，只管和街上的一帮王八蛋打扑克。晚上回来，不管三七二十一把我摁底下，就图他自个儿舒坦。

哎呀，胖嫂你又来了。小满急皱眉头。

对，说秋红。就这条街上，我还没见过一个像秋红那么有心劲儿的女人。她以前找过一个男人，不对付，就离了。一个人在这街上卖鱼，起早贪黑的，真不容易啊。我给她说过媒，介绍街那头一个光棍。男的倒乐意，可秋红死活看不上人家。后来跟一个瘦高个子男人住到一块，就是被她一刀子捅死的米东。我提醒过她，到底是个什么人你也不打听打听，可她不听啊。

你觉得，他俩在一起，过得幸福吗？小满不紧不慢地问。胖嫂的兴致已经被挑起来，幸福？这种事儿，能幸福到哪里去啊妹妹？男人家里有老婆，就是出来打野食的，就图个乐子，找个女人陪着睡觉，你以为他真想离婚？可秋红不一样，秋红得找个踏实人过日子的。小满叹了口气，发现胖嫂老是跟她拧着走。

胖嫂却问，小乐呢？怎么整天不在家？小满说，他不愿意卖鱼，找活干去了。胖嫂哎呀一声，好不容易躲在这里，他怎么放心丢下你一个人，自己去找活干？小满很好奇，干吗躲到这里？问完才恍然顿悟，又抿着嘴笑。

胖嫂说，我跟你说啊小满，你得看紧了男人，这时候容易出事儿。小满摸摸肚子，能出什么事儿？胖嫂悄声问，晚上还做吗？小满迷惑不解，做什么？胖嫂挤挤眼睛，就男人和女人那事儿。小满脸色一红，瞧你呀胖嫂！胖嫂压低声音，我生大丫头前几天，你大哥还不让我闲着呢。小满苦笑一声，求求你，别说了。胖嫂一歪脑袋，我就不信，你俩年纪轻轻就能忍住？如狼似虎的年龄，你要看不住小乐，还不知道他出去干什么呢。

没那么严重吧？小满眨巴一下眼睛。

俩人正说着，却见小乐缩着脖子，骑着摩托车进了香树街。

你怎么还去那边儿呢？小乐脸上一副厌恶的表情。小满说，就聊聊天嘛。小乐说，跟那种女人有什么好聊的？小满说，胖嫂这人挺有意思的。我姐跟她挺合得来呢。小乐哼一声，你跟你姐，怎能相提并论？我看你都快要变成街上的女人了。小满却反问，街上女人什么样子？小乐说，俗。走路，说话，包括思维，都处在很低很低的档次，我心目中的小满，可不是这样的。小满微笑着，人家还拿咱当农村人看呢。不过小乐你真这样看吗？小乐说，你瞅瞅这街上的人，整天除了睡觉，吃饭，再就是低级动物一样做爱，繁殖，为城市增加人口，还不如乡下的农民。

我倒不这么看，小满无声地一笑，见小乐又要分辨，忙说，不谈这个，你猜，胖嫂刚才跟我聊什么？小乐很不屑，不用猜，我也知道，你们俩人绝对不会谈后现代主义，绝对不会谈米兰昆德拉，马尔克斯。小满眉眼儿带笑，悄声说，她说小乐同志现在很危险。建议我在夜里把他拿下，省得他出去找别的女人。这下子轮到小乐开心了，悄声问，你这样子，怎么能做？小满说，人家说她怀着孩子，八九个月了，还不闲着呢。厉害不？

小乐又皱起了眉头，果然厉害！你说，这都是些什么人哪？小满你是个诗人啊，整天跟这些人探讨这个，还能写诗？我表示怀疑。

怀疑什么啊？你倒是与这世俗格格不入，也没看到你写出特立独行的小说来？

小乐说，风格不独特的也写不出来。这条街，真让人崩溃！

4

小满脑子里的诗性看来正渐行渐远，不过，对卖鱼这项工作，她却开始得心应手。鱼腥味儿对小满的妊娠反应居然毫无影响，相反，她倒像是对那种味道越来越着迷。一套动作，也越来越专业，几近一气呵成。刮鱼鳞，剖鱼肚，将内脏剔出，拿水往鱼身上一冲，哗啦往塑料袋里一塞，递给买主，好了。接钱找钱，又补充一句，吃着好您再来买啊。

小乐坐在门口的躺椅上，手捧一本《生命中不能承受之轻》，却读不下去。他歪着脑袋，注视着小满熟练地反复地做着那套动作，忍不住又要皱眉头，忍不住问自己，这还是那个在诗歌朗诵会上抑扬顿挫的小满吗？我们大把大把的稠密的时光，难道就要在这一套动作里消弭于无形？小乐喂了一声，小满啊，你对这一切真的已经习惯了？小满走过来，抓起一块湿毛巾擦手，我觉得这样子很好。小乐看天，小满，你肯定，这样做有意义吗？小满摸摸小乐的后脑勺，答得很干脆，有意义。小乐摇摇头，起身走进屋去，再出来，手里提着洗浴用的东西，问小满，你要不要跟我一起去澡堂？

自从小满开始卖鱼，小乐几乎每天都要出去泡澡。小满偶尔会说，你就是整天泡在水里，这里的鱼腥味儿还是如此。你得去主动习惯这种味道，不是抗拒和躲避。小乐说，我永远都习惯不了。

小满张着双手，你没看到今天我多忙吗？我不去。

这座小城，洗浴中心倒是有好多家。小乐满大街地转，似乎只是为了离开香树街，呼吸一下新鲜空气。但这座城市里，似乎到处的空气都是污浊的。小乐最后选择了城郊最远的一处洗浴中心。推门进去时，两只手似乎冻僵，在大池子里泡了半天才暖和过来。就在他趴在一张湿漉漉的皮床上接受搓澡服务时，那手劲儿蛮大的小伙子突然低下身子，悄声问，先生需要小姐按摩吗？

小乐一愣，扭头问，还有异性按摩？我怎么不知道呢？

五分钟后，小乐进入另一个房间。里面有一张小床，一面大镜子。小乐穿着一次性短裤，躺在那里，看着镜子里的自己，突然觉得那个人很陌生。

这时，门口有了声响，一个女孩儿推门而入。俩人对视一眼，都愣了！还是女孩儿先反应过来，笑眯眯地问他，请问，是先生您需要按摩吗？

怎么，会是你呢？小乐下意识地想抓件东西盖在身上，可是没找到。

小俊笑嘻嘻的，晚啦，我都看到了。

小乐跟香树街上的小俊相识，还是在鸟窝网吧里。

那天晚上，小乐烟瘾犯了，两只手在到处翻找口袋，面前却啪的一声响，从旁边蹦跳过一根烟来。小乐扭头一看，是个头发呈褐色的女孩儿。小乐道声谢，拿起那支烟就点上。女孩儿扭过头来，看看小乐的屏幕，玩儿游戏啊？小乐点头。女孩儿自我介绍，我叫小俊，就在旁边那楼上住。小乐哦了一声，仍不说话，继续忙他自己的。小俊说，其实我早就注意到你，你真不像是个卖鱼的。小乐扭头看她一眼，还是不说话。小俊伏着身子，盯了小乐的脸看，喂，小子，真是来躲生的？多大个毛孩子啊，就有三个闺女了？小乐扭了头，端详她半天，姐，累不累啊？小俊嘻嘻一笑，累，替你觉着累。小乐说，那些话你也信吗？小俊俏皮地摇摇头，说实话，我半信半疑。小乐扭头忙着他的游戏，不打算理会小俊。小俊却突然提议，喂，陪我出去走走吧，聊聊天，闷死了都。小乐弯下身子，低声说，我不敢啊，我老婆她真打我。小俊也压低声音，我看不像。小乐看她一眼，脸依然绷着。小俊觉得无趣，叹息一声，又待了一会儿，才关掉电脑。走之前，拍拍小乐肩膀，你太伤女孩子的自尊了。说罢，头也不回就走出去了。小乐只是轻巧地看了看她的背影，不以为意。

你不觉得咱俩有缘分吗？我约你陪我去聊天，你不去。现在却送上门来了。小俊正在揉捏着小乐的肩膀。小乐表示认可，奇遇，的确是一次奇遇。我记着你在县里的毛巾厂上班的啊？小俊没回答他，却反问，你怎么知道的？小乐一笑，香树街上，只要有女人，就没有隐私。小俊啪一拍他的后背，看来，帅哥挺关注我的啊。小乐嘶的一声，能不能少用点劲儿啊小姐。小俊使劲捏他一下，你才是小姐呢？小乐说，下手这么狠，图财害命啊？小俊说，我就是报复你怎么了？看上去像个正人君子，还不是照样来这地方？小乐问，这地方怎么了？小俊说，你小子别装糊涂。

不一会儿，小乐半躺着，小俊盘腿坐着，俩人就那样子吸烟。小乐又问，好好一个女孩子，怎么干这个呢？小俊慢慢躺下，冲上方吹出一口烟雾，我们那屁厂子，仨月都不发工资，老娘我吃什么喝什么？说起来，还得感谢你们家对门那个胖老娘们儿，她提醒了我。唉，人被逼急了眼，只要能挣钱，干什么不是干？

小乐无言以对，想起自己四处去找工作时连连碰壁，遂暗叹一声。

小俊笑着说，搞那么沉重干吗？又没人逼我为娼。喂，小孩儿，你文质彬彬的，怎么看也不像个农民啊。小乐嘿的一声笑，我老婆是个诗人呢。农民会娶到诗人做老婆？小俊扭过头来，很惊讶的样子，诗人哦？诗人到香树街卖鱼？就那条破街，我做梦都想逃出去。你们这是干吗？体验生活？

小乐哀叹一声，对，体验生活。

从那以后，小乐刻意避开那家洗浴中心，怕再遇到小俊，未免尴尬。后来，在网吧里遇见，小俊悄悄地问，怎么不去了？害怕我？小乐点头承认，是有点儿怕。小俊笑着嘟囔，怕什么？我又不强奸你。小乐心里一惊，却一本正经，怎么着也一条街上的，太熟了，恐怕不好下手。小俊伸手拧他一下，也郁郁地说，那就别去了。反正在那种地方碰到你，我也别扭。

可小乐还是又去了。

那是几周之后的事儿。

天是阴沉着的，似乎随时都要飘起雪花。小满那天早早地就卖完了鱼，又挺着大肚子，去对面找胖嫂聊天。这女人似乎是跑顺腿了。小乐听到俩女人发出嘻嘻呵呵的笑。胖嫂的声音飘过来，鸡蛋倒是便宜，可青菜啊，比肉都贵了。小乐焦躁不安地抓了自己的头发一把，把手上的书掷到一边儿。不一会儿，他骑着摩托车就出了香树街。

走着走着，却发现自己朝城区边上那家洗浴中心而去。

进房间的女孩儿穿着很露，很具有挑逗意味。小乐怦然心跳。细瞧，却不是小俊。小乐说，我找小俊。女孩儿抿嘴一笑，抓了一把他的大腿，帅哥你倒是很痴情的。我做的也不差，不信可以试一试哦？小乐说，我跟小俊是朋友啊。女孩儿惊讶片刻，呵呵一笑，你到这里来，是找女朋友的？小乐说，很奇怪吗？女孩儿轻轻摇头，真是林子大了，什么鸟都有。小乐说，什么意思啊？女孩忙说，没意思，可我们这里没有叫小俊的。

小乐比画了一番小俊的样子。

女孩儿转身出去，不一会儿，小俊来了。这次却站在门口，定定地看着小乐，我一猜就是你，想我了吗？

小乐说，想跟你聊聊人生。

小俊注视小乐良久，我不想在这里聊。

小乐坐在摩托车上，小俊连蹦带跳跑出来，一伸手就搂住小乐的腰。小乐扭回头问，去哪儿？小俊说，哪儿都行。摩托车行驶在半路上时，雪花果然就飘落下来，漫天飞舞。小俊大声说，小乐，这是2009年第一场雪啊。咱们去郊外看雪，好不好？小乐说，好。突然感觉到一丝怪异，在香树街长大的小俊，却跟那街上的女人截然不同的。等到了县城西郊，雪更加有气势，绵延不绝，天地一片苍茫。小乐将车停在路边，小俊跳下车来，张着双手，在雪地里转着圈子。小乐面带微笑，点上一支烟，看着像一只鸟儿那样快乐着的小俊。

接下来的事情，让小乐始料不及。

小俊指挥着他的驾车路线，一会儿就到了目的地，竟是城郊一家小旅馆！小乐愣在车上，小俊坐在后面，抱着他的腰。先跳下来的，是小俊。她的头发在雪花中飘扬着，却头也不回，走了进去。小乐一脚撑地，伏在车上，却扭头看雪，雪花一片一片打在他脸上，丝丝发凉。好半天，手机响，小乐看着号码，又犹豫好半天才接起来。是小俊的声音，104房间，我会等你一个小时。

二十分钟后，小乐的右手轻轻推开了带有104房号的那扇门。

两个小时后，天已经暗了。雪仍然在下，似乎更加狂野。小乐在离香树街不远的另一条街上停下了摩托车。

小俊下了车，站到路灯下面，仰起头，朝半空看去。突然惊喜地叫喊一声，小乐，你来看，从这个角度看雪，真漂亮啊。小乐看着上身白色羽绒服下身牛仔裤的小俊，突然内心沉重无比。小俊意识到了，慢慢走过来，问，小乐，你后悔了？小乐不作声。小俊伸手扯扯他的耳朵，傻瓜，我又没逼着你离婚。赶紧回家去吧，你老婆还挺个大肚子呢。小乐欲言又止。小俊说，不用担心我，从那个胡同一拐，我就到家了。我告诉你小乐，我不后悔。你也看到了，这可真是我的第一次。我说过我在那里只做按摩，不卖身的，你信了吧？说罢，扭过身子，蹦蹦跳跳沿另一个方向走回家去。

小乐树桩一样，好半天一动没动。

香树街的街面上已经结了一层冰。就在家门口，小乐刚要停下车，车轮却突然打了个滑！小乐和摩托车都哐的一声摔在街面上！

小乐仰面向上，借着路灯的光，看到千万点雪花，冲他脸上袭击下来。小俊说得果然不错，从这个的角度看雪，果然是璀璨无比。小乐在恍惚的状态下一扭头，却看到那个门牌号，104！恍然意识到，一个小时前，他和小俊刚从一个同样号码的房间里走出来。小乐张开嘴巴，有几枚雪花钻进去了。就在那时，传来小满的尖叫声，小乐，你怎么啦？小满张着手，正要往外走。

小乐急忙撑起身子，冲着小满喊，地上太滑，你千万不要过来！

5

女子监狱的会见室里，小满挺着大肚子，正等着秋红出来，却莫名其妙一阵心慌意乱。小乐的手机在响，他抱着捎给秋红的衣物，竟躲一边儿去接。小满歪着脑袋，看看小乐，再转回头时，秋红已经在狱警陪同下走过来。

小满站起身来，秋红紧走几步，脸上带着笑，哎呀小满，你可真能啊！肚子都这么大了。很快我就要做大姨妈了哦。看上去，秋红这次的气色不错。小满眼里的泪珠儿却已经转了好几圈，终于滚落下来。秋红说，小满你别这样，姐在里面挺好的，都习惯了。小满终于说出一句话，姐，我现在就住在你的房子里。

你说什么啊小满？秋红很惊讶。小满说，我跟小乐，现在就住在香树街104号。还有，我们仍然卖鱼，卖鲜鱼。秋红呆愣了好半天，说，小满你那脑袋里装的什么啊？糨糊吗？你去那条街上干啥？这么多年，我累死累活，为了什么？为了让你到那条街上去卖鱼啊？

小满说，那里有你的影子。

秋红站起身来，双手放在腰间，你记住！以后不要去了，永远都不要去那儿！我恨死那个地方了！小满仍坐着，满脸是泪水，又执拗地说了一句，那里有你的影子啊。秋红沉默半天，重又坐回来，我知道小满你心里想什么，从小到大，你就是稀奇古怪的傻丫头！小满嘿的一声笑。秋红说，可你姐已经这样子了，所有的一切，都让我来偿还好了，没必要再搭上个你。你要再这样子，我很生气。小满细声细气地说，生什么气呀姐？

小乐走过来，笑着叫一声，大姐，一边将衣服递过去。秋红也笑一笑，乐儿，我把我妹妹交给你，你是怎么看的？挺个大肚子，在大街上卖鱼？你这叫疼老婆啊？还是你俩都有病？小乐和小满对视一眼。

小乐说，大姐啊，你替我说说小满，她这一根筋的脾气，我能改得过来吗？

秋红就在那一瞬间，也突然满眼泪水。

往回走的时候，小满问正开车的小乐，刚才谁的电话？小乐目视前方，是我去求职的一家公司。小满扭过头，一脸兴奋，小乐，你找到工作了？小乐仍然看着前方，还不一定，我明天去填一张表。小满说，这是好事情呀。你怎么不高兴？小乐的内心却顿时漫上一股子沮丧，却说，我是担心你。小满哈了一声，我有什么好担心的？

他们俩从监狱回来，直接去了另一座县城里小乐的家。

就要过年了嘛，小满实在没有理由再住在香树街，人家小乐的爹妈心疼儿子。当然，更心疼小满肚子里的孙子。小乐的爹派车来接他们的。车驶出香树街街口时，小乐和小满都不约而同回头看了一眼。小乐看到的，是上空缭绕着的几缕婉约的轻烟。小满却看到胖嫂站在火锅鱼店门口，冲她摆着手。

小乐和小满探视秋红的第二天上午，在离香树街不远的一家宾馆的床上，小乐对小俊说，我儿子还没有出生，就已经听到他爸爸在撒谎。小俊顿时神情沮丧，长长地叹一口气。两个人仰躺着，都把目光投向房顶。良久，小俊说，看得出来，你是深爱你家小满的。小乐说，我们俩，从初中开始就是同学。小俊稍稍一皱眉头，叹口气，引开话题，你们真是来体验生活的啊？小乐半天不语，终于开了口，小满，是秋红的妹妹。

那个卖鱼的秋红？小俊忽地一下子撑起身子，那个杀人犯秋红？

小乐点点头。

原来是这样啊。小俊坐起来，沉默好久，伸手抽一支烟来点上，塞到小乐嘴上，自己又点燃一支，呼的一口喷出去，才说，我还是不理解。香树街应该是让她伤心的地方啊？小乐心里说，小满的心思，香树街上的小俊你哪能理解呢？小乐忍不住扭头去端详小俊，你俩是截然不同的两个女人。

小俊幽幽地说，别拿我跟你老婆比，我连高中都没上过。你们还不如不来呢，那样，我就不会遇到你，不会这么痛苦。小乐叹息一声。小俊呆愣半天，哈的一笑，快过年啦，这么忧郁干什么？多累呀。我也没指望你能娶我，咱俩在一起的时候，你好好对待我就行。

在除夕夜的酒桌上，小乐的爹喝多了酒，说，小满啊，爹知道你心里苦，你想干什么，我们不拦你。可你还是得为孩子着想啊。我看，过了年，就不要去了。让小乐去找工作，找不到就到我公司来帮我。小满听着外边的鞭炮声，强忍着，强忍着，泪水还是涌出来。她没有说话，起身就回自己的屋子了。

年初一上午，来拜年的人络绎不绝，小满躲在屋里，不肯出来。一直撑到下午，终于还是忍不住了。

我要回香树街去。小满把小乐拉到一边，目光执拗。

小满，今天是大年初一啊！小乐双手一张，觉得不可思议。

在这里，我一天也待不下去。我心慌。就像刚上大学那时候，那种撕心裂肺想家的感觉。当年，我为什么写诗啊？我所有的诗，为什么都弥漫着一股子苍凉、孤寂和忧郁？我告诉过你的小乐，我就是想为自己无依无靠的灵魂，寻找一个踏踏实实的家。我娘死了以后，没几年，我爹就给我找个后娘，那时候我感觉自己根本就没有家。可现在我找到了，香树街 104 号，那是我姐的家，也是我的家。只有待在那间房子里，我心里才踏实。

小乐狐疑地盯看着小满，双手一摆，小满，你还是别说了。

两个小时过后，小乐和小满重回香树街。

那几天，香树街上白天虽人流不断，但夜里是静的。街上的小商小贩都回家过年去了。小满站在萧瑟的街头，眯眼望去，心想，我姐秋红那些年也是这样站着，打量此时稍显荒凉的街道的吧？那时候的她，会是怎样的孤独和寂寞呢？对面的火锅鱼店也一副清冷寂寥。胖嫂住在另一条街上，这时节自然不会来。小满突然很想跟这个胖女人聊天。胖嫂这人嘴是碎了些，但人还是蛮可爱的，蛮亲切的。小满一身臃肿的棉衣，站在香树街上清冷的风里，却并不感到悲凉，反倒在心里涌起了诗意。

小满真就写了一首诗，拿给小乐看。

小乐捏着那张纸，感觉很惊讶，小满，你的风格完全变了！意向虽然还是虚无，但多了沉实，少了忧郁。小满说，很奇怪，我竟然觉得，我的根原来是在这条街上。小乐你不觉得，咱们以前生活得太虚无缥缈了吗？

那个夜晚，似乎小乐和小满都捕捉到一种叫作轻松的状态。香树街 104 号，两个客居他乡的男女，居然像几年前那样，开始谈论起朦胧诗的走向，谈起了审美现代性，文化语境。小乐长叹一声，我觉得真奇怪啊小满，我们是在香树街上吗？

显然，小满也处在一种愉悦状态里，要不这样啊小乐，我听你的，咱们今年不卖鱼了。你写你的小说，我写诗，香树街 104 号就是咱们的工作室了，好不好？小乐眼睛一亮，你的意思是，我不必再去找工作？小满哼了一声，说，别老拿找工作当借口了。你就是不愿意在这里卖鱼。找份工作没那么难，为什么你老是找不到？因为你根本不想受那种约束。告诉你啊小乐，没有人比我更了解你。

6

小俊面带忧郁地站在鸟窝网吧旁边，手指上夹着一支烟。几缕袅袅的烟雾，似乎满含哀怨。

向俊一推门，忽然瞧见了小俊，咦？丫头，怎么不进来？向俊的鸟窝网吧随时为你敞开。小俊撇撇嘴，烦着呢。向俊咦了一声，天底下还有能让咱小俊烦的事儿？小俊说，别咱咱的，你跟我不一个俊。向俊不耻下问，难道你是真俊，我就是假冒伪劣？小俊嘁了一声，扭屁股就走。向俊在后面喊，小俊，给个机会好不好？

不好！你没戏。小俊连头也没回。

小俊经过咸鱼铺子时，卖鱼的老头儿正自己拉着弦子，摇头晃脑唱戏，清明佳节三月三，老师傅踏青去游玩，撇下了顽童五六个，他们大伙儿拉我去赌钱。小俊呸呸两声，嘟囔说，教人学点儿好行不行？难怪香树街的孩子没一个成器的。她顿住步子，瞅着一街的灯光，又自言自语，都他妈清明节了啊，小乐你个混蛋！

香树街 104 号亮着灯，门却紧紧关闭。

春寒料峭，门关着也属正常。奇的是这门即便是白天也总不见打开。小俊曾反复经过数次，每次都要透过门缝去探头探脑，可她什么都看不到。但心里清楚，小乐和小满明明是在里面的。

小俊和香树街上所有人的疑问一样，这两口子不卖鱼了，躲在屋里干啥呢？

小俊在门口站了半天，终于伸出手，轻轻叩门。

小满稍稍一愣，是你啊。小俊先是瞅瞅小满的肚子。这肯定绕不过去，已经相当醒目。小俊脸上堆满笑容，小满姐，我来看看你。小满头向后仰着，像个将军，快进来！外面冷呢。小乐手里拿着一本书，从另一个房间走出，却愣了片刻。小满面对着小俊，你，叫什么来着？小俊把目光从小乐脸上撤回来，姐，我叫小俊，邻居啊，你不认识了？小满笑了，是啊，我想起来了。小乐，去倒杯水呀。小乐哦了一声。小俊坐在沙发上，四下观察，你们不卖鱼了？小满坐在一张高凳子上，双手放在后腰位置，你瞧瞧，我现在这样子。

小乐好半天没出来。小俊没话找话，不卖鱼，整天躲在屋子里写诗啊？

小满眉毛一跳，写什么呀。以前，那是闹着玩儿。

小乐端一杯水出来，小俊一直看他，小满在看小俊。小乐说，请喝水。小俊接过来，谢谢！把杯子捧在手上，又问，小乐，你也在写诗？小乐愕然回头去看小满，却说，我不会写诗。小俊傻傻地笑，真羡慕你们两口子，想卖鱼就卖鱼，不想卖鱼躲在屋里写文章。

小乐一声不吭，坐在小满旁边的一个矮凳子上。三个人一时无话，场面有些尴尬。

小满打破僵局，小俊啊，听说你在毛巾厂？小俊挥挥手，别提了，半年多不发工资，想走走不了，留在那里就得饿死。混日子吧。小乐终于找到一句话，我们俩，连工作都找不到呢。小俊说，可你会写小说挣稿费呀。小满的目光游走在小俊和小乐之间，一声不吭了。

小俊突然站起身，不打扰你们啦，刚好路过这里，就来串个门儿。

小满并没起身，却看小乐，乐儿，去送送小俊啊。小乐看一眼小满。小俊已经走到门口。小乐跟她走出来。屋里的小满盯着墙角的某个位置，发了半天呆。

门口，小乐站在树下，小俊回头，低声说，就两句话，那是我的第一次。我在网吧里等你一个小时。说完，转身就走。

小乐呆愣半天，才回了屋。小满仍然那个姿势，坐在原地。

问，走了？

她叫什么来着？小乐问。

小满面带微笑，她说她叫小俊。

小乐哦了一声，你跟她是怎么认识的？三更半夜的，怎么还来拜访你？小满仍在微笑，她想跟我学写诗。小乐的目光游移不定，是你的粉丝啊？她怎么知道你写诗的？小满抬起头，目光似锥，是啊，她是怎么知道我写诗的？

你不会怀疑，是我告诉她的吧？小乐问得小心翼翼。

小满站起身来，双手仍然扶在腰上，管她呢？突然又说，小乐，咱儿子在里面踢我。小乐说，是吗？来，我摸一摸。小满把肚子挺过去，小乐先是轻轻一摸，然后蹲下身，把耳朵靠上去。真的呢？他在里面动呢？还叽里咕噜的，你猜他说什么呢？

小满说，他说什么你听不懂，我懂。

那你说，他在说什么？小乐坚持问。

他说啊，爱撒谎的孩子不是好孩子。

小乐猛地一下子抬起头，好半天才问，小满，你怎么能听出来的？小满说，你老婆又不是傻子。小乐站起身来，你怎么了小满？小满轻轻伸出一只手，摸摸小乐的脸，没怎么，瞧把你吓的。小乐啊，你最近怎么不去上网了？小乐张张嘴巴，半天才说，我在构思一部小说。小满的酒窝又出现了，出去转转吧，香树街上的人，对你的故事有好处。

小乐说，我不去了，我说过我不喜欢香树街。

香树街 104 号的灯已经熄灭好久。胖嫂的火锅鱼店也送走了最后一拨客人。胖嫂捶打着腰，正要关门，却见向俊和小俊一前一后走进来。胖嫂站在那里，双手张着，半天说不出话。

小俊呵呵大笑，放心吧胖姐，今天我没拿刀子来。

胖嫂问，那你们来干什么？向俊笑了，嫂子，到火锅鱼店，还能干什么？胖嫂这才恍然大悟似地，早说啊，吓我一跳！小俊明知故问，你害什么怕啊胖姐？胖嫂说，满香树街，谁敢拿刀子来顶你姐的胸膛？向俊也哈哈大笑，却问小俊，坐哪里？

坐窗子边上，我喜欢看景儿。

店里没别的客人，络腮胡子已经在内屋发出鼾声。胖嫂无事可干，坐一边织毛衣。织着织着，心里满了疑问。向俊和小俊怎么搞上的？怎么从来没听说过呢？小俊今晚有点儿失常，一个女孩子家，咋能这样子喝酒呢？分明一副要把自己灌倒的架势。

不一会儿，向俊的舌头明显有些短，开始说真心话，小俊，你整天泡在网吧，我都不跟你收一分钱，你还不明白吗？小俊哼一声，你那点儿鬼主意，老娘我不知道？

向俊说，小俊你能不能看看我，外头黑咕隆咚的，有什么看头？

胖嫂识趣地走远一些，却依然没撤出可以听清对话的距离。她心里暗暗发笑，真是鱼找鱼，虾找虾。向俊领来火锅鱼店吃饭的大姑娘，差不多都快一个排了。看样子，他还没把小俊拿下。却听小俊说，我觉着好看。你不知道这街上死过一个男人吗？向俊呸呸两声，说这干吗？怪瘆人的。小俊说，有什么瘆人的？人家两口子都敢住在里面。

胖嫂一扭头，看到小俊端起面前的杯子，仰起脖子，一口气喝下去。唬得胖嫂张大了嘴巴。向俊也说，小俊，你不要这么喝啊。小俊脚下突然哗啦一声响，居然把暖瓶踢倒了。胖嫂赶紧站起身走过去，向俊已经俯下身子，小俊，没烫着吧？见胖嫂过来，又说，嫂子，不要紧，我请客，暖瓶我赔。

胖嫂刚要走开，却又听小俊说，向俊，我说过你没戏的，以后别再烦我啦。向俊拿手指着窗外，我就不明白，我哪里不好？整个香树街，咱们一般大的，谁比我做得更好？小俊哧的一声笑，算了吧向俊，你就一个能吹。你那个网吧，还不如一个鸟窝大。向俊说，那我总不能起名叫鸟巢吧？小俊说，你叫狗屁我也管不着。向俊说，这我就奇了个怪，你那破毛巾厂都快要破产了，死撑着干吗？干脆来跟我干，好不好？

我有活儿干，小俊俯下身，悄声说，早就不在毛巾厂了。向俊问，干什么？小俊扭过头，却喊，胖姐你过来告诉向俊，我现在干什么。胖嫂立刻惶恐不安，我哪里知道？小俊说，你都满大街替我去宣传，还说不知道？胖嫂说，小俊，我那天就对你说过，那不是我说的。小俊说，谁说的无所谓，我告诉你们，我就是去洗浴中心当按摩小姐了。

向俊盯看小俊半天，哈哈大笑，直笑到趴在桌子上。小俊醉眼蒙眬，问，向俊你他妈笑什么？以为老娘说假话？这胖娘们儿说的，一点儿都没错。有人可以作证！

向俊这次不笑了。

胖嫂也探过头来，谁可以作证？

小俊嘿嘿一笑，你不是说，有个男人去按摩吗？我一推门，发现还真是个街坊邻居呢。你们猜那个男人是谁？向俊和胖嫂面面相觑，都说，猜不出来。小俊笑得前仰后合，是对面那个小乐，那个作家，小乐。

向俊和胖嫂正在惊讶，却听哗啦一声，小俊滑到桌子下面去了。胖嫂问向俊，她说的是真的？向俊说，狗屁！我不信！胖嫂说，我怎么觉着这事儿靠谱呢？向俊说，靠个屁，胖嫂你也不想想，小俊拿刀子捅你的时候，对面这家还没来呢。

7

街上的白杨树，已经露出嫩嫩的叶芽，行人的棉衣也差不多都脱掉了。街面上霭霭升腾着春天的地气。

小满正在看一本书，连头也没抬，去吧，小乐。小乐似乎很惊讶，去哪儿啊？小满说，想去哪儿就去哪儿吧。反正，你在家里也是坐立不安。小乐沉默半天，我哪里也不想去。小满叹了口气，还是去逛逛吧，这么憋着自己干吗？小乐却突然说，小满，咱们离开这里，好不好？反正现在咱也不卖鱼了。小满却嘟囔，离一年就仅仅差三个月。小乐问，难道，你要在香树街上生孩子？小满把书合上，脸上带笑，要是小乐你能接生，我就在这房子里生下来。

几分钟前，小乐的手机响了一下。小满半躺在沙发上，看一本诗集。听到响声后，抬头看了一眼。小乐悄无声息地从另一个房间里出来，拿起手机，看了一眼，就站在屋子中央向外看风景。

你还是去看看小俊吧。

小乐猛地一下子回了头，小满你什么意思？小满依然慢条斯理，我说过，你老婆不是个傻子。我不希望你在香树街惹出麻烦。你不知道吗？香树街的女人都会动刀子的。小乐的嘴唇动了半天，终究什么也没说，却还是走出了屋子。

小满继续看那本诗集，看着看着，有几滴眼泪滚落下来，滴在床单上，滴在书上。小满轻轻地把那本书放在一边儿，用手背擦了一下眼睛，像是怕惊吓了肚子里的孩子。

小乐沿着街往城外走，一路上绿色越来越浓，似乎从暖冬走向初春。铁道两边的柳树，也已经是一抹新绿。地里的麦苗儿精神饱满，一门心思打算长高个子。小俊正蹲在麦地里，手里抓着一根蒿草。她的后腰部位，露出一截刺人眼睛的白。听到身后传来了声响，小俊迅速扭回头，脸上浮出惊喜。

我以为，你这次还是不会来。你没那么绝情，是不是啊小乐？小俊立起身，试图去挽小乐的胳膊，小乐却躲过去了。小俊猜不透小乐想什么，从年前到现在你就一直躲着我，我做错了什么啊？小乐说，你没错，是我错了。小俊再问，你干吗躲我？小乐说，我老婆要生孩子了。小俊撇撇嘴，跟我有什么关系？我喜欢的是你，不是你老婆和你的孩子。小乐说，你怎么就不明白呢？小俊说，我不明白你告诉我啊。

小乐闷了半天，才说，以后别给我发短信，好不好？小俊说，好啊，只要你肯出来见我。小乐抽出一支烟点上，这又何必呢？明知道是个错误。小俊夺过小乐手上的烟，兀自抽着，说，这上面有你身上的味道。小乐把手插进裤兜，却慢慢往铁道上走。

你就这么走了？小俊问。小乐继续往前走。小俊说，小乐你干吗这么折磨我？你知道我多么喜欢你吗？小乐站到铁轨上，突然大喊一声。小俊愣了愣，慢慢走过去，竟发现小乐的眼睛里满是泪水。小俊伸出一只手，去擦小乐的眼睛。小俊说，我真不懂你心里想什么。小乐说，我也不懂。小俊说，可你是男人，是男人总得有点儿责任吧？你这算什么？咱俩之间这算什么？小俊说着，蹲下身去哭了，你根本就不知道，这些天我怎么过来的。你个死小乐！我知道你有个好老婆。她有文化，会写诗，肚子里有你的孩子。我知道我根本没办法从她手里抢人。我要求不高，做你的情人也行。你看我疯疯癫癫的，可我不是随随便便的人。香树街上的人说我什么，我不在乎，我只在乎你。你知道有多少人对我动手动脚，多少人对我说，他们给我钱给我房子，可我不喜欢那样。在一个下雪的日子里，我把我的第一次给了你！小乐说，小俊你别说了。小俊说，那我怎么办？我现在只想见到你，都做不到吗？小乐仍然看着远处，不管怎样，我就是一个罪人了。说完，转身往回走。

小俊哭着，突然弓着身子，喊了一声，小乐你不要逼我！你要是不要我，我真去做妓女！

小乐忽的一下子转回身来，远远地看着小俊。俩人就那么面对着面站了好久，小乐慢慢地往回走，小俊抽搐着身子，满脸泪水，却浮出一丝笑容。小乐走过来，一把抓起小俊的手，说，走吧。小俊破涕为笑，去哪儿？小乐说，我想做爱！

小乐进入小俊身体的时候，俩人同时叫喊了一声。小俊的手指甲深深地抠入了小乐的身体。小乐说，我发现，我在吸毒。小俊说，我也是。

香树街 104 号的房门，悄无声息地打开。小满先伸出一只脚，似乎踩了踩地上是否绵软，后一只脚才跟了出来。小满仰着头，站在梧桐树下。春日的阳光毫不留情地刺着她的眼睛，逼迫她伸出一只手，搭起一个小小的凉棚。

胖嫂站在对面火锅鱼店的门口，腰上还系着围裙，看到小满后，张着两只手，小跑着过来了，我看到小俊出城去了，去干什么呢？小满迅速低了头，皱一皱眉头，管他呢，爱干啥干啥。胖嫂终于还是说出来，你得看好小乐，我觉得是真要出事儿。我可看到小俊一大早就去那个方向了。小满苦笑，胖嫂，这个咱管不着。胖嫂哎呀一声，哪能管不着？你是他老婆啊。男人这时候不管不行的，跑出去，就不回来了。小满嘿的一乐，回来有什么用？心又不回来。胖嫂嘟囔说，你说这小乐，那小俊有哪一点儿好？不就是洗浴中心的小姐吗？

小满摸着肚子，似乎孩子把她踢疼了。

小满说，我现在总算明白，我姐姐是在一个什么环境里过日子的。胖嫂问，你姐是谁？小满呵呵而笑，胖嫂啊，你还没发现我跟秋红长得多么像吗？胖嫂狐疑地打量小满半天，终于哎呀一声，我说呢，你姐跟我说起过一次你，说你是个大学生，我还不信呢。小满也笑了，我姐不会拿我到处宣扬的。胖嫂连连摇头，我还纳闷着呢，一开始你卖鱼，过了年却什么都不卖了。我还想，你俩靠什么过日子啊。看来，你俩真不是来香树街卖鱼的，那你们来干什么呀？

跟你说不清楚的，胖嫂。小满说。

正午时分，小乐提着菜回来时，胖嫂已经回店里去了。小满端详了小乐的眼睛半天，问，回来了？小乐没看小满，低着头，直接去了厨房。

两个人坐在饭桌前，都没有说话。小乐垂着头，端着一碗米饭，三下两下，腮帮子就鼓了起来。小满身子挺直着，拿筷子一粒一粒往嘴里拨拉米饭。她终于开口了，书上说，爱情的保鲜期只有二十四个月，你觉得呢？小乐不看小满，咽下一口饭，才回答，我觉得，至少得从初中到大学毕业。小满扭头看看门外，我现在连这也不敢肯定。

小满，对不起。小乐放下碗，盯着地面，沉默好久，眼睛却红红的。

小满左手举着碗，右手捏着筷子，已是泪眼迷离，却仍笑着，你没有对不起我。小乐低着头，像个罪犯，我现在明白了，香树街是你姐秋红的，也是你的，但它根本就不是我的。你们都没有堕落，我堕落了。小满眯着眼睛自言自语，这么说，是我的错了？我不该来香树街？小乐站起身来，你来香树街的目的，现在已经达到了。

我来香树街什么目的？

小乐说，你其实不是来寻找你姐的爱情的，而是来验证咱俩爱情的保鲜期究竟有多长？小满说，可我没想到，那原来就是空中楼阁。一到香树街来，就哗啦一下子塌了。想想以前云里雾里的所谓爱情，真是好笑。你不觉得，那真是脆弱得不堪一击吗？小乐说，小满，我没想到会这样。

小满问，是谁，把所有人的心都扎疼了？小乐，这几天我一直在想，就是想不明白。我觉得我还把问题想复杂了。其实，香树街上的胖嫂一句话，就解释得很透彻，这个时候男人就容易出事儿。什么时候呢？不就是我怀孕期间吗？我因为怀着你的孩子而无法满足你的性欲。不过，小乐你从小俊那里收获到性快乐了吗？你好像也很痛苦。说实话，这事儿出现在你和小俊之间，我绝没想到。你喜欢的女人不是这类型的。我很难相信，你们之间有爱情。我告诉你小乐，我来的目的还真不是这个，不是你说的这个。我以为，这个世界上只有你一个人能理解我。现在我发现我错了，就没有一个人能理解我。不过，小乐你很幸福，至少有一个人最了解你，那就是我。

小乐脸上的肌肉扭曲着。

我不会跟你吵，也不会闹，那没意义。但我得让你知道，什么事情都瞒不过我。我跟你在一起这么多年，你的一举一动我都能明白。我从你的眼神，脸色，甚至呼吸的频率，就能猜到你的心距离我有多远。小俊那天晚上一来，我就明白了怎么回事儿。呵，这里谁会知道我是个诗人。我有自知之明，我的知名度还渗透不到香树街。这还是次要的，最重要的是你们的眼神，任何人的眼睛都能够出卖他的灵魂。还有，春节前的那天你也没去填什么表，而是跟小俊在一起。今天中午，你提着菜一进门，我就从你脸上看出来，几个小时前，你跟小俊做爱了。

小乐站在屋子中央，像一棵老树。

8

即便是胖嫂，也已经懒得去传播香树街104号的事儿了。大故事已成定局，香树街人清楚了太多太多的事情。比如，小满是秋红的妹妹。小俊的确是在洗浴中心做小姐。小满的男人小乐，的确已经跟小俊黏糊上了。

起初，还饶有趣味，伸长脖子，等着看热闹。却没想到，小满挺着个大肚子，乐呵呵地行走在香树街上，跟胖嫂斗嘴，跟卖咸鱼、卖青菜、卖锅饼的小商贩讨价还价，甚至，跟电脑测字算命的刘半仙拉家常，笑嘻嘻地揭露他的伪科学面孔，就跟什么事儿都没发生似的。

可小满明明是知道一切的呀？火锅鱼店是香树街人的聚集地，胖嫂知道的，街上的人就都知道。

于是，满街人就唯余感慨，现在的年轻人啊。

小满有时也问自己，你真的无视这种关系存在吗？可一摸肚皮，里面的小东西在拳打脚踢，于是，赶紧绕过这个话题。小乐呢，的确像是在吸毒。好像连他自己都不明白，究竟在做些什么。跟小俊在床上，他会想，堕落就堕落吧，吸毒就吸毒吧。一分手，立即后悔得忍不住揪自己的头发。见到小满，见她不管不问，甚至还温言软语。他的忏悔、自卑，就更多了几分。于是，小乐脸上笑容更少，几乎不说话，对谁也不说。

唯一感到高兴的，倒像是小俊。她甚至以为，自己的努力并没有白费。甚至看到了美丽前景，小满的孩子一出生，小乐就跟她办理离婚手续，然后跟她小俊步入婚姻殿堂。当然，这与她的性格有关系，她下定决心一定要拿下小乐，管他爱不爱自己呢。拿下小乐，就意味着，半只脚跳出了香树街。小俊把这当成了一个赌注。

小俊提着个大西瓜，居然踌躇满志地敲着香树街 104 号的门。小满站在门口，面带微笑。小俊的声音很饱满，嫂子呀，我来看看你。小满懒懒的，是小俊啊，来就来吧，还这么破费干吗。小俊说，什么话呀？没花多少钱的。

站在路对面店门口的胖嫂，挠挠头皮，简直都看傻了。

连站在屋子里的小乐，都好像难以解释所发生的这一切。两个女人，似乎根本不在乎这房子里还有一个男人。这让小乐既觉得不可思议，又怅然若失。小满突然扭过头指使小乐，乐啊，去给小俊倒水呀，愣那里干吗？小俊嘿地一笑，我自己来，不麻烦他。小乐想躲到屋里去上网。家里已经接入网线。小满却喊住他，别躲呀你，小俊又不是外人。小乐只好坐在一边儿，如坐针毡。

小满却说，我儿子这几天老是闹腾，估计想出来看世界。

这真是个好话题。

小俊接口说，我能摸摸你肚子吗？真羡慕你呢。小满一声笑，挺着肚子，让小俊摸。小俊哎呀一声，小宝宝真是在踢我呢。小满的笑显得很滑稽，不敢大笑，小俊你不要羡慕，你总会有挺起大肚子那一天的。小俊先是抬头看小满，然后又看小乐，嫂子笑话我，我连个男人还没有。小满说，面包会有的，只要坚持不懈。小乐哭丧着脸，起身拿一块抹布去擦桌子。小俊哈的一声傻笑，我盼着呢。

小满却突然来了一句，不过，我可提醒你呢小俊，爱情和性是两码事儿。有的男人跟女人要爱情，有的男人却只是要性。

小俊竟还不知道这是陷阱。问，嫂子，有什么区别吗？小乐满眼复杂的内容，去看小满，小满谁也不看，却看门外的梧桐树。小满说，有爱情的一男一女，不上床，爱情也摆在那儿。没爱情的，就是整天睡一块儿，也不过是肉欲之欢，触及不到灵魂。小俊皱皱眉头，你说的这些我不懂。我不信都睡在一块了还没有爱情？小满说，不管男人女人，都有身体欲望，都渴望异性，甚至同性的身体，跟爱情根本无关。小乐转身往里屋走，小满看着他的背影，大声说，在这方面，我家小乐经验很丰富。小乐假装没听到。

小俊走了以后，小乐走出来，对小满说，你对她说这些干什么？

小满抬起头，像端详一个陌生人，小乐，你应该感谢我，除非你答应了娶她。小乐说，小满，我知道错了。我不想受这个折磨。小满说，这已经不是你想不想的事情。这是多米诺骨牌，互相连着。你记着，你跟这个女人上了床，就等于推倒一块骨牌，现在好了，哗啦啦的声音已经响起。

小乐抱着脑袋，坐在床上。

你不认为，我是个重量级的拳击手吗小乐？这女孩儿充其量也不过是轻量级。我这么说，并不意味着一个轻量级选手在向我进攻，我还不还手。我没那么大度。

小乐皱着眉头，求求你，别说了小满。小满面带微笑，小乐，你知足吧，我要是香树街上的女人，或者，我要是秋红，早就跟你动刀子了。你还想我怎么做啊？对你的情人我都笑脸相迎。难不成我挺着大肚子，铺好床，然后躲出去，让你俩在被窝里共度良宵？

好半天，小乐才说，你刚才也说过，爱情和性，是两回事儿。

小满一直昂着头，看着小乐，错了，你跟小俊可以这么说。你跟我，就不是这样的。你觉得咱俩之间还有爱情吗？小乐说，有。小满呵呵一笑，算了吧小乐，别欺骗自己了。我发现你到香树街来最大的改变是开始骗人，也开始骗你自己。小乐说，我没骗你。小满说，好，姑且理解你没欺骗我。可问题是，现在我觉得爱情没了。你瞧，你和小俊，至少还有性。咱俩呢，爱情和性都没了，可笑的是，咱俩是夫妻呀。

我本来以为，你跟这街上的女人不一样。

小满轻笑一声，小乐，我也是个女人。不过你放心，我不会紧贴着你不放手。我对待性的态度你也知道。感觉没了就是没了。其实，我是在可怜你，想让你看到儿子的出生。如果你连这几天也坚持不下去，你就走吧。我有儿子，我不怕。

小乐恐惧地说，那也是我儿子。

这个难说。小满冷笑。

小乐转身出了屋门，站在那里，却不知道去哪里。一抬头，看到胖嫂在窗口向这边张望，一碰到他的目光，接着扭回了头。

小乐走进小俊家的院子。

小俊父亲坐在门口，瞧他一眼，转身进了屋子，却把门紧紧地关闭。小俊的身影在玻璃后出现，在跟父亲大声吵闹。老头气得浑身哆嗦，小俊打开门时，老头吼叫一声，你给我滚！我没你这闺女！小俊一扭头，也叫喊道，你以为我稀罕有你这个爹！说完，转身蹦跳着走过来，干脆挽起小乐的胳膊，拉着他走向大门口，说，我就是让街上所有人看看，小俊就是喜欢小乐！连你老婆都知道了，还藏着掖着干什么？

小乐挣扎出来，小俊，你怎么能这样呢？小俊愣住，我怎么了？小乐说，你这样会把我逼疯的。你老是到我家去干什么？小俊眼里顿时有了泪水，我想你啊你个混蛋。小乐说，那你让我怎么办？她挺着个大肚子，还有几天就要生。小俊迟疑了半天，小乐，你今天的语气不对。你给我个实话，她要是生下了孩子，你们就离婚，是不是？小乐一下子扭过头去，不作声。小俊再问，你老婆跟我讲大道理，爱情，性，咱俩是那样子的吗？从来就没有爱情，只有性？

小乐一扭头，顿时张大嘴巴，只见小俊的爹手里握着一把菜刀，跌跌撞撞地冲出门口。小俊拉了一把小乐，赶紧跑啊，你还愣着干什么？俩人沿着街往另一端跑，跑出好远去。小俊竟然嘻嘻呵呵笑起来，小乐啊，你不觉得很好笑吗？小乐站住，喘息半天，才看着小俊说，你还能笑得出来？小俊说，反正我爹也管不了我，从小就这样。你还没回答我的问题呢。你会娶我，是不是？只要你说会，等多久我都愿意。

小乐脱口而出，我是不会离婚的。

小俊看了小乐好半天，突然咬着嘴唇，哭出声来，小乐你个混蛋。你他妈的来找我，难道就真是为了满足性欲？

香树街两旁的灯光都差不多关闭了，只有路灯还幽幽地挑在半空。小俊坐在自家门口，已经好久好久，大门却依然紧紧关闭。小俊终于站起身，叹口气，沿着香树街慢慢走。到网吧门口，透过玻璃，见向俊正弯着身子在关闭一台又一台电脑。小俊举起手，又放下，过了半天，又举起手，轻轻敲打玻璃。向俊直起腰来，看着门外，慢慢地走过来。

向俊说，小俊，我要收工了。小俊说，我没地方去了。向俊看看小俊，又回头看看，一晃脑袋，那就进来吧。

小俊走进去后，顺手摁下了门后的开关。屋子里一片暗，只剩几台电脑明明灭灭。小俊揽住向俊的腰，你不是一直想要个机会吗？向俊呼吸急促，抱着小俊往后退。

屋子里响起一阵稀里哗啦的声音。

灯再次亮起来的时候，小俊赤身裸体，躺在沙发上的被子下面。向俊坐在另一头抽烟。小俊看着屋顶，不说话。向俊仍兴奋着，小俊，想通了？小俊却幽幽地反问，你觉得咱俩能过到一块儿吗？向俊说，怎么不能啊？小乐那屁孩子有什么好？跟个神经病似的。再说，人家有老婆的。小俊说，我不想谈这个人。向俊说，不谈这个王八蛋！

小俊说，你才王八蛋呢。

向俊扭过头来，怎么啦？好了伤疤忘了疼啊？小俊说，我就不许你这样背地里说他。向俊冷笑一声，被人家白玩了还这样？小俊忽的一下掀起被子，光溜溜地站起来去找衣服。向俊紧追不舍，我说错了吗？小俊说，你他妈就再修炼五百年，也赶不上小乐一根手指头。向俊逼上来，继续嘿嘿冷笑，小俊，以为你还是黄花大姑娘啊？

小俊正提着裤子，把腰带整理好了，才抬起胳膊，出其不意地打了向俊一巴掌！向俊居然反手还击一掌，小俊一下子倒在沙发上。向俊说，别以为我在求你，你什么货色，自己还不知道啊？小俊弹簧一样站起来，发出尖利的叫喊，狗日的向俊！老娘我就是个妓女！就是个被千人骑万人操的妓女！我陪人睡觉是收费的，你，你他妈给我钱！她越说浑身越哆嗦，最后居然说不出话来，慢慢地抱着胳膊蹲在地上。

向俊呆了半天，终于去拿起自己的衣服，慢慢地把小俊包了起来。向俊说，小俊，你听我说，别那么多幻想了，就咱俩这样的，都逃不出香树街去。

小俊依然嘤嘤地哭。

9

事情发生的时候，小乐正提着一条鱼从菜市场走出来。

鱼是活的，在袋子里仍然不老实，噗噗地乱动。小乐皱着眉头，只想赶紧离开嘈杂的闹市，离开一街的腥臭味儿。就在离自己的摩托车还有几步远的地方，有一辆面包车停在路边。小乐根本没注意，那辆车是什么时候在那儿的。小乐脑子里，老是琢磨走的时候小满的话，你快去快回，估计，我快要生了。

车门打开，有一双脚踏在地上，又一双脚踏在地上，司机也打开车门，从前面绕过来。三个人，都戴着墨镜，慢慢靠近小乐。

小乐仍然没有意识到，这三个人为什么统一都戴着墨镜。直到最前面的一个靠近，他才稍稍惊愕！他认出来了，是鸟窝网吧的小老板向俊。小乐吃惊地扭回头，身后的菜市场依然喧闹。小乐再回头的时候，向俊已经挥起一拳打了过来。那一拳奇狠无比！小乐感觉下巴部位咔地一响，整个脑袋立刻失去知觉。小乐手一扬，盛鱼的袋子就哗的一声甩了出去！

那条鲶鱼顺着水啪的一声滑了出去，又活蹦乱跳地到了路边的一洼臭水里。

小乐滚在地上，双手护着脑袋，只感觉浑身上下被数不清的鞋底踩踏着，蹬踢着。有个人提着他的衣领，把他提起来，另两人的拳头，打在他的胸口，打在他的后背。小乐就像是一个被击打的沙袋。小乐一声不吭，所有人都一声不吭。但小乐听到了手机在响，小乐又趴在地上，已经爬不起来，手机不知何时摔到了远处。小乐冲着那个方向伸出手，一只大脚踩过来，狠劲地碾来碾去。

小乐终于叫喊出来，向俊，你他妈的先让我打个电话好不好！我老婆要生孩子了！

向俊俯下身子，凑到小乐耳朵边，你有两个选择，要么跟你老婆离了娶小俊，要么离开香树街，滚回你老家去。

小乐趴在地上，嘴里是沙子、草棒，以及鲜血。他想爬起来，可整个身体都不听他的指挥，刚撑起胳膊，扑哧一下又趴倒了。

就在那个时候，他耳朵边听到了一辆急救车由远到近，又由近到远的声音。

小乐终于爬起身来，像喝醉了一般，两条腿扭成麻花。面包车早就走了，路两边看热闹的人群，却还没散去。一个孩子在问，他要干什么呀，妈妈。一个女人的声音，他是个做了坏事的人，咱们不要管他。

小乐一扭头，人群在动。小乐努力得让自己的身体保持着站立姿势，说，谁帮帮我，把我的手机递过来？有一个老太太问，孩子，你手机在哪里？小乐指指手机所在的位置，随即身体一软，又倒在地上。身边所有人的影子，都成了倒影。一只枯枝般的手递过了他的手机，然后是一个苍老的声音，对着人群说的，你们赶紧打个电话，叫辆救护车啊，这孩子不行了。小乐咧嘴一笑，却发现自己的眼前开始模糊，他看不清手机上的来电号码。

小乐哭嚎了一声，小满！

小满那个时刻，正被王大同和几个护士推着，走进手术室。在小乐身上被几只脚踩踏着的时候，一个护士拿着一张表格问王大同，谁是家属？在这里签个字。王大同扭头问小满，小乐呢？你给我小乐的手机号码，我给他打。

小满面带微笑，把那张表拿来，还是我自己签吧。

王大同终于打通小乐的手机，吼道，狗日的小乐你在哪里？小满要生了，你赶紧来医院！

小乐支撑起身体，哪家医院啊？

街上所有人都惊讶地看到，那个刚才还站不稳的男孩子，那个浑身上下满是鲜血的男孩子，突然紧握着手机奔跑起来。小乐跑出菜市场，站到路口，要打出租车的，可没有一辆车停下来。小乐冲着熙熙攘攘的大路喊，带我去医院！我老婆要生孩子！没人管他。终于，有一辆警车呼啸而来！在小乐身边停下，几个警察跳下车，一个问，发生了什么事儿？小乐二话没说，扭头就钻进车里。小乐说，求求你们，送我去医院！

一进医院，小乐就那个样子往楼上跑，两边的人吓得赶紧躲藏。在二楼的楼道里，小乐迎头看到王大同。小乐问，小满呢，小满呢？王大同费了半天劲儿，才看清眼前这个人，正是小乐！

就在那时，小乐突然扭回了头，他清晰地听到一声婴儿的啼哭！

小乐咧开嘴笑了。

王大同却眼看着小乐瘫软下去！

10

香树街 104 号又清冷了一段时间。同时冷清的，还有鸟窝网吧。一天早上，胖嫂看到马公公瑟缩着身子，在那家门口贴出“吉房出租”的广告，又过了几天，一张同样的纸，贴在了鸟窝网吧的门口。

香树街 104 号发生的故事，照例在街上又传了很久很久。只是，跟秋红事件相比，结局过于平淡。甚至，都激不起街上人更高的兴致。不久，也就慢慢被人遗忘。香树街依旧是香树街。这条街上，正发生着许许多多更加精彩的故事，需要在人们嘴巴里谈来谈去。

一天清晨，胖嫂又早早地起了身，打开房门，先是朝街上张望了一番。卖早点的铺子，早已烟雾袅袅。忽然，对面的 104 号啪的一声响，檐下的灯被打开，光亮顿时散落一地。胖嫂正狐疑着，却见一个只着短衣短裤的女孩儿，打着呵欠走出来。胖嫂吃了一惊，呆愣在当地！好半天，才听到对面的女孩儿喊，胖姐，起得这么早！

胖嫂啊了一声，是小俊啊！

小俊妩媚地一笑，你以为是狐仙吗？胖姐，以后咱们就是邻居了哦。胖嫂问，小俊，你租这房子干什么呢？问罢了，又觉得这问话可笑，本来是该问，你怎么还租这间房子呢？不怕死吗？小俊却呵呵地笑了，扭头进屋，不一会儿搬出一个灯箱广告牌来，上面写着，泡脚，按摩。小俊说，胖姐，跟你店里的客人做做广告，过来照顾我的生意啊。

胖嫂张了张嘴巴，愣了好半天才哧的一声笑，说，马公公真是好口福，又能吃上豆腐了。

（首发于《时代文学》2010 年 11 期，《北京文学·中篇小说月报》2011 年第 1 期转载）

香树街 10 号

1

二十年前方子鱼就很清楚，陪同邱红尘吃饭，是一件让人很不舒服的事儿。可是没办法，邱红尘放出话来，就这么一个要求，只要方子鱼能做到让她吃得开心，吃得舒坦，老姑娘就立马出街。

所说的街，就是香树街了。老街坊差不多都知道，香树街10号那套很惹眼的房子，就是邱红尘的家。说它惹眼，是因为在整条街上那房子显得有些特别。街上所有沿街房都不知何时摇身一变，成了小店铺，小门头，卖鱼，卖茶，卖丝袜，卖女人胸罩、男人内裤，卖成人用品，甚至卖寿衣花圈。可邱红尘家那套房子不往外出租，自己也不开店。

邱红尘在家里闷着。

偶尔，行人会透过门缝儿，望见院子里的邱红尘，一身白地碎花旗袍，肩上搭一件咖啡色披肩，双手抱着胳膊，翘一只白生生的小脚，半躺在藤椅上，正端详头顶那一架雍容华贵的紫藤。一只手上，照例挑着一支自制香烟。

很少有外人进过那院子，也很少有人跟邱红尘搭过话。这院子，以及院子里神秘的女人，也便成就了一个又一个的传说，或者谜。邱红尘当然是极少极少走到街上去的。她若到街上，一路摇摆着过去，浑身上下，从发梢到脚尖，就喧喧闹闹缀满灰尘一般沉重怪异的目光。

哪个女人能承受如许的目光呢？

邱红尘不是神仙，也还是身在红尘中的。

邱红尘的爹老邱还在的时候，家里就已经雇了个保姆。放在今天，在香树街上也是一桩稀罕事儿。既证明这家子人骨子里就与众不同，也证明人家抽屉里并不缺钞票。那个叫翠云的保姆，有人说她姓朱，也有人说她姓马，是个上上下下胖得比较均匀、比较瓷实的女人。从脸上竟看不出实际年龄。奇得是，她在邱家做保姆，一做就是小二十年。到了该嫁人的年龄了，却也不嫁，似乎是专为邱红尘量身定做的伴陪。跟女主人一模一样，这个保姆从不多话，从不跟街上的人交往。香树街好些个女人，很想从她嘴里掏出一些隐秘信息。比如，邱红尘除了吃饭，睡觉，在家都干什么呀？也喜欢看泡沫电视剧吗？喜欢吃甜食吗？喝红茶，还是绿茶？使不使用化妆品？穿什么颜色什么牌子的内衣？但一瞧翠云那副嘴脸，这些个念头便统统打消。女人脸绷得紧紧的，状如包公，好像街上每个人都欠着她钱似的。于是，叹息一声，大发感慨：真是什么样的主子，就有什么样奴才啊！

后半截这话，分明刻薄，分明是讽刺加挖苦这外乡人翠云了。

不过，满街人的思维深处都隐隐约约有个概念。这邱红尘和翠云，真就是活脱脱一对儿主仆，真是旧时的小姐跟丫鬟呢。一个美若仙子，一个粗鄙不堪。一个瘦削得吹一口气就能飘走，一个挺着铜浇铁铸的身子踩得香树街轰然作响。这两个对比明显的女人，倒极可能有个共同之处。坏小子们想到此处，一脸暧昧。——共同之处是，这俩女人兴许都还是处女吧？

满街人本以为，邱老头儿一死，香树街 10 号就只住着小姐与丫鬟，两个怪胎。可有一天，那道大门吱扭一下打开，从院儿里却冒出另一个装扮怪异的女人来。满街上的人就从来没领略过那种打扮。对面开火锅鱼店的胖嫂，鼓起一对眼睛，在那女人身上上上下下扫描了好半天，才恍然顿悟：那件衣服不过是横扯竖扯几下并未剪裁过的整块布料！看上去，倒像是香树街人披麻戴孝时用的料子。浮在那料子上面的，却是几朵红得鲜血一般的针织牡丹。此装扮已经让街上的人心惊肉跳，再去看那张脸，几乎叫人魂飞而魄散。那显然是打了厚重的粉底，两腮边却洇出两团重重的胭脂红，眼影发紫，眉毛黑浓，活脱脱一个傩舞师娘！街上人心里顿时就大乱，张着嘴巴，寂然无声，两只脚不知怎么行走才是。一个骑摩托车的，与迎面而来骑自行车的，左躲右闪，哎呀，哦呀，还是哐啷一下子撞作了一团。一个正在吃奶的娃娃，嘴里含着乳头，显然被一口奶水呛着了，小脸儿红红的，半天作不出声，终于哇的一声，把小脑袋躲进妈妈的胸脯。

那时候，邱红尘一身旗袍，白素贞一般闪出来，手里仍夹着一支烟，轻飘飘吹出一口，笑了，幽幽地说，丫头啊，看你把这满街人吓得。她伸出一只手，轻轻地把那女人拽进去。同时，拽进一阵笑声，也拽进去一个好大的谜。

有人就去街口的警务室，寻警察王大头。说香树街 10 号闹女鬼，一到傍晚，就出来吓唬人。王大头彬彬有礼地敲开邱红尘家的门，被胖保姆翠云迎进去，再出来，就满脸堆了笑，向大家解释，什么女鬼呀，那是人家邱红尘的闺密。闺密懂不懂？就是一个女人的很好很好的女朋友。人家是个远道而来的作家。作家嘛，都很能作的，穿衣装扮自然张扬，自然另类。街上人将信将疑，又嘀咕起了，真是什么人架一只什么鸟儿。行踪诡异的人交个朋友，也是神经系统出大毛病的。

神经系统出大毛病的闺蜜美惠开着车，载着邱红尘，前去赴方子鱼之宴。

对美惠来说，这一回已经不算是太奇装异服。就一身破牛仔，一双蛋糕鞋。只不过衣服上上下下，到处是不规则的大大小小窟窿眼儿。邱红尘倒是深知其奥秘的。从她胸前的某个窟窿处，拿目光仔细探寻进去，绝对可以窥见一枚精致的乳头。美惠这女子是几乎不穿胸罩的。出门前，邱红尘扭着水蛇样的身子，笑了老半天，说，你放心去勾引好了。那男人，不过是我的前男友。我保证绝对没临幸过的！美惠哈的一声，那我可就不客气啦。我干这个，绝对绝对靠谱。邱红尘眉眼儿活泛泛一动，又花枝乱颤好一阵儿。她仍是一身旗袍，却是一簇艳红，像团火焰。美惠说，姐，今日里打扮得这么娇艳，给谁看啊？邱红尘妩媚一笑，你不是说，是女人就得找个机会飞翔吗？我要飞一次试试。

推门而入的时候，邱红尘稍稍一顿。颇大的房间，桌子也阔得夸张。坐在桌子边的，却只有方先生一人。邱红尘还以为该男人会拉几个人来壮胆子呢。方子鱼站起来，脸上露出一丝微笑，你们来啦？

邱红尘站在门口等着。

她和方子鱼都知道是在等什么。方子鱼似乎犹豫过几秒钟，终于还是走过来。邱红尘抬起右手，用左手拇指和食指，轻轻扯下黑丝网手套。右手却没放下来，也没有往前递，懒懒地放在半空。方子鱼的右手似乎迟疑了一会儿，终还是递过来。两只手，蜻蜓点水般触碰一下，宽阔一点儿的手掌正要撤退，却不料涂了桑葚色指甲油的那五根手指，突然弹钢琴般活跃起来，貌似柔软，却非常有力，一下子擒住那只大手。

好久不见。邱红尘面带微笑。

方子鱼打着哈哈，是啊，是啊！十多年了吧？

邱红尘却心里暗乐。她早已给方子鱼电话里说过，你知道我的脾气，我可不想看到别人皱眉头。邱红尘知道这话作用非凡。方子鱼此刻肯定想皱一皱眉头，可他不敢，他有事儿要求她的。美惠早就坐在大圆桌旁边，哈了一声，这么大张桌子，三国鼎立啊。这句话给方子鱼稍稍解围。他抽回手去，我去安排上菜。

扭身却向门外走去。

就这一个细微的动作，却立刻让邱红尘皱起了眉头。邱红尘顿时显得颇不耐烦，突然来了一句，狗改不了吃屎。

美惠一愣，呵呵大笑，都哪儿跟哪儿啊？

邱红尘也悄然一笑，低声说，臭男人肯定是去洗手间拼命地搓手，得用掉整整一瓶洗手液。美惠说，就算他把皮肉搓去两层，我看也是白费。邱红尘却突然烦躁地说，我她妈就不该来，现在想一想就恶心。你不知道啊美惠，当年，我俩分手的时候，我就故意调戏这孩子。我说咱俩握个手吧，总算青梅竹马一场。你猜臭婊子怎么说，求求你了邱红尘，你放过我吧。

这词儿真生猛！姐，原来骂男人也可以这样？美惠笑得前仰后合。

邱红尘却似乎不安起来。说，这顿饭没法儿吃了，心情坏掉了。美惠立马就接上茬，那咱们就撤。回家拉上翠云，我请你们去郊外吃葫芦头。邱红尘连连点头，很好，很好。俩人一前一后，起身就走。

正是典型的邱红尘风格。一有不爽，立刻现场直播。

方子鱼迎面而来，双手互相搓着。果然，邱红尘大老远闻到一股子刺鼻的洗手液味道，更恶心了。她一句话不说，跟方子鱼擦身而过。方子鱼问，红尘你要去洗手间吗？一直向前，走到头，往右一拐。邱红尘不搭话，出门去了。

美惠把手里的钥匙转得哗哗响，笑嘻嘻地看着方子鱼，你瞧瞧，把我姐气跑了吧。方子鱼迷惑不解，怎么会啊？都奔四的人了，脾气怎么还这样？美女，我这一次可真的没皱眉头，你都看到的，我跟她正儿八经地握了握手。美惠说，可你不该立马就去洗手呀。你不知道，女人的心思有多么细腻吗？

说着，扯一扯上衣，故意捏了捏某个窟窿的边沿儿，果然，效果奇佳。她看到方子鱼的眼睛一亮。美惠心底呲儿一声乐！个儿郎目灼灼似贼。红尘姐说得没错，狗改不了吃屎。老婆刚死没几天，就这副德行。

方子鱼张着双手，在身后喊了一嗓子，红尘啊，那我老婆的事儿怎么办？你答应还是不答应啊？

2

邱红尘觉得很奇怪，这心明明已经死了死了的，怎么好像又慢慢苏醒过来？

放在一年前，她根本就不会突发奇想再去调戏一番方子鱼。这有意思吗？弄得跟小孩子过家家一样。换作别人来请她出街，或许有可能的。他方子鱼的老婆？跟我有什么关系啊。我已经是一朵闲云，一只野鹤，大隐隐于香树街。为了这个女人，为了这个睡了本来是我男人的女人，就要重出江湖，我有病么？

那个电话，是翠云接的。

邱红尘好多年不用手机。与外界的联系，就是从遥远的地方长途跋涉延伸进屋子里的那根电话线，以及互联网。

当时，邱红尘歪着脑袋，正不无惬意地打量着翠云，大发感慨，一个女人家，怎么能生就这样子两根树桩一样的肥腿呢？却突然发现，那两只脚很别扭地交替扭动数下。翠云脚也大得惊人，偏又五冬六夏喜欢穿肥大的棉拖鞋，简直就像两辆重型坦克。两辆坦克在亲密地碰来撞去。邱红尘不解地抬起头，遇到翠云两道古怪的目光。邱红尘问，谁呀？翠云面无表情，却说，姓方的那个王八蛋！邱红尘张张嘴，似乎好半天都没明白。那个王八蛋，已差不多半个世纪没有联系了吧？却又暗暗奇怪，翠云好像从没见过方子鱼吧，怎么会是这种情绪？替我打抱不平么？

接完方子鱼的电话，邱红尘躺在藤椅上，幽幽地抽着一支烟，却想，日子过得可真快啊！跟方子鱼分手的那个黄昏，似乎还是昨天，却已经快二十年了。翠云在这个家里，居然也有这么久了。

美惠半躺在另一张藤椅上，问，姐，王八蛋是何人？

弄明白邱红尘和方子鱼的关系后，又问，去不去呀？邱红尘居然毫不犹豫，干吗不去？宰他！恶狠狠地宰！废寝忘食地宰！

显然，这不是一年前的邱红尘。一年前，邱红尘绝不会做如此反应。那时的她，浑身内外，冷如冰霜。街上一走，能卷下一地落叶的。邱红尘想，或许因为那时候美惠还没来的吧。

那是秋季一个阴冷的下午，邱红尘站在大门内侧的梧桐树下，抬头看天，两只胳膊交错着，莫名其妙胸中涌起了古色古香的诗意。寒蝉凄切，对长亭晚，就是这意境了吧？兀自吟道，枯藤，老树，昏鸦，小桥流水人家，邱红尘在天涯。又想，邱红尘绝非断肠人也，她状态奇佳。正自我闹趣儿，忽听到外面汽车停下的声音，车门哐一声响过。有人问，邱红尘的家在哪里？答话者是对面的胖嫂，嗓门儿沙哑却奇大，那里，就那里！大梧桐树底下。

不一会儿，美惠敲响了邱红尘家的大门。

邱红尘还没开口问，女人就往里闯，带进来的一股子风差点儿把邱红尘给吹倒。这丫头手提一个大箱子，像是从地球的另一面急匆匆赶过来的。她一屁股坐在紫藤架下的石凳上，第一句话是，有凉开水吗姐？邱红尘稍稍一愣，一扭头，喊翠云，快去拿水来。翠云张着两只手，在门口站一站，转身去了。

美惠喝足了水，才说明来意。她是慕邱红尘之名而来，想在香树街10号住一阵子。目的是什么呢？据她自己说，是为了追求自己的小说艺术境界和质地。美惠是个作家。年纪不大，口气不小。自称其作品是直指人类灵魂深处的，探索人之生死的终极价值，以及意义。她认为，在邱红尘这里能大有斩获。美惠说完，俯下身子就去包里找寻东西。尚在惊愕状态中没完全回应过来的邱红尘，从美惠牛仔短裤边沿，很轻松就观摩到一抹大红丁字内裤。不知为何，竟怦然心跳！很显然，这极具有挑战意味。跟这个院子、这间屋子以及屋子里的两个女人，完全不合节拍。美惠起身，递给邱红尘的是两本小说集，一本杂志，一张身份证。你看看这些，我可不是跑江湖卖假药的。

就这样，美女作家入驻香树街10号。

此后，很多个不经意间，那一线大红色丁字内裤就来丝丝拉拉撩拨邱红尘的心弦。美惠就是以这样的一系列小细节，开始时时刻刻提醒老姑娘邱红尘，你从内到外都已然沧桑，已然衰老。这念头反弹回去，情绪里就带有一股子妒忌、憎恨。对活蹦乱跳的青春或清纯的妒忌，对无情溜走的时光的憎恨。

美惠初到香树街那阵子，邱红尘老想找借口把这小丫头赶走。分明带有这种意图的，还有老保姆翠云。两个说老却尚未启蒙的女人，多年来已经营造出一种静谧的温馨，或温馨的静谧。即便是话语交流，也是软软的，慢镜头的。多数时候是不需要语言的，一个眼神儿足够。譬如，邱红尘在树下抱一抱胳膊，翠云就立即意识到霜寒肌冷，悄无声息进屋去拿一件外套出来，轻轻搭在她肩上。

疯丫头美惠一来，完全乱了套。

当晚，美惠洗浴完毕，居然完整地赤裸着身子，就走进客厅。这举动简直把邱红尘和翠云都惊呆啦！邱红尘立刻从翠云的眼神里捕捉到一丝惊恐，似乎屋子里不是一个美女，而是一匹来自荒原的狼。美惠丝毫不以为意，就那样子站到屋子中央的电视屏幕前，姿势温文尔雅，一下一下，擦拭着湿漉漉的头发。

邱红尘手足无措，完全不像是个主人。可还是忍不住发出警告，丫头，已经秋天了。

美惠扭头，眨巴一下眼睛，像是配乐诗朗诵，我的身体，却还在夏季。

邱红尘不动声色，哼了一声，知道吗？屋子里还有两个女人，身体都已经是冬天了。美惠嘿嘿一声笑，放心，只要我来，你们就不过是一次倒春寒。邱红尘的冰冷，对这个女人居然毫不起作用。又证明美惠对她，对翠云，都似乎是了解的。美惠撒娇一样，轻巧巧凑到邱红尘面前，说，屋子里又没有一个男人，怕什么啊你们？话题竟立马转走，估计，你们也没有刮胡刀吧？姐，你刮腋毛吗？邱红尘的眼睛圆了一下，随即，睫毛一个劲儿地直眨巴。天啊，她的目光终于跟两枚神采飞扬的乳房相撞！天啊！邱红尘心荡神摇，几近虚脱，类似于猛吸了几口香烟，半眩晕状态，竟夹杂着某种幸福感觉。

妖精！邱红尘脑子里蹦出这个词儿。

马上又把一个句子完善起来，一个很对我邱红尘脾气的小女妖精。

美惠接下来常驻香树街，跟邱红尘这第一印象极有关联。

10号沿街那间房，实际上是位于小院子东南角的一个杂物间。面积不大，左不过十多平米的样子。邱红尘不打算用那房开店铺，当然就不需要开个对街的小门口。屋子的门口在背面，朝着院子。院子巴掌一般大，俩老姑娘却收拾成一个小花园。真的有小桥，有假山，有流水，有金鱼。半空看去，类似盆景。

邱红尘把小丫头美惠安排到那个杂物间。

美惠当时倒没有反对。

有一天晚上，这丫头却尖叫一声，穿越小桥流水，前来敲门。邱红尘不知发生了什么惊天动地的事儿，披衣去开门。美惠嘴唇哆嗦着，姐啊，打死我我也不在那屋睡了。我怕！邱红尘面带微笑，慢悠悠的，怕什么呢，美女。美惠说，那张床下，有一个骷髅脑袋！邱红尘说，半夜三更不睡觉，你摸床底下干什么？美惠声音发嗲，我睡不着哦姐。邱红尘冷笑一声，我们这个家里，陌生人是住不长久的。我早跟你说过。美惠说，我有足够的心理准备，可没想到会这么恐怖！邱红尘说，有什么大惊小怪的？那不过是一个模型，石膏做的。美惠迟疑着，一副可怜样儿，我还是不敢。邱红尘一张手，你瞧，除了客厅，就两间卧室，我和翠云一人一间。美惠指指客厅，脱口而出，我就睡那沙发好了。又走过来，摇着红尘的胳膊，好不好啊姐？邱红尘看着美惠的两只手，不动声色，我可提前警告你，别人连跟我握手都不敢。美惠居然拥抱住邱红尘，身子蹭来扭去的，我什么都敢！邱红尘嘟囔道，哼，什么都敢，就是不敢睡在那屋子里？美惠跑回去抱被子，说，哪壶不开，你偏偏提哪壶。

香树街10号本来像是一个冰窖，没想到进来一团火。

令邱红尘不解的是，那团火竟逼迫她开始慢慢怀疑，此前大半辈子的生活状态是不是真得过于凝冷。说逼迫一点儿也不为过。那团火的渗透和侵袭，是很执着、很顽固的。邱红尘一开始以为，这丫头也就是个心血来潮。作家嘛。她来香树街的目的，冠冕堂皇点儿，不过是采风，所谓体验生活。她心道，恐怕这孩子连一星期都待不下去。很快，这团火就会被一股子阴冷之气熄灭。不信咱就走着瞧。邱红尘耐心地等待着那一刻，等着发出一声冷笑。而事实却证明，美惠没有退。那团火进了大门口，进了五彩缤纷的院子，进了沿街那空寂的房子，又曲折一圈儿，进了客厅的沙发。有天晚上，居然进了邱红尘的卧室，上了邱红尘的床，钻进了邱红尘的被窝里。

邱红尘已经睡着，忽然感觉到被窝里钻进一个滑溜溜的物件，简直魂飞魄散！一伸手，打开床灯，却发现小女孩儿美惠赤身裸体窝在自己身边。这下子，轮到邱红尘真正惊恐了。她抱着胸口，又急，又羞，又惧怕，往一边儿直躲，你，你要干什么？一直嘻嘻呵呵的美惠，脸上却有泪珠儿，可怜兮兮的，我睡不着。邱红尘说，你睡不着跟我有什么关系？美惠却突然来了一句，你也不要我吗？邱红尘端详她好半天，忍不住呲儿一声笑，我凭什么要你？我，怎么要你？

美惠哀怨地嘟囔，今天是我生日。

邱红尘张了张嘴，怎么不早说？早说叫翠云去买个蛋糕啊。美惠嘟起嘴，蛋糕不蛋糕倒无所谓。你这么说，就是心疼我了是不是？邱红尘简直哭笑不得，这完全两码事儿，跟你钻进我的被窝没关系，去！赶紧回到沙发上去。美惠却像一只小猫一样往前凑，怎么没关系啊？我一个人好孤独。说着，轻轻伸手抱住邱红尘，把小脑袋往她两个乳房之间拱。又说，我妈去世了，我爸给我找个后妈。我从小就缺少母爱。邱红尘神情恍惚，两只胳膊不知道摆放在哪里好。美惠伸出手，掰开她两只手，钻了进去。邱红尘又是惊愕数秒，竟开始慢慢抚摸美惠的头发。那个时候，内心深处有一股子母性的温柔袅袅浮起。

随即，一声轻笑。

就这小丫头片子，写的小说会探寻人生的终极意义？我看玄。

当然，大多数时候，美惠表现出来的成熟与野性，又像是邱红尘的妹妹。快到不惑之年的邱红尘，对于美惠，就这样由排斥，到手足无措，再到完全接受，直到有了亲情成分夹杂在里头。偶尔，她会轻轻一笑，觉得很不可思议。香树街 10 号真是奇妙啊，三个不同姓氏、不同性格的女人，居然能够在同一屋檐下，和平共处。

3

翠云是被老邱领回家的。

那年秋季的一个傍晚时分，老邱站在院子里，指着身后十九岁的翠云，对年龄稍大一点儿的邱红尘说，我给你领个妹妹回来。邱红尘坐在树下一张椅子上，歪着脑袋，只打量了一眼，就扭回头去织毛衣。对翠云的到来，她既谈不上喜欢，也谈不上反感。那时候的她，早就天生了一股子怪癖，整天不说一句话。再说，翠云五大三粗，两只眼睛呆滞无神，一副笨拙痴呆样子，根本就不像她的同类。可老邱的任何决定，总有他霸道的理由。邱红尘知道难以抗拒。

邱红尘的脾性，当然也来自于老邱的职业。也正是邱红尘半生的职业。

现在很美气的叫法是，遗体美容。

老邱在这座城市声名显赫的时候，这个行当还不叫这个名字的，文雅的说法叫修脸。有人闲聊时干脆直呼，给死人化妆的。老邱手上的活儿，真正是方圆一绝，是当之无愧的遗体美容师。有许多人慕名而来，用小车接了他去。不管逝者死因为何，也不管逝者那张脸如何的杂乱而无章，即便你不能给老邱提供一张照片，他也会把一具遗体的面容整得神态安详，开心离世一般。

在那个年代，给死人化妆，算哪门子职业啊？下九流都不算。

老邱事业最辉煌的时候，也是家里门可罗雀的时节。他的名头越响，手下的活儿越多，害怕他、躲避他的人就越多。老街坊，甚至亲戚朋友上门拜访的就越来越少。你想，跟他坐一起，或者即便只是站在一起聊话儿，你忍不住就去打量他的一双手，那可是抚摸过数不清的尸体脸庞的手啊！据说，邱红尘的母亲就是忍受不了那种压抑和恐惧，悄然离开父女另投他处的。当然，或许还有别的原因，老邱从来不提，邱红尘也不打听。无疑，老邱后半生甚至整整一生，都是孤寂的，是精神层面的孤寂。环境造人，理所当然这种状态传承到邱红尘身上。只不过到她这里悄然改变，添了一层，变成了孤傲。是的，邱红尘的孤寂，不过是辅助性的一层底子，缥缈其上更多的，则是一种犀利的藐视一切的傲气。

至于保姆翠云，则完全是另一种状态的孤寂。

实际上是一种恐惧后遗症。

这女人亲身经历过一场车祸。她母亲骑着一辆破旧的自行车，带着她去赶乡下的大集。不料，一辆拖拉机呼啸而来，瞬时间就碾碎了她的整个人生。当时，翠云的耳边哗哗啦啦一阵响，就被甩到路边的水沟里去了。等醒过来，日子完全改变。她爬到路面上，抬着头，看到的是血淋淋的母亲。

那时候，老邱已经带起了弟子。是其中一个前来搬救兵的。对于如何让翠云母亲的面容恢复原状，小伙子束手无策。这个当然难不倒老邱，他在遗体周围转了几圈儿。说，你根本就没动脑子，没在这门手艺上深下去。这里面学问大着呢，你得像个真正的外科大夫，去研究人体的生理特征，主要是人的头部骨骼特征。这天底下，不光男人女人生理构造不一样，就没有完全相同的两个头盖骨。老邱跟弟子一边讲，一边动起手。不到两个时辰，翠云母亲的遗体整容完毕。翠云看到以后，眼睛瞪大，嘴角微微一动，算是半丝微笑。

这已经不简单。

老邱下一次看到翠云露出微笑，已是两年之后。

老邱忙活完毕，才注意另一个问题。是翠云极力请求给母亲美容的，她要母亲体体面面地离去。问题是，她拿不出美容的钱来。不但这钱她出不起，一切丧葬费用也支付不起。这女孩子家里再无别的直系亲人，竟是母女二人相依为命的。翠云哀求说，大叔，我去给你家干活儿，我什么都能干，干多长时间都行。老邱哀叹一声，跟弟子帮着翠云葬了她母亲。随后，把翠云领回了家。按老邱的想法儿，干脆认翠云为干女儿，红尘也多一个妹妹。反正，以老邱的手艺，养活俩闺女，日子虽艰涩，也不会难到揭不开锅。这活计说出去不好听，但收入颇丰，绝对是个冷门职业。好汉子不愿干，孬汉子还真干不了。能干到老邱这种境界的，几乎天下奇缺。怪的是，翠云这姑娘一根筋到底，我不想做你的闺女，如果你们愿意，我就是你家保姆。你们用我到什么时候，我就什么时候离开你们老邱家。

直到老邱去世几年后，邱红尘才慢慢思量起翠云在家里的位置，竟有了一个怪念头。

她在一侧冷眼打量翠云的举止，慢慢儿地，梳理起此前的好一些场景来。翠云给老邱洗脚，给老邱按摩，给父女二人洗衣服。在老邱生病住院的时候，端屎端尿。有一天晚上，邱红尘起来上厕所，突然看到院子里有一明一灭的微光。她站到门口，居然看到翠云披一件衣服，在院子里幽幽地抽烟。当时，邱红尘冷笑一声，骂她脑子被驴踢到了。

此时想来，翠云说不定正愁肠百转，正想着去敲老邱的房门。说不定，老邱内心多多少少也有这个想法儿。更说不定，老邱早已经将翠云收到房内。否则，翠云为什么一直就不肯离去呢？邱红尘想到这一层，又暗骂自己龌龊。怎么就怀疑起自己的爹来，他是那样的人么？更多的当然是悔，责怪自己为什么当初想不到这些。如果从中撮合一下，或许有戏。翠云年纪小又怎么了？这代沟也并非宽得摸不着边沿儿。长相丑一些，更不是什么问题，翠云配老邱，绰绰而有余。

唉！邱红尘不免一声叹惋。

邱红尘高中毕业，没考上大学。又复读一年，仍然不中。翠云到来，倒是给她腾出很多空闲时间。

有一天，老邱突然发现，邱红尘在偷偷摆弄一具骨骼模型，这才开始慌张起来。老邱对着闺女大吼大叫，你要是再碰这些东西，我打断你的手！他可不想女儿再步自己后尘，其间的苦涩悲凉，老头子早已经体验至血液里。

一个女孩子家，摆弄这个，怎么嫁人啊？

不料，邱红尘无师自通。

有一天，老邱在远远的另一座城市，正给一张渔网般的面孔勾抹涂画，家里的邱红尘却坐上一辆小车，前往殡仪馆，开始了她的职业生涯。那是个并不复杂的活路儿。逝去的老头儿来头却不算小。他儿子据说是个大官儿。起初，这家子人根本不信任小丫头。但邱红尘的话语自小就铿锵有力，我爹赶不回来，你们要请老邱家的人来做，就只有我这一个。对方无奈，大热天的，尸体放久了会有异味，再说这种事儿就根本没有往后拖的。

邱红尘一战成名。

老头子躺在那儿，一派驾鹤西行的慈祥面孔。大官儿很满意，悄悄塞给邱红尘一个白包。等老邱回来，邱红尘一脸得意，把那钱递过去。老邱两眼浑浊了好半天，才说，妮儿，你现在必须做一件事，把额外的钱给人家送回去。老邱还说，要真想走这条道儿，你就得记住，不该拿的钱绝对不能拿！干哪一行都有规矩。

这话说明，老邱已经同意邱红尘做自己的弟子了。

可香树街上有个叫方子鱼的小子是不同意的。

方子鱼跟邱红尘，从小学到高中一路同学。邱红尘复读一年仍考不上大学，多多少少跟方子鱼有些干系。俩人早恋了。那时候的方子鱼，对邱红尘痴迷得简直七荤八素。香树街上的大人孩子，哪个不害怕老邱家那个院子啊？大人吓唬孩子都这么说，你再哭，再哭我把你放到老邱家大门口。小孩子一听这话，哭声咔一下止住。可方子鱼居然不怕，足见爱情的力量之伟大。哪怕是他爹拿棍子撵着打他也不惧，还梗着脖子跟老爹理论，人家邱红尘又不去摸死尸。

于是，街上经常出入老邱家的，就是个方子鱼一人。

方子鱼后来考入大学，起初倒是痴心不改，几乎每周都要把一封热乎乎烧饼一样的信，发到香树街 10 号。但很显然，方子鱼是有底线的。或者，应了那句话，人一阔，就变脸。大学毕业后的方子鱼，跟邱红尘的节奏不太一样了，对她也不那么炽热如火。何况，邱红尘毅然决然选择继承衣钵，去给死人修脸。

两个人平静地分手。

连邱红尘要求握一下手，方子鱼都予以拒绝。邱红尘不以为意，觉得好笑。以前花前月下时，舌头卷着舌头的，只差没有上床融为一体。也幸亏没那个样子呢。就因为我干了这个，连握个手都勉强不了，还有什么可值得留恋的？邱红尘扭头就走，心里却发恨，方子鱼你是大学生又能怎么？你身体走出了香树街，灵魂却与街上人毫无异处。我邱红尘虽身在红尘，可我的思想是超凡脱俗的。我所从事的，是一门世间人都无兴趣的艺术门类。我能让一个满脸血肉模糊的人体面地、有尊严地离开这个世界，你能吗方子鱼？

这正是邱红尘的冷傲之处。

因此，当方子鱼将与他女同学结婚的消息传到香树街时，邱红尘只是发出清冷苍凉的一笑。不过，这是她第一次被针刺一般体验到世态冷暖。邱红尘嘴上不说，举止间不表达，并不等于这事儿没在她心脏上造成划痕。恰恰相反，这是造成她孤傲脾性的启蒙之战。

虽说败得一塌糊涂，却似乎也夹杂了某种豪迈。

4

香树街这条标准的老街，差不多东西贯穿整座城市。稍稍霸气一点儿的城市，现如今都喜欢弄一条两条围巾一样的外环路。目的似乎是要把车辆分三六九等。那些高高大大灰头灰脸的大卡车、大拖斗，简直就是后娘养的，只被允许在外环之外行走。而城市里面，则是公子哥儿小轿车昂首阔步的天下。

那起交通事故，发生在香树街跟东外环交界路口。时间是凌晨一时左右。死者是个少妇。凡重大交通事故的现场，都有一点儿惨不忍睹。这一起也不例外。死者面部已遭毁坏，完全认不出样子。警察认定，事故非同一车所为。也就是，第一肇事车辆将骑电动车的女人撞倒，随即逃逸。而另一车的司机并没注意，跟随其后，又在死者身上碾压了一次。事发当晚，狂风肆虐，警察拉起隔离区的时候，一场大雨早已瓢泼而过，把许多痕迹都给冲走了。幸亏，现场发现一部手机，居然完好无损，于是，警察按照一个常用的号码打过去。身在另一座城市的方子鱼，从睡梦中惊醒，接起了电话。他正处于出差期间，闻听噩耗，立即驾车往回赶。天还没亮，已经站在那隔离带里面。

方子鱼慢慢蹲下身子，揭开遮盖的雨布。只看一眼，就一屁股坐在湿漉漉的地面上。他绝对相信，这是他这一辈子看到的最恐怖、最凄惨的场景。从衣物以及现场的电动车，可以毫无疑问断定，正是他的妻子无疑！雨布一角，半隐半现的那只手上，还戴着他当年亲手套上去的一枚黄灿灿的戒指。

事发整整一周，警察都没有能够破案。

那个路口没有监控，无录像资料可查。警察怀疑是吃夜草的大野马。这些车辆即便是有录像可看，想查到车主难度也大。被害人家属方子鱼拿回了手机，可里面丁点儿线索都没有。事故勘察完毕，法医鉴定了当，尸体也就没有继续放在冰柜里的必要。方子鱼的岳母强硬地坚持，必须水落石出女儿才能入土为安。岳父倒还算理智，心知那样也不过是逞一时之快，其意义不大。总算说服女人，尽快火化，让女儿入土为安。于是，有个问题火急火燎，即，如何恢复那张曾经美丽的现在却被车辆碾过的脸。

在空旷的缭绕着异味的停尸间内，前后有三个遗体美容师拉开那个抽屉状的大盒子。看罢了，都是面无表情，轻轻摇头。哪怕方子鱼出再多的钱，这几个人都不敢接这活儿。接了，活儿干不好，等于砸自己牌子。一个看上去像是80后的小姑娘倒是性格活泛。她戴一副厚厚的近视眼镜，摘去口罩后，露出的面容居然让方子鱼怦然心动！暗道，花儿一样的女孩子，怎么就做了这个？同时，他心里也砰的一声响，知道这活儿该找谁了。

小姑娘哈好说，我看呀，只能请我师傅出马了。

她的师傅，正是隐居香树街10号的邱红尘。

此时的邱红尘，早已经功成名就，且灿烂退场。

自出道以后，她在这个领域整整浸淫了十五个春秋。其实，三五年过后她就在坊间声名显赫。自然是活儿真的无可挑剔，比她爹老邱似乎还要胜出一筹。在任何环节上，你都挑不出毛病。邱红尘干活儿，从来不让人守在一边，这是规矩之一。那间小房子里只能留她一个人。不管什么样子、什么脾性、什么官职级别的死者家属，站在邱红尘的化妆间外，都一样。你只能静静地等在外面，等着邱红尘额上渗着细密的汗珠站到门口，悄声说一句，好了。

邱红尘说好了，那就是真的好了。

邱红尘的一视同仁，还表现在收费上。她有自己的价格定位，说多少就是多少。穷人家绝不会少收，富人户也不会多拿。当然，会有人像她第一次出马那样，额外塞一笔钱给她，邱红尘坚决不取。还有一个传说，说是邱红尘的一个亲传男弟子，并不接受教诲，只想自己迅速发家致富。于是，刁难死者家属，私收费用，什么洋相都出。被邱红尘知晓，冷着面孔一个巴掌打过去，厉声呵斥说，以后你要再敢说是我的徒弟，我亲自给你做美容！

这话迅速流传开来，人都说这女子果然厉害，教训人都是行话。

邱红尘的面容神态，非常符合殡仪馆风格。在那里头，倒也不足为奇。奇得是这女人似乎在任何地点都一直如此，孤僻，怪异，诡秘。活路儿干完，她立刻回到一间小屋子里去。不一会儿，一袭旗袍，分花拂柳般走出来，径直钻进一辆黄色小轿车。司机正是那翠云。邱红尘一坐下，接下来的风格就完全属于翠云了。殡仪馆在市郊下风口处，大门口那段路连沥青都没铺，平日里总见一副大风起兮云飞扬的壮观景象。翠云一踩油门，唰的一下子就冲出大门口，绝尘而去。

清楚这一车一主一仆故事的人，都在一边感叹，真叫一个有性格！

翠云学开车，是邱红尘逼她去的。

邱红尘当然不需要配备一个司机来耍摆大腕儿，主要是为了矫正翠云的心理亚健康。车祸过后，翠云十年怕井绳，在马路上见到车腿肚子都哆嗦半天，尤其不敢看拖拉机。邱红尘说，要不怕车，就得自己学开车。翠云抵触了好些日子，还是拗不过邱红尘。学车的过程可真是吃尽万般苦头。考试的时候，仅倒桩一项，连过三遍，才闯关成功。让邱红尘绝对想不到的是，翠云不上车则已，一旦驾起车，嚯！简直霸气十足！似乎整个世界都是大马路，专为她资深保姆一个人铺设的。不过坐翠云开的车，邱红尘从来就不紧张。或许是早就阅尽人世间沧桑，看透生死之事。整天跟死人打照面的人，有什么可怕的？

许多年以后，方子鱼第一次敲开香树街 10 号的门。

方子鱼不能不来，请客吃饭显然是个小失败。而且，方子鱼意识到，邱红尘不过是搞了一次小小的恶作剧。这女人还没有忘记当年分手时的情景。难怪有人说过，女人的初恋，就是她整整一生。方子鱼想到这儿，不以为尴尬，反倒暗自有了一分得意。女人恨你说明她还爱你。这叫辩证法。做过语文老师的方子鱼深谙其道。但事情还是要办的。方子鱼现在是一所中学的副校长。其岳父退休前是教育局一个领导，他的话放在今天也还是很给力的。当初，方子鱼使出十八般武艺追求人家女儿时，就充分考虑到这一层。

因此，登门拜访邱红尘是大势所趋。

开门的是翠云。

方子鱼手里提着一个纸袋，内装两件旗袍，哗啦哗啦，就想往里进。不料，翠云身子一横，把通往院子里的小门儿全给堵死了，你来干什么？方子鱼稍稍一愣，我找邱红尘啊。翠云说，她不在家，有什么事情跟我说是一样的。方子鱼透过狭窄的缝隙向里张望一眼，不在啊？那，那个作家在吗？翠云冷冷的，香树街 10 号没有作家，只有遗体美容师。

方子鱼这下子才拿正眼看翠云。

此前他还以为，翠云顶多就是个管家呢。看来也是一块老姜。香树街 10 号果然诡秘啊，把天底下稀奇古怪的女人全凑到一起了。方子鱼把那纸袋一伸，说，邱红尘知道我找她什么事儿。麻烦你告诉她一声，我来过了。又讨好似的说，你瞧，我给你也买了一件旗袍。翠云冷笑，别侮辱我。我这个身板儿能穿旗袍吗？这句话，让躲在院子一个角落的邱红尘和美惠捂着嘴暗笑。

方子鱼无奈，提着礼品而去。

邱红尘对着面无表情的翠云说，你好厉害！以前我怎么没发现呢？

然而，第二天晚上，电视台的一条消息，让香树街 10 号的三个女人里头，至少有两个女人顿时慌乱起来。

那个总是摆出一副参加葬礼模样的男主持，一脸肃穆地宣称，东外环那起交通肇事案有了新进展。一个匿名男子拿公用电话告诉警察，他正是当晚的目击者。该男子看到一辆黄色轿车为第一肇事车辆。那车在右转弯的时候速度非常快，而方子鱼的妻子驾驶一辆踏板摩托车逆向行驶。两车咔嚓相撞后，方妻倒在快车道上。小轿车停顿几秒，司机慌慌张张下来，察看了一番。借着车灯的光线，能看清是一个身穿牛仔服、身型肥胖的女人。可该女人并没有报警，也没叫救护车，一转身就上了车，迅速逃离现场。仅仅过了一分钟左右，一辆拉煤的大货车趾高气扬，呼啸而过，再次碾压到受害人，却根本就没有停留的意思。警方和家属呼吁匿名男子，请他到交警队配合调查。同时，家属方子鱼愿出资悬赏包括这男子在内的所有目击证人。

邱红尘的呼吸顿时不畅，她迅速扭回了头。

翠云站在门口，拿围裙擦着手，眼睛死死地盯着屏幕。

美惠坐在沙发上，一边看书，一边啃一个苹果，咔嚓咔嚓响。

邱红尘和翠云对视一眼，好半天没挪开。

邱红尘尾随到了翠云房间，见她坐在床上，目光呆滞。邱红尘心里就咯噔了一下，又咯噔一下，沉默了好久，她慌乱地站起来，说，你赶紧给方子鱼打电话，就说我愿意去给他老婆做美容，马上就去！

翠云忽地一下子站起来，这天底下不光咱们有一辆黄颜色的车，也不光我是个胖女人！邱红尘说，问题是，你穿了一身牛仔服。那天凌晨，恰好你开车去接我，那个地点是你必走的路线。

翠云无言以对。

邱红尘顿时明白了她为什么对方子鱼那般冷漠。

5

邱红尘进入那间屋子前，方子鱼问了一句，我能进去吗？邱红尘回过头，戴着口罩，只露两只眼睛，反问，你进来干什么？方子鱼没再吭声。邱红尘扭头就走进去了。

一进屋子，她的心情顿时愉悦无比。那是她的舞台。邱红尘又回来了。屋子里的一切，包括气味儿，都还是熟悉的，亲切的。邱红尘悄然打开化妆箱，一股惬意的味道又扑面而来。说是化妆箱，里面倒满是做外科手术般的工具，手术刀，纱布，当然还有橡皮泥，胭脂，粉底，唇膏，口红。屋子中央是一张手术台样子的床。方子鱼的妻子已经躺在了上面。邱红尘摁亮床头的两个射灯，慢慢地扯开那层白布。

呀，这就是方子鱼的妻子了。

这个女人活着的时候，邱红尘见过两次。

第一次，是在她跟方子鱼的婚礼上。邱红尘没有进酒店里喝喜酒，却是在大门口随了礼份的。邱红尘在红包上写下祝福的话，后面署了两个字，红尘。她清清楚楚地记得，自己一边往回走，一边泪如雨下。真的是泪如雨下啊！那个时刻，就像杜拉斯笔下的少女一样，真正切肤一般体验到，她是爱着这个男人的。那，可是邱红尘一生的初恋啊。

好了，现在我已经一点儿都不恨你。邱红尘看着那张脸，悄声说，我很抱歉。

第二次见到女人，是在一家商场。

方子鱼推着购物车，他娇小的妻子沿着货架，一边打量一边走。邱红尘在他们的迎对面，突然一下子心疼起来。和方子鱼终于对视，都是呆愣片刻。邱红尘本想低头就走，却被那女人看到，狐疑地在他们之间打量。方子鱼慌忙解释说，是香树街上的邻居。女人脸上挂着笑容，问声好，却把手伸过来。方子鱼用眼神制止她，她没看到，邱红尘却捕捉到了。邱红尘假装没看到女人递过来的那双手，昂首，侧身而过。

之前的某个时刻，方子鱼曾问，还需要一张照片吗？邱红尘冷冷一笑，方子鱼你记住，这世界上，面部特征对我冲击最大的女人，就是你老婆，尽管我只见过她两次。

是啊，邱红尘哪怕闭着眼睛，伸出手一摸，也会立刻判断出这张脸的。下巴是尖尖的，颧骨有一点稍稍的隆起。主要特征在额头，看上去小巧玲珑的一个女人，额头却是宽的。邱红尘叹了口气，又悄声说，其实，你不穿婚纱的那次，比穿婚纱要漂亮。

凌晨两点，邱红尘推开门，用小拇指勾下了口罩，对着方子鱼说，好了。心里却在猜测，方子鱼的第一句话是什么，他要进去看一看自己的手艺吗？

事实上，对于这个问题，邱红尘内心也充满矛盾。她完全可以相信，这是自己的顶尖杰作。女人是面带那一次在超市购物时的微笑的。她很轻松。甚至，还算开心。似乎她已经原谅了这世间的一切伤害。绝对是一件艺术品。是的，艺术品。方子鱼你真应该马上进去看一眼。此刻，邱红尘需要你的眼睛一亮。似乎邱红尘这半生的追求，也不过是要博你方子鱼的眼睛一亮。她需要你的认可，你的赞赏，发自内心的认可和赞赏。同时，邱红尘又皱着眉头想，他如果急于进去看，岂不证明另一个女人在他心里的分量依然未减？

谢谢！方子鱼说。

邱红尘似乎没听清。她张了张嘴巴，你说什么？谢谢？你，不进去看一眼你的妻子吗？方子鱼说，我相信你的手艺。

这个臭婊子，似乎选择了两者皆可抛。

邱红尘一皱眉头，旋即又微笑。邱红尘突然嘟囔了一句，今晚的月亮，真好啊。说完，扭头就走。方子鱼不解其意，抬头去看天空，明明是阴云密布的。方子鱼根本弄不懂邱红尘的意思。而邱红尘却很清楚，这是二十年前的一个夜晚，傻乎乎的方子鱼第一次向她表白感情的时候，慌不择路的一句话。

这一次，她没有换旗袍，却穿上了美惠的乞丐牛仔。翠云坐在司机位置，跟往常不一样，竟还没有睡。灯光下的翠云似乎一下子老了十岁。她看到邱红尘，稍稍一愣，却没说什么。邱红尘说，今晚我来开车吧。翠云又是扭头一愣，还是没说什么。邱红尘一踩油门，车子刷地一下窜出去。翠云没有防备，一下子后倒在座位上。邱红尘面带微笑，没见识过我这样子开车吧？

殡仪馆在西外环之外的东南角。邱红尘开着车，呼啸着扭头向西，向北，越过香树街，还继续向北。翠云问，我们为什么不回家？邱红尘说，很久没有开车兜风了。翠云难得地微笑，我第一次觉着坐别人开的车是这么可怕。邱红尘摇下两边的玻璃，冷风顿时忽地一下子贯穿而过。

邱红尘问，翠云，你这辈子有没有感觉轻松过？

翠云很干脆地回答，没有，从来没有。

那辆轿车沿着外环转了半圈儿，行驶到东外环与香树街的交界路口。邱红尘放慢了速度，最后在拐角处停下。在快到那个路口的时候，翠云就左手摁着座位，右手紧紧地抓住扶手。那时竟神经质地问，你走啊，为什么在这里停下？邱红尘说，我想跟你聊聊天。翠云大声喊叫，我不想在这里聊天！

邱红尘语气沉缓，有些事情咱们都必须面对。

翠云张张嘴巴，不说话了。

稍稍沉默后，邱红尘说，有一句话，我已经忍了好多年，都没有问你。我想听听你的真实想法儿。假如——，邱红尘斟酌了一下措辞，假如当年我爹有娶你的念头，你会同意吗？翠云的眼角，已经渗出了泪水。翠云说，现在说这个，还有什么用？

邱红尘一下子就扭回头，看着窗外。

两个人半天无语，邱红尘点上一支烟，递给翠云，自己也点上一根。俩女人在静静地抽烟。还是翠云打破了静默。翠云说，老邱挺好的一个人，我配不上他。邱红尘微微一笑，又迅速收敛回去，翠云，我觉着是你不够勇敢。翠云低下了头，我一个女人，还能怎么勇敢？邱红尘无语。翠云说，就你看到我坐在院子里抽烟的那个晚上。实际上，我心里在反复做一个决定，我很想去敲老邱的门。最后还是没去。

邱红尘像是自言自语，所以嘛。

后来，倒是有一次机会。那天晚上，你没在家。家里就剩了我跟老邱俩人。我做了一桌很丰盛的菜。说实话，我有一肚子的想法儿。我跟老邱对着头喝酒，甚至还跟他划拳，压手指头。老邱在这一方面挺笨的，他根本就赢不了我。我故意输，故意输，但还是他喝得多。

邱红尘这一次脸上的笑，是真的灿烂如孩童了。

可是你知道的红尘，你爹的酒量很大。你说我不勇敢是吧？我觉得自己已经够大胆了。那晚上，我就想把他灌醉，可后来倒是我先醉了。翠云脸上挂了难得一见的笑容，孩子一样。我故意软得站不起来，我就想让老邱把我抱起来，把我放到床上去。你爹看上去像是遇到好大的一个麻烦啊，哈，他在屋子里抓着头皮转圈儿。

邱红尘哈哈大笑，后来呢？

翠云说，你说我心里那个着急呀，我心想，老邱你就抱我一次，还能怎么着啦？我是心甘情愿让你抱的。后来，你猜怎么着？你爹笨得那个样子啊，他是这样子抱我的。我还得告诉你，那可是我第一次挨着老邱那么近。我个老天啊，他的右手这样绕过来，放在我胸口下面，就这儿。左手呢，伸到我屁股下面。他站在我身后，整个身子跟我保持着一段距离，他的胸口根本就没跟我的后背挨着。我猜，他那个姿势肯定很累很累。即便那样，红尘你别笑话我啊，我一下子就有了感觉，我浑身发抖，我觉得心都快跳出来了。我可没想到，你爹干干巴巴一个人，劲头儿倒不小，他吭哧吭哧了半天，居然就那样把我抱起来了。你说厉害不厉害？我这么胖一个人。

邱红尘说，小的时候，他就那样子抱我的。

所以啊，他还是把我当她的闺女。他把我放到床上，帮我把鞋子脱了，盖上被子，然后，一带门出去了。

就那么走了？邱红尘问。

对呀，走了。翠云回答。

邱红尘着急，你就没，没做点什么？

翠云笑一声，我，我能做什么呀？

邱红尘叹了口气。好半天才说，你在我家待了这大半辈子，不觉得亏吗？翠云说，有什么亏的？你没发现咱俩很投缘吗？要说亏，我倒是替你觉得亏。你条件这么好，是该找个婆家的。我这辈子就这样了，也觉得很好。住在那个院子里，跟谁也不交往，真踏实啊这日子。和你在一起吧，有时候觉得你就是个孩子，有时候觉着你是我妹妹。尽管你比我大，可我就从来没觉得你是姐姐。

邱红尘突然就泪眼蒙眬，是我做得不够好。我劳累你了。

说着话儿，天不觉就亮了。

翠云叹了口气，看着路口的某个位置，以后，恐怕这样的日子没了。我承认，那事儿是我做的。我一拐过弯来，没想到那个女人忽地一下子，就从那个的方向逆行着过来了。是她违章的你知道吗？我根本来不及刹车。天都那么晚了，我怎么会想到路上还有人啊？我下来看了看，那女人一动不动，我立马就晕了。好多年前我看到过这么一场。有那么一会儿，我就觉着躺在地上的那女人，是我娘。不过，我很快就想逃走。我一边开车拼命地窜，一边还想，我娘当时被撞死，那狗日的不是也没停车吗？

邱红尘无语。抽烟抽得嗓子都很难受了，可还是又点上一支。

好半天，翠云说，走吧。估计他们也快上班了。

邱红尘把车直接开进了交警队。车和人，都留在那个院子里。邱红尘坐在马路边，抽掉半包烟，这才站起来，拍拍屁股，伸手拦下了一辆出租车。

下车的时候，邱红尘感觉两只脚像踩在一堆棉花上。

香树街已是一派秋色，杨树叶片是黄色的，梧桐树早就光秃秃的，香椿树的叶片斑斑点点，还在强硬地支撑。很显然，邱红尘那身衣服又吸引了一街人的目光。那些目光似乎要穿透她身上的每一个窟窿。邱红尘不以为意。

她抱着胳膊，依旧像穿旗袍那样，不紧不慢，行走在街面上。

终于，她抬起手，摁响了香树街 10 号的门铃。

美惠开门，竟是一身旗袍！笑吟吟地站在门口。

邱红尘打量一眼，又打量一眼，张张嘴巴，说不出话。美惠正想开句玩笑，想问问邱红尘，她穿旗袍的样子美不美。却突然发现邱红尘目光呆滞，浑身绵软，一只手撑在门框上，像是随时就会倒下去。美惠慌了，急忙伸手去搀扶她，邱红尘软软地瘫下去。

水。邱红尘说了一个字儿。

6

邱红尘在辉煌时期宣布退役，是两年前的事儿。

曾被她痛斥的那个男弟子，虽说表面上是逐出了师门，但彼此间的联络并没断。因为，另一个女弟子嫁给了这家伙。小两口儿都还年轻，选择这个职业的初衷和感觉，与老邱甚至邱红尘时代截然不同。他们好像遇上了好年月。这年头的人，什么都可鄙视，唯独不鄙视钞票。只要挣钱，什么职业都是高尚的。男孩子品质有点儿差，似乎他就冲这钞票二字，才来到这斑驳陆离的世界上的。在业内他却是个活脱脱上蹿下跳的活跃分子。不几年，就把这座城市甚至周边地带的遗体美容师们都集到了一起。那是个私下里的小圈子。圈子虽小，却足可以垄断方圆一片这个冷门行业。

邱红尘冷眼观察一番，知道自己技艺虽超凡，思想上却与他们格格不入，似已落伍。已为人妇的女弟子，胳膊轴自然冲着自己男人的方向拐。也是，这年头儿师傅算什么呢？偏这女弟子嘴皮子颇为灵活，竟在两边尝试着游刃有余。也小心翼翼地邀请师傅随俗。邱红尘什么人哪？怎么能甘心与他们合污？她本来就如同独行侠，这样一来更成孤家寡人。邱红尘哀叹一番，真是世风日下，人心不古，连赚死人的钱都能够狮子大开口了。

不免心灰意冷。

一次，女弟子抱着娃娃上门，再次撺掇师傅，您过去瞧瞧吧，很热闹的。邱红尘略加思索，竟答应下来，前去赴会。女弟子欣喜万分。邱红尘情愿加入那个圈子，是件大喜事儿。不管怎么说，在业内老姑娘邱红尘是标准的一面旗帜，猎猎作响。如果成立一个民间遗体美容协会，除了邱红尘，谁还敢当会长？从另一个角度讲，邱红尘不加入你们，你们哪怕再折腾，也不过是旁门左道。大师之所以是大师，其影响元素是多方面的，号召力、影响力必不可少。

邱红尘一袭黑色旗袍，闪亮登场。

这是个不大不小的轰动。邱红尘心里透明着，这里头有好大一部分人，心底还是清澈的。只不过碍于情面，或者为了交际不得不面对现状，在资源整合的大潮流中，参与其中，人各有份。这一部分人此时恐怕内心就很有些瞧不起她邱红尘了吧？你貌似清高，不照样也还是被拉下了水？人啊，最终还是难逃一个利字。谁都明白，这行当是有利可赚的。关键是如何运作。

被逐出师门的男弟子，看上去情绪饱满，像裂开苞皮露出黄灿灿果实的老玉米。他的表演恰到好处，一番精彩的开场白过后，非常恭敬地请一代遗体美容大师、他的师傅邱红尘女士给大家先讲几句。邱红尘没给他纠正称呼上的错误，她稳稳当当站在舞台上，手握话筒，四下一瞧，大厅内寂然无声。

邱红尘的话，主要包括三层意思。

第一层，看到遗体美容业后继有人，长江后浪推前浪，她内心非常欣慰。第二层，干这个行业，其酸甜苦辣，唯有自知。邱红尘说，你不敢去参加酒局，不敢跟人握手，不敢随便搀扶老人，不敢抱人家小孩子，甚至，在公共汽车上你都不敢跟人家挤，万一碰到熟人，人家会在心里骂你。我们的身上好像满是晦气，污浊不堪。可是，诸位想一想，在这时代，还有多少人灵魂是干净的？

邱红尘话锋一转，过渡到第三层，关于职业道德和良心。

难道，我们自己也要让自己变得更污浊吗？拿死者家属的黑心钱，破坏行规，私自抬高收费标准，刁难挤兑死者家属，算什么行径？做人，能不要脸到借着死人发大财吗？

男弟子的脸色，开始红一片，紫一片，五花八门。

邱红尘开始了更加慷慨激昂的演讲，像是要把她这辈子的话一口气说完。那些话像一支支冷箭，像是连珠炮，像是你挤我赶，等在嘴边儿上。期间，插播了一条毫不留情面的广告，我身边这个人，他不配做我的徒弟！我今天再一次宣布，我邱红尘从来没收过这个人当徒弟。他以后在任何场所，干的任何事情，都与我无关。最后，邱红尘用一句斩钉截铁的话收尾，从今天起，我退休了。

邱红尘昂首挺胸，走出了那个让她压抑无比的大厅。

这座城市本来就不大，邱红尘这样一个举动，自然就引起不大不小的轰动。甚至，当地电视台和广播电台不知怎么听说了，要联合对这个奇女子进行一次专访，被邱红尘一口拒绝。邱红尘说，那些话，对从事遗体美容的人来说，已经足够。

不过，她的演讲也并没有出现奇佳效果。世风日下，人心不古了嘛！谁不想过好日子？谁不想手里钱越来越多？活人的钱能挣，挣死人的钱又怎么啦？你瞧瞧，殡仪馆内，哪个项目是物有所值？不都是挣死人的钱吗？还有，四处撒广告卖墓地的。且不说这个了，现如今做官儿的，公检法的，从医的，甚至搞教育的，哪个行当私下里不收黑钱？就这么一个给死人化妆的行当，撑死你，你能顶的过一个腐败分子？你邱红尘固然清高，也不过是一辈子清寂寡淡，像个老尼姑，孤独一生。这个时代的人，不追求思想，只看现实。现实是什么？现实就是钞票。谁口袋里的钞票哗啦啦往外淌，谁就是大爷！

邱红尘孑然一人，孤独在了香树街 10 号。

这样说倒也不完全对。那时节还有翠云相伴的。后来，天上掉下个女作家美惠。尤其后者，已经把邱红尘的日子搅和得生机勃勃，都开始脱下旗袍换上乞丐牛仔了。没想到，嘭一下子，变故陡起。最亲近的人翠云肇事逃逸，被关进了看守所。

真叫个命运多劫，恍然似梦。

现在，不是方子鱼请求她邱红尘出街了，是她该主动去找人家洽谈具体事宜。这样的肇事逃逸案，只要死者家属不死咬住不放，需要多少钱，痛痛快快地拿出来，民事赔偿处理妥当，刑事责任自然会大大减轻。邱红尘从业多年，多多少少也跟交警刑警的法医们打交道，其间门径胸内了然。

家属是谁？首一个，当然是前男友方子鱼啊。

这一次，轮到邱红尘和美惠亲自上门拜访了。多少年来，邱红尘从没进过别人家里。即便是亲戚家，也几乎没有。原因不需要解释。本来，邱红尘想约方子鱼吃顿饭的，可那一端的方子鱼毫无兴趣，直接拒绝。邱红尘心里一凉，顿时就切身体会到十年河东十年河西的滋味儿。

不料，方子鱼站在门口的样子，却把邱红尘和美惠都吓了一跳！

他头发蓬乱，胡须茂盛，眼圈红红。邱红尘暗想，才几天不见怎么折磨成这样子？无端的心口又疼了一下。不好说这疼的缘故，是为方子鱼，妒忌他的痴心，还是因自己亲近的人造成如此局面而起的忏悔。站在邱红尘背后的美惠，也把一脸不屑收敛起来。此时，她倒像是对这个男人也略生好感。

进了客厅，立刻一股子怪味儿扑面而来。是酒精、咸菜、酱醋、方便面、香烟等等交织在一起的味道。窗帘是遮挡着的，屋子里更有了迫人的压抑。美惠顿了一顿，自作主张去拉开窗帘。转回身子，就手脚麻利去帮着收拾桌子上的垃圾。方子鱼连说不用不用，怎么能让客人收拾呢？邱红尘却去一个墙角，盯看一家三口的合影，惊讶地看到表层的玻璃已经碎掉。

她再一次仔细端详着那个女人。

暗道，我的手艺，还真是没有失了水准。

方子鱼和邱红尘对坐在沙发上时，一时竟无语。

美惠从厨房钻出来，张着手问，你家连块抹布也没有吗？方子鱼苦笑一下，没作声。美惠继续乒乒乓乓去忙她的。邱红尘心想，这孩子真是个自来熟。她在谁家也是这样子吗？不过，这样倒好，省去一分尴尬，也略显出本方诚意。邱红尘忽然意识到，这次是来谈判的。可她不知道如何开口。表达歉意么？或者直截了当，方子鱼你看，事情也出了，你觉得我们该赔多少钱才合适？这简直太别扭了。可总不能就这样尴尬着，邱红尘刚要开口说些什么，方子鱼却摆摆手，我什么都明白。我不要钱。

这话把邱红尘吓了一跳。她最害怕的就是这种局面。

方子鱼却接着说，我不要钱，并不是为难你们。故意让你家保姆去坐牢。我是真的不想提钱的事儿。这赔偿，我拿着会把自己弄脏。邱红尘张张嘴巴，还是说不出话。此时才发现自己封闭多年，对跟人沟通和交流时遇到的变故，束手无策。但她还是说出来，尽管有些磕磕绊绊。

翠云，她，就跟我亲妹妹一样。我不想，让她在监狱里太久。

没想到方子鱼说，你不必顾虑我会为难她。邱红尘稍稍有点儿迷惑不解。方子鱼轻轻一声冷笑，其实，我这个样子你会觉得很奇怪吧？刚出事儿那几天，我还没有这样子的。可问题是，现在我了解到一个真相，除了我谁也不会去关注的真相。那就是，为什么我老婆在那个时间会出现在那样一个地点？

邱红尘恍然大悟！

邱红尘忙说，你还是不要说出来。我们来不是要听隐私的。

方子鱼眼睛红红的，可我不说出来，我心里难受啊。邱红尘说，说明你还是在乎她。人都走了，折磨自己干什么？方子鱼说，不是折磨自己，是我需要了解真相。我去过那个路口，在周围找了老半天，什么都没找到。

邱红尘执拗地想，你这么做能证明什么呢，还是证明你在乎她。她扭头去看窗台上的一蓬兰草。心里突然感觉到疼。这感觉真是奇怪。邱红尘啊邱红尘，这么多年过去了，难道这个男人还在你的心里？她咬了咬嘴唇。

邱红尘你还是不明白，我不是在乎她，我是寻找一个确切的答案。

邱红尘转回头，我的确不明白。方子鱼说，这很有意思。我跟这个女人结婚这么多年，到头来却发现，根本没有爱情。

邱红尘心底冷笑了一声。

方子鱼说，我知道你很不屑。事实却的确如此。一男一女，彼此小心翼翼防备着对方，你说，这叫爱情吗？可我绝对没想到她会先背叛我。邱红尘刚刚柔软一下的内心又僵硬起来，暗骂，他还是把话题扯回来了。

你知道电视上说的那匿名男子是谁吗？方子鱼冷笑一声，就是那女人的情人。你知道狗日的是个干什么的吗？农村一个包工头，搞建筑的。一个中学老师，居然跟这样一个人搞上了，你说可笑不可笑啊邱红尘？

这的确让邱红尘感觉惊讶。

当天晚上，那男人就站在不远的地方，目睹了整个过程。两次，他都看到了。那个王八蛋站在那里，吓得都快尿裤子了。然后，趁着黑夜他就逃走了。他也逃走了你知道吗？一个星期之后，他受不了那份担惊受怕，他怕警察迟早有一天会找到他那里，这才打了匿名电话。我还是觉得奇怪，这一对男女在那个时刻为什么去那个地点呢？问题是，那个男人的家在乡下，根本就不在那个方向。方子鱼红着眼睛盯看邱红尘，似乎她脸上会写着答案。

好半天，邱红尘站起身来，说，我发现，方子鱼你在钻牛角尖。偷情的一对男女，不会像你这样理智地计算地点和时间。这番话脱口而出，邱红尘立刻后悔了，立刻心慌意乱。瞧瞧，你都说了些什么呀。又想，这世间的情感，真是肮脏不堪啊，真让人恶心啊。她忽略了来意，急匆匆地立起身，只想到迅速逃离那间屋子，只想到自己的家里才是最踏实的。

临出门的时候，方子鱼却突然说，红尘你等等。邱红尘回头，迷惑不解。方子鱼却伸出右手，邱红尘一愣！美惠也默默地注视着方子鱼。方子鱼说，握个手吧。

邱红尘嘴角动了动，算了吧。

7

半年以后，邱红尘隔着铁棂，又一次看到了翠云。

她忍了好半天，还是忍不住，双手捧着脸哭了。翠云说，傻丫头，你哭什么啊？我已经习惯里面的生活了。邱红尘说，可我不习惯，院子里，屋子里，没了你的气息，好像少了很多很多东西。翠云沉默片刻，突然面带微笑问，你今天怎么没穿旗袍呢？

邱红尘哦了一声，这话题转得太突兀。翠云说，你好像有心事儿了。邱红尘扭头看着别处，却说，翠云，家里没有你，我突然一下子没有支撑了。干什么事情都犹犹豫豫。翠云说，美惠不是还在家里吗？邱红尘说，她跟我俩不一样。翠云叹了口气，的确是不一样。你的犹豫，起因不是我，而是她啊。

这句话邱红尘没法不认可。

方子鱼，这一阵子老是去香树街。邱红尘终于还是说出了口。

翠云好半天不说话。

邱红尘说，现在，我倒是拿不定主意了。

翠云突然说，你是不想我回那个家了吧？

邱红尘猛地抬起头，这事儿她是反复琢磨过的，没想到的是，翠云的反应会如此剧烈。不过，翠云走回去之前，站在那儿好一会儿，又扭头说了一句，你自己拿主意。

可邱红尘的确是拿不定主意的。她从来没有像现在一样犹豫不决。偶尔，她真是把原因归结到美惠身上。是美惠的到来，或者说，美惠和翠云的更替，让她变成这个样子的，让她陷入了矛盾之中。翠云出事儿后，住在香树街 10 号两个看似截然不同的女人，互相之间的影响和变化更加明显起来。慢慢地，美惠不像一开始那样肆无忌惮，不是一洗完澡，就光着身子在房间里走来走去了。自从她试穿邱红尘的旗袍之后，似乎就入了迷。有一天晚上，客厅里的两个女人对视一眼，彼此哈哈大笑。美惠袅袅娜娜一袭旗袍，站在那里。邱红尘呢，穿着美惠的宽大 T 恤，盘腿坐在沙发上。美惠说，姐，你好像在慢慢改变我。邱红尘轻笑，心道，我正想说这句话。是啊，她们是在互相改变，这是个潜移默化的过程。美惠走进这个家庭，带来的冲击力竟是无比巨大的。尤其在性这个话题上。此前的生活里，邱红尘和翠云是完全避着这个走的。她们的世界里，似乎根本没有男人这个概念。香树街上一些不怀好意的坏小子，甚至猜测这俩女人是同性恋。作家美惠却大大不同，一旦涉及这个领域，她是有大把大把经验的，绝对是滔滔不绝。当然，在她自己看来，无数个男子过眼云烟一样而去，留给她的也是片片鳞伤。当美惠得知邱红尘居然一次性生活也没有过，惊讶得蹦了起来！你太了不起了姐，你，你怎么受得了呢？

邱红尘居然脸红了。

有个细节不可不提，邱红尘开始关注起了自己的身体。洗过澡以后，她站在镜子前，像美惠一样赤裸着。偶尔会微微一皱眉头，是看到了眼角的皱纹，以及稍稍下垂的乳房。那时候，会有一股子沮丧甚至绝望的情绪袭上心头。不过，美惠有一次在浴室里看到她的身体，却夸张地大叫一声，姐啊，你的身体简直太完美了！又啧啧感慨，简直太可惜！邱红尘问可惜什么。美惠说，这样的身体，你怎么能不让它飞翔呢？

尽管，那次探视翠云并没有得到令人踏实的回答，但过后没多久，邱红尘已经拿定了一个主意。她准备接受美惠的建议，决定尝试一下，让自己的身体飞翔一次，看一看第一次试飞情况究竟如何。

那天傍晚，邱红尘对美惠说，今晚我不回来了。

美惠哎呀一声，姐呀，这可真是稀奇事儿。又一副惊讶的表情，盯了邱红尘的脸看，咦，怎么脸都红了哦？有情人了，是不是？今晚有约会，对不对？邱红尘一转身，臭丫头，你少管我的闲事儿。

她毅然走出了香树街 10 号。

一路上，她把所有细节都演练了一遍。方子鱼会很惊讶她的突然造访。她要的就是这个效果，就是要烘托出突如其来的氛围。现在的方子鱼，需要她去疗伤。他们会和许多年前一样，拥抱在一起。亲爱的，回到从前吧。邱红尘会这样说。想到这里，她身体一阵潮热。她已经想好了，就站在客厅里，悄然把衣服全部脱落，让连美惠都惊讶的身体，完完全全摆在方子鱼面前。你瞧，完美的身体。你曾经错过的身体。不，还不说错过，是你扔掉的。不过，我现在原谅你了。方子鱼会轻轻惊叹一声！他至今还没见过邱红尘的裸体。他会轻轻地走过来，伸出双手，把那个美妙的身体抱到床上去。他会抚摸她身上的每一寸肌肤。我告诉你啊方子鱼，我的身体跟二十年前还是一模一样的，洁白无瑕。

邱红尘没能敲开方子鱼的门。

她站在门口，无声地一笑。你个傻瓜，方子鱼不可能时时刻刻在房间里等待你的款款到来。他或许正出席某个酒局，或许正在外地出差。从近一段时期他出现在香树街 10 号时的眼神里面，已经分明能够看得出来，这个男人已经成功摆脱掉了阴影。他像许多年前那样，目光里透着一股子渴盼。经历过一次伤害过后，他不再害怕邱红尘的双手。这样的状态，足以让他出现在这座城市，或城市之外的任何一个地方。

你该提前先打个电话的。

这时候，邱红尘才记起，她居然还没记住方子鱼的手机号码。

邱红尘走出楼道，坐在院子里的紫藤架下，一门心思盘算着守株待兔。接下来的两个多小时，邱红尘抽掉半包烟，却也慢慢梳理了自己生活过的所有日子。的确是有点儿可惜啊！最后，邱红尘哀叹一声，作为总结。

方子鱼一直都没有出现。

那个房间里的灯，一直暗着，它没有为邱红尘亮起来。

邱红尘走出小区大门，轻轻一挥手，一辆出租车唰地一下停在身边。上车之后，邱红尘还是忍不住想笑。司机是个小伙子，扭过头来问，阿姨，有什么开心事儿？邱红尘先是惊讶一下那个称呼，又笑了。邱红尘说，我捡到好大一个钱包。小伙子哈哈大笑，您可真幽默！

邱红尘站在自己家门前，屋子里的灯亮着。夜猫子果然还没睡，她是在勾勒一篇旷世佳作吗？丫头，你真应该好好琢磨一下这个叫邱红尘的女人的一生，她生活中的所有细节，她貌似冰冷的身体里那一团火，都是一篇好小说呢。邱红尘轻轻地打开大门，走过院子，开了房门。一系列动作做得悄无声息。她要搞一个突然袭击，吓美惠一跳。这种把戏，同样来自美惠。一走进客厅，邱红尘却敏感地觉察出气味儿不对。

地板上，赫然入目的，竟是一双男鞋！

紧接着，耳朵里传入一连串的声音，顿时袭击了她整个身体。是美惠在尖叫！暧昧的黏稠的舒畅的尖叫。一个男人，粗重的呼吸。邱红尘站在客厅里，觉得四周的空气顿时急剧收缩，顿时湿热无比！她浑身酥软，不知如何是好。

这个不要脸的，趁我不在家，竟把陌生男人带回来了？她不知道我们的卧室里，是不允许有男人的气息存在的吗？这小妮子，真是个什么事情都能做出来的呢。

但转眼之间，邱红尘的内心深处又有一丝说不出的毛茸茸的感觉升腾起来。无数只麻麻索索的小蚂蚁在每一根血管里急速爬行着。兴许，这股子情绪里头，无端还夹杂着一丝羡慕吧？难道，这就是传说中的，女人的飞翔时刻？邱红尘面色潮红，两只手忍不住交叉过去，紧紧地搂住自己的肩头。她做了一个时间略长的深呼吸，慢慢转回了身，打算悄然溜出去。

这样子站在客厅，显然是不合适的。

当她走到门口时，房间里的声音却骤然停歇。突然，邱红尘感觉后背打落上了异样的目光，很痒，很疼。她猛地回过了头！是光着身子的美惠。美惠脱口而出，姐你什么时候回来的？

哗啦一声，散碎了一地玻璃碴儿！

又哗啦一声，玻璃碴儿全部凝集在一个女人身体上，成了一座冰雕。

站在美惠身后的那个半裸身子的男人，当然就是方子鱼。至于谁勾引了谁，已经不是个问题。问题是，当天晚上，在看到那一对男女的一瞬间，邱红尘再次成了遗体美容师邱红尘。

（首发于《山东文学》2011 年第 5 期，《北京文学·中篇小说月报》2011 年第 6 期转载）

笼子里有草

“在山中，你会感到舒畅。”

——艾略特《荒原》

上

那一带的山，分明是被水皴擦过。水很有耐心，根本就不在乎时光千年万年地流淌，一笔一笔的，就那么慢慢画下去。整块整块的山，就变成一道道树枝状沟壑，或树枝状山峦。好像还有流水不愿动手的地方，沿了枝杈慢慢寻上去，会发现一个又一个或断或续的平面。那里往往被称作山坪，或原。目光继续蔓延，推移，倏忽之间，又见远处的天边哗啦啦立起一座或陡峭或圆滑的山峰。相比之下，那原就像是或宽或窄缥缈的一条丝带。

先前的原上是有许多人家的，如今却越来越少。人们早就陆续沿着山的枝杈，向下行走，去寻找平坦之地。人们选择山下的河畔，选择伸向远方的公路旁边儿。选择集市、商店、酒肆，选择电视机、手机、互联网。总之，选择了热闹。缺少了烟火气，原就逐渐变成荒原。

这片荒原上，倒并非完全没了人迹。先前至少还有一座石板作壁茅草封顶的屋子，几间做羊圈或盛柴草的棚子，一个木栅栏围起来的小院子。远远看去，或隐或显的，很有诗情画意。生活在那里的是一个老人，一个女孩儿，一只叫作老虎的狗，还有一群个头各异颜色黑白相间的羊。

女孩儿管老人叫爷爷。

爷爷则叫女孩儿丫头。

丫头不是老人的亲孙女儿。她是小婴儿的时候被捡来，一天天被伺候大的。一对不知家在哪里的男女，逃到原上来躲生。静寂荒僻的原上，倒是很适合。家里或许已经有两个三个女娃，生下丫头后，肯定沮丧极了。两口子不知煎熬没煎熬过，总之是弃掉婴儿，趁了茫茫月色一走了之。丫头的哭声很有力量，绳捻子一般缠绕在原上，缥缈进老人耳朵里，牵引他的双脚循声而去。老人蹲下身子，端详小孩儿半天，拿粗糙的手指轻轻碰碰她嫩嫩的小腮，先表扬一句，多么俊的丫头啊！他把丫头抱回茅屋，她还是哭得脆响。老人手足无措，用食指挑一点搪瓷碗里的羊奶，抿在她嘴角。咦，不哭了。老人的一张脸顿时簇成核桃纹。他有了养大孩子的绝对信心。

果然，小婴儿迎着原上清冽的风，一天天长大。

只是这老人和小孩儿都不喜欢在原上放歌，似乎都喜欢一份静。他们之间的话语简直少极了。好像在那原上，简单得不能再简单的日子，话都是多余。平日里的交流，只凭一串眼色、手势或简单的话语足矣。一个老人，不多说话还算正常。老人本身就是一本厚厚的书。可一个十多岁的小孩儿，也不追着缠着老人讲故事，便实在是怪。

更怪的是，动物也随主人。那只叫作老虎的狗，看上去一点儿也不凶。从不大声吼叫，哪怕偶尔来个生人。也不喜欢在原上像一支箭那样，飞来飞去。它敦厚，绵软。连原上的野兔儿都敢来招惹它。野兔立在屋前草丛里，竖起耳朵，支起前身，眼睛眨巴着与它对望。老虎却卧在石板墙上悬挂的一个荆条笼子下方，瞅它一眼，再瞅它一眼，动都不愿动。丫头坐在一边儿，目光往来移动，脸上浮起山间小溪一样的笑。她用翘翘的下巴指挥老虎，去呀，去撵它。老虎不动弹，她也懒得再管。至于那群羊，更是些没脾气的。它们的舞台大得没边没沿儿，不愁吃喝。原上的狐呀獾呀狼呀被猎人追赶得几近销声匿迹后，羊们的生活安逸无比。

祖孙俩下山的机会也少。就近的一个山村大集，离原上也有足足得走半天的山路。集市五天一开，他们却并非逢期就下山。去山下干什么呢？无非背回油盐酱醋之类。老人虽说喝点儿酒，却不贪多。至于粮食蔬菜，他们自给自足，甚至还富余。于是，下山也成为可有可无的事儿。

每年有两个日子，原上会雷打不动再多出个男人。这两个日子，分别是大年初一和老人生日。多出的男人叫树人。老人的亲侄子。五短身材，略胖。每次到原上来，由于肩上挑了东西，又爬过山，所以面皮红润，呼吸急促。一到茅屋前，放下东西，就软软地或坐或躺在门口边大石板上。稍作休息，立马开丫头的玩笑，丫头，给你找个婆家吧？丫头听了这话，本来要端水给他喝，一扭身子，扑哧一下把水泼进栅栏根下的菊花丛。树人哈哈大笑，丫头害羞了，是不是？丫头张开嘴，对他一吐舌头做个鬼脸。树人故意讨好她，求求你啦东家，给口水喝吧。你看，嗓子里都往外冒烟啦。一边说着，一边仰面朝天，哈哈数声，就像嘴巴里真的喷出火焰来。丫头抿着嘴笑，转身去屋里再倒一杯水。树人喝一口水，就问老人一些事情。多出几只小羊没有？生没生过病？老人有的回答，有的并不答。树人之所以这么问，是因为那群羊有一多半是他家的。

树人原本也在原上住，好多年前就搬到山下去了。现在搬得更远，是老人和丫头想象不出什么样子的地方。树人说那是座大城市，好大好大。他在一条叫香树街的街上，开了家不大不小的羊汤馆儿。树人说，丫头，跟叔到城里去吧？可好了。树人所描绘的好，无非楼有多高，汽车有多少颜色，男人女人穿的衣服多么好看。最妙的是晚上，城里人晚上都不睡觉。灯火通明，唱歌跳舞。

丫头并不讨厌树人。那两个日子里她都换上干净衣服，手脚麻利地抱柴烧水，甚至下厨做菜。爷爷得陪树人喝几盅，放羊的任务自然就归她。偶尔丫头兴奋起来，也会将鞭儿一甩，听听响声，或者喜欢看羊儿们猛地一慌的样子。丫头站在原上，头发被风吹起来，嘴唇一抿，欢快地笑。有人作陪，爷爷会多喝一些。树人到原上来，酒带的不少，肉菜却从不带。他知道，茅屋里的墙上挂着一篮子一篮子好东西。蚂蚱、蝎子、蘑菇、金针花、风干鸡、腊肉。城里再好，这样的野味也很少吃到。到傍晚，照例俩人都醉醺醺的。一老一少，相互搀着钻出茅屋，站到墙角，迎着原上的风解开裤子撒尿。站在远处抱着鞭子放羊的丫头瞧见后，会歪一歪脑袋，皱皱眉头呸呸几声，粲然一笑。

树人喝多了，有理由在原上住一晚。

有一年，丫头在第二天就戳穿了他的把戏。丫头说，我知道，你就为了在这里住一晚上才喝醉的。树人正站在屋角，仰了头，看从原的另一边缓缓爬上来的太阳。听到丫头这么说，转回身子，摸着头皮笑，你是个小人精啊。

树人清楚，城里什么都有，就是没有原上的一份清静。老人生日在夏季。那季节在城里，简直像钻进一个闷罐头。而在原上，树人必定是睡在外边。小院子一角有块光滑的青石板。带了酒意的树人就躺在上面，让习习的凉风抚摸着，睁开眼睛便是触手可及的星星月亮。有时树人跟老人半夜都不睡。他们在原上走。老人照例不多话，树人也不说，只去享受满原的水样月色。白天，树人会央求丫头陪他去逮蚂蚱，捉蝎子，丫头，我不知道哪儿有，陪我去好吗？丫头眨巴一下大眼睛，不说去，也不说不去。但一转身就进屋里，把蚂蚱笼子提在手上。

原上粗犷的风、暴烈的日头，似乎对丫头的身体毫无影响。说完全没影响，似乎也不对。至少丫头的体格是健壮的，肌肉是结实的。眼睛里头，写满原上人的坚韧。然而，丫头的皮肤虽略黑一点儿，却并不粗糙，反而越来越水嫩。茅屋后面隔半里路的地方有一汪泉眼，常年咕嘟咕嘟冒着。泉眼下面有一方水塘。月色下，丫头便裸着身子在塘边擦洗。一身样式老旧的衣服，越来越遮挡不住丫头身体的变化。

有年夏天，树人到原上来，一眼看到丫头，居然呆愣片刻，不再开玩笑。呀，变成大姑娘啦。

与丫头形成鲜明对比，爷爷各方面都露出老相。走路的样子，已经看不出力量。眼睛经常眯起来，手搭凉棚，去看近处或远处的景致。耳朵对各类声音越来越不敏感。下山的次数越来越少，当然，话更加少。一天傍晚，爷爷突然对丫头说了句话，丫头啊，让你叔给你找个婆家吧。丫头心里一慌，假装生气，爷爷你说什么呀？爷爷说，我要哪天死了，你咋办？丫头两只大眼睛里突然溢满泪水，爷爷你乱说，你怎么会死呢？可那次丫头真正慌了。从爷爷说那句话开始，她才开始思考这问题。是啊，爷爷会死的！尽管心里头一千个一万个不愿意，但谁也没办法阻止这事情的发生。到那时候，原上只剩你一个人，咋办呀？丫头一想到这个，忍不住想哭。人是不能有心事儿的。丫头想，以前无忧无虑的日子多好啊！现在添了块心病。早知这样，还不如不长大。又一想，人怎么可能永远都是一个小孩儿呢？人总是会长大，会变老。几年前还健步如飞的树人叔叔，现在额头已多了皱纹，耳朵后面有了一簇一簇的白发。她任思绪在自己内心纠结，最后总会安慰自己一句。别人会死，爷爷不会。再冲着原上打量一阵子，又后退一步，即便爷爷死了，我也不会离开这间屋子，不会离开这个院子，不会离开老虎，不会离开那一大群羊。

丫头已经有足够的力量对付一切。

爷爷的身体越来越差，放羊的任务已经差不多完全落在丫头身上。有一次，在爷爷完全没有参与的情况下，她一个人还成功地完成了接生小羊羔的任务。当小羊羔一颤一颤撑起身体的时候，她用袖口抹一下额角的汗珠儿，连蹦带跳跑去告诉爷爷好消息。一个人在原上，也没什么好怕的。丫头连狼都不怕，还怕什么呢？原上已经许多年不见狼的影子。不料，有天晚上，却破天荒地让丫头给遇到了。当时，丫头正在睡梦里，突然听到茅屋外面有羊的嘶哑叫声。爷爷鼾声如雷，丫头没有叫醒他。她披件棉袄，左手抓着手电筒，右手抓一柄羊刀。刚出门口，就见月光下一条黑影一闪不见了。小羊的惨叫却顺风吹来。丫头脚下没停，顺声就撵过去。跑着跑着，就看到一个影子，嘴里叼着的分明就是那只小羊。丫头追急了，它竟一个闪身也停住。丫头煞住身形，狗东西的眼睛在手电的光照下，发出莹绿的光。她一下子感到原上的风僵硬地吹进身体。但丫头没有退。她和那只狼在漆黑的原野上对峙。后来，她开始虚张声势，比画着手里的尖刀。狼晃了一下脑袋，注视丫头好一会儿，才转过身跑掉。丫头抱着小羊回来的时候，腿肚子哆嗦得几乎站不住。她燃起柴火，烤了半晚上。第二天，爷爷知道这件事后，狠狠地训了她一顿，骂她不要命。丫头咧着嘴笑。丫头说，它怕我。真的，爷爷，狼怕我。

丫头十六岁那年，她担心的事情还是来了。

爷爷的生日刚过没几天，一个上午，她赶着羊群到了原上。日头已很高，还看不到茅屋顶上升起炊烟，也没发现爷爷坐在马扎上的影子。起先她还暗笑，老头果然老了，开始粘炕头。又过了半天觉得不对，猛一阵子心慌。突然想起，几天前树人来为爷爷过生日时，爷爷树根一样的右手，举着小酒盅居然哆嗦得不成样儿。这一回树人逗留了三天。三天里，他老是拿一种令人心酸的目光去端详爷爷。下山前，树人站在院子里，冲檐下站着的丫头叹息一声，走回来塞给她一张纸片，那是他在城里羊汤馆的订餐卡。树人说，有事儿就给我打电话。有事儿是指什么事，丫头现在突然醒悟。她紧紧抓住羊鞭，奔跑起来。不一会儿，跑进那个小院儿，跑进屋子里。爷爷躺在炕上，一动不动。丫头站在屋子中央，也一动不动，呼吸却慢慢急促起来。好半天，丫头一声哭嚎！那声哭，简直要把小小一座茅草屋给掀翻。它冲天而起，在原上，沟壑里缠缠绕绕。老虎四平八稳站在院子里，抬起头看门口，也意识到出了大事儿。原上那群羊被那声音吓了一跳，一齐冲茅屋方向看了好半天，发现没什么大危险，才低下头继续啃草。

树人到原上的时候已快要凌晨。那个夜晚没有月亮，漆黑的原上，透着一股子令人不安的寂静。他远远地瞧见萤火虫一般亮着的灯光。越走近，那光就愈加渲染开来。终于进了院子，进了屋子，树人一下子呆在那里。老人仍然那个姿势，神态安详。丫头双膝跪着，趴在炕沿边，趴在爷爷身体上，像是睡着了。树人慢慢靠近，伸出一只手，抚摸一下丫头的后脑勺。

三天后，茅屋后面起了一座坟。

树人在原上住了整整一周。直到丫头再也忍不住，赶他走。她不习惯跟树人住在一起，那一周丫头睡在羊圈旁边的草棚子里。十六岁的丫头不再流泪，红肿的眼睛也逐渐恢复正常。她说，你走吧，我一个人能行。树人坐在院子里那块青石板上，抬起眼睛，盯看墙壁上悬挂的那个荆条笼子。笼子里面盛了些早已干枯的草。那笼子和笼子里的草，像是已在石板墙上存在了几个世纪。编织笼子的荆条好多处都腐烂掉了，里面的草历尽春秋，绿了又黄，黄了又绿。树人嘟囔说，你还是跟我走吧。这话题被他小心翼翼提起了好几次。起初，丫头不作声。后来，就一个字儿，不！

树人说，一个女孩子，在山顶上怎么办哪？

树人说，爷爷走了，不说明你没了亲人，还有我和你婶子呢。

树人说，闺女大了，总是要嫁人的吧？

树人说，在这里总不是长法儿，现如今谁家男孩子愿意跑这原上来受苦？

丫头一扭头，钻屋里去了。树人依然盯看那一笼子的草，呆愣半天才长叹一声。如何安置丫头是个两难。树人很清楚，即便下了山，他能容下丫头，家里那几个却未必。树人此前跟老婆翠萍提起过，要丫头到店里帮忙。树人说，雇别人也是雇，自己人总还放心。翠萍一撇嘴，别忘了，你还有一个儿子，一个闺女。丫头是人家孩子，不是你亲生的。眼前还好，以后咋办？她得结婚，生孩子，一连串的事儿呢。可把一个小孩儿放到荒原上，无论如何也不忍心。何况，上一次来，老人就把丫头托付给他了。而现在的难题是，人家丫头还不愿意跟他走呢。

树人没拗过丫头。他走出院子，忍不住又回头看。丫头笑眯眯的，站在门口，冲他挥手。话却突然多起来，你看，我有老虎，有一群羊，还有野兔啦鸟儿啦。差点忘了我还有爷爷。他还在这屋里，还在院子里。他坐在那里抽烟袋，在原上扑蚂蚱。他冲着我笑，跟我说话。说实话，跟你住在一起真是别扭，你是个生人。树人一笑，扭头走了。丫头站在门口，一直看着树人的背影在原上一跳一跳，最后，消失了。

好了。原上就只剩你一个丫头。她似乎顿时变得轻松起来。奇怪的是，原上只剩下一个小丫头时，动静却多起来。丫头不说则已，一旦说起来那话一嘟噜一串的。对爷爷说，对老虎说，对那群羊说，说着说着，一个人呵呵傻笑。

她开始训练老虎。她在原上跑，让老虎跟在后头。还时不时扭回头喊，跑啊，快跑啊你！你看你，光长肉，都成大胖子了。你这样子，可怎么办哪？多年的慢节奏生活，让老虎的奔跑速度也明显缓慢，却禁不住丫头一再鼓励。它若不快跑，丫头就会生气，虚张声势来训它。老虎似乎是为了取悦丫头，也活跃起来。有时候，丫头累了，舒展开身体躺在草坪上。老虎在她头顶，端详一阵子，伸出舌头舔她耳朵。丫头假装睡着，嘴里发出呼噜声。老虎懒洋洋地扭过头，身子一纵，去追飞过去的蝴蝶。

她给每只羊都取了名字。一只黑羯羊叫油蚂蚱，一只老母羊叫老巫婆，一只小羊羔叫蹦豆子，一只老是挺着双角捣乱的公羊，却叫汉奸。这下子，可就真热闹！汉奸你今天要听话，不听姑奶奶的话我让你好看。她所说的好看，无非是甩小石子的本领。现在她已经操练得百发百中，说打左角，绝不会落到右角上。汉奸起初曾经反抗过，连蹦带跳，后来发现躲不过去，就老实了许多。老巫婆，你有什么了不起，不就生了几只小羊吗？还有你，蹦豆子，一出来你就撒欢儿，这么大个草原，盛不下你啦？你跑，再跑我就敲你。

多数时候，丫头在跟爷爷对话。在爷爷坟前，在爷爷睡过的炕头，在院子里，在原上的任何地方。爷爷你就承认了吧，你真老了，你看你走路的样子。哎哟，你打呼噜的声可真响，八百里开外，都能听到。更多时候，丫头会坐在院子里的角落里，面朝远方呆呆地瞧，一坐半天。

对一个孩子来说，这环境的确有些残酷。

还没过一星期，树人又上山来，带着好几个人。这一次树人没劝丫头下山，却要一下子牵走好几只羊。泪珠在丫头眼眶里打老半天转，忍着忍着她还是忍不住大哭起来，你咋这么不讲理呢？树人狠下心，羊嘛，养大了不就是给人吃的吗？丫头甩手，跺脚，那你也不能一下子牵走这么多啊！汉奸这阵子很老实，别杀它好吗？树人嘿的一声笑，汉奸是哪一只？丫头伸手一指，另几个人也一起笑。一个小伙子歪着头问，为啥叫它汉奸呢？丫头瞪他一眼，不理人家。在她眼里，帮着来牵羊的这些人，也是汉奸。然而丫头没办法。羊是树人家的。人家怎么处理，你管不着。两个月内，树人上山四次，那群羊所剩无几。丫头不哭，也不跺脚了。她一下子明白怎么回事儿。树人是在逼她下山。丫头冷冷地说，你以为这样，我就跟着你走？反正，你自家的羊，爱怎么样就怎么样。好歹你都拉走！我有我自己的，反正我不卖，就让它们生小羊。总有一天，我的羊会洒满整个草原。树人不反驳她，也不多解释。直到最后，丫头可放养的羊只剩三五只。丫头把它们撒到原上时，瞧着瞧着，自己忍不住呵呵笑起来。这个狗日的树人！丫头忍不住骂一句。骂完了，慌忙伸只手堵住自己的嘴，瞧瞧四周，嘟囔道，骂人是不对的。树人叔叔是个好人。他又不是汉奸。

让丫头没想到的是，老虎也老了。老虎走路的样子，越来越像爷爷。无论怎么逗弄它，它也打不起兴致。看来，动物老了跟人老了是一样的。丫头想方设法伺候老虎，让它吃得更好一些，可打击还是如约而至。那个下午，就在那个小院子里，在丫头眼前，老虎发出一声哀鸣，然后倒下去了。老虎倒下的样子，显得轻松极了，安详极了。

树人又一次上山的时候，像是心有灵犀，居然第一句话是，老虎呢？丫头说，陪爷爷去了。树人哦一声，是吗？真是个好孩子。丫头说，我把它埋在爷爷的坟边儿了。树人吃惊地抬起头，死啦？让树人更惊讶的是，他在临走的时候，丫头说的一句话。

丫头说，我想好了。我跟你下山。

中

站在香树街街口，丫头像个正在发高烧的病人。她晕车，晕得很厉害，还没进城就把胃里的东西吐了个干净。再一个，她辨不清方向。城里的马路和街道，看上去一个模样。拐来拐去，就把方向感丢了。好多天后，丫头都没分清香树街是南北还是东西走向。那一刻，她真是绝望透顶！老天爷啊，树人叔叔夸成天宫一样的城市，就这样子啊！人可是真不少，比农村大集还热闹。但是乱，到处都乱。更可怕的是气味，一走上香树街，扑面而来的那股子比羊圈里还要浑浊几分的气味，顿时让她的呕吐再次爆发。丫头晕晕乎乎跟在树人后面，曲里拐弯，不知身在何处，终于进了间小屋子。树人说，丫头你先歇歇。丫头那时候根本听不到树人说什么，看到一张小床，像落水的人抓到根木头，哪管床上堆满杂乱无章的东西？她一下子躺下去，顿时天旋地转。丫头睡了整整一天。

醒来以后，她成了香树街上树人羊汤馆儿里的服务员。

羊汤馆里每个成员，对丫头的到来，都表示了自己的好感。哪怕树人老婆翠萍，也没像树人担心的那样，流露出不满情绪。或许她觉得人都来了，反对不反对都于事无补，总不能把小孩儿赶走。又兴许是一看到丫头，不由得她不心生怜悯。天啊，那小小的一团人儿，看上去可真够可怜，像遭受过惊吓的小老鼠，走到哪里都低眉顺眼，小心翼翼。树人店里的帮工不多。一老一小，两个男厨师。老的是师傅，姓魏。小的是徒弟，叫大壮。师傅据说是城里人，徒弟则是树人乡下的远亲。另有一个跑堂的小姑娘，比丫头略大些，土生土长的原上人。在山顶上的时候是树人家的邻居。姑娘浑身上下像是比别的女人都大一码。名字跟人倒是直接不符，居然叫作秀儿。树人安排丫头跟她住在一起，在小后院巴掌大的储藏室里。里面安着一张床，别的大件物品根本就塞不进去。那天丫头醒来后，先看到秀儿宽宽阔阔的后背，像一堵墙，严严实实把她所有视线都挡住了。

好多天后，在胖姑娘秀儿的劝说下，丫头第一次走出香树街。秀儿自告奋勇充当向导。逛公园，逛商场，还在另一条更繁华的街上走了个来回。秀儿越走越兴奋，站到时装店的橱窗外盯看一件件精美女装时，更加神采飞扬。丫头却目光弱弱的，落到哪里，好像都被烫一下子。她指着一件衣服问秀儿，那衣服到处都露着，怎么穿得出去啊？秀儿哈哈大笑，惊得路人都扭头来看。秀儿笑过，又神色恹恹地说，这哪是咱们穿的啊。就是能穿出去，也买不起。一年的工钱还买不到这样一件衣裳。

那次以后，丫头不愿出香树街半步。

对她来说，完完全全是另外一个世界。那个世界大得没边没沿儿。那里面的一切，离她太远太远。眼花缭乱，让人头晕，让人头疼。既然这样，不如不出去受罪。即便是香树街，丫头轻易也不愿走上去，没一个熟人。丫头慢慢竟回到跟爷爷在原上时的状态，没人问她，就整天不发一语。心里的感觉却完全不一样。那时是轻松愉悦的。原上的一点一滴都是她的。闭上眼睛，一切都熟悉得如在眼前，空气都是甜的。而在这里，她睁大眼睛也如同瞎子。不认识字，听不懂人家说什么。空气混浊，呼吸不畅。然而，既然来了，又答应帮树人叔叔，就至少待段时间再说。丫头不图钱，钱对她来说没有概念，也没太大意义。帮助人的事情，倒是愿意干。短暂的适应期过后，丫头成为一个合格的帮工。她似乎必须让自己手头任何时候都有活儿，才能不去想原上的事情。

志远算是悄然出现的。

那天，丫头正在前厅扫地，突然感到门口处稍稍一暗。一抬头，便瞧见一个长头发男孩子走进来。他看一眼丫头，没说话，直接朝屋子一角的柜台后面走去，伸手抓起瓶饮料来，啪一下打开。丫头脱口而出，那可是要钱的。男孩子已经咕咚咕咚喝了几口，听了这话慢慢放下来，用另一只手的手背去擦擦嘴角，又盯着丫头看。丫头一阵心慌。男孩突然笑嘻嘻的，你出生的时候，嘴里咬着块石头？丫头皱着眉头，不知道他说什么，脸却涨得通红，我说的话你听见没？你要给钱！男孩慢慢走近，目光一直没挪开，你这个妹妹，我好像以前见过，叫什么啊？丫头生气了，举起扫帚来说，管我叫什么！喝了我家东西，就得给钱！男孩子端详一下手里的饮料瓶子，又看看丫头，我就是不给，你咋办？丫头顿了顿，好，不给是吧，看我怎么收拾你。丫头看看手里的扫帚，觉得不算是一件兵器。自己包袱里倒有把羊刀子，可离得太远。墙角那里有根铁棍子，她正要去拿，翠萍却从外面走进来。一瞧见那孩子，啊哟一声，稀客稀客啊，是不是没发工资，就想起你老娘来啦？

丫头突然醒悟，是翠萍的儿子志远。

跟秀儿一样，又是一个名不副实。志远的志向并不远大。在城里读完高中，没考上大学，不愿在香树街上跟着爹妈开馆子，四处瞎混。时不时领着一帮小子到店里大吃大喝，自然不用结账。树人知道这样不行，好孩子都给荒废了。托关系，跑门子，总算让他招工进了皮革厂。自从志远当了工人，住进厂里的集体宿舍，领了工资，就很少有闲心光顾香树街了。

志远嘻嘻呵呵朝着他妈笑，又一扭头，对丫头说，你说，这钱我还给不给？丫头不好意思了。翠萍说，给呀！为什么不给？钱是我和你爹省吃俭用一分一分攒下来的，不是伺候白眼儿狼的。志远赶紧转话题，生意不错嘛老娘，队伍又壮大了？刚批发的服务员？翠萍说，胡说八道！这是你妹妹，丫头。志远一愣，哎呀，山顶上住的那个？都这么大了！又问丫头，你一直叫丫头？丫头站在一边儿，又慌乱起来。志远喝口饮料，说，我给你取个名儿，叫小玉吧。丫头丫头的多难听。你不知道啊，刚才我跟你说的那话，是贾宝玉第一次见林黛玉的时候说的。丫头摇头，茫然不解。翠萍走过来，抬脚踢他的屁股，我叫你整天胡诌八扯！志远抱着脑袋，呵呵笑着一溜烟跑里头去了。翠萍跟丫头说，别理他。人来疯，多大个人啦没一点儿正形。不过，小玉这名字不难听，总不能七老八十还喊丫头吧？

志远没在家里吃晚饭。他这里瞧瞧那里摸摸，溜达一圈儿，目的达到了，就匆匆撤退。所谓目的，正应了知儿莫如母的老话，就是回家取钱来的。说是皮革厂已经三个月不发工资了，面临下岗。你总不能眼睁睁地看着这么大一个儿子饿死街头，是不是？志远搂着翠萍水桶一般粗细的腰，扭过来扭过去，拧麻花似的。结果顺利地从翠萍口袋里扭走几张钞票。他顺手塞进牛仔裤口袋，摆摆手就向外跑。到门口，还没忘回头嘱咐丫头，以后叫小玉，不叫丫头啦。啊，一定要记住！丫头等他走远，一个人呵呵地笑起来。丫头感觉这名字也不错。自从丫头进城，这是第一个主动跟她搭话的男孩子。而且，这人挺好玩儿，尽管说的话有一半都听不懂。

于是，丫头改名为小玉了。

没过几天，志远又回到香树街。是个夜晚，店里客人很多。小玉和秀儿正往来穿梭，给客人们上酒上菜。小玉穿上了树人给她和秀儿定做的工作服。同样的衣服，有秀儿做比较，她就更加苗条，面色也更清秀些。志远进门时，小玉没注意到他，等无意中看到，悄无声息地冲他一笑。志远对小玉做个鬼脸。

晚上收拾前厅的时候，树人问翠萍，那个王八蛋回来干什么？翠萍说，瞧你这个当爹的，不是你亲儿子啊？树人嘟囔，你要再敢偷着给他钱，我跟你没完。翠萍说，好几个月不发工资，你让他喝西北风啊？树人说，糊弄洋鬼子去吧。我早打听过，一分钱也没少发。翠萍嘟囔说，这个败家子！不过，今晚上人家可真不是来要钱的。树人冷笑一声，哟，回来探亲啊？太阳从北边出来啦？

小玉伏着身子擦桌子，强忍着，没说话。她知道志远回来干什么的。

小玉没想到志远会送东西给她。志远悄悄地把她叫到后院儿，塞过一个袋子来，又嘱咐说，别跟人说是我给你买的。我爹我娘也别说。小玉的嘴唇动了几下，皱皱眉头，为啥？志远犹豫片刻，他们老是骂我乱花钱。小玉说，那你为啥还乱花钱？志远说，你是我妹妹。这么多年没见，总得给点见面礼吧。小玉笑了。尽管这个理由让她觉得很不实落。拿着袋子回到小房间打开一瞧，是条她从没系过的粉色丝巾。她不明白，为什么不能告诉任何人。不跟叔叔和婶子说，似乎不太好。小玉没有撒过谎，心里也从没藏过什么秘密。跟爷爷在荒原上，没地方藏秘密，也没有秘密可藏。不过，事情本身让她感觉温馨。兴许志远说得没错，城里头讲究这个，当哥的应该给妹妹买礼物。

小玉开始慢慢在香树街上走动。绝大部分原因在树人。树人多次悄然打量着小玉，心就悄然疼一下，又疼一下。心里说，我这是把大山深处一棵树，或一只小动物，硬挪到这香树街来了啊。树人对老婆说，带丫头出去走走，打发她去买点东西什么的，锻炼锻炼嘛。翠萍嘴上不饶人，嘟囔树人接下好大个累赘，心里却记下。有时候去街上找邻居拉呱儿，也喊上小玉。小玉跟在身后，轻易不说一句话。街上有个开火锅鱼店的胖嫂，一见小玉忍不住就来惹她，逗孩子说话她自己开心。小玉不开口则已，一开口像是说外语，很好玩儿，可惜话太少。胖嫂着急，对翠萍说，怎么这样呢？跟你家鑫如，可直接不像。翠萍噼噼啪啪吐着瓜子皮，低头悄声说，山顶上长大的嘛。胖嫂又去看小玉，啧啧感叹，挺俊的个孩子，咋就不说话呢？

胖嫂所说的鑫如，是翠萍的女儿。在城里读高一。小玉见过几面。是个不好接近的孩子，情绪变化无常。第一次见小玉，满是好奇。呀，你长这么大啦？一直都在高原上住？就跟爷爷俩人？没看过电视也没看过电影？那你们平时都干什么呀？叽叽喳喳问一串。再一次回来，眼里却根本没小玉这人，对她爱答不理。她对香树街也照样没好感。一次，在翠萍面前摔摔打打，抱怨说人家谁谁谁的爸，开着宝马车接孩子，你们呢？翠萍唉哟一声，大小姐哦，咱一家人能来城里，已经不错啦。鑫如说，你们出去看看，在香树街上也算进城？没看看街上都撒些什么鸟儿，除了农民，还是农民。翠萍辩不过她，顺手拿小玉当武器，你问你姐，她在山顶上过什么日子。鑫如冷笑一声，她是谁的姐？再说啦，她知道个屁啊。小玉本来要说在山顶上也比城里强，一听这话，泪都快涌出来。

一天下午，小玉左手抓一把青菜，右手提个盛咸鱼的塑料袋，跟在翠萍身后。经过火锅鱼店时，偏偏胖嫂看到她们，就打招呼。老规矩，俩中年妇女站在路边，接力棒一样传递着街上的新闻，聊着衣服啦发型啦皮肤啦甚至夜里各自男人床上的爆发力。小玉不管她们，也不去旁听，站在一棵梧桐树下，眯着眼睛看车，看人，听一声又一声叫卖。就在那时，香树街另一头呼呼地跑来个红嘴唇红头发的姑娘。正值初春季节，风还很凉。女子却是夏季打扮，短袖T恤，短牛仔裙，露在外面的肌肤洁白如玉。这扮相把小玉给惊呆了，正张着嘴巴看风景，却听胖嫂老鼠夹到尾巴一般尖叫一声，扭头就往屋里窜！小玉不知道胖嫂为什么叫，她还在欣赏那一头红发，心想这咋弄出来的啊？恰在那时，有道光线一闪，这才看清红头发手上居然是把刀！小玉手里的袋子忍不住啪一声坠地。转眼间，红头发已闯进火锅店。翠萍自然不肯走，这热闹不看白不看。小玉却觉得害怕，都动刀子了，还看什么？她弯下腰，捡起袋子就往回跑。

晚上，秀儿眉飞色舞，把小玉没看到的故事又讲述一遍。

胖嫂没有死在红头发刀下，也没受伤。因为，她吓得尿了裤子。那么胖个女人，说软，哗啦一下子瘫在当地，瘫在一汪尿水里。秀儿笑得前仰后合。小玉却觉得这不是可笑，是可怕。无端就想起自己包里那把刀，那把曾经吓跑狼的羊刀。狼是叼小羊，她才用刀子去对待。胖嫂做了什么，会让那女人动刀呢？秀儿压低声音，那个红头发是一只鸡。小玉说，啥意思？是一只鸡变的？秀儿说，城里人说的鸡，不是鸡。小玉问那是什么。秀儿说，就是妓女。小玉还不懂，妓女是干啥的？秀儿双手比画一下，又觉得不好解释，就是，陪男人睡觉的。小玉摇摇头，跟男人睡觉怎么就叫鸡？秀儿继续说，陪好多好多男人睡觉。为了赚钱。小玉接下来的一问让秀儿彻底服了，睡个觉，还能赚钱啊？秀儿上上下下打量着小玉，我的个乖乖，你啥子也不懂啊。小玉问，我不懂啥？秀儿说，一男一女办的那事儿。说着，伸出一只手来去摸小玉。小玉哎呀一声，干吗呀，痒。不过，小玉总算弄明白红头发为啥动刀子了。因为红头发走过香树街的时候，胖嫂在背后骂人家，骂得很难听。

接下来的另一件事儿，让小玉明白了什么叫男女之事。

一天夜里，等店里的客人散尽，已经很晚。小玉帮树人和翠萍收拾完毕，才去后院儿。刚要推门，忽听里面声音不对。是一男一女。女的声音听起来很古怪，好像压抑着又忍不住的样子。小玉想，坏了！肯定是秀儿正受人欺负。她一脚就把门给踢开了！闯进去后，先去门后墙上的包里找刀子。

女的当然是秀儿，男的，却是小厨师大壮。俩人身上光溜溜的，门一开，手忙脚乱拉条毯子盖上。怪的是，秀儿虽说头发凌乱，面色红润，却不像是受到委屈。秀儿哎呀一声，小玉你干吗呀？把人吓死了都！小玉拿刀子指着大壮，他欺负你？大壮和秀儿面面相觑，好半天，头对着头笑。秀儿说，大壮你看，我说的没错吧，她就是个青柿子，啥都不懂。小玉问，没人欺负你，你叫唤啥？秀儿哈哈大笑，眼泪都笑出来。秀儿说，我愿意啊。大壮走了后，秀儿从头到尾给小玉说男女之事，细节一点儿都不落下。小玉听得脸上发烧，又后悔自己傻乎乎。她呸呸数声，打住秀儿的喋喋不休。好了，恶心不恶心哪？

香树街上发生的好些事儿，让原上长大的小玉难以理解。

街上明明到处是人，没有狼啊野猪啊之类的凶猛野兽，可危险却一点也不少于荒原上。在原上，人拿着刀子对付野兽。在这里，人拿刀子攻击人。小玉已经听说过好多次打架斗殴。两帮小痞子在街上开火，动刀，动棍，混战结束，一个孩子的胳膊被砍断，另一个被打得脑震荡。街上的小偷据说也一波一波的，越到年底就越猖狂。秀儿已经在街上丢过三次钱包了。街上有家网吧，彻夜亮着灯。据秀儿的说法，除了打游戏的孩子，就是为一夜情去钓鱼的。而一夜情的意思，就是互不相识一对男女，晚上睡一觉，第二天还继续互不相识。街的另一头，白天紧紧关闭，夜里却灯火辉煌的地方，正是那红头发的工作地点。她的工作，就是跟一个又一个男人睡觉赚钱。

志远再次回家，却主动要陪小玉去看场电影。他说得很有理。让小玉出去见见世面。要不，在香树街生活十年，脑子还是不开窍。说这话的时候，小玉没在旁边儿。翠萍急着去找邻居打牌。前天午后的几场，她输了几十块，盘算怎么赢回来。对小玉的事儿她谈不上有兴致。树人则犹豫不决，拿不准应不应该阻拦。志远处事不稳，从来没这么正经过，反倒让人觉得可疑。不过，手心是肉，手背也是肉。小玉不是亲生的，却也早拿她当闺女看。她就是志远的妹妹，有什么好担心？

小玉这次倒是心甘情愿。看电影这事儿透着新奇，再说，有个好玩儿的哥哥陪着去，更加新奇。电影内容不是很懂，但她很满足。志远体贴得有些过分，买爆米花，买口香糖，买饮料。电影结束，走出影院后小玉脸上依然红红的，高兴劲儿半天没消。坐上摩托车，志远让她抱紧自己，她立刻就照做了。志远戴上头盔，扭过头来问，坐好了吗？小玉大声回应，坐好啦！志远一踩油门，摩托车唰的一声奔出去。小玉依然分不清东西南北，但身边的风景飞速后退的感觉，倒比在电影院更让人兴奋。不一会儿，小玉感觉两边的楼群越来越松散，楼也越来越低。她大声问，不是回家吗？志远说，天早着呢，带你去个好地方。

离开城区，到了城郊的一条河边儿。

小玉看到小河，看到两岸密密麻麻的白杨树，顿时发出一声欢呼。很长时间没看到大自然景色了，尽管比原上的风景差很多，毕竟有水，有树，有假山。河边有一个小型的开放式公园。志远把车停在公园入口。两人一前一后进了园子，小玉一进去，忍不住奔跑起来，一下子呼吸到久违的气息。志远紧随其后，也往前跑着，顺便拉起小玉的手。在小玉看来，那是极其自然的。以前在原上，爷爷经常这样拉着她的手。树人叔叔当然也拉过。

十几分钟后，他们走进一片小树林。是一片没有路可走的小树林。小玉找到了在原上的感觉。离她跟爷爷居住的茅草屋不远，就有一抹茫茫苍苍的松树林。那时的丫头经常去林子里玩儿。地面上的松针形成香气馥郁的地毯。丫头累了，躺倒在地毯上，眯着眼睛，越过密密匝匝的松叶，看斑斑点点的日光。有时还会在里面睡上一阵子，直到原上响起爷爷的呼喊，或清脆的鞭子声。在都市郊区河边的小树林里，小玉一下子想起这些，顺势躺在地面上。志远稍待片刻，也在她身边躺下。小玉指着天空说，你看，太阳，一片儿一片儿的。志远看不到小玉所说的风景。他的风景在别处。小玉也解释不清，只觉得好看，好玩儿。小玉慢慢地闭上眼睛，好像又要进入梦乡。

她听到短促的呼吸声，迅速睁开眼。

志远的脸已经在她的上方。小玉刚要问干什么，志远的脸迅速盖下来，她想说话也就说不成了。志远的嘴唇已经堵住了她的。小玉瞪大眼睛，看着半空，看一片儿一片儿的太阳，心儿怦怦直跳。想拒绝，意识里感觉这样很不好，但浑身酥酥的感觉却告诉她，你无法抗拒。一切太突然，太迅速，完全没有心理防备，也没时间多想。志远整个身子趴上来时，她想到秀儿和大壮白花花的身子，想到秀儿所说的细节，以及秀儿那句透着古怪的话，我愿意啊。现在，志远开始欺负她。她说过恶心，奇怪的是对志远的一切，却是好奇。好奇也是一把羊刀，居然逼着她去解开某些谜底。谜底很疼，尖锐的疼，刀子切割一样的疼。然而，疼痛过后，是一种飞翔状态的眩晕。一根枝条上，有只不知名的美丽的鸟儿踩蹬一下，扑棱一声飞走。小树林里重返寂静。小玉躺在那里，想嗅到松针的清新，却收获了一股子腐草气息。志远点上一支烟，轻轻吹起口哨。玉儿，咱该走了。小玉想慢慢坐起身来，但没力气，只好慢慢躺回去。小玉嘀咕说，志远哥哥，你把我的身子都拆零散了。

回到家的时候，香树街上已经灯火通明。

羊汤店里的客人已经很多。秀儿一眼看到小玉，就喊，你总算回来了，我都快累死啦。树人在柜台后面，盯着小玉的脸看好半天，又去盯志远的脸。小玉，电影好不好看？小玉爽快地答，好看。志远冲翠萍打招呼，说他要加夜班，扭头就走。树人心里咯噔一下。他在志远和小玉脸上，各自看到了一些不同寻常的东西。这些东西以前在俩孩子身上都没出现过。志远的眼神有一丝躲闪，小玉呢，似乎兴奋得有些过，有些招摇。可以理解为第一次看电影高兴，但又不完全是。

树人的感觉是对的。返程的路上，小玉已经把发生的一切，视作一种异乎寻常的幸福。她搂着志远的双手更紧，对他的依赖感也更强烈。因此，志远跟她说，这是个更大的秘密，比那条丝巾的秘密更需要掩藏。她毫不犹豫就答应下来。而且，认为合乎情理。秘密是两个人的，这很有诱惑力。半路上，志远停下车，走进一家药店。出来后递给她一粒药片。说，一定记住，回去后赶紧吃下去。小玉笑呵呵的，为什么吃药？志远说，不吃药你会肚子疼，很疼，很疼。

小玉把那粒药扔进香树街边的垃圾堆里。

志远吓不到她。自小到大，她就很少吃药。在原上有点儿小病小灾，实在扛不过，就喝一点爷爷煮的草药水。肚子的疼，她也领教过，每个月总要经受那么一次。还有比那更疼的吗？然而，小玉身体深处的那种疼，过了好久并没有来。小玉居然暗自庆幸，她认为幸福是一件连着一件的。尽管看过电影之后志远好久也没回过香树街，但小玉并没感觉他离得多远。而每个月必要经受的那几天痛苦，却意外消失，不能不说是件高兴的事儿。小玉像刚走上香树街那天一样，开始呕吐。

同时期呕吐的，还有秀儿。

按理说，最先发现小玉呕吐的，应该是秀儿。可那段时间秀儿心情不爽，跟大壮闹别扭。大壮其实身子骨并不壮，跟秀儿相比，体力略占下风。秀儿生起气来，一巴掌就能推他个趔趄。秀儿说，王八蛋，你说怎么办吧？给你一条阳关道，赶紧跟我去领证，等孩子出来再结婚，你不要脸我还要呢。要不，你这会儿就陪我去医院，打掉！反正我一分钱也不掏。秀儿就在厨房里跟大壮说这个。里面飘逸着浓郁的羊膻味儿。秀儿的话小玉似懂非懂，不明白领证跟孩子有什么关系。她不懂，也不问。自从那晚撞到秀儿跟大壮的事儿，就决定再不理她们。大壮看上去一点儿也不急，我爹说，要我明年结婚。彩礼钱还没攒够。魏师傅在一边嘿嘿地偷笑。秀儿嗓门顿时加大，狗日的，什么时候啦还说这个？魏师傅赶紧打圆场，大壮，去啊，去领证，早领早抱孩子。

首一个发现苗头的，竟是火锅店的胖嫂。这女人有事没事的，也喜欢到店里来跟翠萍叽咕一阵子。那天正扑哧扑哧嗑着瓜子聊秀儿的肚子，夸大壮的好本事，却见小玉嘴里发出一声古怪的动静，捂着嘴巴跑向卫生间。胖嫂眨巴一下眼睛，翠萍啊，你这俩小服务员，不会一起都被种上了吧？这话把翠萍给说愣了。熊娘们，你可真有意思。秀儿有男人，小玉可连男人的毛也没见。胖嫂凑过脑袋，压低声音，这丫头傻乎乎的，没准儿被男人占便宜，她还不明白咋回事儿。翠萍呆愣半天，嘴唇悄无声息地哆嗦。当天晚上，她就买来试纸，悄悄给小玉做检验。反正这孩子是真不懂。

结果，她嘴唇哆嗦得更加厉害了。

树人已经脱掉衣服钻进被窝，一听这事儿，忽的一下从床上站起来！志远这个狗日的！手忙脚乱去穿衣服。翠萍压低声音，叫什么叫？你咋知道，就一定是咱志远？树人把自己的前额拍得啪啪响，不是他，还有谁？小玉来城里后接触过别的男人吗？树人穿好衣服就向外走。翠萍去扯他，不让出门，你干吗去？树人发狠，先把个畜生宰了再说！翠萍跺脚，胡说些什么呀，还不赶紧想办法。树人一瞪眼，我先去问，要真是他干的，回来连你一块儿收拾。整天惯他，惯出个小流氓来。树人赶到皮革厂的时候已是半夜，问了几个人，都说志远出去喝酒，没回宿舍。他气呼呼地往回走，刚到大门口，迎面碰到晃晃荡荡的志远。居然还能认出他爹，你来干啥？树人并不答话，一把揪起他衣领子拖到门口旁边，你把小玉怎么了？志远咬着舌头，没怎么啊，不，不就看场电影吗？树人说，小玉怀孕了，是不是你干的？志远一皱眉头，龇牙咧嘴，傻啊她，我都买好了避孕药，她没吃吗？树人一巴掌就抡到他脸上，志远扑通一下趴在地上。树人跟上去又踩了一脚。门卫室几个人赶紧跑来拉架。树人连跳带叫，我打死你，打死你个王八蛋！

树人回家后，嘶嘶啦啦半个晚上，在床上烙饼。翠萍被他扰得睡不着，加之牌桌上不顺，也就没好声。树人一生气，拿巴掌把她打起来。树人的意思，事情已经很糟，不能更糟。得悄悄地带小玉去医院。翠萍说，火已经烧出来，纸包不住啦。胖嫂那张嘴谁不知道啊。小玉不可能跟那只鸡一样，拿把刀子去捅人。所以，翠萍差不多已经看到，街上所有人都已知道，小玉被自己人搞大了肚子。翠萍认为，与其那样，不如从中撮合。反正，小玉又不是亲闺女，肥水不流外人田。树人呸一声，就那个畜生，他也配？翠萍不高兴，别畜生、狗日的不离口，人还不是你弄出来的？你说志远不配，我还不愿要这儿媳妇呢。两口子又开始吵。

小玉对一切浑然不觉。那段日子，话却明显多。对于志远的一去不返，她没想更多。她对志远顶多也就是个依赖，谈不上爱情。不过，香树街上的一切，似乎在眼里变了色彩，连那腥臭气都好闻了不少。

树人想了整整一天，决定按他的方案进行。第三天上午，他和翠萍就带小玉去了医院。走的时候，天还没亮，好在小玉没睡懒觉的习惯，可她不知道要去干什么。街上的人总是起得早，三个人走到大街上时，两边的早点铺子已烟雾缭绕。翠萍暗暗祈祷，希望胖嫂这天早上多睡上一会儿。不料愿望落空，胖娘们站在屋子里，把这仨人低头耷拉脸的样子，尽收眼底。

事情进展很不顺利。

医生让小玉脱裤子检查，她的脸色一下子变得蜡黄蜡黄的，双手紧紧地抓住裤腰带，自己不动手，也决不允许别人碰。医生没办法，把翠萍喊进去帮忙，也无济于事。小玉一声不吭，都蜷到角落里去了。任谁说，也不肯站起来。医生不耐烦，没见你们这样的家长，也没见过这样的孩子。弄大肚子不赶紧做，等着吹气球？翠萍没办法，求医生允许树人进来帮忙。医生总算答应，树人却不肯。他咬嘴唇，摸头皮，在走廊里转圈儿。翠萍说，火都烧到腚上了你还要脸啊？树人没办法，只好进手术间。小玉仍然不肯。树人都把她抱到手术台上，连踢带咬的，不肯就范。

树人哀叹一声，算了吧。

医生哼一声，这可是你们说的。再拖，想做也做不成了。

在院子里，树人决定跟小玉摊牌。树人说，你知道出什么事了？小玉一脸惶恐，连连摇头。翠萍在嗑瓜子，皱着眉头看风光。树人在斟酌措辞，你肚子里，有孩子啦。小玉眨巴一下眼睛，眉开眼笑，怎么进去的？树人顿时低下头，没了话。翠萍嘿的一声笑，是志远给你种上的。树人挥手就去扇她耳光，翠萍躲过去，打我有什么用？不做就不做，我还想抱孙子呢。说着，气呼呼先走了。树人说，玉儿，这事不好玩儿。咱得把孩子打掉。小玉问，打掉啥意思，会不会打死？树人点点头，你以后还可以结婚，还可以要孩子啊。小玉说，既然那样，我就不！养个孩子玩儿多好。

志远被树人押回了香树街。就像警察押回在逃犯。一路上，街两边的人都在指指点点，脸上挂着笑。胖嫂甩着手上的水，一脸满足，主动跟树人打招呼，哟，把志远带回来啦？树人满脸通红，推着志远，走起小碎步。

审讯室设在树人两口子卧室。正是上午，不到喝羊汤的时候，店里很空。魏师傅是明白人，一大早就说家里有事儿，躲了。秀儿和大壮这天很忙，穿得光光鲜鲜，要一起去拍留念照，还要去领证。树人把一道一道门都紧紧关闭，插上暗锁。翠萍打定主意不进那屋子，免得老子动手，儿子叫唤，当娘的心疼。她站在柜台后面，噼里啪啦打算盘。事实上，她根本不懂怎么打。小玉知道要发生很糟糕的事儿，但还不确定糟糕到什么程度。屋子里只有三个人。树人直截了当，志远你有俩选择，一，痛痛快快跟小玉去领结婚证。二，你给我滚出香树街，以后永远都别踏进这家门，咱们一刀两断！志远动动嘴唇，没说话。树人逼问一句，选哪一条？志远说，都什么年代啦，还这样。树人挽挽袖子，你再说一遍！志远说，爸你出去看看，走出香树街去看看。现如今就这种事儿，也叫个事儿？我又没强奸她，你问问她愿意不愿意？我也没想让她怀孕，她不听话，这怨我啊？树人嘴唇哆嗦，牙齿发出怪怪的声响，给个痛快话，娶她还是不娶？志远说，怎么可能啊爸，我是有文化的人。树人对小玉说，闺女你先出去。

小玉看看那爷俩，对志远笑笑，转身出门。一出门，居然差点碰到翠萍的脸。小玉说，婶子，你干什么啊。她话音还没落，屋里已经噼噼啪啪响起来。像是扇耳光，像是棍子打在枕头上，像是两只野兽在呼哧呼哧搏斗。奇怪的是，两个男人都没叫喊。翠萍急得使劲拍门，小玉也帮着拍。但门紧紧关闭，屋子里声响不断。过了好半天，响声停止。门开了，先走出来的是志远，腿一瘸一拐向门外走去。树人躺在床上，瞪着眼睛看房顶，嘴角上有血迹。小玉似乎在那一瞬间明白了咋回事儿。她去追志远，在最后一道门前追上。小玉问，你真打算不回来啦？志远不说话。小玉说，也不要我这个妹妹了？

志远慢慢回过头，凑到小玉面前，悄声说，傻逼！

他哐当一下拉开门。香树街上的喧嚣呼啦一下子全钻进来。小玉顿时感到恶心。她趴在门框上，呕吐不止，却什么东西都吐不出来。

树人从跟儿子搏斗一场后，脸上几乎没了笑容。翠萍已经不敢炝他的火，私下里难免嘟囔不止，早就说过是累赘，不听啊不是？魏师傅和小徒弟依然不愠不火，似乎他们这辈子的生活天地，就是那间膻味十足的厨房。最高兴的是秀儿，一天到晚忍不住想放声高歌，但那是个小小的羊汤馆儿，不是老家山顶的荒原。偶尔刚起个头，一瞅树人和翠萍的样子，戛然而止。

随着孩子在肚子里一天天长大，小玉从秀儿那里接受的知识也越来越全面。呕吐和稍稍隆起的肚子，并不耽误她继续在店里忙。她脸上平和异常，好像那些事情都不是发生在她身上，肚子里的那块肉，也跟她毫无关系。不过，小玉又变得沉默寡言，而且，又不愿迈上香树街半步。翠萍也不带她出去了，认为那样很没脸面。倒是没耽误她继续打牌。

不到两周，香树街上的羊汤馆里人丁兴旺，添了一男一女俩小娃娃。

秀儿和大壮在街的另一头租了间小房子。大壮的爹娘一人扛着一个大麻袋，从乡下入住城市，做好一切准备伺候儿媳妇月子。那间房子里没有老两口的铺位，树人把他们安排进秀儿和小玉的房间。秀儿的儿子哇的一声叫出来时，小玉已躺在待产房里。小玉回家后，显然不能再住小储藏室，于情于理都不能。树人早打发翠萍整理了鑫如的房间。至于志远，已经像个屁，被树人放掉，是死是活他都不想关心。

生下个女娃，小玉才哗啦一下子明白做女人是咋回事儿。

孩子放在她旁边。拳头大小一张脸，眼睛眯缝着，小鼻子，小嘴巴，小耳朵。小玉看着看着，忍不住想笑。可一笑肚子就疼。志远说的对，很疼，很疼。快要死过去的疼。跟在小树林里的疼完全不一样。但一个小孩儿居然躲在自己肚子里，又这样钻出来，这事情想想就好玩儿。翠萍有点不高兴，她很想抱孙子。志远怎么端详都比那个大壮强一千倍，然而，人家的种子发芽是儿子，她家的却是丫头。好比是打牌又输了钱。不过，抱孙子的希望还绵绵不尽。志远的媳妇不可能是躺在床上的傻丫头。树人有了当爷爷的兴奋，都写在脸上。

而当事人志远，兴许还不知道他有了女儿这码事儿。

照小玉的想法，出院之后就直接回荒原。当年爷爷在她嘴角抹羊奶的故事，她早就听说过。小玉清楚自己实力，至少不必用羊奶喂孩子。可树人哪能同意。他说，玉儿，你觉得可能吗？把你一个留在原上我都不放心，何况俩？小玉微微一笑，更叫人叹怜。小玉说，我俩就算有了伴儿，你担心什么？小玉的执拗，或者说稍稍成熟，表现在接下来给孩子取名上。小玉说，我就叫她丫头。树人和翠萍面面相觑，无话可说。

事情当然没按小玉的思路走。翠萍抱着丫头，树人提着大包小包，小玉略带蹒跚双脚迈出小外八字，一家四口重又回到香树街。街上人对一切新生事物都充满好奇。对一切事理的评判，都有自己持续不变的标准。老树人一家的故事早已不新鲜。新鲜的是小小的一坨生命力，此刻出现在香树街馥郁的气息里。人们对新生力量的到来，表示了极大的好奇，以及热情。时间是盛夏，并不担心冻着孩子。胖嫂等几个老娘们，像看西洋景，掀开小被子一角，甚至伸出粗糙的手指，去触摸那细嫩的皮肤。树人赶在前面去开门，翠萍抱着孩子跟女人们一应一答。小玉则双手卡腰站着，身材明显臃肿。起初她面带微笑，一声不吭。后来突然说，好啦婶子，该回家啦。

这称呼，这声音，让街上人顿时转移注意力。然而，都似乎被吓了一跳。

呀，生过孩子的小玉，居然出落成一个韵味十足的女人。比以前胖，反倒显得皮肤更白，更嫩。头发稍显蓬松，却不凌乱。表情呢，平淡似水，丝毫不见潮起潮落，跟香树街上的女人完全不一样。满街人暗暗称奇，志远那小子真识货，小玉还青瓜一样的时候，他居然没看走眼，就能号下！可没人想到，小玉的清淡是骨子里带着的，没经过太多侵蚀的。她的生活环境在荒原，或者说，她本来就是原上的一分子。那是大自然的恬淡本色。

当然，如果说小玉的内心仍然像荒原头顶的蓝天白云一样，那怎么可能？一个丫头的到来，已经改变很多事情了。

比如，小玉不住鑫如的房间。怎么劝，她都不住。小玉知道，如果她住下，不但树人会遭埋怨，鑫如回来，也没她的好果子啃。那孩子的厉害，她早领教过。惹不起还不能躲着走？小玉说，我还是住原来那屋。树人一张手，里头住人了，大壮的父母。小玉哧地一笑，看，我就知道，香树街上没我们娘俩住的地方。树人一愣，这才意识到面前是个新的小玉。甚至，跟刚刚走在香树街上的那个都不一样。没办法，他只好遵命，把大壮父母客气地请出去。

羊汤馆儿继续开张。杀羊的地方，原本在后院一个帆布棚下。小玉刚来那会儿，一看到要杀羊，就绕道走。现在，她不打算绕了，她要树人让道。小玉说，孩子这么小，整天听羊的鬼哭狼嚎啊？树人照样没办法，把杀羊地点转移了。店里早又聘来两个小姑娘，暂时替代小玉和秀儿。小玉对此坦然接受。她整天整天都不出小屋，好像那就是荒原上的茅草屋。翠萍起初还伺候得比较殷勤，渐渐地，烦了。一天，小玉嗤嗤啦啦喝完一碗鸡蛋汤，抹一下嘴巴，突然说，那包里有条丝巾，婶子你拿出去烧了。口气完全是下指令。翠萍问，好好的，干吗要烧了啊？小玉的话让她哑口无言，你儿子送的。要觉得烧了可惜，你就系上。翠萍回来跟树人发脾气，你看，你看，简直养了个亲娘。树人挠头皮，这孩子以前不这样啊。翠萍说，从头到尾，一家人都被她糊弄。树人想了解一下到底为什么，假装去看孙女，旁敲侧击，拿话试探。小玉对他笑，倒不给他施冷脸色。

小玉说，我想回家。

树人恍然大悟。小玉这是用当年他的一招。他当时是逼着小玉下山，现在，小玉逼他们放行。经过连日思考，他认为留下小玉和孙女的路，并非没有。当务之急是，一面稳住她，一面在城里给她找个婆家。志远那小子肯定指望不上。他也知道，这计划虽可行，难度却很大。农村进城的，不认识的，心里不踏实，认识的，却没合适的。城市里的，你想都别想，谁会找小玉这条件的？

没过一个月，树人急于寻找的那个男人，自己找上门来了。

香树街上，有个退休老教师，姓周，教过语文，很有些老学究气。早些年写诗，在报纸以及一些并不知名的期刊上发表过。遗憾的是，境界略差。他又不懂得炒作，人且慢慢老了。因此，名头不响。于香树街人来说，读诗已是很稀罕的事儿，诗人，简直比大熊猫还缺。因此，周老师不太被街上人关注。但在这座城市里，他也不免有一帮子文朋诗友。其中一个，笔名叫子曰，跟周老师是忘年交。这天，子曰登门拜访，聊得尽兴，不免天色已晚。周老师提议，到酒馆里坐下，一边饮酒，一边畅谈。俩人下楼到街上，首先入眼的，是树人的羊汤馆儿。尽管羊汤的膻味儿跟诗境差得稍远，但物质世界并不丰富的周老师和子曰都觉得，像他们这种考虑人从哪里来又向哪里去的思想家，对此完全可以忽略。俩人施施然钻进羊汤馆儿，几碗羊汤、几杯二锅头下肚，均诗性盎然起来。子曰主动提议朗诵一首周老师的诗以助酒兴，周老师自然不阻拦。于是，子曰站起身来，声情并茂，抑扬顿挫，朗诵一首情诗。开饭馆儿的，什么人都要领教。树人和翠萍虽说少遇见诗人，但也见怪不怪。

不料，子曰朗诵到兴头处，突然咔嚓一下停住。树人和翠萍不解，周老师也惶惑，几个人一起去看子曰，又随他的目光慢慢转移视线，都愣了！

偏门一角，站着小玉。小玉的头发蓬松着，一脸雍容。问题是，她身上披一条粉色床单，上面一朵深色大红花。小玉是出来找暖水瓶的。一见子曰在那里手舞足蹈，觉着好玩儿。她还真是从没见过这样的人。而子曰之所以止住朗诵，道理亦然。他也没领教过这种打扮的。小玉的一时兴起，被他认为是特立独行。他想不到，香树街上还有此等女人。他一停下，且傻乎乎地张大嘴巴，小玉立刻笑得花枝乱颤。但小玉什么话都没说，提起个暖瓶就走了。这一笑，意义非凡。子曰认为，这是他看到的世界上最清纯的笑容。他傻乎乎地问周老师，蒲松龄老先生说，山中有草，曰笑矣乎。周老，你觉得那是不是？

这位诗人供职于文联，是文学内刊的小编辑。结过婚，后来离了。前妻受不了他的原因之一，就是动不动诗兴大发，啃着咸菜喝酒也要朗诵。这哪是过日子？现实和思想弄得颠倒混乱，总觉得世人皆醉，唯他独醒，世间皆浊，就他还清澈，恨不得所有人都跟他一样疯才好。除了圈内稀有动物似的几个朋友，很少有人能走进他稀奇古怪的世界。现如今诗人作家数量不见得少，精华却不多，且一个个喜欢单打独斗。一瓶子不满半瓶子咣当响的，他又瞧不上，骂人家混子。因此，他很孤独，很痛苦。

那是小玉和子曰的第一次见面。于小玉来说，根本就没放在心上。不想对子曰来说却如醍醐灌顶。诗人的激情一来，挡都挡不住。只隔一天，他就上门拜访小玉。按他的话说，此前的一天他备受折磨。话虽如此，却尚有理智，还知道去周老师那里打听小玉底细。打听清楚后，起初稍稍有些失望。小玉不是同道之人，这是遗憾。往细处一想，又确定无疑，这绝对是蒲老先生所说的山中之草，值得他为之做出一些新奇举动。他认为，小玉的经历很凄惨，他有责任和义务去救她出水火。

子曰捧着一束花，叩开膻味十足的羊汤馆。

恰好那天周末，鑫如破天荒非正常回了家，盘算着跟父母共进一次午餐，顺便捎走下几个月的生活费。给子曰开门的正是她。先看到那一束花，哇塞一声尖叫，随即脑子高速运转，猜测是哪个同学这么大胆，居然追到家里。因为，她扳着脚趾头数，这家里也没有哪一个能跟一束鲜花相匹配。但来者面孔是陌生的，对她的态度也彬彬有礼。鑫如不免怀疑，走错门了吧帅哥。

子曰整理一下领带，慢条斯理，我来拜见玉小姐。

至于子曰叩开门之后，在那间小屋子里跟小玉说了些什么，暂且算是一个谜。不过，一位桀骜不驯的诗人，手捧鲜花去求见一个荒原上的放羊妞儿，已经是天大的新闻。香树街人并不缺乏脑细胞，思维旋转速度也不慢。还没等子曰从那间小屋子里出来，消息已经在街上传得无人不知。羊汤馆门前出现盛况，许多知情人翘首企盼，想看看结局如何。子曰昂首从羊汤馆里出来，面带微笑，没理睬众人，却扭头就去了周老师家。完全可以解释为，他需要找个人来分享此刻的心情。尽管，他身上哗哗啦啦的饥渴的目光，让他很有沉重感。一见到周老师，他的两眼却顿时熠熠发光，终于憋不住了。

知道发生什么事儿吗？我敲开门，小玉像是在等我。她冲我笑，她真的冲我笑。她问，是你啊？知道吗周老师，绝对是天籁之音。我把鲜花递上去，你猜她说什么？她皱了皱眉头，说，山顶上的花比这个还漂亮，到处都是。你看，她不是不喜欢花，而是不喜欢残缺美。一束花，好看虽好看，但折成枝，捆成一束，就脱离了天然。鲜花被截断的那一瞬，实际上已经开始死亡倒计时。你瞧，小玉是何等境界？周老师以微笑，鼓励他继续。子曰说，我简单做了自我介绍。说实话，很激动。洁白无瑕的东西，总是让人畏惧。我一直蔑视伪崇高，蔑视世间的卑俗习气，蔑视缺乏思想浑浑噩噩的人，但我害怕纯洁。她像一个女神，一个不怎么说话的女神。但一开口，就让你无地自容，让你感觉自己身上污浊不堪。天啊，你知道她跟我说什么吗？子曰搓搓双手，不知道应该不应该说，但我不说你就不知道她有多么清澈。她，在我面前就解开怀喂孩子！周老师似乎被茶水烫了一下，干咳数声。子曰不管不顾，她说，不知道怎么回事儿，孩子抽不出奶水来，我使劲捏也捏不出来，涨得疼。周老，可不可以这样分析，要么她绝对天真无瑕。要么，她对我也绝对有好感，是不是？周老师略略沉思，打算利用弗洛伊德的理论替他分析。但子曰像一个吹足了气的球，只希望倾诉，不想倾听。还没等周老师开口，他突然就站起来，慌忙向外走，甚至都没跟主人道别。周老师问，你干什么去？他一下子回了头，我总算反应过来。她需要一个吸奶器，不是鲜花。

香树街人又看见子曰飞快地跑出街头，二十几分钟后手里抓着一个盒子跑回来。羊汤馆里已经开始进客人，树人他们几个开始忙。子曰急匆匆跑进去，谁也不去看，径直去了后院。

翠萍嘴里嘶的一声，这人神经病啊？

整整一天，子曰都没再离开羊汤馆儿。绝大多数时间，都在那间屋子里。只在期间出来点了两碗羊肉汤，倒没忘记付钱。树人起初很不踏实，去看过一次，刚到后院儿就听小玉嘻嘻呵呵笑，又回去了。鑫如对此事倍感新奇，甚至不急于回学校。她认为，如果不出意外，子曰在天黑之前就会到前边来，跟树人商量婚期。她说，你们不知道，现在很流行闪婚。何况，诗人啊，一个个都是疯子。

事实却是，子曰根本没有征求树人两口子意见。第二天下午，他出现在羊汤馆门口的时候，手里提着两个硕大的帆布包。翠萍一瞧就叫起来，我的个天，你要在这儿常住啊？子曰面带笑容，不做解释，把包在门厅一放，就去后院。过了没多久，小玉抱着孩子走出来，子曰手里提着小玉的包裹。树人心里咯噔一下，小玉你要干吗？

小玉说，回家。

好半天树人才反应过来。树人说，绝对不行！我不让你走。小玉说，我又不是你家的羊。你说了不算。树人说，丫头是我孙女儿，我不能让她走。小玉眨巴一下眼睛，丫头是你孙女儿。那我是谁？我是你闺女儿，还是儿媳妇？你要能让志远回来娶我，我就不走。这话把树人的嘴巴堵了个严严实实。俩人对话的时候，子曰出去找出租车。翠萍却一句也不说，她觉得这个故事结尾很不错。她看透了，只要丫头在一天，志远回来的可能性就几乎没有。

出租车来了，树人眉头紧皱，竟然慢慢蹲下去，双手抱着脑袋哭。小玉把孩子递给子曰，弯下腰去扯扯树人胳膊。你放心，在山顶上，我会活得更好。小玉还说，反正你是拦不住我的。小玉直起腰身，扭头就往外走。

她坐进车里，子曰把孩子递过去。却风度翩翩地走回来，一本正经地对树人说，叔，你放心，我到荒原上去照顾小玉，还有您的孙女儿。

下

院子周围的篱笆被荆棘丛覆盖，院子中央荆棘杂草丛生，人走进去能被淹没。屋顶的茅草破败不堪，几近塌陷。一层一层青石板堆砌的墙壁，倒还是很结实地站着。墙上那个荆条笼子里的草，居然有了蓬勃旺盛的一团，几乎要把笼子撑散开来。

在诗人的眼里，这一切都是美的。原始而又野性的美。他打算像梭罗那样，亲自动手，伐来木头，重新修葺房顶。他要手握镰刀，从院子里割出一条道路，要搭建新的篱笆墙，甚至，还想亲手做一间木头屋子。他要在里面拉二胡，吹埙。那两件乐器他都带来了。条件允许的话，他会去买一架古琴摆在里面。小玉迎风站着，呆了好久。丫头在她的背上，瞪大眼睛看周围。小玉说，我看，咱们得先去买锅碗瓢盆，要买几只羊羔，对了，还需要一只小老虎。接下来，小玉去看爷爷。她对爷爷说，你瞧，我给你带来个小丫头。她扭头跟老虎打招呼，老虎啊，还那么胖，还跑不快吗?

第一个夜晚，月亮明晃晃地挂在原顶。子曰伸开双臂，站在院子外面一块石板上，闭上眼睛狠狠地吸一口，再吸一口。然后，从口袋里掏出一枚乌泥埙来。那埙在月光下发出幽幽的光。埙音缭缭绕绕弥漫荒原的时候，他突然感觉不对劲儿。埙音的低沉幽怨，与他的心情不合节拍。子曰顿时后悔没带根笛子。小玉站到院子里，也冲他说，你吹的是什么啊？真难听。子曰回头一笑，你说得对。恐怕，这乐器派不上用场了。二胡也不行。此前，他只会拉《二泉映月》。他对自己说，看来你以前活得真是压抑啊？

第二个夜晚，他们真正结合到一起。那是子曰一生中最美丽的一次性爱探险。房顶还没修好，从茅草屋一角能看到星星，看到月亮。没有床，地面上铺着干草。他像呵护花朵一样，动作轻柔。不料，小玉的回应却很激烈，简直算得上疯狂，好像一旦到原上，她身体里就生出绵绵不尽的原始粗野的力量。一切平息，俩人躺在那里，诗人数起了星星。小玉说，没想到，你真跟我来山顶上受罪。当时，我以为你开玩笑。你们城里人，咋会喜欢这儿？子曰说，这可不叫受罪。在城里，喧嚣中，我的心是死的。现在，我是活的。小玉眨巴一下眼睛，她不懂。

原上有了个三口之家，顿时生机无限。

远远看去，茅草屋顶炊烟袅袅。鸡鸣，犬吠，孩子哭闹，声音也丰富起来。小玉不知道自己小的时候爱不爱哭，丫头一到荒原上，却每到半夜就开始哭闹。有时候小玉不耐烦，一边抱着她在屋里转，一边吓唬她，再哭，再哭就把狼招来。但根本不管用，估计丫头不知狼为何物。子曰倒说，孩子哭是正常的。她这一哭，原上声音更多嘛。知道吗？声音也要色彩斑斓，才有意境。小玉哈一声，你这些想法真怪啊。其实不懂也无所谓。现在的小玉心里踏实，已经足够。

看上去，子曰对这样的日子倍感惬意。没有汽车尾气，没有嘈杂的噪音，没有复杂的钩心斗角，没有快节奏的生活，日子如同缓慢流淌的小溪。至关重要的一点，他不孤独。他有小玉和丫头。最初的那段日子，他不止一次对自己说，你的选择是正确的。小玉不但是那山中之草，更像一块美玉。

子曰开始写诗。写完了，站在屋子里，站在院子里，站在原上，高声朗诵。小玉不懂，丫头更是不懂。娘俩就安静地听。小玉看着子曰的样子，一下子想起第一次见他在羊汤店里的模样，又会心地一笑。怎么看，她都觉得子曰是个孩子。当一个家庭建立，男女间的分工开始明晰。子曰的眼睛里，一切都是浪漫的，生活的点滴，在他看来都是辅助。往深里说，他关注的是人的思想，人的灵魂，形而上，柏拉图。小玉不同，她思量生活中一切最基础的东西。衣食住行，在原上最突出的，是食。子曰可以不在乎吃什么，怎么吃，她得想到。回到原上的小玉，不是寻找浪漫的，是找寻踏实感的。而踏实感在她思维里，是看得见摸得着的东西，是油盐酱醋，是让子曰和丫头吃饱吃好，是养鸡养兔子养羊。当丫头能够蹒跚学步，嘴里咿咿呀呀喊爸爸叫妈妈时，小玉已彻头彻尾变成一个乡野村妇。那时候，子曰是个孩子的想法不但没减弱，反而更强了。不过，于她来说那是无所谓的。她不在乎伺候两个孩子的艰辛。爷爷在这世界上的最后一段日子，不也像个孩子吗？

说到孩子，有个话题不得不提。

那就是，他们俩还有没必要再生一个？在这一点上，小玉和子曰意见不一致。子曰有成套理论，这个世界凶险密布，矿难，交通事故，抢劫，凶杀之类非正常死亡随时发生，再加上战争和自然灾害。让孩子身处这个世界是残忍的。所以他不希望有孩子。正因如此，他的防范举措相当到位，那两个帆布包里，一项重要内容就是避孕药具。小玉的观点却是，孩子多多益善，最好是要一群，像羊一样撒在草原上。对子曰的观点，她觉得很不可思议。一个男人，为什么不想要孩子呢？有了这疑问之后，她开始有意无意关注子曰对丫头的态度。女人的直觉十分敏锐。她发现了一个事实，子曰对丫头，是可有可无的。

而事实的确证明，诗人的激情来得快，去得也快。在日子越来越像日子之后，子曰的焦虑感开始慢慢显山露水。初识小玉时的那个遗憾，现在越来越膨胀，越来越成为一个问题。那就是，小玉对他的才华，等同于视而不见。子曰想不通，为什么小玉对他的澎湃激情没有感觉？那些箭头般犀利的诗句，遇到小玉就像遇到海水或棉花，悄无声息。当年，他在诗坛崭露头角时，朗诵会上每朗诵一句，下面都有女孩子尖叫。即便是跟老气横秋的周老师在一起，还可以纵横驰骋，交换思想。他不是没尝试跟小玉交流，亲爱的，你觉得这首诗怎么样？小玉毫不犹豫，好。至于好在哪里，她就解释不清。子曰开始怀疑，他跟小玉之间，算不算是爱情。第一次有这个疑问时，他大吃一惊！这很可怕。假如是事实，那么他在荒原上的旅程，岂不是变成了一次注定要失败的探险？

子曰开始吹埙。在月光下吹埙，慢慢变成一个不错的选择。他往往会走出好久的路，站在崖边上，坐在最突出的岩石上，让悠悠的埙音，深入到荒原山谷的角角落落。终于，到荒原上第三个年头的一个夜晚，子曰停住幽怨的埙音，叹息一声，承认自己是一时心血来潮。荒原上的一切，浪漫色彩几乎褪尽。他的灵魂，在荒原上照样无处安放。

就在这年夏天的一个傍晚，荒原上迎来两位不速之客。两个到原上打猎的男子。他们发现荒原上的人家后，非常兴奋。原本，他们打算在帐篷里度过一个夜晚。

小老虎以吼叫声迎接他们到来。显然，这只老虎是真的老虎。它在原上飞奔如箭，它追蝴蝶，追野兔，追草丛里的蚂蚱。无时无刻都把自己累得呼哧呼哧直喘。这绝对是个精力旺盛的家伙。两个男子之一，举起猎枪，假装向它射击，但它丝毫都不怕，反倒斗志旺盛，嗍的一下子向陌生人扑去。要不是小玉及时出现在门口，大声叫喊，结果不是那人在惊恐下开枪，就是老虎把他扑倒，进行撕咬。老虎最听小玉的话。小玉一喊，它哧的一下子煞住身形，迅速转回来。

两个男人特征分明，一个胖，大胡子。一个瘦，形同竹竿。

子曰对客人的来临，热情得接近于巴结。此时，能够在原上见到生人，值得祝贺。他让小玉搞了几个野味，蚂蚱，蝎子，野兔，还拿出酒来，摆开架势要跟客人大喝一顿。自从到荒原上后，很少有人陪同他喝个大醉。一个诗人，没有酣畅淋漓的酒局，简直大为逊色。小丫头对陌生人的到来，露出的是恐惧。她躲在小玉身后，络腮胡子拿一个哗啦响的钥匙链逗她玩儿，她也不放松警惕。小玉无所谓，心里对陌生人多少有一点儿排斥，但脸上并不表现出来。原上的人向来胸怀宽广。客人来了有好酒嘛。

两个男子到原上来，目标是獾子。他们公司老总的儿子被烫伤，不知从哪里得了个偏方，说獾油能治疗烧烫伤，且不留伤疤。在原上转了一天，战果却不佳。小玉知道这样子找，找到的可能性不大。獾子机灵得很，住处很隐蔽。得找到它们的窝点，用烟火去熏。但小玉看到两人的猎枪，觉得别扭，多少感到他们是荒原的入侵者。所以，并不打算指点他们。假如原上什么动物都没了，那还有什么意思？子曰得遇知己，状态极佳，滔滔不绝，几分钟就把自己的底细介绍个透彻。讲到自己登门送花的情节时，一胖一瘦俩男人同时来看小玉，似乎鉴定一下，什么样的女子值得一个男人如此疯狂。小玉在一旁织毛衣。在城里跟秀儿学的。

子曰酒兴甚佳，劝酒频频，没过多久就稍显醉意。小玉冷眼观察，断定他马上就要站起来摇头晃脑，念那些稀奇古怪的句子。果然，子曰提议，我给你们朗诵一首我的情诗，怎么样？竹竿恰巧要起身，说稍等片刻，我要去放水。络腮胡子说，我也去，清理干净回来再听诗朗诵。小玉趁机说，你少喝一点儿。子曰说，没事儿，今天是真高兴。小玉眉头一皱。她听到两个男人在院子里哗哗啦啦撒尿。

子曰开始朗诵，很卖力气，的确声情并茂。那是一首写给小玉的情诗。小玉不解风情，让两个陌生人听一听，兴许有意外收获。结果，效果不错，两个男子一起鼓掌，连连赞美。子曰面色通红，主动举起酒杯，来，干杯！再喝下一杯，子曰开始浑身发软。

事情的出现很突然，发生在子曰出去撒尿之后。那时，丫头已经睡着。小玉坐在一边儿，手上织着毛衣，面上略带倦容。竹竿紧随子曰身后，也出去了。络腮胡子突然发出邀请，嫂子，来喝一杯？小玉一笑，我不会喝酒。络腮胡子说，这么有味道的女人，不喝酒真是可惜。小玉没抬头，笑着说，喝酒是男人的事儿嘛。突然感觉屋子里的气氛不对，猛地抬起头，络腮胡子已起了身，慢慢靠过来。

小玉大叫一声，子曰！

子曰没办法回来了。他本来就站立不稳，而且，竹竿正拿一把刀子顶着他的脖子。子曰酒意去了一半，问，你，你们要干什么？竹竿说，娱乐一下。子曰说，我们好酒好菜招待你们，就换回来这个？竹竿说，你老婆很漂亮，真的很漂亮。我俩刚才出来合计一下，观点一致。有些风景，错过去很可惜。子曰说，人得讲伦理、道德。违背女人意愿，强迫她，这样的性，是人类需要的吗？竹竿哈地一笑，你这人真好玩儿。我跟你理解不同。萝卜白菜，各有所爱。性行为和性心理是很复杂的，很多人还喜欢同性呢。就在那时，屋里的络腮胡子发出一个沉闷压抑的声响。你听，有人就喜欢这样，认为这很刺激。子曰浑身颤抖。他双手攥拳，哭了，这个世界太让人恶心！丑恶无处不在。我以为离开城市，摆脱了。没想到，没有一个角落不是如此。

竹竿说，你这种想法，很多诗人都有。我以前也写过诗，现在成了老板雇用的打手。我个人认为，美丑之间的界限，很难把握。它就是一条线。线这边儿是丑，那边儿就是美。比如现在你就处在线这边儿，就是个很好的小丑。你的女人，被我兄弟压在身子下面。那词儿怎么说来着？惨遭蹂躏？而我手里只有一把破刀子，你居然不去救她，甚至都不反抗。你站在这里，跟我探讨美和丑，探讨伦理道德，不觉得可笑吗？子曰说，人跟野兽谈交易，能成功吗？何况，肉体本是身外之物，你已经伤害了我的精神，比用刀子划开我的皮肉还要疼。不过无所谓，你可以侮辱我。人生来就是痛苦的，就该受到惩罚。

竹竿呸的一口痰吐在他脸上，你让我恶心。

奇怪的是，好半天过去，屋子里悄无声息。

竹竿回头问，大胡子你好了没有？该换岗了。屋子里面没有回应。竹竿稍稍犹豫，诗人，你最好站在这里别动。你要一挪地方，我不但伤害你的肉体，连屋里那两个一起伤害。子曰仰面朝天，长长叹息。他说，我真是不明白，人为什么会这样？竹竿迟疑着朝屋里挪动脚步。他似乎隐隐约约感觉到某种危险。一边走，一边悄声问，大胡子？你怎么不吭声？到门口，他停顿好一阵子，似乎拿不准下一步该怎么办。他回头看看子曰，见他还站在原地，才回了头，轻轻推那道木门。木板发出吱吱呀呀的声响。竹竿悄然踏进一只脚去，另一只脚刚刚抬起，门后突然闪出一个黑影，同时，眼前一道亮光。

偷袭者是小玉。她手里抓的就是那把吓跑狼的羊刀。竹竿身手灵活，居然躲过去了。第一刀没刺到他，紧跟着小玉来了第二刀。竹竿哎呀一声，撤到门外。子曰站在那里，手足无措。竹竿站住身形，举起刀对着小玉，声音变了，我那兄弟怎么了？小玉咬牙切齿，死啦！子曰一哆嗦，小玉你真把他杀了？竹竿扭头说，诗人，你过来，劝劝你老婆，到此为止，不玩了好不好？子曰站着不动。小玉说，我这把刀子吓跑过狼，刚又杀了个人，有本事你就来！竹竿说，漂亮女人不应该沾到血腥。你杀人是正当防卫，不负法律责任。子曰说，是啊，小玉，他说得对。

小玉扭头一声大吼，你滚！

竹竿早已做好滚的准备，趁机一转身，朝院子外面跑去。小玉顺手一刀，划破了他的胳膊。但他跑得飞快，再刺去的一刀落了空。一转眼，竹竿已跌跌撞撞跑到篱笆墙外，向荒原狂奔而去！小玉大声叫喊，老虎，老虎呢？就听小老虎狂叫一声，一道黑影子嗖的一下飞出去。子曰嘟囔说，小玉你不能这样。这可真成故意杀人了。小玉听不到，她已经跟着跑出去。子曰连连跺脚，杀人要坐牢的。小玉你听话啊。咱又没吃亏。他在那里嘟囔，却听到原上传来小老虎的撕咬声，男人的哀号声。一连串的声响过后，原上重归宁静。

月光如洗。子曰发现自己站在一摊尿液中。

先回院子的是老虎，后面是小玉。她奋力拖着的，是一根没有生命力的竹竿。在离子曰不远的地方停下，小玉弯下腰，呼哧呼哧直喘，慢慢地，却瘫软下去，就躺在院子中央。那时，月亮照得四下如同白昼，可就连小老虎，都没有发出任何声响。打破这宁静的，是丫头的一声哭。她的夜哭，就像闹钟一样准时。丫头哭的时候眼睛却闭着。慢悠悠的，一声接一声。好像凑不够哭声次数，她就不肯停下。

小玉有气无力地问，咋办啊？

子曰叹息一声，我刚才想得很多很多。这瘦子说得对。美和丑就在一线之间。譬如小玉你的纯真和野蛮。之前，我绝想不到你会做到这样的事儿。我甚至不知道你那把刀子藏在哪里。我觉得，应该用人类学某些观点来解释。这是蒙昧与文明之间的一次对抗。你身上有原始的力量，隐藏在身体深处。在你意识里，两个男人本来就是狼，是野兽。问题是，杀死入侵的野兽是违背法律违背道德伦理吗？这个话题，尚值得争议。小玉说，我听不懂。我问你，咱们怎么办？子曰说，照常规，你应该去自首。小玉说，什么意思？子曰说，就是自己去投案，不是等警察来抓你。那样的话，根据你的犯罪经历，你或许得在监狱里一辈子。小玉问，再也不能见到小丫头？子曰说，有可能。不过，我认为我有责任和义务把她养大，尽管她不是我的孩子。如果你认为不妥，也可以交给她亲生父亲。

小玉慢慢地站起来，她的气力已经慢慢恢复。

她突然问，子曰，你跟我到这里来，到底图个啥呀？子曰说，这么跟你说吧。这是一种行为艺术式的逃离。都市里的世界让我无法呼吸。小玉说，后面这话我倒是懂了。现在你能喘息了？子曰说，说实话，这个荒原不是我想象中的荒原。我原本以为可以在这里建起我的瓦尔登湖。可我错了。小玉说，你的意思是说，其实，你早就想离开这原上？子曰似乎犹豫不决。小玉冷笑，我还以为我比秀儿幸福。志远那小流氓没说错，我就是个傻逼。

小玉俯下身子，抓起竹竿一头往屋里拖。子曰决定不去帮她，也不想离开原地。很多事情他还没想清楚，需要进一步作思考。但毫无疑问，假如他一伸手帮忙抬竹竿，就会成为同案犯。小玉终于把竹竿拖进屋里。接着，茅屋里传出哗哗啦啦的声响，跟丫头不紧不慢的哭声，形成合奏。小玉再次出来，手里提一个大包，扑哧一下扔在子曰面前。子曰问，你什么意思？小玉说，你的东西。子曰说，你赶我走？小玉说，是你自己想走。子曰说，我抛弃工作抛弃工资，来这里陪你。现在，你赶我走？小玉发出苍凉的一声笑，算了吧子曰，我是个乡下人，没文化，听不懂你的诗，可我脑子不笨。你要是想走得有脸面，我帮你。不是我赶你走的，是我求你，行行好，赶紧走吧。

小玉转身回屋。子曰站在那里，继续思索。小玉提出几包东西，又转身回去把丫头抱出来。丫头哭够了次数，就不哭了。小玉说，丫头听话啊，先坐在这里等娘一会儿。丫头把右手食指塞在嘴里，很听话地坐在那个大包上。

子曰很快明白小玉要干什么。她一趟一趟往屋里抱柴草。屋子周围的干草和树枝，全都被她塞进茅草屋里。站在一地的月色中，她拍拍手，四下打量一番，走到墙根，一伸手，把那个装满杂草的笼子扯下来，呼啦一下子扔进屋里。小玉一只脚在门外，一只脚在门里，蹲下身子，啪的一声，打火机亮了。那簇火苗一凑近干草，顿时噼噼啪啪发出声音。响声中，小玉回到包裹前，把丫头抱在怀里，回过头说，你能不能再帮我一次？最后一次。把丫头给我绑在身上。子曰慢慢走过去，接过那绳子，问，怎么绑？小玉说，缠上几圈儿就行。在前面系扣子，系活扣。要不,我一个人解不开。绳子绑好了，丫头挂在小玉的胸口，跟妈妈面对面。小玉一探头，在她小嘴上亲了一下。丫头嘿嘿呵呵笑起来，一边笑一边扭头去看屋子里探头探脑的火焰。小玉把另一个大包甩在背上，双手各提着一个。老虎蹲在那里，仰头看着茅草屋。小玉喊它，老虎，咱们走。老虎扭过身子，唰的一下先跑出院子。小玉像一个巨大的气球，慢慢地向外走去。子曰呆愣半晌，才问，小玉你去哪里？

小玉说，找个没人的地方。

子曰正要哀叹，却听哗啦一声，急忙扭头去看。他亲手搭建的茅草屋顶，一下子塌陷下去，火光冲天而起。好半天，子曰抓起自己的包裹往肩上搭去。有个东西碰了他一下。是那枚埙。子曰突然觉得，此刻的心境，倒是很适合吹奏一曲。于是，他坐在篱笆墙外面一块青石板上，呜呜咽咽地吹起来。

（首发于《时代文学》2012 年第 3 期）

颈动脉

星期一

这个星期一的清晨，跟以往任何一个，好像都没有太大的区别。

香树街还是那条老街。早起的，还是那些个卖早点的人。他们的生活或者日子四平八稳，波澜不惊，指针一样行走。显然也都习惯了彼此的哈欠声，习惯了满街缭绕的烟雾，习惯了遥远或近在咫尺噼噼啪啪的声响。

对安然来说，似乎稍有不同。

比如，走在街上的她，脑子里突然冒出一个词儿，星期八。与之同时出现的，还有一张脸，男人的脸，棱角分明铺设有序的脸。特别之处在于眼睛以及鼻子。那双眼睛里，闪烁着的与其说是执着，不如说是倨傲或曰霸气。安然像香树街人习惯柴米油盐一样，习惯这份倨傲和霸气后，却无端享受到一种小女人式莫名其妙的温馨。而那个鼻子，在整张大轮廓的脸上，不免略略显小。不过，男人倒很为自己的小鼻子而自负。他说，隔着三条街，都能闻到安然身上的香水味儿。认识男人之前，确切地说，跟这个男人实质性约会前，安然的化妆过程，简单得一如她以前的日子。化妆台上甚至根本没有香水。一个老师，要香水干什么？后来出现的香水，是男人送的。

星期八这个词儿，也算是男人送的。

第一次见面，也是个周一的晚上。男人设宴，小茹硬拉她去做伴儿。小茹是安然的同事，也叫闺蜜，比安然小了五六岁，跟那个男人是高中同级不同班的校友。本来人家是请小茹的。当晚，男人发表酒宴开场词，第一句话就是："各位，星期八快乐！"安然的眉毛顿时活泼泼地跳跃了一下。而下个星期一来临，安然走进教室面对那帮初二学生时，沉吟片刻，居然也脱口而出："孩子们，星期八快乐！"孩子们稍稍一愣，继而开心地笑闹起来。安然站在讲台上，面带微笑。看来，之前的她的确是有些严肃。

没法不严肃。或者，很难做到让自己更开心。

尤其近几年，闹心的事情一件跟着一件。最壮观的，直接打击到安然的，无非是两年前的闹离婚。那可是真闹啊，鸡飞狗跳的闹。追溯源头，却不免恶俗。安然搞了次小偷袭，把她前老公跟另一个女人堵在被窝里。更恶心的是，那是自己家的被窝啊！三十三岁的安然当时什么话都没说，扭头就走。那天也是星期一。过了好久，安然对这一天都讨厌至极。觉得这个被冠名星期一的日子，也无端被弄脏。本来是个新的开始，有如此心境，捎带着整整一周都心情灰暗。

大学时安然读的是中文系，到县里一所不算一流的初中，阴差阳错，却是教英语。这倒可以侧面证明，安然的英语水平也不坏。离婚前的安然谈不上爱岗敬业，然对教师这个职业，心底里尚保持着持续而又倔强的喜欢。没想到，一个闹离婚，让她所谓的人生观、价值观发生大扭转。她开始身陷更年期一般怀疑这怀疑那。人际交往分明出现了问题。昔日朋友相聚，给人的感觉是，每个人都那么开诚布公，现场温馨无比。现在倒好，放眼打量去，一个个的透着老谋深算，说话都轻飘飘的，不知哪句是真，哪句是假。吃一堑长一智，这话未必绝对。安然吃掉一堑，智力却摇摆不定。甚至，有下滑趋势。

如此心态，自然影响到跟学生沟通。孩子哪能明察秋毫到老师的内心世界？

一天，她在一个学生的课本里发现一张纸条，显然是经传阅，并添加过批示的。起首一句是："在下认为，变态安已跑步进入更年期，尊驾意下如何？"后面的几条评语好热闹，"鉴定完毕，同意！""Yes！俺也这么认为。"如此等等。安然捏着纸条，迅速转身，三步并作两步，直奔目标。学生的字迹，哪个能逃过她眼睛？安然小手一伸，就拽住一件校服的后领口。该男生乖乖地配合她，低着脑袋，小绵羊一般被提到门口。安然吩咐他："立正！站好！"然后深吸一口气，口若悬河，滔滔不绝。从更年期标志一直说到该男生英语成绩，从奥巴马、卡扎菲一直扯到男生爹妈以及七大姑八大姨。她陷在一种糟糕透了的情绪当中，直到突然反应过来，缓慢的长镜头一般，扭着头往走廊两边看，好几个教室的老师都在探头探脑。

安老师张了张嘴巴。

直到安然的生活里有了星期八，一切才稍稍发生改变。

按说，安然不应跟这个叫方亮的男人有何暧昧。他们看似是行驶在两条轨道上的列车，或者干脆说，是并行前进的两条轨道。方亮那副小鼻子的最大功能，绝不是闻香识女人，而是训练有素的商战嗅觉。他是一家投资公司的老总。两人相识时他刚好三十岁。过了好久，安然才弄清楚他经营的产品为何物。此人颇具国际战略眼光，经营的是哗啦哗啦响的钞票。按广告词儿里的话说，是"公司集资本管理、贷款、中介、担保于一体"，更赤裸一些的称呼，无非就是民间借贷。方亮跟世界对话的方式很简捷，就是钱。钱的流通，钱的保养，归到根子上，就是鸡生蛋蛋生鸡钱生钱。而一个老师的舞台，自然要比这个艺术化一些，更具想象力，更婉约，更纯粹。因此，即便有星期八这词儿垫底，安然也没预料到，她会跟方亮第二次见面。人生中有很多人的相遇皆如此，貌似因这样那样的线连到一起，然这样的线脆弱极了，说断就断掉，甚至你一辈子都甭想再见到那人。所以，安然接到方亮第一个电话的瞬间感非常怪，稍有排斥。

"哦，那个，星期八？"

方亮哈哈大笑："是啊，正是在下。"

这第二次见面，方总绕开他的朋友小茹，直接找安然。按他的说法，既非初次相识，就是老朋友。老朋友再见个面，还需要中间人吗？许多天前初次见面的余音，至今还固执地绕着方总家的梁不肯散去。安老师身上的文雅气质，话语里的大家气度，让一身铜臭的方总崇拜无比，很想制造个机会，以当面聆听教诲。

"能否赏光？"

安然沉默半天，恍然摸不着头脑。对男人这番话持怀疑态度，却又稍感受用。然毕竟还有自知之明，深知那次酒局，整晚上的话不超十句，且都是应酬，哪有什么大家气度？纯粹胡扯。安然悄无声息一笑，又轻轻一摇头，有点儿嘲讽，心说，你不知道我本身就是个孩子王么？这套哄孩子的本事，也好意思出手。方亮的鼻子果然灵敏，居然连这动作也嗅到。“你不要摇头，我说的是真的。”

安然又沉默稍许，答应下来。

去呗，反正回家也是一人做饭一人吃。

第二次见面，貌似仍没有实质进展。但于安然来说稍有变化。酒局上都是文化人。报社记者啦，其他学校的老师啦，甚至，还有县教育局某位小领导。圈内人居多，话题自然好开展。尽管安然不是核心，不是关键词，但那晚她很开心。说话也多，偶尔也开开玩笑。甚至，酒局结束后，回到香树街租住的房子，站在漆黑的客厅里愣了小半天，很为自己当晚带有表演性质的表现诧异。

此期间，有一小截空白地段。

好几个星期八一闪而过。

然有一天，安然收到一包邮件。打开一瞧，却是一包书。品相品味俱佳，全是自己喜欢读的那类。让她产生的疑问是，送书者何人？包裹单上没留名字。安然笑着自语：“莫非，老天爷真往咱老安头上砸馅饼？”不过，这个谜底藏得并不深，次日上午神秘人就主动现形。证明寄书人既非上帝，也不是圣诞老人，而是星期八。

安然恍然惊觉。

到了这般岁数，绝非一束花几本书之类，就能迷惑住双眼。虽说寄身校园内，貌似跟社会打交道少一些，但中文系毕业的安然，对逻辑学也颇有研究。反复推敲，都觉得这不符合规则，俗语说的，不按路子出牌。无非见过两面，不至于熟到搞这一套。她也明明知道，那些所谓文雅气质、大家气度之类，无非是巴结式虚构。安老师很掌握自己容貌。这岁数的女人，你就是再涂抹也难掩岁月苍凉。离风华绝代估计有一千年距离，在中年妇女里头，也算不得出类而拔萃，小家碧玉都难评上，一个教书匠而已。嘴巴甜一点儿不是坏处，但明目张胆对女人展开进攻，未免原形毕露得早了些。而且，这个星期八比自己小了整整五岁。

难道这孩子有恋母情结？

尽管内心稍有纠结，但安然做得还算干脆，颇具原则性。当即就说："这礼品太重，我难以接受。这样子，给你出道选择题做：A. 我给你当面送钱去。B. 给个卡号，我打过去。C. 让小茹给你捎过去。"方亮一直等着，最后才弱弱地问："还有 D 可选否？"安然很果断："没啦。"方亮说："我上学那时候，遇到不会做的选择题，一律都选 A。"

于是，安然亲自把书费给送去了。

这是第三次见面。

方亮没有任何推辞，甚至对那笔小钱儿都没瞧一眼，顺手塞进桌子上一本书里。这次是在方总办公室。话题倒是不难寻，安然质疑，方亮解惑。安然的问题是，为什么方总如此会挑书？心里却想，难不成你的这挂小鼻子，闻书香也超凡脱俗？方总的答案颇出意外："很简单。我研究过安老师的博客。"安然眨巴一下眼睛："小女人的无病呻吟，这么大个老总，能看下去？"方亮说："三人行必有我师。我这人，有时候很谦虚。"

就在那时，安然见到了方总的老婆马小艺。

女人推门而入的一瞬，安然稍稍一愣，这源自女人的稍带尖锐的美貌。等方亮介绍完毕，顿时有了些许自卑。而且，瞬间内就打消自己的某些线路的猜想。连个女人都感到惊艳的女人，更莫说男人啦。方总家有这样一个老婆，还来钓安然这类的鱼，除非，他口味独特。方总介绍得很坦然，很轻松，也很幽默。"贱内，马小艺。老婆，这就是我跟你说过的安然姐。"那个"贱内"落落大方，亲切地喊声姐，转身就去倒水，颇显主人身份。

如此一来，安然开始安慰安然，你完全可以放心。转念又想，来之前，你担心的是什么呢？告辞出门，一边走，还一边暗笑，你的确是跑步进入更年期。好了，现在你的身份发生变化，方总和他老婆的姐。嗯，这身份倒是很保险。

因此，夏日来临，当弟弟的邀请姐姐去海边避暑，变成顺理成章的事情。

计划书是方总口头传达的，内容里面还捎带了一个人，小茹。安然的想当然里头，此行的同伴，应还包括天生丽质的马小艺。然而，上车后发现车上仅方总一人，走了半天，也不像是去接小茄，而是直奔高速路口。安然悄声问："就咱姐弟俩？"方总目视前方："就目前国内国外局势看，是这样。"安然眨巴一下眼睛，半天后问："小茄呢？马小艺呢？"方总递过手机："你问问茄丫头咋回事儿？我请不出来。"安然迟迟疑疑，打过电话去。茄丫头在另一头压低声音："姐你知道的，女人嘛，一个月总有那么几天。去了，也没法下海。"安然气急败坏："作死啊你，不早说？"接下来，到高速路口收费站那段路上，安然纠结不已，去，还是不去？真是个好问题。就这么一男一女，这算咋回事儿？事情到这一步，不敢再问马小艺。问了，似乎别有意味。方总把车停在高速路口，扭过头："你那个问题有答案了吗？"

安然看他一眼，貌似嘴巴和思维同时背叛自己："走吧。"

安然不是傻瓜。如果说到这时候还没有察觉什么，还当老师干吗？问题是，明明也知道那两个字的重量，明明那两个字就如同面前的高速路口收费站。只要你说出口，接下来，将会是一条越跑越快的高速路。现在，安然换了另一些问题，安然啊安然，我怎么越来越弄不懂你了呢？你脑袋瓜里想什么啊？

方总的豪华轿车带着安然跑上高速路，面朝大海。

在海边，方总有套房子。这丝毫也不为怪。怪的是第二天下午两人准备返程的时候，方总递给安然一套钥匙，说："这一次我不做选择题。我要你直接拿着。"安然沉默不语，但她不接那套钥匙。方总后退一步："又不是送给你房子，钥匙也不是独一套。你什么时候想来，就来住住。"安然把钥匙接去，还是不说话，把脑袋靠在车座上。

到底还是发生了。

前一晚那个过程并不惊心动魄，倒像顺理成章。

当车子行驶在返程路上时，安然还在问许多个为什么。她想不明白，干脆就问出来："方亮，为什么啊？"方亮微笑："什么为什么？"安然说："马小艺那么漂亮。"方亮皱一皱眉头："花瓶也好看。"安然说："那你看上我什么？论年龄，我可真是你姐。"方亮说："感觉是不按年龄的。以后，我不叫你姐了。"

果然以后不叫了。

住在香树街上的安然，倒是越来越对方亮痴迷。痴迷方亮身上的所有一切。这个霸道的男孩子，越来越像她哥。做事干脆利索，直奔主题，有一股子近乎执拗的果敢劲儿，或者野性。而安然的环境里，都是一些缺乏此类元素的男教师。仅有偶尔的几次，方亮露出他软弱一面。都是在暗夜里，在安然租住的小屋里的床上。就在昨天，星期天晚上，方亮突然从睡梦中惊醒。很显然，他做了一个很可怕的梦。浑身都湿透。懵懵懂懂的安然抚摸着他问："怎么啦？"方亮坐在那里呆愣半晌，才慢慢躺回去，把头钻进安然怀里。似乎喃喃自语："我现在可以回答你那个问题。你问我看上你什么。说实话，第一次见你，就觉得跟你在一起会很踏实。"这是方亮少有的住在安然家里的一次。安然从来不问他为什么不回家，他是如何跟马小艺解释夜不归宿的。这不能问。她见过马小艺，尽管方亮已经整晚地待在她这里，她也拿不准是否真的就战胜了马小艺。那个美丽的花瓶，对她来说，依然是个很大的障碍。完全心理上的。自卑感当然已减弱，但未必完全消失。一个女人的青春远逝，很能说明什么的。确切地说，她没有把握也根本没打算让方亮永远跟她在一起。

是的，情人。

可情人又怎么啦？

现在，安然在星期一的上午推开教室的门，在走廊里就听到的嘈杂声，伴随着一股子熟悉的亲近感哗啦一声扑过来。安然站到讲台上，微笑："孩子们，星期八好！"

星期三

方亮悄无声息，一连三天。

不，实际上截至周三上午，应是两天两夜多一点儿。这很可疑，是不是？以往的每天上午，他总会打个电话或发条短信来。反正，安然独身一个，什么时候都可以接电话，收看短信。她从不主动联系他，一者出于禁忌。再者，女人嘛，总得保持最起码的矜持，或尊严。

这天上午没课，即便有课，安然也得跟人调一下。她要去看看儿子小乐。昨天下午，小乐打电话来，说他感冒了，很难受，想妈妈。扣掉电话后，安然坐在椅子上看着窗外呆愣半天，直到眼前一派朦胧。这是另一块鲜亮的伤疤，不能碰，想想都不行。有时候一个念头，也能刺得你浑身疼。安然逼迫自己不去想。然事与愿违，越是不想碰的东西，一旦碰到伤得就更厉害。好比你怕火烧怕烙铁烫，你刻意与它们保持距离，在生活中，你却往往躲不过，你被火烧得龇牙咧嘴被烫得皮肤生起燎泡，甚至溃烂。

闹离婚的这个闹里，至关重要一环，便是关于儿子的争夺战。

似乎一段婚姻经过惨淡经营，宣布破产，只剩下这个对双方都至关重要的财产。

包括父母，包括小茹等几个好友或同事，就没一个支持她浴血奋战似的争抢小乐的。一边倒的道理很明白，不用解释都明白。已是三十三岁的女人，重新构建一个家庭的硬件还能剩下多少？假如再带个孩子，几乎相当于无。这年龄的女人，跟男人截然不同。男人的这个季节，正适宜呼风唤雨，兴风作浪。既有财力，也有成熟的魅力，加在一起，就等于硬实力。不需要太动脑子，刚出大学校园的女学生，也会心甘情愿跟着走。现如今男人的中年从四十岁开始，女人则整整提前十年。女人的三十岁就是道坎。一个三十多岁的女人，任你如何风情万种如何贤淑本分，也不是男人挑老婆的首选。

男人个顶个都是食肉动物，喜欢新鲜的。

安然不朝这条线想。她想的是，还再什么婚呢？婚姻有几多好处？就没见过一对中年男女身上闪着爱情光芒的。说老夫老妻浪漫的爱情，逐渐转成波澜不惊的亲情，纯粹是扯淡，或者说是无奈。还有，相敬如宾这句话，尤其虚伪无比。一男一女到如宾的境地，换个说法也就是相看两厌。她还想，带着儿子，娘俩一起过又怎么啦？我就不信一个人养不活一个孩子。那时，儿子已六岁，懂了些事理。那眼神她都不敢去碰，怕一碰自己的心就哗啦一声，如一地碎玻璃碴。但她心里的信念一直在。都啥时候啦，顾不得儿子的伤口了，脸都撕破了还顾得上优雅？不能退却啊，你要去战斗，要去厮杀，你可以披头散发，可以赤膊上阵，可以鲜血淋漓！只有赢得儿子，你才能赢得一切。那时，再慢慢去医治儿子的伤一点儿都不晚。

在那个硝烟弥漫的过程中，安然左冲右突，纯粹单兵作战。最后，豪迈地倒在前沿阵地。莫说安然单兵作战，即便她整个家族都联起手，也未必能赢。不说别的，单说那对狗男女，那对被自己堵在自家被窝里的男女，都是啥身份？

瞧瞧，男的是法官。女的呢，是个律师。

真恶心啊！

法官宣判之后，安然坐在那里，脸色像一张白纸。她嘴唇哆嗦，目光呆滞。几秒钟过后，突然弹簧一样蹦起来，指着对面那男人，那个曾经出现在自己婚姻里的陌生男人，破口大骂，你个王八蛋！你个畜生！然后，她扭头对着正收拾东西准备离开的法官，你们，一个个的，也都是他妈的王八蛋！所有人都呆愣片刻！默默退场。最后，只留一个安然坐在地上，仰面朝天，号啕大哭，像个乡下泼妇。那时候她不是教师，那一刻她真实无比。

现在，小乐在他奶奶家。这样很好，很好。

安然之所以选择在香树街租房子，目的也在此。离儿子的小学近啊。她可以早早起来，站到学校门口，目送儿子进校园。当然，离儿子爷爷奶奶家也不远，可以趁那个畜生不在家的时候去看一看。后来，安然多多少少也有点儿想开了。男孩子嘛，毕竟皮实一些。让他经历点儿风雨也好，成熟得快。孩子就跟庄稼一样，一眨巴眼工夫，就会长大。小茹说得也对，判给谁重要吗？他身上淌的是你的血，他从你身体里出来的，不管长多么大，不管你在哪里他在哪里，除了你，谁是他亲娘？这个还要怀疑？至于判决书，不过就一张纸。没听说一张纸能断绝亲情的。

尽管她是正义一方，尽管她手握重证，都把一对赤裸男女堵在床上了嘛。但事实是，安然相当于彻头彻尾净身出户。除了属于她自己的几箱子书，以及只有儿子和她的一本影集，婚姻里的任何东西，她都不要。儿子都不属于自己了，其他的还有什么意义？钱算什么？房子算什么？去他娘的。安然甚至怀揣透支卡，鼓胀胀的气球一般去商场，从头到尾从内到外置办了一身新行头。

儿子的奶奶，昔日的婆婆开门迎接她。

说实话，老头老太太心疼她，这一点儿安然很感激。因此见了面仍然亲热，但不喊爹妈，无法出口。一出口，似乎就跟那个男人有某种联系。八岁的儿子有些发烧，刚吃下药，躺在床上还不老实，正摆弄玩具。一见到儿子，安然完全换成另一个人，完全是妈妈角色。她要把对儿子的伤害减少到最低。她要让儿子知道，我永远都是你妈。她找来些酒精，揉搓儿子腋下、后背、脚心。这是安然自小从自己的父母那里学来的经验。可见，她骨子里流淌着传统的血液。甚至，她曾经一度还很迷信。中文系毕业的她，当然很清楚迷信或者禁忌具有无比强大的世代流传功能。她也无力抗拒。两年前，自己一个人战风车的那段日子，她曾经去找民间奇人算过卦。该奇人分析了她的生辰八字，给出的结论是令人不安和沮丧的。因此，她一度认为，这就是命。人定胜天四个字是很荒唐的。人胜不了天也挣脱不了命。

揉搓儿子脚心的时候，小家伙嘻嘻哈哈闹个不止，另一只脚都踩蹬到了她的脸上。

“妈，我的脚臭不臭？”

“臭！臭死啦！”

电话就在那时候响起的，号码全然陌生。安然问：“哪位？”对方的声音很有磁性：“姐，我是小艺。”安然没弄清楚：“您是，谁？”这次的回答听清了。“我马小艺啊，就是方亮的那个，贱内。”安然咬咬嘴唇，怀揣惊疑，举着电话去阳台。“您找我有事儿吗？”“姐啊，我想跟你见个面儿。你中午有时间吗？”

安然哦了一声，大脑有点短路。

此电话来得太突然，安然没一丝一毫的心理准备。不过，马小艺用这种口吻，而不是狗血喷头式的谩骂。照此看，她应该还不知安然跟方亮的关系。那她想见面干什么呢？安然这样问，但马小艺似乎不愿在电话里说，只说见面后再详谈。见面的地点，却定在安然家。马小艺定的。理由是，离公司很近，就隔着三条街。尽管安然老大不愿意，但也没有反对，或者说，一时根本没找到反对的理由。扣掉电话，安然才恍然感到，一件大事，兴许还是一次凶险，正在向自己逼近。现在她急需要一段时间，马上赶回家，巡查房间的角角落落。其实，不回去也无所谓，安然对房间里的整洁度要求甚高。哪怕就自己一人住，亦是如此。可问题出在心理上，自从接过马小艺电话后，她就提心吊胆，担心小房子的某个角落里会不会留有方亮的某些东西。比如，他喜欢抽的固定牌子的烟，或者打火机、小饰件之类。总之，有些心慌，有些没底气。

看吧，典型的做贼心虚。

安然果断跟儿子道别，答应常去看他，就急匆匆出门。前婆婆已经在厨房哗哗啦啦好一段时间，追出来留她吃午饭，哪还能留得住？

回到家，仔仔细细查寻一圈儿，确定毫无可疑痕迹，安然总算舒了口气。皱着眉头，站在屋子中央，又质问自己，你是怎么啦？这么说，你是自责了？你是不敢见人家马小艺吧？虽说你独身一人，无所谓，但人家方亮有老婆。好了，现在你是个贼，是小三儿。安然挥挥手，似乎要把某种东西赶走，却挥之不去。问题是，她来这里到底想干吗？兴师问罪？跟电影电视里情节一样，泼妇一样抓烂自己的脸？且慢，听语气她尚蒙在鼓里啊！会不会是吸收存款？听小茹说过，马小艺是方亮的最佳助手，公关能力非同凡响。可从一个穷兮兮的单身女人或女老师这里，能吸收到多少钱呢？

电话响。正是马小艺。

“我已在香树街上，还捎点儿什么上去吗？”安然忙说：“不需要，不需要。”一边慢慢走到前阳台。她家住三楼，能够清楚地看到站在街边的马小艺。其实不用仔细找，衣着打扮上一瞧便知。这条街上很少有长成那样打扮成那样的女人。马小艺独自一人，手里提个纸袋子。还好，不是刀枪剑戟。安然问：“知道哪座楼吗？”马小艺说：“知道，我知道。”安然说：“那好，直接上来吧。”

站在厨房里洗水果时，安然突然呼吸急促！

她知道我住在香树街？

她知道我住在哪个房间？

她怎么知道的？

安然从头到尾想了一圈儿，也能确定绝对不是自己告诉马小艺的。那么，还能有谁？老天！方亮。他被迫无奈，招了。

难怪，一连三天都音讯全无。

马小艺面带微笑进了屋，先喊一声姐，直接提着袋子走到餐桌前。那样子，就像回到自己家。安然正要开口致歉，因为没收拾饭菜，无法待客。她觉得马小艺来，只是说事儿，不可能在这里跟她共进午餐。不料，马小艺说：“你瞧，我给咱俩一人买了个汉堡，凑合着当午饭吧。还有瓶正宗法国葡萄酒。现在就来一杯？”安然的两片嘴唇收一收：“抱歉！我不喝酒。家里连酒杯都没有。”说完，又觉得自己语气太生硬。马小艺哈的一声：“实在不行，拿俩小碗儿来呀？”安然也笑：“用小碗喝葡萄酒？”马小艺说：“有什么不可？”安然扭身去厨房，果然拿出两个碗。也好，反正课已经调过，下午可以不去学校。喝点儿酒，还能舒缓氛围。

这个二十五岁的小丫头，总不可能在酒里或汉堡里下毒，药死老三儿吧？

场面比较搞笑。

两个女人，一个三十五岁，一个二十五岁。分坐餐桌两边，面前分别摆着一份汉堡，一碗红酒。马小艺举起酒碗，似乎她摇身一变成为主人："来，喝一口。"安然不动声色，举碗，喝酒。事已至此，当静观其变。一定是发生了什么事儿。但至少目前看，事情没糟到兵戈相见。

马小艺居然主动开始谈方亮。

"人家都喊他老总，可他就是个孩子。姐你知道他小时候的一些事儿吗?"安然摇头。实际上，方亮也的确没跟她说过这些。但小方亮五六岁的马小艺，居然也视他为孩子，这让安然心里很不舒服。马小艺继续说："他还很小的时候，我婆婆就没了。肺癌晚期。"马小艺在"我婆婆"这三个字上分明加了些语气，安然注视着她，心却怦怦直跳。她没关注马小艺的语气，却是在想别的。

是了，这就是原因。方亮找她，就这原因。一点儿都不错，恋母情结。

一种罪恶感顿时袭上心头。同时，又警觉起来：小丫头来者不善啊。尽管此时目的不明，但你这番开场词什么意思?羞辱我?讽刺我老了?到了足以给方亮当妈的年龄?

安然面带微笑。

"因为我婆婆的病，方亮跟我公公彻底闹崩。他认为老爷子放弃了对她母亲的治疗。你知道吗?直到现在，方亮还是不愿意去见他父亲。也正是那时候，他受了刺激，意识到这世界上什么东西都没钱重要。他去给叔叔们啊舅舅们啊下跪，跟他们借钱，给母亲治病，没人借给他。一者，他那些亲戚确实穷得叮当响。二者，就是有钱，也是打水漂，晚期嘛!但后来有了钱，他就发狠：那些穷亲戚，谁来借钱咱也不给，哪怕到大街上撒给路人。"

安然一直想阻止马小艺的话题。

照常理，说这些话不符合当下情境。假如没其他因素，这个只见过一次面的女人，有必要在别的女人面前谈论自己丈夫隐私吗?

马小艺接下来谈到她是如何跟方亮相识的。

"在酒吧里。很奇怪吧?我在那里面陪酒，陪包括方亮在内的一帮子客人。说实话，我对他印象极佳。那时候，他已经腰缠万贯。不管是他这个人，还是他的钱，都很吸引我。就在那天晚上，我跟着他回了家。也正是在那天晚上，我把自己交给了他。"

安然把手移到桌子下面，狠狠地拧自己的大腿，迫使自己的身体不要没出息地发抖。

马小艺伏了伏身子，压低声音："知道吗姐，那是我第一次。方亮简直惊讶极了。他看着床单，愣了好半天。这说明什么问题？说明他本来以为，我不过是个出台小姐。但我不是，我身在那个环境，但不出卖身体。换个角度来看，男人凭什么这样要求女人？就这个男人来说，不也很可疑吗？他随随便便就跟一个女人上床。"

安然终于截住她的话头，且努力使自己的语气保持镇静："丫头，干吗要跟我说这些？"马小艺喝掉碗里的酒，又倒上一点儿："我想让你知道，我和方亮之间的感觉。"安然笑了，有些不自然："我不明白，这跟我有什么关系？"马小艺盯着安然看。安然迎着那道目光，给自己鼓劲儿。对了，就这样看着，不要移走。

像某本小说里说的那样，用你的目光把企图杀死你的目光杀死。

马小艺呵呵大笑："你太紧张啦姐。为什么不放松一下？"安然说："我没有紧张。"说完之后，顿时醒悟，自己落入眼前这个女孩子的圈套。安然不得不承认，她的生活圈子，她的社会阅历，远没有这个马小艺深厚。

"姐你知道我学的什么专业吗？护理。毕业后的对口单位，应该是去医院做护士。但我读的那所学校门槛儿太低，就是市里的职业学院。只有学习不好的孩子，才进那种烂学校。但有个好处，我了解了人体。男人体，女人体。其实，除了那地方不一样，也没什么大区别。"没想到，马小艺把这个话题扯面团一样抻开，且相当专业。"其实，人身上很多部位，都是不能轻易伤害的。比如，颈动脉。颈动脉又分颈内动脉和颈外动脉。颈内动脉直接伸向大脑，当这条管道被割断的时候，人很快就会完蛋。"

顿时，房间里的空气有些压抑。

安然甚至突生猜测，这女人身上是否藏了刮胡刀片之类的利器？安然说："我真不懂这个。"实质上，她有些退守。此刻，苦苦支撑的防线在某个细部出现了问题。有时候主动和被动，仅仅是心理上的一线支撑。或者说，你自以为的理直气壮与否。安然曾一度认为，世上的许多事情无所谓对与错。比如，他跟方亮之间的关系，在她理解中，早就成了一种爱。虽非刻骨铭心，但也足够奢侈。退一步讲，他们之间是干净的。自始至终，她都没有拿过方亮一分钱，哪怕方总在传说中已是千万富翁。因此，这不是身体与金钱的关系。然而，当这样一个局面出现，尤其是安然感觉某种带有凉意的危险逼近时，才恍然顿悟，这种关系至少是不符合伦理道德的。人家马小艺的任何逼问，都合乎情理。当年，你不是也理直气壮把法官和律师堵在床上吗？

“姐你在想什么？”

安然咬咬嘴唇，没做回答。

马小艺说：“我的目的是想说，这个世界也有颈动脉，那就是钱。没有钱，什么都干不成，连个小官儿都当不上。有时候银行对企业会干这种事儿，卡住贷款，那就等同于割断企业的颈动脉。我们公司的颈动脉无非也是钱，资金链上的哪个环节一断，都足以致命。不过，有个人跟钱同等重要，那就是我家方亮。他也是条颈动脉。只要他在，我们就能运转。”

真奇怪啊，安然突然想哭。“你跟我说这些，到底什么意思？”她已经竭尽全力，至少不让自己露出可怜相。马小艺依然面带微笑：“姐，你得告诉我，方亮去了哪里。我们的公司离了他根本不行！你能不能劝劝他回去？”

安然这次真傻了。

原来，她是为这个而来！

马小艺站起身来，看样子打算离开。安然说：“你等会儿，我没弄明白咋回事儿。你家方亮去了哪里，我怎么知道？你不是他老婆吗？”马小艺这次的笑，就稍稍有些凄惨和悲凉。“是啊，我是他老婆。可人家心不在我身上啊。”安然说：“这就怪了，我跟方总都多久不联系了。”说完后，自己都觉得口是心非。多久呢？不过才三天。但下意识里，这种关系还是要撇清的。

问题是，她的确也不知方亮的去处。

马小艺耸耸肩膀，似乎要轻松一下：“你们什么关系，我都知道。否则，我怎么知道你家住址的？”

星期五

在星期五的大清早，安然遇到了邱红尘。

对这个住在香树街上的古怪女人，她早有耳闻。有好几次，她站在三楼阳台上向下俯视，都看到坐在一楼临街小院儿里的邱红尘。这女人身上的一切，都让安然一度着迷。不光因为她貌似凄绝貌似郁郁寡欢的身影，当然，还因她曾经的称谓，遗体美容师。

这天清早，安然在晨光尚未滤进房间的时候突然醒来，再也无法入睡。她只着内衣，抱着胳膊站到窗前。于是，发现有个女人比自己起得还要早。从上方看下去，她应是穿着那件曾见到多次的碎花旗袍，正在小院儿里走来走去。手上燃着一支烟。

反正睡不着，安然便想早一点去学校。当她从储藏室推出电动车，正准备启动时，却见邱红尘从楼道里飘然而出。安然恍然一愣。不知为何，那时竟有了跟她交谈一番的欲望。是从她的主动问候开始的："您也这么早？"邱红尘脸上没有笑，点了点头："嗯，睡不着。"安然一笑："真要命啊。我也是早早就醒。"

于是，两个独身女人站在院子里，有一搭无一搭聊起来。

在那个过程中，安然有一股强烈的愿望，想到女人家里去，看看传说中的邱红尘家里到底是何模样。但人家没发出邀请。这个安然完全可以理解。据说，香树街上没一个人会主动走进邱红尘的家。那个前院子冲街道的大门，常年紧紧关闭，甚至被一挂紫藤遮蔽得严严实实。似乎邱红尘凭借它们，跟这个喧嚣的世界彻底划清界限，就此过起修女般的生活。安然没有贸然提出前往拜访，女人未必希望别人走进那个世界的吧？

但她不想放弃一次探究谜底的机会。

“虽然很冒昧，但我忍不住好奇。我一直就奇怪，像您这样一个女人，是怎么做到那些的？”邱红尘这次的笑，安然清晰地看到了。她先是抽出一支烟，冲安然示意，后者摆手。邱红尘说：“你这个疑问已经很古老。我知道什么意思，但没有更多的解释，职业而已。就像你是教师，传道，授业，解惑。我不干这个。我的那些顾客也不需要这些。我只给他们最后的一点儿尊严，或者体面。”

安然觉得奇怪：“你怎么知道我当老师？”邱红尘说：“女人的直觉，以及，我捕捉到的细节。你跟香树街上很多人尤其那些女人，不太一样。你家阳台上从不出现胸罩和三角裤，当然我一次也没见到男人的衣服。”安然呵呵一笑。邱红尘继续说：“也不知什么时候起，我就有了这样打量世界的目光。估计，在别人看来这很怪。比如，你不要介意啊，我刚开始做这行的时候，脑子里多是这样想，这张脸，你知道的啊，那样的脸往往惨不忍睹，在鲜活的时候，是什么样子呢？可现在，我每次遇见一张年轻的脸，想的却是，这人死后的会是什么样子？”

安然的内心顿时升起一股子奇异感，致使接下来的谈话她不知从何而起。

恰在那时，小茹打进电话来。

看到号码的那一瞬，安然就意识到要出事儿。即便是她跟邱红尘聊了会儿，天色依然是早的。以往这个时候，小茹肯定还没起床。安然接电话的时候那女人悄然离去。因为电话内容纠缠住安然的思维，直到她骑车离开，甚至都忽略了邱红尘刚刚的存在。

二十分钟后，安然跟小茹在学校外的一株古槐树下碰面。

小茹一见到安然，就跑上来，一把抓住她的胳膊，带着哭腔：“姐啊，你得救我！”安然问得很直截：“方亮怎么啦？”小茹说：“你不知道么？他失踪了，都整整五天啦！要再找不到他，我就得跳楼！”

安然嘴唇哆嗦起来。

小茹话里的关键内容有两项，一是方亮失踪，二是小茹要跳楼。安然却完全忽视后者，只关心其一。实际上，两天来她的失眠，她的焦虑，正因此而起。那个小鼻子男人，似乎突然一下子从这个世界消失。从星期三下午，确切地说，从会见马小艺之后，安然就开始不间断地拨打他手机，却一直被告知，暂时无法接通。她早知道男人的失踪，只不过希望小茹能提供一些有用的答案。

“小茹，你得告诉我实情，不要瞒我什么。”

小茹哎呀一声：“我要知道得比你多，干吗还找你？你没去网上看看？现在这座城市，马上就要大乱啦！”安然稍稍怀疑，方亮能有这么大能量？他的失踪，会让一座县城乱起来？小茹挥挥手：“没法跟你解释，安然你就像生活在上个世纪。”安然问：“网上说些什么？”小茹接下来的话，让她明白了更多东西。“网上已经开始炒作，说是方亮携巨款潜逃。你知道吗？他的公司做得很大。我估计，得上亿！就连我这样的小虾米，也投进去将近二百万！”

安然张大嘴巴，好半天无语。

小茹说：“你肯定要问我，这么多钱都哪里来的。是啊，我一个穷老师哪有那么多钱？”小茹都快要急哭了，“都是亲戚朋友的。有的，是我劝说他们投进去的，也有我自己借的。姐，如果永远都找不到方亮，我得背上一百多万的债，所以，你得救我。”

安然问：“怎么救？”

话是问出来，却完全心不在焉。她知道方亮做得很大，风险一定也有，却没想到会如此严重。难道，他被债务压怕了？对于民间借贷，也有所耳闻。此前有人鼓动过她，一者她胆子小。知道这种钱不是她这样的人好挣的。再者，手头也的确没有。离婚前，家里的钱她从不过问，离婚后却是一穷二白。但这里面的利润的确诱人，据说最低的也能拿到两个点。也就是说十万块钱投入一年，就会变作十二万。当然比存在银行里要强。

小茹继续说："知道吗安然，我二姨，就香树街上卖酸辣粉的那个，把这辈子挣的钱全给了我。要真出了事儿，多少人活不下去啊。你如果有方总消息，千万要告诉我啊。我不要利息啦，返还我本金就行。"

安然突然醒悟："小茹，方亮第二次约我，是精心安排的，而且，你也很清楚，对不对？"小茹一愣，不作回答。"还有，那次去海边儿，你是故意不去，对不对？"小茹支吾半天，才说："姐，我也想做好事儿。方亮这样的男人，从哪个角度讲，都无懈可击。"

安然冷笑："从马小艺那个角度呢？"

小茹说："那俩人貌合神离，地球人都知道。之所以还在一起，说白了就是看在钱大爷份上。"安然嘴唇哆嗦起来："小茹，我一直拿你当亲妹妹啊。"小茹说："我也拿你当亲姐才这样的。你不能总是被离婚的阴影笼罩。"安然大叫一声："那你也不能给一个已婚男人拉皮条啊？"小茹继续辩解："问题是，马小艺你也见过，漂亮吧？但人家方亮看中的是你。"

安然接下来的问话有点尖锐，有些刻薄："如果他看中你，你是不是也能忘掉老公孩子，成为他情人？"小茹呆愣片刻，冷冷地说："可惜，他喜欢的不是我。而且，你别怪我说话不好听，据我了解，人家也没强迫你。"安然扭头就走。小茹在后面可怜兮兮地说："姐！算我说错话好不好。你别见死不救啊！"

安然没有回头。

想想真是可笑。

用时下流行语来说，安然你可真二啊！你一直把这视作美好，没想到是如此污浊。你的爱情呢？老天，你的所谓爱情，被挤在肮脏的金钱缝隙里，如此渺小，如此可怜，如此廉价。你被他们合着伙儿骗。难怪，马小艺拿着法国葡萄酒，貌似淑女一样走进你的家门，大度得对你们的偷情都视若不见。是啊，为了钱，可以放弃一切，为了钱，可以容忍婚姻里面没有爱。至于那个方亮，你可真低估了他的口味。看来他真的需要一个妈，来安放他游荡的灵魂。

不是爱情，绝对不是！

否则，你在这里牵肠挂肚，他连条短信都没有？

上午的课没法上了。安然安排学生做试卷。身体在教室里移动，思维却一直游离室外。下课后，一进英语组办公室，对面的于姐就问：“安然你脸色这么难看？生病啦？”别的教师都闻声来端详她，唯有小茹坐在那里，看窗外的某个地点。

安然一笑：“看来，我得回家一趟。”

一回到家，安然就钻进洗浴间。她手脚并用，迅速脱掉衣服，揉一揉，呼啦一声扔进木盆。洗浴间里，她感觉最亲切的物件就是那个大木桶。不一会儿，整个身子都泡进温热的水里。安然双手并用，使劲揉搓自己并不新鲜的身体，却发现劳而无功，有些污垢，或者腥藻气息，你根本就搓不掉。它一旦附着在身上，就浸入体内渗入血液，甚至钻进思维深处。安然双手抱胸，俯下脑袋号啕大哭。

哭吧，在这狭小的空间里，你是安全的。

电话在响，安然还没出去接就停了。片刻过后，却又响起来。那时安然早已围着浴巾跳出来，她不能不着急。任何一个电话，都有可能是男人打进来的。

不承想，来电者竟是马小艺！安然犹豫半天，才接起来。那一端嘈杂无比。“安然姐，求求你，我最后一次求你！你如果知道方亮在哪儿，请告诉我。你听听，我这边已经顶不住，客户们开始抢东西了！”马小艺几乎是在哭喊。

安然一句话都没说，直接关机。

但思维是无法关机的。

她开始搜索方亮的每一句话，每一个细节动作。先从海边的那个夜晚开始。实际上小茹说得没错，方亮的确没主动进攻，反而算得上是彬彬有礼。那间房子里有两间卧室。男人提前就收拾好安然那一间。在凌晨某个时刻之前，俩人分别躺在自己的房间里，事实当然是，谁也睡不着。

直到安然蹑手蹑脚起来去上厕所。

她刚摁开客厅的灯，却被吓了一跳！方亮坐在阳台上抽烟。灯一亮，他也迅速扭过头，看安然一眼，却没说话。安然从卫生间出来，照例有个抉择如约而至。走过去，还是道声晚安，直接回自己房间？有时候，一个细小的动作会扭转一切。

安然选择了前者。

从某种意义上讲，是她主动的。

她慢慢走过去，坐在方亮另一侧。接下来一番谈话意义非凡。现在的安然回想起里面的几句话，心里开始涌起异样感觉，认为某种征兆在那时已经存在。是的，在所谓的爱情序幕拉开时，男主角身上或心理上已经有了些问题。

“干我们这行的，很少有灿烂谢幕的。结尾无非几种，一是从富翁沦为乞丐，债台高筑。一是自杀。你自己从楼上跳下去，服毒，割断颈动脉。有很多种自杀方式可供选择，都能致命。还有一种，是他杀。更加简单，连死亡方式都由别人做主。债主知道从你身上拿不到钱，只好拿走你的命。”

在凌晨某个时间听到这样的话，不免有些骇人。

而对这个领域丝毫不懂的安然，在那时心里涌起的，却是一份怪异的冲动。或者说，在房间里闷了半个夜晚，已隐隐约约渴盼一朵鲜花即将怒放。有这样一番话做铺垫，恰好能激发她给予男人某种心理关怀。在她当时听来，似乎并没有太多血腥气。面庞棱角分明的方亮，是活生生的现实存在，是一个浪漫的寄托体。她一丝一毫都没朝死亡这个方向去想。

当然，那时她也尚未跟邱红尘谈过话。即使谈过，她也根本不可能从遗体美容师的古怪视角，要从方亮脸孔上寻到他死亡后的面相。

当时，她悄然伸出一只手，压住方亮的一只。四目相对。片刻过后，一身睡衣的男人站起来，拦腰抱起一身睡衣的女人。

此时回想起来，方亮的那番话才有了别具杀伤力的悲凉。但这个男人选择或者被选择了哪种方式呢？目前来看他只是失踪。这恰恰是他没说的一种结局。他个人并不缺钱，有可能此前就悄悄转移资金，把它们放到国外某串号码上。当马小艺在公司里左支右挡穷于应付时，说不定这个男人已漂洋过海，到了澳大利亚、新西兰，或者加拿大，或者在地中海沿岸的某个地点，悠闲地欣赏古希腊文明。

安然寄希望于这一种结局。

至少，这个男人还活着。

二十分钟后，她站到方亮公司的对面。不过三条街之隔，徒步走着很快也就到了。刚转过街口，安然就吃惊地看到，整条马路被车辆、人群堵得水泄不通。马小艺说得没错，是顶不住了。小茹说得也没错，整座县城恐怕都要闹起来。至少有五辆警车正摆在街面上，到处可见警察的影子。安然站在路对面，稍稍抬头，就能看到方亮办公室的窗口是开着的，似乎方总仍然坐在那道被风刮起的洁白窗帘后面。显然，这只是一种刹那间的幻觉。是的，方亮就是条颈动脉。他只消失五天，这家公司就要垮掉。

这样的公司，也能叫作公司？

新一轮混乱在安然到达后又出现。尽管现场那么多警察，警车似乎还不断地往这儿赶，但依然没阻挡住意外发生。一个光脑壳男子抡起一根铁棍，哗啦一下，就把门口的旋转玻璃给砸烂！几名警察立刻向他扑过去。人群里顿时一片混乱，有人高声叫喊，有女人抱头痛哭，更多人试图冲进大门口。警察在门口组成一道人墙。一个胖警察高声呐喊，但没人听他的。双方处于胶着状态。就在那时，又一群人赶到。安然认出其中一个，是县委书记。有年教师节去学校慰问过老师。他的出现，暂时缓解了一下现场的紧张气氛。

安然不想再继续看下去。她不是来看热闹的，是来寻找某种答案的。明知肯定寻不到，但总比闷在家里强。站在那里的她还想，恐怕到这里的所有人里头，你安然是独树一帜吧？

不管如何，你其实依然在乎那个男人。

就在那时，她看到儿子小乐，以及她的前婆婆。小乐也看到妈妈，连蹦带跳跑过来，看来感冒是好了。安然一俯身子把儿子抱起。小乐说："妈，我想吃肯德基。"安然想，还是孩子快乐啊，这世上发生什么事情，都跟他们无关。小乐奶奶目光忧郁，看上去像是有心事儿。安然问："你咋啦？"没想到，她居然抹起眼泪："我也放了钱在这里。"安然一惊，不敢再问。前婆婆倒主动交代："我瞒着你爸，拿过十万块来，这下可好，肯定打了水漂。对了，你可千万别跟你爸说。"老太太此话纯属多余，安然不是那种捂不住话的人。何况，都不是人家儿媳妇了。她抱着儿子去吃肯德基，答应一吃完就给老头老太太送回去。老太太这次很痛快地放行。她正心疼自己的钱，也就忘掉了儿子反复的叮嘱。

街上又喧哗起来，安然回头一瞧，原来马小艺在一圈儿警察包围下走了出门来。两个警察紧紧抓住她的胳膊，穿越层层人群，一起钻进一辆警车。有人拦在前面，不让警车离开，被警察强硬地驱散。那辆车缓缓前行，抱着儿子的安然盯看着车窗，结果，跟马小艺的目光咔嚓一下对接。马小艺盯着她，嘴角稍稍一动，露出半丝微笑，又轻轻一摇头。

安然一直跟她对视。

这一次她仍然警告自己，一定要这么做。因为，你没对马小艺撒谎，对小茹也如此。然而，安然顿时又觉得不寒而栗！警察为什么要带走马小艺？而不是那个敲烂玻璃的光头男？是了，早知道这是地下的，违法的。

一边又想起方亮意指分明的一次试探："你要不要在我那里放点儿钱？给你最高利息。"当时，安然悄无声息一笑："我要那么多钱干什么？"方亮似乎放了心："这是你与别人不一样的地方。她们只在乎钱。你如果需要钱就开口。但我真的不希望你把钱放在我那里。不止是因为有风险，还有别的东西，比如赤裸，肮脏，罪恶。"

安然没吃晚饭。

这一天可真难熬啊！躺在床上半个下午，根本就没睡着。想看书，顺手抓过来的，却是方亮寄来的一本。顿时，每一行字里，都是那张脸，那个小鼻子。安然无助地起身，打开电脑。想起小茹的话，就去一个论坛。果然，整整两个网页，都是某某投资公司老总方亮去向不明，而且，进行了种种合乎情理的推理猜测。不外乎方亮给安然总结的那几条，以及安然猜测的或希望的那一条。但内幕尚无人知晓，任何猜测，都只是猜测。

可不管哪种猜测，都能像锥子一样扎疼安然的心。

有个帖子吸引住安然，《说说方总的几个情人》。帖子的标题以及内容，让安然忽略了它的发帖时间。实际上，是在她打开电脑前不到一分钟挂上的。

让安然浑身战栗的是，关于她的条目，排在第一位！

没有提她的名字，但熟悉安然的人一瞧便知。因为，里面提到她所在的学校，提到"教英语的安女士"，提到"离婚女人"。之所以将安女士放在首位，发帖人随后做了可信的推理：该女士一分钱也没投到方总公司。据悉，她也没花方总多少钱。两人的交往，基于他们的心态或者个性。在当今时代，几近于一个浪漫爱情故事，相对比较纯净。于方总来说，经年打拼，或者在钱海里的漂游，让他身心俱疲，做梦都想找一方温馨的港湾去停靠。恰在这一点上，原配夫人马小艺，根本无法做到。因为，那个小婆娘视钱如命。即便她貌如天仙，想要拴住方总也是枉然。对一个亿万富翁来说，美丽的女人遍地都是，伸手就可抓一个，但睡在身边绝不会做噩梦的女人却很难寻。而安女士中文系毕业，颇具艺术气质。毫无疑问，正是方总这类人身上欠缺也极想得到的东西。他们把这个世界上所有能玩的东西都玩过，可就是玩不了艺术。

发帖人由此做结论，该安女士极有可能是方总投入感情最深的女人。

战栗之余，安然都不得不佩服此人的分析能力。能掌握如许细节，且能够深入探讨男女主角心理的，除安然和方亮身边人，还有谁？

战栗过后，安然居然浑身上下浮起一丝轻松。该帖猛一看很刺激她，但反复一琢磨，却又稍稍宽心。人家分析得很到位，几乎是针针见血。尤其纯净一词，更是准确。你俩就是如此，尽管说出去根本就没人相信。曝光又怎么啦？你没必要惧怕。因为，你独身一人。独身的女人寻找爱情，在任何台面上，都能摆到明处。何况此帖子削减了安然作为一个小三儿的负疚感。发帖人讽刺和挖苦了马小艺。此时，唯有一个问题或许值得你担心，那就是，方亮根本没爱过你。他这么做，不过是一次心血来潮的游戏。话说回来，即便那样又如何？对于这个世界来说，能有如此干净的游戏也算不错。

当然，即便这个发帖人完全站在安然的立场，安然也不愿如此赤裸地被摆在公众面前，被挂在熟人的嘴巴上。想想这个世界吧，真叫人恶心。还奢谈什么隐私啊？

越往下看，越能确定，发帖人就是方亮的熟人。

所谓方总的情人，摆到桌面上的共有八人。有银行职员，有电视台主持人，有公务员，也有县宾馆的领班，像一锅精制烩菜，内容丰富，异彩纷呈，且香艳缭绕。老天，安然看到一些熟悉而又可疑的信息，她能从那些信息里，拼凑出确定无疑的一个人，她的前闺蜜，小茹！

她排在八个女人的最后一位。

星期日

星期日的早上，安然从遗体美容师家客厅的沙发上醒过来。恍然之间，不知自己身在何处。之所以前一天傍晚敲开邱红尘的门，当然不是因为她的探究欲达到极点，而是方总失踪事件的发展，超乎她的想象，接近于完全变形。

星期六这天虽是休闲在家，但那个噩梦在延续。

就在上午，安然已经开始零星地接到电话。第一个居然是前老公打来的。显然他无意于安抚前妻的心灵伤口，却是趁火打劫，往上面撒起盐来。对于那个号码，安然感觉很熟悉，但具体对方是谁，却想不起来。甚至，男人称安老师的时候，她还没反应过来。以为是某个学生的家长。接下来，男人的一句话，让安然脑袋嗡的一下。

“如此健忘啊，我是小乐的爸爸，你老公！”

安然面前顿时出现一幅丑陋的嘴脸。

有一点是确定无疑的，安然绝对不会原谅曾经让自己恶心的人！时间过去这么久，一想到那人的名字，以及面孔，她都面红耳赤，咬牙切齿。安然没说话也没扣掉手机，或许，王八蛋会谈到儿子呢？

“恭喜恭喜！听说傍上大款啦？苟富贵，勿相忘啊。咱俩毕竟夫妻一场，希望经常接济一下。亿万富翁的一根汗毛，也够咱小老百姓吃半辈子的。”

前老公话还没说完，安然四个字结束通话：“去死吧你！”

男人没再打进来，或许是感觉那几句话分量已足。

没过几分钟，居然相继有陌生人电话打进来。首一个是女人，一开口，就号啕大哭。安然莫名其妙，连问她是谁，出了什么事儿。女人边哭边说：“安老师，我给你下跪，我给你磕头，你千万救救我！”这台词安然已非常熟悉，顿时明白女人为何而来。果然女人说：“你说我傻不傻？星期三，方总都跑啦，我还给人家账号上打钱。”安然截住她话头：“你怎么知道我号码的？”女人说：“网上有啊，刚才有人在后面跟帖，就这号码。”安然扣掉电话，直奔电脑。果然找到自己的号码。是个匿名回帖。

到底是谁这么干的啊？马小艺？小茹？方亮公司的某个员工？或者，刚才打电话的那畜生，她的前夫？

问题是，对手根本不知躲在何处。

电话开始不断响起，一刻都不停。

安然抓起手机，直接把电池卸下来。

貌似一张无形的网，兜头罩下来。安然绝对没想到，这辈子还有如此困境等着她。接下来她想到的是，你，安然，此时已无半点隐私。既然你跟方亮的情人关系被公开，你的电话号码挂在网上，那么你的住址也绝对不保险。哪怕这只是你租来的临时住所。眼前已经浮现出三条街外水泄不通的混乱场景，也看到了光头男挥动棍子砸烂门玻璃时扭曲变形的面孔。想到半夜五更门口还会赶大集一样堵满人，安然瞪大眼睛，惊恐万分！

她迅速抓起手机，背起背包，逃离那间屋子。下楼的时候，一直侧耳倾听，怕有一群人持刀拿棍从楼下涌上来。

从周六上午的后半截直至天黑，安然都躲在办公室里。

还好，整座教学楼上似乎都空无一人。

在那过程中，她一直关注着网上。其中一条内容备受关注，方亮的妻子马小艺已被警方拘留。她涉嫌非法融资，数目尚未确定，但估计很惊人。短短几小时内，该帖点击率直线上升。回帖内容异彩纷呈。大多数人在谴责政府，认为政府这么做，实际上变相保护当事人马小艺，而不顾受害人死活。

那些上当受骗者关心的是，自家的钱现在何方？方亮消失，还有个马小艺。夫债妻还，天经地义。你们政府这算咋回事儿？把人关进拘留所，我们哪里要钱去？

越来越多的信息表明，这座城市果然大乱。

此日上午，已有人拉起横幅，截住县委县府门前那条路。在别处门户网站已零星出现该事件的报道。政府迅速成立工作组协调此事，方亮公司所有动产不动产皆被冻结。县委书记召集部分上访人，面对面商谈解决方案，并信誓旦旦："一定会给个圆满答复。"

下午三时左右，网上论坛里关于该事件的所有帖子，瞬间内消弭于无形。显然，政府或者警方已经开始网上灭火。那里面可真是啥鸟都有，架秧子起哄，煽风点火的更多，这样下去那还了得？会出人命的。

关于安然的一切帖子，当然也不见了。这让她多少舒了口气。

那个下午的某个时刻，她又想起方亮。你这个当仁不让的男一号，现在究竟在哪里啊？她一而再地抓起桌子上的电话，拨打那串熟悉的号码，无法接通。

傍晚时分，安然回到香树街，在一家小餐馆吃了这天唯一的一顿饭。站在街上，又朝自己家所在的那栋楼看了好半天。那原本还算温馨的房间，现在变成令人惶恐不安的地方。她拿不准是否该回去，万一被人堵在楼道里怎么办？

但不回去，又能去哪儿？

没有一个亲戚住在这座城市。娘家在另一座小县城。虽说相距不到两小时的路，但不能回去。这副灰头灰脸的样子回娘家，自己脸上也挂不住。何况，那边儿近期也正闹乱子。老父亲几年前就已去世，家里尚有老母及两个哥哥。前段时期，老夫妻那处房产被政府征用，换回两套房子。两个哥哥一人占下一套，却把老娘的安放问题架空起来。哥俩轰轰烈烈一番大闹，就差动用黑帮。安然即便回娘家，也不知住到哪家才好。至于朋友，此刻想来，居然极少有能踏踏实实躲到人家家里去的。即便有，安然此时也不想去。就你闹的这一出，也根本不光鲜。她担心人家刨根问底。

没想到，在三楼拐角处，却碰到了邱红尘。

她正在暗处幽幽地抽烟。

见到安然后，似乎悄无声息一笑："回来啦？"安然点点头。正要去开门，却听邱红尘说："不用开了，有人给你撬开啦。"安然吃惊地扭回头："谁？"邱红尘说："说是找方总的。他们认为人就藏在你这间屋子里。"安然身子一软，差点摔倒。果然，手一推门就开了。她默默地走进去，邱红尘跟在身后，声音冷冰冰的："我报了警。等警察来，那帮人早跑了。好处是，他们知道你这屋没藏人。"安然浑身无力，像个发烧病人，颓然地坐在沙发上。

就在那时，有人敲门，安然迅速抬头，面带慌张。邱红尘却说："应该是修锁的，我打电话叫来的。"

果然是修锁的。不一会儿，门上换成新锁。

这次，邱红尘主动发出邀请："如果你不觉得忌讳，到我家去喝杯咖啡吧？我敢跟你打赌，在这座小城市里，没第二个人比我煮得咖啡更好。"那时候的安然，已经把邱红尘视作知己。像一个落水的人，急需一块木板，而这个仅仅交谈过一次的神秘女人，把木板推到她面前。

一进邱红尘的屋子，安然就四处打量，遗体美容师屋里的家具极其简单，花草倒是不少。此前她还想象着这间屋子里，会阴暗无比。喝咖啡的地点，却在院子里的紫藤架下。邱红尘煮得咖啡果然好极了。此前的安然一直喝袋装咖啡，之间的口感，或者说底蕴，直接没有可比性。

邱红尘突然醒悟过来似的问："你晚上喝咖啡会不会睡不着？我是不受影响，不喝反倒不行。"安然已经稍稍平静，她摇摇头："我无所谓。"

直到那时，她才意识到应该道谢，"谢谢你为我做的这一切!"

邱红尘一笑："你似乎还没反应过来，我怎么对这一切如此了解。虽说我不出香树街，但不证明我不了解外面的世界。我有个好姐妹，昨天就打电话跟我诉苦。她把钱也存进了你家方总那里。"安然眉头一皱。邱红尘立刻说："抱歉，又引起你的伤感。事实是我一直关注着网上的事情。觉得挺有意思。现实世界中，到处都有幽默感。"

既然已经把一个线团扯起头，索性就完全拉开。而此时的安然，急需找个人倾诉。她哭了。断断续续向邱红尘讲述发生在自己身上的一切。邱红尘坐在另一边的藤椅上，身上搭一件褐色粗布披风，成为一个真心的倾听者。对于安然来说，邱红尘此时像一个让人踏实的大姐，或者长辈。

等安然的话告一段落，邱红尘点着头说："我能理解。说实话，我也有过这样一段情感经历。结局一样，所谓有情人难成眷属。"

她叹口气，把话题慢慢转开，说起自己遗体美容这项工作的经历。

"我父亲就是干这个的。所以我从小就耳濡目染，接受了良好的训练。尽管他不让我干，说一个女孩子干这个找老公都难。但我自从干上这行就放不下了。估计我的思维天生就与别人不同。在那样一个过程中，我会异常兴奋。我完全享受那种快感。而且每一次体验都有不同。好多业内的朋友，干着干着就会离开，或者厌倦。我却从来没有。之所以能够在这个行业上让人记住，原因正在于此。我能从一张死人的面孔上，去揣测他（她）这一生的痛苦和欢乐。或许根本没人在乎那些。但我自认为能从死者的面部纹理，以及眼角嘴角的细微变化，看到他离世前的某种心态。当然，在许多张脸上，你什么都看不出来。一张破损的脸，足以证明一切。"

安然插话："你相信灵魂的存在吗？那些人的灵魂，还在这个世界上吗？"

邱红尘说："我信。因为，我是个教徒。在为死者化妆的同时，我觉得自己还是一位牧师。我看到大多数死者，生前根本就没有忏悔的念头。有过忏悔的死者，都肌肉松弛，神态安详。"

直到夜已经很深，安然才觉得跟邱红尘这样的交谈非常怪异。此前，她没有跟别人如此轻松地谈论过死亡。就在她准备告辞的时候，邱红尘做了挽留。

"如果你不介意，可以睡我的沙发。"

这一夜，安然在邱红尘客厅里的沙发上睡得非常踏实。

当安然明白过来身在何处后，发现邱红尘已经坐到俩人喝咖啡的那个地方。而且已做好早点。安然心里暗笑，似乎在这个女人面前，自己成了一个孩子。

后来的许多日子里，安然肯定会为这天上午某个时间的一个举动而后悔。

她打开了紧紧关闭的手机。

甚至，未接电话的号码还没完全显示出来，手机就骤然响起。是个完全陌生的号码，安然不知应不应该接。她犹豫好半天，才摁下接听键，顿时，一个熟悉的声音传过来："谢天谢地！你总算开机啦。"安然的耳朵似乎被烫了一下，稍稍把手机挪远了距离。

居然是方亮！

好半天，安然才问出来："你在哪里？"方亮说："你知道这地方。我现在需要你来救我。"安然压低声音，竭尽全力保持镇定："为什么这么说？"方亮的声音憔悴无比："一句话两句话说不清，可我现在就想见你。我从来没像现在一样，渴望再看你一眼。"安然终于忍不住："你到底怎么啦方亮？我告诉你，不管发生什么事儿，你都要等我。而且我要你以后一直陪我！你要出什么意外，我跟你没完！"

安然连哭带叫，坐在对面的邱红尘，则面无表情仰着头看天空。

安然迅速站起来，要穿过屋子从后门走出去。邱红尘没动身，也没瞧她。安然走到门口，才意识到要跟主人打个招呼才是，遂转回身来对邱红尘说："姐，我得去找他！"邱红尘微笑，点点头。安然迅速转身，对着话筒说："我现在马上走！"

可是，连邱红尘都没意识到，安然一出楼道就被几个陌生人堵住。虽然都穿着便衣，但从递过来的证件看，应该是警察。其中一个女人，一把就把她的手机给抓过去。安然被带到一辆中巴车上。不是警车。

上车后，她发现里面另有一人，是自己所在学校的女校长老顾。安然稍稍一愣后，顿时醒悟过来：你的手机被监控了。警察可真有办法啊！你一开机，人家就知道你在哪里。显然，这些人以及这辆车，昨天晚上就一直守在这里。

安然对老顾一笑："顾校长，没想到您也在。"顾校长已届退休年龄，身体很符合她那个年龄的老女人特征，圆滚滚的。她用了一句外交辞令："是啊安然，我觉得很遗憾。"

安然坐在她身边，呵的一笑："是我给您老添麻烦。"

四周都坐了警察，场面的确够排场。

一个稍稍秃顶的老警察坐在对面，面冲着她，刚要开口，安然的手机响，是条短信。安然想去拿手机，却被身后一个女人摁住。安然尖叫起来："我犯了什么法？你们要对我这样？我的隐私被发在网上！我家的门被人撬开！这些你们不管，倒有本事来抓我！把手机给我。"那手握手机的女警说了声对不起，居然低下头去查看短信，接着旁若无人摁动键盘，似乎代替安然回了条短信。

安然瞪大眼睛，张大嘴巴，一句话都说不出来。

老警察说："安老师，我代表局领导以及县领导，向您致歉！的确是有点儿冒犯，但没办法。跟你说实话，像我们这样蹲点守候的可不是一路人马。方亮这个鸟人，上周还请我喝茶。没想到，一转眼就捅这么大个漏子。弄不好县里市里都要大地震。其实我们的任务很简单，就是把方总找出来。他只要回来，万事大吉。不管出什么事儿，潜逃永远不是好办法。哪怕他现在倾家荡产负债累累，也得按常规出牌，勇于面对现实。"

老顾在一边帮腔："安然哪，其实发生在你身上的事儿，大姐我完全能理解。你独身一个人出现这情况，完全正常嘛，谁能阻止咱们谈恋爱？但现在，咱要从大局出发，为领导们排忧解难。你说，我一个快退休的老太婆，干吗要一整晚待在这辆车上？还不是因为教体局领导也都如坐针毡了嘛。"

安然冷笑："莫非咱们领导也入了股份？"

老女人哈哈大笑："谁知道哪？这年头，只要有赚钱的门路，谁不削尖了脑壳往里钻，哪怕明明知道脑袋伸进去会被挤住。这个咱不管也管不了，安然你就当可怜我，咱们配合一下人家工作。"

安然不作声。

老警察说："请你来，就想让你告诉我们，方总在哪里。"安然脱口而出："我怎么知道？"老警察微笑："以前，或许不知道，现在肯定是知道。其实我们大体知道他在哪个方向和范围。但我觉得最好还是您告诉我们。"

他又开始从大局出发，分析面临的形势，"昨天晚上，事件的后遗症就开始发作。有个中年妇女，从咱们县最高的钻石大厦十九楼跳了下来！有证据证明，跟方亮失踪直接有关。女人在方亮那里放了三百万。还有个严峻的现实，我想让你知道，尽管目前这是个秘密。知道吗？方总公司的账面上，只剩下区区几百万！还都是方总失踪后刚存进去的。其他的钱，都哪里去了？鬼才知道？但总得收拾残局吧？安然老师，你是知识分子。我相信你能识大体。咱们总不能眼睁睁地看着这座小县城接二连三发生自杀事件？”

安然截住他的话：“算了，别说啦。我带你们去。”

至于那套钥匙，安然一次也没有用过。

她现在当然很清楚，方亮就在那里。坐在车上的她开始自责，整整一个星期，你都在想什么啊？你居然从来没朝这个方向去想。哪怕是在晚上，你乘一辆出租车，不到两个小时就能去那里。安然的心理挣扎在继续。是的，这样做显然会违背方亮的意愿。他肯定不希望安然带着警察出现在面前。可老警察的话，同样也没错。

在这个时候，所谓爱情，完全是私人化的小问题。

安然找到另一条安慰自己或自欺欺人的理由：或许，方亮被人绑架了呢？当然这经不起推敲，如果那样，他不可能向安然求救。爱情同样解决不了金钱惹来的乱子。方亮真正需要的，或许是精神救赎。这男人累了。安然知道他是真累了。他被金钱折磨得有些性格分裂。安然又仔细搜索之前方亮说过的话，基本可以确定：这一次，方亮是对巨大的资金漏洞束手无策了。

还没上高速路，老警察就打了一通电话。果然，另一路人马先他们之前已赶往海边儿。

老警察在电话里嘱咐他们，先不要急于靠近目标。这边车上有位女士，极有可能对现场说服工作产生奇效。安然则请求老警察：“不管怎样，我希望你们先确保方亮的安全。”老警察连连点头：“这个不用你嘱咐，我们谁也不敢疏忽大意。”他指指光秃秃的头顶，“我们上边儿，也是这么要求的。”安然对老警察的故作幽默丝毫不感兴趣。

几名警察昏昏欲睡，女校长早打起呼噜。

安然睡不着，望着窗外。

突然，安然的电话响起。老警察瞪大眼睛，前面的女警迅速扭头，连身边的女校长也浑身一颤。拿着安然手机的女警面对老警察：“是他的。”老警察略一沉吟，接过手机来递给安然：“安老师，先稳住他。”

除了司机，车上所有人都看着安然。安然摁下接听键，方亮的声音传过来：“安然，你什么话都别说，只管听着。我等不到你来啦。我要出趟远门，马上走。”方亮的声音苍凉无比，安然顿时感觉到一丝不详：“你要干吗去啊方亮？你一定要等我，还有几分钟我就到了。难道，你连这几分钟也不愿等？”

方亮沉默老半天：“算了吧安然，你就是来，也救不了我。”

通话中断。

安然倒吸一口冷气，举着手机待在那里。片刻过后，手忙脚乱拨打回去，已经无法接通。

“怎么回事儿？”老警察问。

安然目光呆滞：“他不让我过去。”老警察立即掏出手机，拨打一串号码：“你们在哪里？是不是暴露了？我告诉过你们，离得远一点儿。方亮说要出门，你们盯住。”安然徒然地继续拨打那串号码，均无法接通。她叫喊起来：“你们的人做了什么？那边发生了什么事？”老警察一抓头皮：“什么都没发生，那边一点儿动静都没有。”安然说：“让人上去看看啊，他要是自杀怎么办？”

老警察盯看安然：“你觉得，有这个可能？”

安然哭喊出来：“他都快崩溃了，求求你们！”

老警察迅速举起电话：“要出问题，马上进去看看。”

十分钟后，安然所在的车驶进海边那片小区。刚拐进大门口，安然就从座位上站起来，因为她听到身后传来救护车的尖叫声！

那辆救护车，几乎是擦着这边的车呼啸而过。车还未停稳，安然就拉开车门跳下去，快速跑向那个楼道。但还没进去，就被楼下一个男子拦住。安然叫喊：“滚开！让我进去！”那个男子拦腰把她抱住：“对不起！”安然的表现像个疯子，连抓带咬。老警察和另两个女人已经跟过来。

安然突然停下来，不闹腾了。

楼道里呼啦啦涌出一帮人，步子都很慌乱。那些人除了医生，就是警察。安然不在乎其他人，在乎的是担架上那个男人。男人一动不动，一只手耷拉下来。在那副担架即将全部塞进救护车的时候，安然看到了男人的脸，一张苍白的棱角分明的脸，紧闭着的眼睛，那副小鼻子，紧闭的嘴巴。他的脖颈处却分明闪烁着耀眼的一片红。

一个男人走过来站在老警察身旁，压低声音："好像割断了颈动脉。"

安然眼前的一切开始旋转，旋转，最后什么都看不到了。

这个星期天的深夜，安然敲开邱红尘的门。

后者一袭丝质睡衣，却略带酒气。"安然啊，来，陪我喝一杯。"

这建议正合安然之意。她刚在香树街上走了无数个来回，但没有办法能让自己平静。似乎神经已错乱，她时而自言自语，时而站在街的中央，仰望着天空找寻什么，但什么都找不到。她的大脑里一切都是乱的，像团钢丝球。接过邱红尘递过来的酒杯，她看都没看，就一饮而尽。安然嘴里发出一声呻吟，很舒坦的呻吟。邱红尘一手抓着酒瓶，另一只手接过安然手里的杯子，又倒进半杯。安然这才意识到邱红尘倒进酒杯的，是跟马小艺带来的一模一样的法国葡萄酒。又喝下一杯，安然跟邱红尘要一支烟点上，呼出一口后，问："姐，今天星期几?"

邱红尘醉意朦胧："星期天啊。明天就是你家方总说的星期八。"

突然之间，安然浑身颤抖。她一伸手："姐，再来一杯。"安然又是咕咚一下吞掉那口酒，才慢慢探过脑袋，那只拿酒杯的手的食指竖起来，挡在嘴边。安然说："姐，这个世界上根本就没有星期八。"

（首发于《北京文学》2013 年第 3 期，《长江文艺选刊》2013 年第 6 期转载）

师生图

1

马三儿说，师父您要顶住。李彦邦哈哈大笑，我这点儿能耐你还不知道？马三儿说，您别老是这么谦虚，香树街上有几号人物，你徒弟心里能没数？李彦邦开起玩笑，总共就俩，电话这头一个老的，那边儿还有个小的。马三儿倒谦虚了，师父您算一个，我不算。李彦邦说，告诉你啊小子，师父早就跳出三界外，不在香树街。你自己能顶住就行。

说起来，这两个人倒真是正儿八经的师生。连马三儿的学名，都是李师父给起的。李彦邦既当老师，年轻时还是个诗人，那就标准文化人一个。香树街人添了人丁，取名字的事儿当然来求他。到马三儿这儿，李彦邦略作沉吟，说，希望这孩子将来胸中有乾坤，做一个栋梁之材。于是，叫了马乾坤。许多年后李彦邦一想起这节旧事儿，便抚摸胸口，懊悔不已，直说糟蹋了一个大气的名字。马乾坤从小就是个混球，喜欢打架，出手还狠。等马乾坤三个字逐渐被人遗忘，马三儿这外号响当当叫起来时，他都进过两回监狱了。

当年，马三儿从小学转到初中，还没有一个月，那个有点儿秃顶的老校长顶不住啦。因为去告马三儿状的家长太多，赶大集一样。老校长把马乾坤他爹喊到学校。他坐着，仰面向上，视线呈四十五度。香树街上唯一的皮匠站在一边儿，腰弓着。校长拿商量的语气，慢悠悠跟他说，老马，要不，把孩子接回去，培养个小皮匠咋样？老马鼻梁上那架小眼镜太松，一弓腰，就往下出溜，嘴上直说给您添麻烦，添麻烦哈。带马乾坤出来，还没到校门口，他腰一弯，把鞋子抄在手上，冲儿子面门就直拍过去。马乾坤对此早有防备，此前，就跟老皮匠保持三米开外，见势不妙，双腿一弹，撒欢一样窜！老皮匠做皮鞋、做腰带的手艺街上属一绝，论短跑速度却根本不行，何况，还光着一只脚呢！没一会儿，把儿子给撵没影子了。凡遇到这情况，老皮匠准会手提一节猪大肠，或一片猪耳朵，去楼上找李彦邦。

说也怪，这匹小野马在街上只怵一个人，就是李彦邦。

李老师回家遇见老皮匠，多余话不说，问人在哪里。老皮匠摇头，说，不知道。李彦邦让老皮匠先去忙他的摊儿，独自一人，沿了香树街去找。那时，马乾坤已抄了手，站在路边儿大树下，看人家噼噼啪啪打桌球。李彦邦踏雪无痕般靠近，一伸手，准确无比捏住一只耳朵。马乾坤龇牙咧嘴正要骂，一扭头，顿时缩缩身子，不再反抗。李彦邦啥话都不说，就那么扯着，行走在香树街上，引来一路哄笑。由于李彦邦出面求情，马乾坤得以重返校园。那次，直接被安排到李彦邦教的班，脾性方略有回收。但整个初中阶段，连李彦邦都数不清，他到底有多少次揪着马乾坤的耳朵，雄赳赳气昂昂，走在大街上。初中毕业后，李彦邦想继续揪坏小子的耳朵，揪不上啦，马三儿竭尽全力躲得他远远的。这孩子的学业，也就咔嚓一下止住。

最初，连李彦邦都莫名其妙，马乾坤为啥怕他啊？

他是老师不假，但性格温和，从不体罚学生。何况，跟老皮匠处得亲兄弟一般，住同一个楼道内，楼上楼下，看着马三儿长大的。按说，不应该呀。

许多年后，谜底揭开，李彦邦不由得暗吃一惊！

李彦邦有个闺女，叫李勤勤，比马乾坤略小，绝对是个美人胚子。她的美貌，据说直接来自其母，都说像一个模子刻出来的。之所以据说，是因为李勤勤的母亲，在女儿很小很小的时候就头也不回地离开香树街，跟个做地板生意的老板去了南方。论起来，马乾坤跟李勤勤也算青梅竹马。在一起玩着玩着，男孩儿熟得快，心里开始有想法，且心思越来越稠。虽然他顽劣无比，对于爱情这档子事儿，却不太擅长。等到李勤勤个头越来越高，越来越扎人眼，坏事儿啦，马乾坤一见到她，立马就绵羊！

似乎，捎带着也怕了李彦邦。

李彦邦弄懂这层缘故，不愿意让闺女跟该弟子一起玩儿了，怕闹出事儿。后来，俩孩子走的道路，倒显得他的顾虑有些多余。马乾坤逃离李彦邦视线后，开始在香树街混江湖，聚一帮小弟吃喝玩乐，模拟演示一百单八将，渐渐混成个小头目。李勤勤呢，读完初中读高中，读完高中后，虽说没进什么名牌大学，不过是所职业学院，但毕竟一步步完成计划内学业。女大十八变，越变越好看，这话可真对呀。到后来，马乾坤在街上遇见李勤勤，直接不敢拿正眼瞧，好像眼神儿一碰，他这边就被刺啦一下烧伤。且李勤勤毕业到县毛巾厂上班时，马乾坤已经把自己玩进监狱一次，因为聚众斗殴。俩人所走路线截然不同，暗恋者貌似逐渐灰心丧气，被恋者呢，恐怕对此还一无所知。

师生间展开那番对话时，老教师已退休，而马乾坤也已在江湖上开天辟地，成了马三儿。

马三儿要师父顶住，却为何事呢？

这座县城的西南方向，不到一百公里处，有一抹山区，挺着几座高峰，夹杂着幽深的老林子。县里请专家进去考察过，说胆子大一点儿说不定能搞个国家级森林公园。时任县领导班子顿时兴起，谋划大力发展旅游业。如此一来城区内面貌就得跟上，必须勾抹涂画。整座城区，本已是半老徐娘，裤腰带一般粗细的这条香树街，就成了徐娘眼角的一道老皱纹，怎么打粉底恐怕也盖不住，必须整容。后来，县委书记心血来潮，微服私访到街上，自西往东自东往西几个来回，意兴盎然而去。不几日，香树街整改方案出炉，说是要把这里打造成仿古一条街。不料，该土木计划刚出草案，未经审议，街上人先得了消息。几个胡须头发皆白的老者打头，举着起草的上访文书，挨家挨户寻人签名。一帮子老头老太，又整日里提了马扎，抖颤着身子，去政府门前马路上一字儿排开。说，老街坊对那条街生了感情，哪能随便拆的？

起初，政府不拿这当个事儿，见得太多。无非说服教育，附之威逼利诱，实在不行，也不是没有强拆的先例。没想到，有好事者拍了照片，挂到网上，事情露出闹大的苗头。仿古一条街的计划箭在弦上，停是停不下，唯有迅速出台弥补办法。专门的灭火小组成立，一夜之间，拿出新迁住房的规划图纸。工作人员指了一套套画得方方正正的房子解释，哪儿是厨房，哪儿是客厅。说的人一嘴唾沫，听的人则不管不顾。纸上的东西可信吗？老头老太们不理这个，依然面无表情，盘腿坐在马路中间。另一个方案随即出台，既然对房子不感兴趣，对呱啦呱啦响的钞票感兴趣么？可以直接兑现，以平方换银子。这招很管用！老头老太太互相嘀咕，意见出现分歧，阵营开始分裂。有人将小马扎屁股后一提，躲到胡同旮旯里，就给儿子儿媳闺女女婿们挂电话：赶紧回家盖房子呀，院子里只要能盖下的地方，哪怕垒出个鸡窝，也要盖。上访的人逐渐散去，香树街上开始热闹，有条件的都开始大兴土木。事情反馈到政府，又一纸令下：现盖的小房子，一律不在换款之列！意思很明白，你盖了，也是白盖！

老百姓突然发觉，政府的口气像极了男人裤裆里的东西，不知什么时候什么缘故，说硬就硬起来。

似乎老天爷偏爱香树街，正僵持阶段，一个战略性机遇适时出现，省里、市里要先后开两会。这不能闹着玩儿啦！县几大班子领导连夜召开会议，一支全新的、素质过硬的灭火队伍同时组建。

县委书记的话跟咬黄瓜一样脆，说，要是开幕式那天大门口堵的是香树街老头老太太，你们，所有人，都卷起铺盖滚蛋！

香树街人能闹到这一步，有高人操作。此高人不是李彦邦，却是他的嫡传弟子马三儿。政府的话，在香树街上可以不算个屁，马三儿的话，却基本上如同圣旨。事情一开头，马三儿就积极参与。当然不是指望老皮匠那套小房子换更多面积，却仅仅取决于他的兴致。马三儿有自己的原则，他是香树街子弟，街上有大事儿，他不能缺席。不过，自始至终他都隐在幕后，李彦邦等人走在前台。那份上访檄文，就是李老师拟写的。

换句话说，政府工作组驻扎香树街，需要做工作的人里头，肯定会有李彦邦。

所以，马三儿打电话要师父顶住。

李彦邦说跳出三界外的话，也算事实。按他的脾性，哪有如此的激情闹上访？退休之后，老教师在街上找不到人对话，与外界打交道也越来越少，唯有养花养鱼，去城郊侍弄小菜园子，诗性自然钝了，在香树街上，也算得是一片闲云，一只野鹤。之所以撰写文书，参与上访，是前段时期出了档子事儿，老头儿很郁闷。李彦邦大病一场，花去不少银子，病好了捏着单据去报销，却很不顺。财务上一个小丫头片子，三番五次拉脸子给他看，一开始还摊着双手解释，哎呀呀，县财政紧张，我也没办法。后来，干脆不理他。到香树街老头老太太闹上访时，那些单据已在他手上整整一年多了。

李彦邦肯定没想到，在他跟马三儿通话那会儿，另一个叫钟一诺的弟子，正盘算着要来登门拜访。

与马三儿相比，这是个正儿八经的得意门生。

钟一诺跟马乾坤是同班同学，家在县城，却不是香树街子弟。年少时颇有文采，很受李彦邦青睐，常拿他的作文当范文读。后来读的是师范学院，毕业后就职于县一中，不到两年抽到市教育局帮助工作，俗称上调，关系仍在县里。两年后，再次杀回，已摇身一变成为县政府公务员。于李彦邦来说，这些消息零零星星。自从钟一诺初中毕业，老教师只见过他一面，是在初中毕业十周年聚会时。钟一诺其时正在市教育局上调，宛然一副峥嵘气象。见了李老师，虽说还谈及当年写诗时的情境，但仅限于潦草的口头回忆。

老李很清楚，该弟子已经离诗越来越远。

钟一诺登门拜访，请老师去吃饭。

对李彦邦来说，这完全是个不速之客。听到敲门声，一打开门，是张很熟的脸，李彦邦一下子竟想不起名字。钟一诺戴副金边眼镜，文质彬彬自我介绍。李彦邦啊呀一声，怎么找到这里的？钟一诺腼腆一笑，这么多年，一直没来看您，还望老师饶恕学生。李彦邦伸手拉弟子的胳膊，快进来。

一并拉进去的，还有滴溜嘟噜几个精制盒子，都是好酒好烟。

李彦邦不免眨巴几下眼睛。

凑巧，李勤勤恰巧休班在家。老教师拉弟子进屋时，她正用一块粉红色毛巾擦着头发，从卫生间施施然走出，头发梢上湿漉漉的，额角以及眉毛上略见水珠，如此一来，很有天然去粉饰的出水芙蓉之意。钟一诺稍一打量，迅速撤回目光，甚至眯了一下眼。老教师互作介绍，钟一诺哎呀一声，师妹真是——真是什么？想不出个合适的词儿，漂亮啦、美丽啦之类，太俗气，好比第三个把女人比作鲜花的人。稍稍过火的词儿呢，有很直白的巴结嫌疑，与当下情境不符。钟一诺用了婉转语言，我还以为，是哪个电影明星呢！李勤勤莞尔一笑，啊哟哟，大师兄，你能屈尊到我们贫民窟来，太阳从地底下直接蹦上来了吧？这话把钟一诺逼得稍显尴尬，感慨一日不见当刮目相看之余，不免稍稍动用官场应酬术，说，完全接受师妹的尖锐批评，刚才，我已经隆重地跟老师道过歉。李勤勤一歪头，面对李彦邦，爹，你不知道呀，人家钟一诺现在是大号领导，县政府办公室主任。李彦邦哦一声。钟一诺赶紧跟上，副的，副的。再说，不管啥时候，我也是李老师的学生呀！

三人见面这番话别有意味，虽未见硝烟升腾，却已闪零星火花。

李彦邦早明白得意弟子因何而来，只是不动声色。至于李勤勤，倒是个消息灵通的，对钟师兄底细掌握颇多。那些话里倒真没有讽刺挖苦，反而多少带一点儿挑逗。漂亮女人一般都有此类特点，身处任何场面，都想成为核心，成为关键词。期间，还有一层缘故，李勤勤就职毛巾厂后不久，就大失所望。那家厂子已经岌岌可危，濒临倒闭，好几个月都发不出全额工资。以她的性格，哪愿意在这么一家企业窝一辈子？正盘算着寻找出路，而出路，极有可能就在钟一诺这样的贵人身上。

至于钟一诺呢，此番来意太过明显，太是时候。原因也简单，他是那个紧急组建的灭火小组成员之一。

县委书记发狠话后，组长的话也够狠，大意是只要能灭火，不惜任何手段！底线就是，绝对保证会议期间不出问题！果然，为化解上访，稀奇古怪的手段都用上，包括公安刑侦口上常用的线人、卧底、跟踪之类。结果成果显著，至少一条，弄明白了牛鼻子在哪里：原来，政府是被一个小混混搅得头昏脑涨啊！

公安局一个副局长也被安排进工作组，因他分管信访。

组长扭着脖子问他，把这个马三儿抓起来，行不行？局长是根老油条，知道这是政府口的事儿，公安局少插手为妙。现在网络四通八达，微博上几个字儿，就能把公安局搞得颜面扫地。该局长两手一张，怎么抓？给个理由。就这个马三儿，我们不止一次跟他打交道，标准一个老滑头，进派出所、拘留所，跟回趟家一样。何况，人家现在干正经生意，倒腾建筑装修材料。

讨论的结果是，来硬的不合适，事情弄大了更难收场，只能剑走偏锋，继续做软工作。像筛沙子一样，所有信息筛来筛去，结果把钟一诺给筛了出来。

实际上，算是姓钟的自己跳出来的。这是道并不复杂的推理题。拿下马三儿的办法有哪些？得找个他怕的人。警察都不怕，能怕谁？总不能去找更牛的黑老大，以暴制暴，那这玩笑开大啦。于是，李彦邦浮出水面。接下来的问题是，谁能攻下李彦邦？影响性元素有多种，比如亲属、教育系统、师生、诗人，或者作家。大家一条一条分析这些条块之初，钟一诺一言不发。他很清楚，根据合并同类项，他应是做说客的最佳人选。即便直接找马三儿，也有理由，老同学嘛。后来，他主动请战。官场上的人讲究机遇，机遇来了，你得瞅准火候去抓，而不是放任它溜走。

于是，钟一诺出现在李彦邦家小客厅。

关于香树街的事儿，他半个字儿都不提，只说请李老师前往县城最高档的大富豪酒店，有好几个当年弟子，正眼巴巴地期盼恩师光临，一叙当年师生情谊。钟一诺勾勒描绘出的师生图，温情无比，很有些吸引力。

他扭头冲向李勤勤，师妹也要去的，一定去！

李彦邦跟女儿对视一眼，没答应，也没反对。

场面略显尴尬。

钟一诺行走官场时间不短，什么阵势没见过？对出现这一幕，早做过预测，提前设计好应对方案。不管如何，结局是必须把李老师弄到酒店。他并没执着地沿着这话题行走，而是略有变通。见桌子上摆着几个药瓶，一句话把话题岔开，老师最近身体怎样？顺手抓起药瓶去端详。几句话后，老教师提到他手里的那些药费单子。如此信息，钟一诺岂能放过？他义愤填膺，怎么回事儿啊，这些鸟人？退休教师是为教育事业做过贡献的，就如此对待啊？老师，你咋不早说呢？

李勤勤哧地一笑，你早也没来啊！

钟一诺不理睬师妹挖苦，抓着手机去阳台上对组长汇报。

组长哧啦一笑，你跟他说，明天一大早就去报销。

李彦邦不禁心生感慨，要么人都削尖脑壳去钻官场？你一个平头小百姓整整跑一年办不了，人家前后不到一分钟，摆平。有这个做铺垫，李彦邦对晚上的酒局不好推辞。对李勤勤来说，却是有所期盼。一者，对自己的容貌她绝对有信心，漂亮女人都喜欢往公众场合扎。再者，机遇来了，她也得抓住。

李彦邦父女到那里一瞧，果然清一色当年弟子。一时之间，倒也其乐融融。

正寒暄着，门口一开，又进来一位，却是马三儿。钟一诺夸张地迎上去，跟马三儿来了个大大的拥抱，又拍着他肚皮，扭头说，你们瞧马老板这肚子。马三儿那时尚未看到李勤勤，小丫头去了洗手间。他打个哈哈，我这肚子里没别的，就一挂下水，不像你钟一诺，一肚子文化。一转眼，看到李彦邦，哎哟一声，老师早来啦！我得跟您抱一个。

就在那时，李勤勤甩着两只手上的水珠，闪亮登场。马三儿一抬头，眼前一亮，顿时结巴，勤，勤，你也来啦？真是一物降一物！此人叱咤江湖若干年，一遇到李勤勤，顿时温顺无比。

酒局上的其他同学，早得了钟一诺暗示，主题比较明确，不管是叙旧情，还是唱赞歌，最终目的，是拿下马三儿。酒过三巡，效果立显，反倒是马三儿自己顶不住。他把钟一诺悄悄拉到一边儿，说，我打个包票，两会期间，香树街人绝对不会去给你惹麻烦。但两会以后，我可不敢说。

钟一诺脸上露出半个成功人士的微笑。

2

两个月后的一天，李勤勤打进电话来时，钟一诺稍微一愣。好像事情一忙，都把小师妹给忘了。他确实很忙，忙会议啦，忙伺候领导啦，还忙着喝酒。再说，这一愣也有缘故的。市两会开过不久，提出改造香树街的那位县委书记，居然要去别处任职。消息一定，香树街上的喧闹，立马就偃旗息鼓。一朝天子一朝臣，前领导的提议，十有八九会被后领导搁置，这都是规律。也就是说，极有可能，数年之内，香树街还是那条老娘们的裤腰带。

上访事件一停，工作组一撤，钟一诺跟李彦邦的关系又一下子拉远，接近于无。

这次，李勤勤要请钟主任客。钟一诺询问理由，李勤勤说得很合乎逻辑，钟主任帮老教师讨回医药费，难道不该答谢吗？钟一诺抓着手机，望着对面墙上一副行草，是宁静致远四个大字，脑子里却莫名其妙想到了出水芙蓉。他打个哈哈，这没必要，老师的事儿，就是学生的事儿。李勤勤说，那换个理由，小师妹想念大师兄啦。钟一诺眨巴几下眼睛，怦然心动，嘴上却说，那也该我请，男人得主动。李勤勤说，谁请都一样，关键看感情。钟一诺沉吟片刻，说，喊上李老师，再叫上几个同学。

这次聚会，明显突出师生感情一条主线。自始至终，或者说，酒局的前四分之三，都是师生怀旧，回忆往昔点滴，感慨时光飞逝，很温馨，很感人。李彦邦多喝了几小杯，不免有些酒高，趁着好兴致，竟然声情并茂朗诵了多年前写的一首诗。弟子们听罢，拍手叫好。李勤勤自始至终冷眼瞧着，很清醒地发觉，当晚的其他弟子依然是数日前原班人马，只缺一个马三儿。其中，要么是当中学老师的，要么自由职业者，都混得不怎么精彩。换句话说，是钟一诺一呼，这些人就百应的。场上的关键词，显然不是老父亲，而是稳坐主陪位子上的官场骄子钟一诺。顿时，老父亲的举止，在她眼里显得稍有别扭。李勤勤一声感叹，心生些许惆怅。不料，钟一诺明察秋毫，连这个也给抓住。问，师妹看上去兴致不高，有心事儿？李勤勤马上就换上笑容，你们喝得这般热闹，也没人搭理我，早知道我就不来。钟一诺说，关键小师妹你不喝酒啊。此指引性话语一出，马上有人跟进，一定要跟师妹加深一下感情，结果重心顿时出现偏移。

不一会儿，受冷落的倒是李彦邦。而且，他越来越坐不住。从不断喧哗的场面中，老教师嗅出一丝异样，开始如坐针毡，突然一下顿悟：姓钟的小子根本不是请他这个老师的！

回到家，李彦帮警告李勤勤，少跟钟一诺接触。

李勤勤一撇嘴，为什么？李彦邦沉默半天，说，感觉不好。李勤勤说，你觉得你闺女在犯傻对不对？或者，你觉得我犯贱？李彦邦猛地抬头，很奇怪女儿反应如此激烈。借着酒劲儿的李勤勤，的确也因了这次酒局，而心有情绪。她说，你以为我愿意这么做啊？爹你根本不明白，我心里有多么压抑！我做梦都想跳出这条破街，没想到转了一大圈儿，还得回来。现在我只想尽快跳出那家烂厂子，你闺女在那里面，都快憋死啦！你瞧瞧，整天过的这叫什么日子？李彦邦问，缺你吃啦，还是少你穿？李勤勤冷笑，香树街上的人，也就吃穿这点儿追求。李彦邦说，不管怎么说我是个退休老教师。他想给闺女摆摆他的思想境界。不料，李勤勤一摆手，你那些话，都快腐烂啦。就今晚，在那样的场合，你居然摇头晃脑地朗诵诗歌，怎么想的啊爹？李彦帮嘴里嘶的一声，像是害了牙疼。你爹让你丢人啦？李勤勤不耐烦，这不是丢人不丢人的事儿。李彦邦拍桌子，好，你嫌弃你爹，你爹脑子跟不上时代。有本事你走！跟你妈一样滚得远远的！

这话一出口，父女俩同时闷住。

这是个不新不旧的伤疤。多少年来，不管是当爹的，还是做闺女的，都绕着道儿走，努力避免话语里出现那女人。没想到，在这样一个夜晚，爷俩都喝了点儿酒，一句赶一句，竟把这块伤疤给揭开了。

李勤勤眨巴一下眼睛，觉得自己有些过分，可让她低头道歉，似乎又不能。她眼含泪水，进了自己的屋子。老教师坐在凳子上，呆愣半个晚上。问题是，闺女说得一点儿没错。这日子过得，的确清汤寡水。实际上，你自己也稍稍后悔。就是么，还朗诵诗歌？那什么场合？钟一诺什么眼神儿，你瞧不出来？这是个标准的白眼儿狼，他的目的，路人皆知。当然，你起初是不知的。可你呢，激情澎湃地朗诵诗歌，替那个觊觎自己女儿的狼心狗肺的混蛋烘托气氛。真够丢人的啊！老教师思索半晚，得出结论，不管怎么说，一定阻止闺女再继续跟这个钟一诺联系，就像当年防备马三儿一样。

什么学生啊这都是。

真是不怕贼偷，就怕贼惦记。李彦邦前一个晚上还想到马三儿，后一个晚上，那小子却悄无声息登门拜访。

实际上，还不算是登门拜访，是寻找狡兔三窟的一窟来了。

马三儿进门不久，给李彦邦下了跪，师父你得救我。你让我在你家躲两个月，或者，就一个月。我避避风头就走。

李彦邦一口回绝。那时，他还没从反思当中彻底摆脱，还在想，怎么就教出钟一诺这么个坏种，眼前却突然又冒出来一个。何况，家里空间的确有限，还有个没出嫁的老闺女呢，再住进一个大男人，算咋回事儿？

俩人正僵持，李勤勤打开房门，哎哟一声，三哥，咋回事儿呀？现在就拜年，有点儿早吧？马三儿稍稍一愣，面红耳赤，似乎没想到李勤勤也在家。接着，垂头丧气地说，我想来想去，没地方可去。师父你明白吗？在这个世界上，除了你和勤勤，我没一个可信赖的人，也没有可容身的地方。我现在要到大街上去，不出一个小时，就会被人砍死！李勤勤看看父亲，再看看马三儿，说，我不管你们这些烂闲事儿。说完，扭头进屋，嗤嗤啦啦收拾东西。不一会儿，提个大包出来。李彦邦扭头问，你去哪里？李勤勤回答，去单位宿舍。

她一出门，马三儿立马笑嘻嘻的，师父你瞧，就咱爷俩在家，多好！你放心，徒弟烧得一手好菜，你等着享口福就行。他转身钻进厨房，呲呲啦啦开始做菜。李彦邦半天无语，后来，踱到厨房门口，歪着脑袋问，三儿呀，要是你那些仇人寻上门来，连我一块砍了咋办？马三儿没回头，师父你放心，有徒弟在，谁敢？再说，最危险的地方，就是最安全的。他们肯定以为我躲得远远的了。李彦邦呸了一声，转回身，一边走一边嘟囔，臭皮匠啊，我这辈子，叫你儿子拖累死啦。你倒好，躺在地下享清闲。

几年前，香树街上的知名皮匠驾鹤西去。临走前一天，他把李邦彦叫到病床前，那架势，分明就是刘备召见诸葛亮。老皮匠说，满街上我最亲的人，就是你李老弟。有些话，我很难出口，但还得说。李彦邦摆手，别说啦，知道你要说什么。老皮匠泪流满面，我得说啊，要不走得不踏实。马乾坤的下场，我一眼能看到底，要么蹲监狱，要么被枪毙，要么被人乱刀砍死。他只要还活一天，哪怕在大牢里，麻烦您再替我照应他一程。死了呢，没必要啦，那边儿有我接着。李邦彦心里堵得慌，不忍心去看老皮匠的脸。只说，你乱说什么呢？我还盼着你病好了，咱俩继续喝酒。

因此，李彦邦虽嘴上强硬，可马三儿只要进了家门，怎好往外撵？何况，马三儿的话他深信不疑。要不是走投无路，他绝对不会缩头乌龟一般，躲进个老头子家里。

这次，轮到李彦邦跟老皮匠的儿子对着脑袋喝酒。

马三儿果真好手艺，整的几个下酒菜，很合师父胃口。但李彦邦使劲找，也找不到跟老皮匠喝酒的感觉。他不敢让马三儿喝多，怕他闹事儿。马三儿的酒后闹事，在街上不是什么秘密。有个比马三儿低一级别的痞子，被喝多酒的马三儿一时兴起，切下半截小拇指头来！人家还根本不想报案。哪怕街那头警务室的王大头闻讯而来，那小子都一口咬定，是自己切西瓜，不小心切下来的。出院之后，他跟马三儿依然形影不离，亲如兄弟。整条街上的人啧啧称奇。

这爷俩对着头坐到桌前，不管从场面上，还是各自内心，都别有意味。开头，老教师毫无底气地准备再教育。好比烧陶窑的明知出来一枚残次品，根本卖不出好价，也还得打磨擦拭一番，能卖多少是多少。他说，三儿，咱就打算一直这么混下去？马三儿正姿势夸张地对付一副猪脚。那是他自己提来的。反问道，师父你觉得我还能怎么过？这样也挺好的，嗯，挺好。世界上，别人能享受到的，我一样都不差。马三儿有个口头禅，动不动就世界上。李彦邦问，小子，你都享受什么啦？马三儿拿张纸擦擦嘴巴，天上飞的，地上跑的，水里游的，你徒弟我哪样没吃过？李彦邦微笑，人这一辈子就当个吃货啊？马三儿说，吃也是文化嘛。师父你这张文化人的嘴，都吃过什么？不是瞧不起您，可您想想，是不是太委屈自己？我再说说世界上能玩儿的，你说什么我没玩过？李彦邦说，玩过战斗机、导弹吗？马三儿一鼓眼睛，师父你真是说到点子上了。你徒弟摸过的武器装备，你都没见过，我就差到索马里去当海盗。

李彦邦皱紧眉头，觉得自己在跟一块石头谈爱情。于是，喝酒，不说话。马三儿一喝酒，就来劲儿，话吹得更大。师父你别小瞧你这徒弟，说不定你的弟子里面，将来就我一个最有出息。什么钟一诺啊之流，马三儿根本没放到眼里。李彦帮一瞪眼，你别提他！马三儿说，什么鸟人啊，虚伪！官场上没一个人不虚伪，夹着屁股就害怕露出尾巴来。李彦邦一摔筷子，还说？

没过几分钟，马三儿面红耳赤。

李彦邦更没法说话，马三儿不给他留说话的缝隙。

师父你知道我为什么对猪脚这么痴迷吗？跟您说件事儿，那时候，我也就五六岁，在街上碰见马公公的儿子，手里拿着根猪脚，哎哟，啃得那叫个有派头。知道当时我什么感觉？满大街上，什么声音，什么气味，全没啦！只剩下那根猪脚。我都不知道怎么靠近小太监的，也不知道怎么就伸过手去抢的。结果你也知道，他马公公不就酒厂的车间主任嘛，牛什么呀？他逼着老皮匠带着我去跟小太监认错。我当然不去！那小太监，我一脚踩他仨跟头。从小跟他爹一样，娘们似的，老子跟他认错？可老皮匠不答应，他打我，用做腰带的那种烂牛皮，往死里整。我这两片屁股，整整肿一个月。李彦邦插话，没有一个月。马三儿说，至少有俩星期吧？害得我走路都像只鸭子，上课也没法坐下，跟罚站一样。从那以后，我对吃的东西格外着迷。我就发誓这辈子我要吃尽天下美味。

李彦邦说，人不能把目标定得这么低。

马三儿根本不接李彦帮的话茬，我跟你说另一件事儿，关于老皮匠。李彦邦说，是你爹。马三儿连连点头，是，我喊老皮匠已经习惯啦。实际上，我一听到皮匠这俩字儿就想到我爹，都一样，就是个称呼嘛。你知道发生什么事儿？这是我亲身经历的。街上有个痞子，叫老六，他在我爹那里做腰带从来不给钱。有一回，我爹给他做的腰带，咦，突然松了！问题是，他正被街上一伙人撵着满世界跑，腰带一松，得用手提裤子呀，所以被人追上，噼里啪啦，这一顿好打！他没本事去找人家报仇，找我爹来了。师父，你知道那晚上发生什么事儿？

李彦邦稍稍发慌，摇摇头，你爹从来没说过。

马三儿眼睛通红通红的，像是要哭的样子。他让我爹下跪！跪在他跟前，就用那根皮带，抽我爹的脸。我爹说，老六你别抽我的脸，你抽我的脸，我明天没法上街干活儿。当时我在旁边想，我拿把刀剁了你个小狗日的！可我娘死死地拉住我。那个混蛋朝我走过来。我娘说，六兄弟，咱有话好好说，乾坤是个孩子他不懂事儿。你这根腰带，我们赔，我们给你做两根更结实的。可不管用，那畜生一把抓起我的头发，劈脸就是两巴掌！到现在，我都能记得脸上火辣辣的感觉。我娘拉着我，不让我反抗。我爹呢，跪在地上，抱住老六的腿跟他求饶。那以后，我立下个誓言：终有一天，我要让那个畜生，跪在我面前，跟我求饶。几年前，我这个誓言兑现啦！我找到他的时候，他都快咽气了，两个肾都完蛋啦。我跟他说，你不能死。你要是死了，有个事儿，这辈子我没法完成。我背着他，师父，真是我背着他，走出家门的，我没打他。屋里还有他老婆和他闺女。我从不对女人动手，这是原则。他要是有个儿子，我就完全复原当年那一幕。我想了再想，没在他家动手。我把他背上我的车，拉到老皮匠的坟地那里。一路上，我时不时地拍拍他的脸。我说，喂，你别死在半路上，坚持一下，坚持到仪式完毕。我爹的坟在乡下，跟我爷爷他们在一起。车开不上去，我把那人背到地里，放在我爹坟前，我说，你给我跪好！他就跪好。我说，现在你得向我爹求饶。他脸色乌黑乌黑的，嘴唇哆嗦着，哭啦，真的，呜呜地哭。我说，当年，你打我两巴掌，我要连本加息还回来。我拽着他的头发，使劲打了他四巴掌！

李彦邦皱起眉头，你没觉得他已经很可怜？

马三儿冷笑，他欺负我们一家子的时候，怎么不觉得我们可怜？

李彦邦无语。

师父，有些东西，课堂上学不到的，得在社会上学。我不是对您老人家不敬，很多道理，你不可能教给我，因为你也不会。瞧瞧楼下这条街，表面上呼呼隆隆的，实际上有一整套私下里的规矩。首要的一条，胜者为王！街口那家卖水果的，为什么这么多年，仅此一家？那是人家自己打下来的地盘。为了抢摊位，他老婆把秤杆儿用秤砣砸断，唰一下子，插进人家肚子里！

李邦彦恍然感觉，十年河东，十年河西。现在，轮到学生给他上课啦。

问题是，他无法进行有力的反驳。因为这是事实，香树街上每天发生的事实。但李彦邦怎会轻易被说服？三儿你说的这些，我也承认是存在的。可总还有更高层面的规矩吧？比如，法律。马三儿哈哈一笑，在香树街上，法律不如砍刀管用。不信，你去打听一下，谁遇到问题会先去找警察？哪个不是先想到我？多少年来，我一直是香树街上的治安调解员。

李彦邦挥挥手，跟你说个话真费劲儿，不如跟你爹。

马三儿说，很对，老皮匠跟你一样一样的，老实嘛，吃亏是福嘛！不过，长江后浪推前浪，我跟勤勤，我们这一代，绝对不能再这个活法！

3

马三儿把自己严严实实藏了两周。

两周内，他一步也没出李彦邦家。后来有个电话打进来，告诉他江湖上的恩怨已被抹平，老大完全可以出山。似乎那位还问马三儿身在何处，马三儿嘿嘿一笑，老子一步也没离开香树街！这两周，李勤勤回家过一次，见家里被马三儿收拾得还算干净，老爷子也被伺候得红光满面，于是放心离开。

日子看似风平浪静，实际上略有变化。

李勤勤跟钟一诺单独约见了一次。

见面地点，先是在钟一诺办公室。李勤勤直截了当，说明来意，请钟大主任帮忙，找份工作，工种不限，只要不是织毛巾就行。这种事儿钟一诺无法立马答复。毕竟他也就是个县委办公室副主任，没生有三头六臂。李勤勤虽说如花似玉，但找工作不是选美，她的学历之类硬件，还不够坚强。

事情就那么凑巧，李勤勤还坐在沙发上，桌上的电话响，约钟一诺当晚饭局的。大富豪酒店的皮总私下求他摆平一件事，当晚设宴答谢。好像还开个玩笑，大约是，可以携同小三儿一并赴宴。钟一诺视线一转，笑眯眯地看李勤勤一眼，说，你知道你哥，没那方面的花里胡哨。然而，此类信息颇有穿透力，可透过电缆线，透过话筒，透过人的口型、眼神等很多零部件，暧昧地进行挥发，扩散。李勤勤鼻孔一缩，立马嗅到，不由得抿嘴一乐。

见面是上午，李勤勤告辞出门，花了差不多半天多时间，收拾浑身上下，甚至，还去美发店，将额前一缕头发染成棕色。当晚，她款款出现在酒店门口。钟一诺一下车，抬头瞧见她，顿时天地一派澄明。他很夸张地原地转了一圈儿，师妹，哪边是北啊？

李勤勤笑嘻嘻地挽起他胳膊，师兄，我索性给你一次花里胡哨的机会。

次日上午，李勤勤加盟大富豪，一步到位当了领班。

当然是前一晚定下的。大富豪皮总解决这个事儿左不过就一句话。只是，钟一诺略有踌躇。酒店里头，乌七八糟的事儿不少，比染缸里的色彩还复杂。不管从哪个角度讲，让李勤勤涉足这领域，他不踏实。当晚分手时钟一诺问，这事儿是不是得跟李老汇报一下。李勤勤说了俩字儿，不用！钟一诺仍问，老师骂我咋办？

李勤勤拍他肩膀，你这孩子啥时候怕过老师？

钟一诺内心的温情顿起，想起皮总悄悄跟他说的话，哥，二嫂放在我这儿，你尽管放心。我腾一个单间给她住，好不好？该老总如此慷慨，并非没道理。早就有风声传出，政府办公室主任即将调往别处，呼声最高的继任者，正是这个钟一诺。可以说，这是一支绩优股，绝对值得投资且可以长期持有。

钟一诺家里，当然有老婆的，名叫马小却，是县医院一名普通护士。不光工作普通，自身从里到外似乎都很普通，长相上，属于那种放到人群里找半天都找不出来的，学历上，甚至还比不上李勤勤。钟一诺眼光不低，怎么找到她的？事出有因，双方父母属于老友，此前长期走动，俩孩子也算是老相识。马小却长得普通，但也属于中等偏上。何况人家家庭出身优越无比，其父当时是县教育局副局长。她吃穿不愁，肤色又白，于是遮去三丑。时间一长，彼此是看熟的，在钟一诺眼里女人居然颇耐端详。俩人的结合波澜不惊，顺理成章。当然，钟一诺参加工作后顺风顺水，一路绿灯，跟岳父的后台操作也不无关系。

钟一诺自称没有花里胡哨，确实是真的。确切地说，还没度过婚姻保鲜期，跟马小却的关系依然温烫。从岳父这角度讲，他也不能，或者不敢。岳父现在是县教体局一把手，虽说年事已高，行将退二线，且钟一诺极有可能在级别上迅速超越他，但虎老雄风在。更何况县城本就巴掌一般大，上趟街能碰到一个加强连的同学亲朋，小有成就的人一旦有这方面的风吹草动，差不多半个县城人都知道。钟一诺倒不是天生没有越位嗜好，只是没到火候。

恰逢此时，李勤勤横空出现。

动，还是不动?

对钟一诺来说，这是个大问题。

好在，问题的答案很快揭晓。只是这答案有些剑走偏锋，远离主旋律，不是朝解开乱麻的方向走，相反，似乎让本还不十分乱的一团麻，哗啦一下，盘根错节，直至撕扯不开。

钟一诺把李勤勤动了。

就跟他和马小却的婚事一样，一切顺其自然。李勤勤在大富豪有了单间，非常自由。而县委的大部分接待任务，就在大富豪。钟一诺的身影一个月总有个三五次出现在那里，多是醉眼迷离。两个月后的一个夜晚，李勤勤在走廊里碰到正在扭秧歌的钟一诺，忍不住呵呵一番笑。钟一诺居然还能手舞足蹈地讲笑话，勤勤啊，你要是从我头顶上切开个小口，拿打火机一点，就会冒火苗。我就是一根酒精做的蜡烛。不行啦，我要找个地方躺躺。

李勤勤稍做犹豫，搀着钟一诺进了自己房间。

直到凌晨，钟一诺醒来，咦，身边躺个女人！恍惚之间还以为是马小却，半天反应过来，那不是自家卧室。再去端详女人，一下子清醒了。就在那时李勤勤醒了，冲着他迷离而笑，师兄，你还没失身。钟一诺眨巴着眼睛，开始手忙脚乱穿衣服，连说，那就好，那就好。李勤勤穿着睡衣坐起，钟一诺立刻把头扭向一边儿。李勤勤哈的一声，没想到啊钟一诺，你倒真有股子坐怀不乱的劲儿。钟一诺抓抓后脑勺，没那么高境界的。说着，已走到门口。李勤勤问，你看看现在几点？钟一诺掏出手机看时间，凌晨四点多一点儿。李勤勤说，反正回去嫂子要罚跪的。不如在这里睡算了。我不骚扰你。我这人，性取向很特殊，不喜欢男人的。钟一诺站在那里，好久没动，后来，慢慢走回去。

接下去的事实证明，李勤勤撒了谎。她的性取向毫无特殊之处。

事情过后，钟一诺差不多是狼狈逃窜。

外面的天还是黑的，繁星点点。大街上已有零星行人，环卫工人在哗哗地清扫街面。钟一诺在路边一棵树下站住，沉默半天，弄不清接下来要往哪边走。家在左边，单位在右边。他在路边冬青丛边坐下，抽掉两根烟，才站起身来向右走去。没过半个小时，走到单位门口，稍做犹豫，继续低头向前走。从单位大门口西行三五百米，是一条穿城而过的小河。在白天，河水看上去污浊不堪，夜色里却很像一条河的样子，能听到流水声，只不过气味难闻。

钟一诺坐在河边，又抽掉半包烟，天便亮了。站起身来的时候，他嘟囔一句，钟一诺啊钟一诺，你就跟这条河一模一样啦。

接下来的那段时间，李勤勤也没睡。她也在抽烟，直到屋子里烟雾缭绕。快要天亮的时候，她脑子里突然冒出个念头，把自己都吓一跳：这么好一个男人呀，你为什么不抓住他？

这天上午，一男一女都忙。男的心里忙，坐在办公室里老是走神。快到中午的时候他犹豫再三，还是给李勤勤发一条短信，三个字，对不起。而那时候，李勤勤是真正忙。她正站在县医院大门口。她面带微笑回道，这话应该我说。你是个好男人，我不该拉你下水。等了半天，另一边再无反应。于是，她点点头，自言自语，很好，嗯，很好。然后，扭头进了住院部。她一层一层地走来逛去，貌似探望病人的家属，实际上，要考察其中一位护士。

终于，她看到了她。一身白衣，体态稍显臃肿，慢悠悠从走廊另一端走过来。李勤勤看过照片，一楼大厅墙上的宣传栏里就有。于是确定，这就是传说中的马小却。女人跟传说中没什么太大差异，普通得几乎让人沮丧。不仔细端详那张脸，会以为这是个养尊处优的中老年妇女。李勤勤迎着她走过去。楼道里响起高跟鞋自信而又决绝的声响。马小却穿一双平底布鞋，踩不出这样的步点。一个女人和另一个女人，几乎擦肩而过。李勤勤微笑。她发现，那女人比自己矮了一小截。

李勤勤的心情好极了。

她当即决定回香树街去，给老头做一顿像样的午餐。饭桌上，她告知父亲，你闺女已经辞职，在一家化工公司办公室打杂。李彦邦抬起头，端详她半天，什么时间的事儿？李勤勤低头吃菜，咕咕哝哝说，有一段时间啦，怕你担心没告诉你。李彦邦又问都干些什么？李勤勤说，办公室嘛，整整文案写写宣传稿，对了，还办一张内部小报纸，自己印，发给职工看。李彦邦笑，你能干了那个？从小写作文就一塌糊涂。李勤勤做调皮状，当爹的厉害，做闺女的能差到哪里？

钟一诺好长时间都不联系李勤勤。

李勤勤一点儿都不着急。她有一大把对付男人的经验。能把自己修炼成一个剩女，主要原因在于她太挑。像这样的女人身边哪能少了追求者？自从职业学院毕业，就一直没消停过，正儿八经谈过恋爱的男人都能组成一个方队。对于钟一诺的心思把握，她好像越来越自信。不过，的确是稍感意外。此前，她还以为身处官场的人不管在哪方面都善于逢场作戏的。那样的话，倒也不坏，各取所需嘛！李勤勤当然没打算守身如玉，实际上也早就失却了城池。跟钟一诺春宵一度，也算不得什么大损失，照市场规律来精打细算，也还划算。没想到，从头到尾回味那晚的细枝末节，居然稍稍有意外之喜。原来，表面上像滑溜溜的鱼一样的钟一诺，在勾搭女人方面，居然还是很嫩的。对这样的男人，得深入其内心，事事替他盘衡，方能增加取胜砝码。此前从未或鲜有偷腥的钟一诺，十有八九会被这次艳遇稍稍吓到，需要一段时间调理，得给他充足时间，让他意识到这件事儿本身或跟你的交往过程，是轻松、安全又美好的，而不是一头就钻进雷区。

一切如李勤勤所料。

一个月后的一天，钟一诺发来条短信，通报自己行踪。他在省城参加一个学习班，为期半个月。地点在一环境优雅的山庄里。居住条件相当不坏，一人一单间儿。

李勤勤去跟皮总请假，说要去海南旅游。

皮总皱着眉头说，得坐飞机吧？咱们可没有报销机票的先例。李勤勤说，不需要报销。皮老板能准假，属下就很感激。皮总眉开眼笑，海南有什么好？咱们省城有个什么山庄，就在半山腰，四周到处是果树，往外一走，山上的野兔啊山鸡啊，随处可见，我觉得比海南强多啦。要不，我直接把你打个包快递过去？李勤勤眼珠子一转，不行，我怕你填错地址，把我发到非洲去。皮总说，你这担心很多余，哪怕真发错了，我立马把自己打个包，快递过去救你。李勤勤说，别忽悠我啦，你这么胖，肯定超重的，到时候你想去也去不成。皮总说，有个姓钟的，比我瘦一些，实在不行发过他去呀。李勤勤说，他那么瘦，去了也白费，肯定打不过人家黑人。皮总缴械投降，好好好，那你去你的海南吧。

一个小时后，李勤勤上了前往省城的动车。

4

马三儿打电话，催命鬼一般，师父你下楼，赶紧的赶紧的!

李彦邦说，我正在做饭啊。马三儿说，别做啦，请你吃大餐。李彦邦说，我不去，我又不是个吃货。马三儿说，别呀师父，徒弟好不容易请你一回。你要再推辞，我这就上楼把你背下来。李彦邦赶紧妥协，别，你别上来！我也不让你背，我怕你把我背到老皮匠坟地里去。

站在香树街边上的马三儿，看上去兴致不错。刚理过发，一颗光头熠熠闪亮。脖子上，是根粗壮的金项链，两只手上，各戴一枚金灿灿的大戒指。腰已经有些弓的李彦邦站到他跟前，活脱脱另一个老皮匠。

李彦邦说，三儿，瞧这行头，最近又发财了？马三儿凑近师父耳朵，我从来不跟您说谎。这项链、戒指，都假的，吓唬街上那帮小狗崽子的。俩人一边说着话，一边往街外走。李彦邦问，请你亲爹吃过大餐吗？马三儿说，这还真没有，老皮匠没口福啊。师父你这一说，我心里有点不得劲儿。其实，老皮匠挺好一个人，他这辈子，受苦受罪可真不少。不过我请你跟请他一样，是不是？这世界上的人呐，孝顺的时候要趁早，稍一拖拉，人没啦。李彦邦说，你这孩子，偶尔也会说几句人话。马三儿说，人嘛，哪个不是从他娘的肚子里出来的？得感恩是不是？别看你徒弟打打杀杀这么多年，有一样，我这人爱憎分明，行侠仗义。

李彦邦连连摆手，你还杀富济贫呢。

走出街口，马三儿一伸手，摆下辆出租车。李彦邦说，就咱爷俩，随便找个地儿吃点就行，有必要乘车去？马三儿说，那不成！吃大餐嘛，海参鲍鱼的，得有那气派才行，要不是今晚我要喝酒，我开辆宝马，拉你去兜兜风。

还真是到了一家海参馆。

走进一个小小的房间，稍坐片刻，马三儿手机响，他接起来，告知对方房间号。李彦邦嘿嘿一笑，小子，你不是专门请你师父的。马三儿摆摆手，今晚您是绝对主角，哪怕县委书记来，也得当陪衬。几分钟后，县委书记没来，来的，却是政府办公室副主任钟一诺。

李彦邦一愣。

钟一诺也一愣。

马三儿热情招呼，坐下呀，不需要互相介绍吧？

李彦邦脸色唰的一下子冷下来。当然他还不知晓钟一诺跟李勤勤的发展近况，假如知道，他会举起凳子没头没脑砸过去。钟一诺呢，本以为马三儿有事儿求他。官场上的人，都有这种比较良好的自我感觉。却没想到，李老师居然也在！顿时，五脏六腑纠缠不已。什么意思？老头子已经知道了一切？看来，这是鸿门宴呐！只是不知道能不能趁上厕所的机会逃跑。他正想着，马三儿客气地把钟一诺让到里边儿，他一屁股坐在靠门口的位置，貌似把钟一诺逃跑路线都给密不透风地堵死了。

开始一道道上菜，果然有海参，有鲍鱼。

马三儿致开场词，今天我设个主场，请师父出来吃顿大餐，尽尽孝心。我这辈子前半生活得浑浑噩噩，让老师很不安生。后半生呢，我想我得换个活法。师父那天你问的对，你说三儿啊，你就想一直这么下去？是啊，仔细想想，老了以后我咋办哪？今天都不是外人，我就直说，不知道现在收手还能不能行？这番话，居然让李彦邦眼睛一热，三儿，这么多年，你是头一次开悟。

钟一诺连连点头，是啊，是啊。

马三儿继续说，来的路上我跟师父说，人这辈子得知恩图报。老话说，一日为师，终身为父。这是规矩，也是道。你要是破坏这些规矩，猪狗都不如！马三儿说着话，却斜着眼看钟一诺，后者顿时感觉，有一丝凉气从后背倏然蹿起！马三儿又说，还有层意思，几个月前，承蒙钟大主任看得起，请马三儿去撮了一顿大餐。这次，算我回请。欠债还钱，杀人偿命！吃人家的嘴短，吐是吐不出来，只好另请一场，算是还吃债。钟一诺连忙摆手，哎呀，乾坤你千万别提那事儿啦，说起来我都惭愧！可有什么办法？现如今的领导，哪个是靠谱的？

这样三个人坐在酒桌边儿，真叫个精彩。

说各怀鬼胎有点儿过，但心态各异那是确定无疑。李彦邦跟钟一诺一样，一知半解，心里却没压力，他看不惯的是钟一诺。他以为，马三儿要借场酒讽刺挖苦一下钟一诺，香树街上访事件有头无尾，对马三儿来说绝对是个损失，否则，他会借机承揽部分工程，发笔大财。因此，李彦邦渐渐放松心态，还稍稍觉得过瘾。钟一诺呢，真正的水深火热，每一分，每一秒，都像是被架在火炉上方。他很清楚，自己犯的事儿有多恶劣。表面看上去，最轻松的反倒是马三儿，他像个稳坐中军帐的元帅，指点江山，激扬文字，完全掌控场上局面。

李彦邦不禁暗暗叹服，看来，走黑道也能培养人才的。钟一诺却想，跟黑道人打交道，真是如履薄冰啊，人家的杀机藏在嬉笑怒骂下，不知道什么时候冒出来。

实际上，马三儿并没有很明显地露出杀机。最致命的那一条，即钟一诺跟李勤勤之间的暧昧关系，一直没摆上桌面。甚至自始至终，就没一个人提到李勤勤。钟一诺暗存侥幸，或许，他们还不了解？此念头刚刚升起，接着就被马三儿打压下去。

马三儿突然哈哈大笑，前几天碰到个事儿，有意思。想不想听啊师父？

李彦邦说，你说。马三儿说，我举这例子，是证明在您家里我说的话，一点儿都不假。不光香树街上的人找我做调解员，县城里好多人，都找我。县委里头，有位科长，人长得不咋样，玩女人的本事不小。你猜他有多少情人？七个！一星期哪天都不闲着，神仙受得了啊？这七个情人，简直就是一部大戏，可把个老儿子折腾坏啦。所以，他想精简机构，让那么一两个情人下岗。但他把事情弄得太直白、太恶劣。有个情人也不是吃素的，来找我，马大哥，你妹子不能吃这么大亏，白叫个官场猴子玩儿了几年。

李彦邦早就皱紧眉头，别说啦三儿，都什么鸟啊？还官员呢，人民公仆，屁！马三儿哈哈大笑，师父您真行！现如今，像钟一诺这么正义凛然的官员，打着灯笼找，都找不到啦。钟一诺傻笑。海参鲍鱼的，在他嘴里反刍着，就跟嚼木头渣子差不多。

马三儿说，这个女人要我来主持正义，因为官员解决不了，警察、法官，都办不了。守着真人不说假话，我是收费的，明码标价，体外伤多少钱，伤到五脏六腑多少钱，一只眼睛、一条腿、一根胳膊多少钱，市场价，不打折！师父，您如果需要帮忙，我也绝对不打折，咱直接免费！李彦邦哼一声，我就整不明白，你干这个到底图什么？有钱赚，还是心里舒坦？你伤害别人的肉体，抚慰自己的灵魂？

钟一诺连连点头，老师说得对呀。

马三儿说，师父，你徒弟就是个初中文化，到灵魂这个级别，我跳起来都够不着。李彦邦说，灵魂跟学历没关系，一个人哪怕是高级教授、专家学者，灵魂脏了，也跟畜生无异。马三儿连连摆手，咱不谈灵魂成不成？继续听我说。我给他们调解得很顺利，双方很满意。要不，师父你看段录像？说着，马三儿抓起手机，开始找，起了身子，要递给老师看的，李彦邦正要伸手，马三儿却把手抽回去，不行！我突然想起来，您老不能看，你要看的，应该是遭受打击的灵魂。一诺同学，要不你看看？钟一诺没说什么，接过手机去。马三儿指点他打开某个键。

小小的房间里，传出一声声瘆人的叫喊！

钟一诺不禁浑身哆嗦。马三儿说得没错，画面上的确是个熟人。这天上午，他还出席一次会议，正襟危坐在主席台上。画面上的他，却是跪在地上，被人拳打脚踢。钟一诺把手机还给马三儿，俩人对视一眼。马三儿的表情简直慈眉善目。脖子上那金光闪闪的一圈儿，衬托得他像一个得道高僧。

酒局总算结束。

钟一诺长长地舒了一口气。

马三儿先搀着师父进出租车，砰的一声，关上车门，慢慢转回身，笑呵呵地看着钟一诺，并不说话。数秒过后，马三儿伸出宽阔的手掌，在钟一诺肩头上拍一下，一扭头，拉开出租车前门钻进去。直到出租车走出很远，钟一诺才抬起头看天空，下意识地缩缩脖子，然后，沿着路边往前走。走着走着，觉得冷，身子不由自主开始哆嗦。明明是夏季啊，还穿着短袖衬衣的。他站在路灯下面，低下头去看自己裤管，也在抖。他的身体转动一百八十度，扭过头去，看自己被压缩得几乎在脚下的影子居然也在动！他掏出手机，想找个人说点什么，可想不起该找谁。

最后，还是打给了马小却。老婆，你在干什么？马小却的声音懒懒的，值夜班啊，还能干什么？咦，一诺啊，你的声音不对，怎么啦？钟一诺说，刚跟一个老同学吃完饭，在大街上走。马小却说，感冒了吧？要不你过来，我给你找点药。钟一诺说，不用，一会儿就到家。打完电话，钟一诺仍然站在原地，又怀疑起来，我干吗打这个电话？马小却知道我跟同学吃饭，下午问过的。还有，这几句对话，究竟有什么意义呢？

第二个电话，打给了李勤勤。

二十分钟后，李勤勤站到那路灯下面，钟一诺没动地方，但身体已经不哆嗦了。李勤勤歪着头，打量钟一诺的脸，怎么啦哥？谁欺负你啦？钟一诺说，我想和你谈谈。李勤勤说，我上班啊。你那口气就像世界末日来临，人家赶紧就跑过来。想谈什么？李勤勤伸手挽起钟一诺的胳膊，后者移动一下身子，把她的手抽出来。李勤勤稍稍一愣，随即笑了，大晚上的你怕什么呀？要不咱们上车。

出租车把二人送到城郊结合部的铁路线旁边。

对面一片漆黑，是一片玉米地。

钟一诺总算又能开口说话，勤勤，我们不能再这样了。

夜色遮挡了他和李勤勤脸上的表情。这样很好。黑夜能帮助人排除一些干扰因素。李勤勤问，为什么？钟一诺点上支烟。李勤勤借着火光，看一下那张模模糊糊的脸，想搜索一些什么，却什么都没捕捉到。钟一诺说，我今晚上见到老师了。李勤勤哦一声，他可是什么都不知道呀！钟一诺说，正因为他什么都不知道，我才内疚。李勤勤试图抓住钟一诺的手，他轻巧地躲开。李勤勤说，终有一天他会知道的，不过，这不会影响我们对不对？钟一诺说，问题是，我会影响你。李勤勤说，你担心这个？我又没要你离婚。你想要我怎么做，我就怎么做。钟一诺沉默半天说，这对你来说，不公平。李勤勤看着远处的灯火，这个世界上，哪有什么公平的事儿呀？比方说，我生在香树街上公平吗？其实，我要求不多，不是你全部，你把给马小却的那部分，稍微匀给我一点儿就行。不过，有个问题我倒是一直想问，你爱我吗？哪怕就那么一点点。钟一诺内心承认，不只是一点点。自从那次省城回来后，一切都不一样了。马小却在他的心里，几乎完全被李勤勤取代。但这个夜晚，他无法回答。站在路灯下面，他费了好大气力，才下决心跟李勤勤提出分手。

李勤勤说，你不回答，我理解你心里是有我的。钟一诺顿时又意识到，这样谈下去，转一个大圈儿极有可能还是回到原点。他说，是我不想这样了。以后，你有任何困难我都会帮你，但我们必须回到过去。

李勤勤呆愣半天，突然一笑，行！你怎么说都行。

钟一诺说，这么说，你同意分手？李勤勤说，分手有很多方式。今生今世永不见面？可能性太小。除了偶然遇到，不再互相联系，或者遇到了也形同路人，这个有可能。可你刚才说过，只要我有困难就去找你，又变成不可能，我的困难太多了。再一个是回到过去，你还是我师兄，我还是你师妹，这是骗傻子的吗？又根本不可能。还有，就是以后咱俩再也不上床，这我能做到呀，我又不是花痴。你别忘了，你老师原来是个诗人，我常年耳濡目染，也学到很多所谓形而上的东西。从哲学层面讲，两个人一旦这样，就是事实存在。即便人死了也存在的。而两个人只要是互相爱着，婚姻有那么重要吗？婚姻不过就是个形式。那个常年睡在你身边的女人，就一定会是你爱的人吗？

钟一诺承认，他说不过这个小师妹。

回到家里，他半夜没睡，反复回想这个夜晚发生的一切，尤其回味跟李勤勤的对话，觉得很不真实。在那个过程中，尤其你钟一诺，真是虚伪到家，你在有意无意扮演某个电视剧里的角色，你跟李勤勤上演了数不清的烂片中千篇一律的桥段。后来他问自己，你为什么不跟李勤勤说说马三儿？是不是在潜意识里，那才是一个真正的凶险所在？

5

尽管钟一诺没提到马三儿，但聪明的李勤勤很快找到问题所在。很简单，一个电话足够。对此事件一无所知甚至没一点儿预感的李彦邦，轻描淡写把钟一诺见她之前吃海参鲍鱼时的情景叙述一遍，最后不忘一句提醒，还是那话，别去招惹那个钟一诺，我看不惯他。李勤勤嘟囔，你看不惯的人多啦，你闺女还一个都不理睬？李彦邦说，你知道我什么意思。

第二天，李勤勤就给马三儿电话，三哥，我想喝咖啡。

马三儿啊哟一声，到了高档酒店当领班，档次提升啦，离开咖啡不成了啊。他自己都没意识到，跟李勤勤对话时，居然轻松了许多。李勤勤冷笑，你倒是对我的行踪了如指掌。马三儿说，我的队伍潜伏在这座城市每个角落。李勤勤说，要在战争年代，你肯定是个好汉奸。

咖啡刚摆到桌上，李勤勤单刀直入，你不要给你妹妹惹麻烦好不好？马三儿眨巴一下眼睛，我不懂。李勤勤说，话说白了，就不好玩儿了。马三儿点头，不过，你觉得哥这么做，是为什么？我闲得没事儿不如在香树街上找棵树蹭嘴皮子玩儿。哥这不是担心你吗？李勤勤说，你担心我什么？我一个成年人不知道分寸？马三儿有点儿面红耳赤，你知道什么叫分寸？姓钟的是什么玩意儿你不知道？他家里没老婆？李勤勤冷笑，终于把话说透啦！我告诉你，我就看上钟一诺了。有老婆怎么啦？现在的人，结婚、离婚算个屁事儿？马三儿说，你这观点不对，不合规矩。李勤勤瞪着眼睛，看马三儿半天，扑哧一笑，三哥，你干的哪件事儿，是合规矩的？马三儿说，错！每件事都合规矩，虽然有的不合法。

李勤勤抱起胳膊，我就奇了个怪，你干吗这么在意我跟钟一诺交往？马三儿嘴唇嚅动半天，没了话。李勤勤再问，还有，我也很纳闷，是你老人家亲自跟踪我，还是派你手下小马仔？你到底想干什么呀？马三儿一着急，就把话说了出来，难道你就一点儿也没发现？从小学四年级开始我就喜欢你！

这次，轮到李勤勤张大嘴巴！

俩人沉默半天，李勤勤轻轻摇头，站起身来就走。马三儿坐在那里半天没动。最后，他倒是给自己鼓劲儿，小子有种，总算说出来啦。半个小时后，李勤勤给马三儿发了条短信，这个是不可能的！还是那话，别给你妹妹惹麻烦。马三儿回道，你哥有时候管不住自己。李勤勤迅速回复，你妹妹也管不住自己，到时候你别怪我不客气。马三儿看着手机屏幕半天，眼泪都快落下来了。他站在香树街边一棵梧桐树下，眯着眼睛去看一街的人。好半天，街上很多人都看到，马三儿将一部硕大的手机啪的一下摔在街面上！

顿时，四分五裂！

一个小小的卡片飞起来，弹了几下，准确地落进下水道。

钟一诺是真的感觉不好玩了。他好久不跟李勤勤联系，即便去大富豪，也是躲着走。李勤勤知道原因。深思熟虑后，觉得这样也好，彼此先静一下。这个时候的男人像惊弓之鸟，不能逼，逼得太紧，容易把人赶到老婆身边儿，去躲风避雨。相反，马三儿有些急。他换了部新手机，连同号码也换掉，开通之后，先告知李勤勤，说，你哥的手机那天喝完咖啡后就闹罢工。李勤勤清汤寡水地笑，旧的不去，新的不来。反正，你换部手机也不用自己花钱。

一个月过去，彼此相安无事。

此期间，钟一诺的喜事儿正步步临近。办公室主任的调令下达，那个位子需要人顶一顶，很自然的，钟一诺靠前一步，临时做方丈。明白人早就开始张罗着要给他祝贺呀，钟一诺保持着老江湖特殊时期的低调，能推掉的酒场，基本都不参加，有的即便参加也不敢放肆地喝，怕酒后闹出什么把柄。对李勤勤，就更不敢去招惹。特殊时期嘛，稍有不慎，满盘皆输。钟一诺很清楚，现在很多人等着看他洋相。至于李勤勤，起先还耐住性子，寻求机遇，但一个月过去，钟一诺仍然不冷不热，发条短信，也看得出极其冷淡，倒是不免暗暗心慌。唯有大富豪皮总心知肚明，旁敲侧击提醒她，时下局势非比寻常，最好，钟大主任的身影少在大富豪出现。二嫂升任大嫂，跟钟一诺由副主任升到主任，有得一比，都不能太急，都需要稳住。

事情还是出在马三儿那里。

他跟李勤勤把话挑明，貌似是万里长征路迈出了关键一步。轻松过后，马上紧张就跟来，李勤勤决然的态度让他觉得很绝望。

有天晚上，他再次请师父吃饭，这回不是海参鲍鱼，是香树街上胖嫂开的火锅鱼店。正值夏末秋初，天气虽微凉，吃火锅还稍显早。师徒二人坐在一个小房间内，不一会儿马三儿浑身是汗，干脆赤了上身，并极力邀请师父也脱。李彦邦嘁了一声，师父能跟你一样？马三儿嘿嘿一乐，不脱就不脱，文化人，死要面子活受罪。李彦邦说，这叫文雅。跟你说，你也不懂。

半瓶酒下肚，马三儿憋不住，把师妹的话彻底忘掉。

他说，师父，有句话，多少年啦，我都不敢问您。您觉得徒弟这个人怎么样？李彦邦眼睛一眨，顿时醒悟马三儿目的何在。他说，你这个孩子虽说没文化，但比有些人强。你仗义。马三儿听得受用，又问，也就是说，师父您对我没坏印象？李彦邦说，说一点儿也没有那是假的。你小子走的这条路，完全不是你师父希望的。反正我说多少遍，你都当我放屁。马三儿抓抓头皮，居然伸手抓起衬衫穿上。李彦邦微微一笑。马三儿说，但是，我回不去啦，一个人只要走上这条道，意味着会欠很多债，绝大多数还是血债。这世界上，欠债就得还啊。人在江湖，身不由己。李彦邦说，狗屁！正儿八经做生意，谁会管你？马三儿叹息一声，跟你说了，你也不懂。不过，假如我现在老老实实做生意，你会拿我当个亲儿子那样？李彦邦伏伏身子，小子，老皮匠走的时候，都嘱咐我照看你，你就是现在这样，我也拿你当儿子。马三儿喝掉一口酒，扭头看着窗外，眼里居然有了泪花。

李彦邦说，三儿，我见过你两次流泪。上一次是你说到那老六欺负你家的时候。说明你这人心里还是有另一面的。其实你很明白，整天提心吊胆打打杀杀，哪叫过日子啊？马三儿一伸手，又把衬衫脱下来。师父，人在这世界上做过什么，都在你身上记着。比如，我进看守所，进监狱，这些都在我身上，文身一样去不掉！我知道，勤勤就因为这个，而看不起我。

李彦邦心里咯噔一下，心说，还是来了。嘴上却说，你有没有想到，女人会觉得，和你在一起没有安全感。马三儿一瞪眼，怎么会？还有比我更有力量保护女人的男人吗？李彦邦笑了，你自己都怕被人砍死在大街上，你说有老婆孩子会怎样？

马三儿稍稍沉默，顺口说，难怪勤勤喜欢钟一诺那样的。说罢，自觉失言，赶紧抬头看一眼李彦邦。当师父的，哪能错过这样别具内容的神色，你什么意思？马三儿说，我就随口一说，您别当真。李彦邦紧追不舍，三儿，你别瞒着师父，你肯定知道什么。马三儿举起酒杯，师父，喝酒。李彦邦说，你把话说明白。马三儿慢慢放下酒杯，扭头看别处，李勤勤去大富豪酒店，是钟一诺给安排的。

李彦邦的脑袋里嗡得一响。

原来，马三儿那次请钟一诺吃海参鲍鱼，是另有缘故的。给钟一诺看什么官员录像，分明是含沙射影，敲山震虎。既如此，马三儿肯定了解勤勤跟钟一诺已经发生过什么。难怪李勤勤这么久都不提钟一诺只言片语，而且，她居然把自己在大富豪上班的事儿，都隐瞒得滴水不漏。大富豪？那是什么地方啊？花天酒地的地方，滋生腐败的地方！

李彦邦脸色铁黑，嘴唇哆嗦，好半天不发一语。马三儿小心翼翼察言观色，见事情闹到这样，索性把话说到底。师父，您也许不知道，我从小就喜欢勤勤。我知道我配不上她，但至少，我可以当她哥吧？钟一诺什么玩意儿？他现在马上要当县委办公室主任，他会离婚娶勤勤吗？我不能眼看着勤勤往火坑里跳。马三儿突然闭嘴，老教师手哆嗦着，身体摇晃一下站起来，一句话不说就走。马三儿说，师父你别急，事儿也没那么严重。他说着，李彦邦已经走到街上去了。

踏到街面上，李彦邦抬起头，看看半天空，觉得脚底下有点软。他沿着香树街向前走，突然很绝望。许多年前，女人走的那个夜晚，他就是这样来来回回走在街上的。难道，又要重演一回？

起初，他想立刻给李勤勤打电话，叫她回来，叫她离开那种肮脏的地方。可闺女的性格他很了解，跟当年的女人一模一样，一旦下了决心，根本拖不回来。后来，他终于掏出手机，却打给钟一诺，咱俩见个面儿吧。

钟一诺没反应过来，好半天才问，现在吗？

李彦邦说，马上！

那时的钟一诺正跟李勤勤在城郊一家宾馆里。他终于还是被李勤勤的短信引去了。李勤勤说得很婉转，你不觉得我也应该给你祝贺一下吗？钟一诺犹豫半天才回道，咱们之间，不需要这个。李勤勤没跟他多啰唆，跟许多天前钟一诺发给她的信息雷同，说她已经入住一家比较隐蔽的宾馆，开好了房间，不管钟一诺去不去，她都在那里住一夜。李勤勤自知这一招很老辣，不是非常时期吗？那我替你着想，不在城区见面，不跟你一起出现，这样做可以吧？对钟一诺来说，这条短信真是个大考验，明知道不该去，但如此诱惑却难以拒绝。他到底还是出现在那房间里。

李彦邦的电话打进去时，两人正躺在床上。

钟一诺呼地一下子坐起来，李勤勤迷惑不解。钟一诺声音哆嗦，是老师。李勤勤也坐起来。钟一诺穿衣服的时候，李勤勤问，你真要去？钟一诺说，必须去。李勤勤双手插进头发，嘟囔说，肯定那个小流氓背后使坏。钟一诺一下子扭回头，马三儿？他为什么这样？李勤勤抬起头，注视钟一诺半天，你不是怀疑我跟他有什么事儿吧？钟一诺说，这人好像很关心我，咱们以前见面也够隐蔽，他是怎么知道的？李勤勤说，走黑道的人什么阴损招数使不出来？钟一诺沉吟片刻，问，你跟我说实话，这个马三儿到底想干什么？李勤勤一张手，我怎么知道啊？钟一诺看着女人，沉默不语。李勤勤一张手，叫起来，一个臭流氓，我能看上他啊？再说，他就住在我家楼下，从小一块长大的，即便他真喜欢我，这也很正常呀！钟一诺双手抱一下脑袋，在屋里转一圈儿，我跟你说过，我现在处在一个非常时期，任何意外都不能出！李勤勤仰着脑袋，看钟一诺半天，你怎么能这样呢？难道，我会害你啊？钟一诺咬咬嘴唇，转身就走。李勤勤手忙脚乱穿衣服，一边问，你们在哪里见面？我跟你去。

钟一诺忽地一下转回头，你去干什么？还不够乱？

李勤勤一下子呆住！

她在屋子里抽掉一支烟，才抓起手机打给马三儿，王八蛋，你跟我爹说什么啦？马三儿沉默不语。李勤勤说，你别惹急了我，我不怕你！马三儿说，李勤勤，姓钟的对你来说，就有那么重要？李勤勤大吼一声，很重要！马三儿把电话扣掉。李勤勤再打过去，对方不接。她一边打电话，一边往外走。坐上出租车后，马三儿终于接起来。李勤勤问，你跟我爹是不是在一块儿？马三儿说，不在一起，但你放心，他在我的视线之内。李勤勤问，你们喊钟一诺去干什么？马三儿咦了一声，这个我真不知道，师父约那个混蛋在铁路边上见面儿？李勤勤追问，哪里？马三儿说，香树街东头，铁道边儿上。

李勤勤的话软下来，三哥，我求你，你别打他好不好？

马三儿冷笑。

就在那时，他远远地看到钟一诺的车停在了路边。马三儿狠劲地攥着手机，像是要把它握碎，自言自语说，我为什么不打他？就在他往前走的时候，钟一诺已经走到李彦邦身边。借着远处的灯光，马三儿看到李彦邦抡起右手，打在钟一诺脸上。后者像是根本没防备，身子摇晃几下，低着头站在那里。

马三儿远远地停下脚步。

李勤勤下出租车的时候，钟一诺已跪在李彦邦面前。

是的，跪在那里！

李勤勤站住身子，浑身发抖！她看着那一高一矮两个身影，突然很想大哭一场。她从没见过老父亲那个样子。他一只手卡在腰上，另一只手在比比画画，听不清在说什么，但声音很大。李勤勤慢慢弓下腰，抽泣起来。就在那时，她听到脚步声，是马三儿走过来。李勤勤身子一耸一耸的，咬牙切齿问，你是不是想害死我们？马三儿哼的一声，你们？你跟那个王八蛋？李勤勤说，你以为你是谁呀？我们的事情，需要你来指手画脚？马三儿伸手一指，我想确定一件事儿，师父打电话的时候，你真的跟那个人在一起？李勤勤压抑着声音，恶狠狠的，对，我跟他在床上，刚做完。马三儿一动不动，在黑暗中盯着李勤勤看。李勤勤直起腰，也瞪大眼睛，盯着他看。马三儿抓抓头皮。李勤勤说，你怎么不打我？马三儿一伸手，抓住李勤勤衣领子，把脑袋凑到她脸前，我从来不打女人！再问你最后一次，你就铁了心要跟那个姓钟的？李勤勤连连点头，是的，是的！马三儿冷笑一声，扭头走开。

后来，钟一诺也走了。

他远远地绕过了李勤勤。

李彦邦慢慢走过来，站在李勤勤面前。他的右手举起来，到平肩的位置，稍作停留，又放回去。他的声音有一丝哽咽，李勤勤啊李勤勤，你就以这样一种方式跳出香树街？

6

皮总看上去像是很为难。他说，说实话我不舍得你离开，但正因为你很优秀，那边儿也更需要你。李勤勤点头，我懂。

皮总正在拓展业务，实际上步伐早就启动。早些时候，国家级森林公园意向一起，他就抓住商机，果断在南部山区盘下一片地，要打造全市一流的度假村。前县委书记的调走，对此计划略有影响，但也不太大。那片山总摆在那里，环境什么时候都是好的，旅游项目正热气腾腾，不影响度假村启动。只是，规模上要略做调整。首期投资已完毕，看来要等待观望一段时间。那地方离城区有不到两个小时的路，暂时看还比较偏远。但李勤勤不在乎，她真的什么都懂。皮总没开除她，已是幸事。说明钟一诺尚有良心。何况，那地方环境优美，李勤勤正想找个地方调整心境。

此时，距离李彦邦夜会钟一诺，已过月余。那个夜晚的事情，太过惊险，险些酿成大事儿。要是马三儿情绪失控，把钟一诺整成个大花脸，或者把人直接给弄进医院，将会是本地一大新闻。李勤勤试图跟老父亲和解，毕竟她伤透了他的心。李勤勤不是不懂事儿，知道自己这一次的做法，差不多等同于多年前母亲的离开。老父亲怎么做，也是为自己好。但李彦邦不理她，回家都不给开门，里面反锁着。至于马三儿，那个夜晚过后，似乎一下子销声匿迹，香树街上的人都见不到他。他的死活，李勤勤倒完全不在乎，她所在乎的那个钟一诺呢，那段时间一点儿消息都没给她。李勤勤只好强忍，不敢主动伸招。

临去度假村之前，李勤勤住进一个月前曾去过的那家宾馆，同一个房间。

入住前，她犹豫再三，又做了一件自认为很犯贱的事儿。她给钟一诺发了条短信，告诉他那个房间号。发完之后，顿时后悔，这不在她此前的计划之列，她本来是想，自己在那里住一晚，哀怨也罢，独自落泪也罢，总算对于一段过去暂时做个了断。次日一早，就启程前往南部山区度假村。反正，那男人现在不能碰，人家要当官儿，别的一切，包括爱情，都得给这个让路。

何况，你俩之间真的有爱情吗？李勤勤暗问自己，居然满是怀疑。

一进房间，睹物思人，还是忍不住。但直到天黑，钟一诺没有回复。

李勤勤躺在床上，有一搭无一搭摁着电视遥控器，脑子里却在想种种可能。她在反复扫描一张女人的脸，扫描她上上下下缺乏棱角的身体，扫描她四平八稳的走路姿势。如此平常一个女人，却拥有得天独厚的说不清道不明的资本。她已经意识到，自己忽视了对手。男人或许不完全是为了当官儿，或许根本就没打算抛弃你认为稀松平常的那个对手。还有其他一些东西存在，统统被你忽略掉。那些东西对一个男人来说，恐怕也是难以割舍，比如孩子、钱，当然，最主要的是脸面。一个男人官做得越大，离婚可能性就越小，官员离婚会牵扯很多。何况，像钟一诺这样的人，干吗要抛弃一个有良好家庭背景、良好职业，且看起来绝对是个贤妻良母的老婆，而娶你一个没有职业的酒店打工女？因为你漂亮？李勤勤几乎要打个寒战。再漂亮的女人，男人只要跟你上了床，就会慢慢不稀罕的。

李勤勤独自落泪。

将至凌晨，依然睡不着。夜幕降临，再发短信，或者打电话，已经很不合适，男人可能在家里，陪同马小却和孩子吃饭。再晚一点儿，或许已经上了床，跟那个女人躺进被窝里。有那么一瞬，李勤勤逼着自己往另一个方向想，算了吧，这就是命。再努力也白费。你不过是这男人的一个情人，而已。——没听说过，情人是可做一辈子的。

有人轻轻敲门。起初，李勤勤以为出现了幻觉，但转瞬之间，就意识到是真实的。是的，男人来了！李勤勤只穿着内衣，跳下床就奔向门口。门打开，李勤勤张大嘴巴，呆在那里！

是马三儿。

李勤勤眼看着马三儿进屋，眼看着他转回身慢慢关上房门，甚至，对自己只着内衣半裸着站在那里，也毫无感觉。马三儿面对着她，怎么，没想到是我？李勤勤终于问出来，怎么是你呀？这才下意识地双手护胸，转身去慌乱地穿睡衣。马三儿站在那里，一颗光脑壳更加明亮。他抓抓头皮，似乎犹豫该怎么解释。李勤勤再问，你怎么在这里的？马三儿说，我跟你说过，我的队伍到处都是。

李勤勤站在双人床的另一边，双手紧紧地抱着胸口。马三儿与她隔床相望。

看上去，距离是如此遥远。

马三儿说，勤勤，我知道你在等谁，你等不到了。

李勤勤突然问，你把他怎么了？你打他啦？马三儿哧的一声笑，你以为，随便一个人我就开打啊？打姓钟的那个杂碎，我怕脏了手。李勤勤低下身子，去抓手机。马三儿说，你干什么？给他打电话啊？你怎么还不明白？人家不要你啦。你在这里傻等，他陪老婆逛街，买衣服。你还真以为是让我给打跑啦？李勤勤说，我不信！马三儿说，动动脑子想想，他为什么把你调到山里去？为什么连你的短信都不回？他怕啦，想方设法要甩掉你！

李勤勤突然反应过来，即便是我被人甩了，跟你有什么关系啊？你觉得，你这个时间，出现在一个单身女人房间里合适吗？马三儿嘿嘿一笑，是你开门让我进来的。李勤勤冷冷地说，我现在让你出去。马三儿说，不要拿这种口气跟我说话，好不好？李勤勤笑，你想让我什么口气？马三儿软下来，不管怎样？咱俩从小一起长大，你三哥没有任何地方难为过你。你小时候受人欺负，我都替你摆平。李勤勤说，我不记得。马三儿说，你不记得无所谓，我记得啊。有个臭小子，说你是没妈的孩子，被我拉到厕所里两巴掌就给改了过来。说实话，你哥对你确实有想法，但我装在心里。我躲得远远的，不敢说，怕耽误你学习，耽误你的好前程。勤勤，你能不能换个角度来看你三哥，我不是那种没头脑的瞎混日子的。我现在做正经生意，也赚了些钱，你能不能不要老是拿一种思维定式来看我。李勤勤呵的一声，真长本事了，知道思维定式了。马三儿笑得很尴尬，你看你，老是讽刺我。你知道为什么我一直不找老婆吗？等你啊。只要你一天不结婚，我就不找。三哥今晚上犹豫了好长时间才来敲门。我豁出去了，我就想求你，稍微回回头打量一下我，只要有一点儿可能，你三哥永远等下去！

李勤勤眨巴着眼睛，没了话。

马三儿突然抓抓头皮，稍等。他拉开房门走出去，再进来时，竟抱着一大捆玫瑰花！他略显笨拙地把那束花放在床上，站起身来，搓搓手，你让我出去，我就出去。说完，转身出门。李勤勤站在原地，眼睛盯着那捆花，依然抱着胳膊，好半天，才一扭头看看墙角，哧的一声笑，怎么回事儿啊人都疯了吗？她慢慢地坐在床上，慢慢转过身，却捧起那束花，俯下脑袋使劲一嗅，居然有点儿眩晕。接下来她双手抱着小腿，把自己的脑袋放在膝盖上，盯着面前那束花，看了好久好久。

李勤勤给马三儿发短信，谢谢送花给我。

刚发出去，却听门外有手机振铃声。李勤勤大吃一惊，都快一个多小时，那小流氓居然一直等在门外？马三儿回复，当哥的给妹妹送花，应该的。李勤勤抿嘴一笑，突然觉得，马三儿还是懂点儿风情的。她捏着手机呆愣半天，才发出三个字，进来吧。马三儿重又进门，脸上都亮晶晶的。李勤勤已经换上衣服，坐在椅子上，示意马三儿坐在另一侧。

她说，三哥，你真的不在乎我跟钟一诺这事儿？马三儿稍稍转移视线，一点儿都不在乎，那不可能。李勤勤说，那我问你，你是想娶我当老婆呢，还是一时兴起，就想做情人？马三儿说，天地良心，我是真想娶你，一辈子的！李勤勤又问，不在乎我的过去？马三儿笑，我的过去，就光彩吗？

李勤勤连连点头，那好，我答应你。

马三儿兴奋地要站起来去拥抱她。

李勤勤说，三哥你稍等，有几句话我要说。马三儿说，你说，你说。李勤勤说，我这人你也知道，一旦决定的事，就绝不反悔。我跟了你，就不会再跟其他男人有任何情感纠葛。我就提两个要求，一个是，今后咱俩都不许提往事来刺激对方，吵起架来也不能说。另一个，我再也不想住在香树街，也不想住在这座小城了，咱俩去市里面买套房子，离开这里。什么时候收拾好房子，咱俩就结婚。

马三儿连连点头，我都答应你。

三个月后，李勤勤嫁给了马三儿。

李彦邦没出席婚礼。老头一整天都没出门，自己一个人躲屋里喝酒，居然喝了个大醉。他站在阳台上，举着一本许多年前自费出版的诗集，高声朗诵，惹得满街人都仰着脑袋来瞧热闹。

婚礼很隆重，李勤勤都被稍稍感动。马三儿一声号令，差不多整座县城内的小老板，都派出自己的座驾，排着队来捧场。大富豪皮总出现在婚礼现场，作为李勤勤单位方代表，还热情洋溢致了贺词。当然，出手也阔绰，送了个大大的红包。马三儿脸上油光溢彩，毫不客气笑纳。钟一诺没出现。当然，并不是因为那天他恰巧被宣布扶正。不过，他委托皮总捎来贺礼。皮总刚开口，李勤勤让他打住，说，那个人的钱，我们坚决不要。皮总要把红包往马三儿口袋里塞，马三儿看上去也打算继续笑纳，李勤勤一声尖叫，马三儿你要拿这钱，我立马消失给你看！马三儿立马说，就是嘛，这小子的钱，我拿着都觉得脏。

皮总悄无声息一笑，不再勉强。

许多天后，超市内，挺着大肚子的李勤勤企鹅一样走动，突然迎面遇到个女人。女人肚子虽没那么夸张，但雍容的气息伴随着些许懒散，也把走路姿势勾勒成企鹅。没错儿，是那个叫马小却的女人！两人目光相遇，彼此一顿。马小却微笑，李勤勤没反应过来，扭头看看周围。

马小却淡淡地说，真快啊，肚子都这么大啦？

李勤勤接连眨巴几下眼睛，笑着说，是啊，很快。

俩人一人推一辆购物车，站在那里，像一对老朋友。

马小却发出邀请，到隔壁咖啡馆儿坐坐吧？李勤勤说，好啊，正好累了。直到落座之后，李勤勤都觉得云山雾罩，不知马小却为什么这么做。她很熟悉自己吗？也没弄明白，自己干吗如此爽快接受邀请。难道本能上还是想接受一份新挑战？

换个说法，对那个男人，她还没彻底死心？

马小却搅动着杯子里的咖啡，慢悠悠地说，听说你嫁给马三儿，还是挺吃惊的。李勤勤问，为什么？马小却抬起头盯着她，这需要解释吗？李勤勤轻轻一声笑，马三儿这人，比很多看上去像正人君子的男人要好。马小却说，这个我绝对相信。电视剧里的黑帮老大，一个比一个重情义。

李勤勤主动把话题移上正规，说实话，我不记得咱们以前打过交道。马小却说，女人心思都很细。有些事儿男人以为自己做得很隐蔽，但很多细节都可以出卖他们，比如，眼神、举止、衣服上一根头发，或者，很细微一股香水味儿。

李勤勤直直身子，实际上这个动作大可不必，那么大的肚子，已经让她的坐姿显得很端正。她呵呵一笑，准备进入实战状态。这话题听起来很好玩儿。现在的局势完全不同，她并不担心马三儿知晓她什么秘密，因为他早知道一切。马小却这一边儿却不一样，她未必有多么了解老公钟一诺跟李勤勤的交往细节。这样一来，事情比较有悬念，有刺激性。李勤勤的骨子里，还是喜欢这样的刺激的。

她说，我没弄明白您的意思。

马小却说，你其实很明白的。我这个人，或许看上去很笨，但有一点，记忆力非常好。有一天，我发现你的存在之后，突然想起来，很久以前，咱俩曾在医院的走廊里擦肩而过。那时候我才明白你出现在医院，既不是看病，也不是看病人，而是来看我的。真有意思啊！李勤勤笑眯眯的，是啊，现在想想，也觉得好笑，那时候我真是傻。

马小却摇摇头，不是傻。女人都这样。

李勤勤打算继续叩问谜底，你怎么会有心思跟我谈这些？

马小却笑了，你觉得我应该抓你的脸，像个泼妇一样，站在大街上骂你是小三儿，那样才合乎逻辑，是吧？李勤勤忍不住捧着肚子，也呵呵笑起来，没想到，大姐你这么好玩儿。马小却说，我这么做是因为我把很多事情看透啦。男人没一个好东西。我不知道，你现在找没找到幸福的感觉。

李勤勤把目光挪开，淡淡地说，过日子呗。

马小却叹息一声，是啊，过日子吧。其实，刚知道你的那会儿，是想找你兴师问罪的，跟你大闹一场。现在不想。李勤勤又问一句为什么，突然意识到，自己的兴致发生了偏移，不是一副战斗姿态，倒像是香树街上的老娘们，对打听别人隐私充满欲望。马小却说，我换个角度跟你解释，你幸亏也没跟了我家钟一诺。这个男人啊，隐藏得太深。我们一家子都被他骗了。

李勤勤居然对这个女人稍稍动了同情之心。怎么回事儿啊？你们不是过得很幸福吗？马小却说，外人眼里是这样的。他现在官运亨通，好像还有上升空间，貌似我要做个标准的官太太。但有句话说得好，鞋子舒服不舒服，脚知道。有时候我想，我是不是该感谢你。李勤勤莫名其妙，谢我？马小却说，是啊，遇到你之前，那个男人还不是这样子的。可现在，特别是当了办公室主任，没一句实话。你说，我是不是该感谢你对他的启蒙？李勤勤说，官场上的人，哪能老是说实话呢？马小却说，你把话题引偏啦。我是说他在女人方面，越来越会撒谎。李勤勤哦了一声，心说，果然如此。马小却说，你该庆幸的。说实话，那个男人，从来就没想过要娶你。

李勤勤点点头，这个我知道，一开始就知道。

马小却悄无声息一笑。

李勤勤却一下想到，婚礼那天，她拒不接受钟一诺贺礼时皮总的那一笑。

走出咖啡馆时，马小却搀扶着李勤勤，说，你得注意保护自己呀。李勤勤说，没事儿的，我结实得很。俩人挥手告别，马小却欲言又止。李勤勤微笑着，问，您还想说什么？马小却挥挥手，算啦，跟你说这个干吗？李勤勤的好奇心被挑起来，说嘛，我能受得了。马小却指指她肚子，真的可以？李勤勤点头。马小却说，咱俩聊天的时候，有一瞬间，我感觉你在同情我。说明，咱们俩有做朋友的空间。但你这样大可不必，我说过，男人没一个好东西，包括，你家马三儿。

李勤勤突然惊觉，什么意思？难道，这女人以其人之道还治其人之身，把我家马三儿给拿下啦？

马小却说，看你的表情就知道你想歪了。我想问一下，马三儿向你求婚那天晚上，是不是抱着一大捆玫瑰花？李勤勤脸色大变，嘴唇稍稍抖动。马小却继续说，这是我的建议。我告诉钟一诺的。我说，马三儿那小痞子未必懂这些事儿，没一个女人不喜欢玫瑰花的。如果一个黑道大哥还有此品味，那是打动一个女人很大的筹码。看起来，一切天衣无缝，钟一诺摆脱了你，将眼前一场凶险顺利化解。马三儿娶到你，了却了多年心愿。

李勤勤浑身哆嗦起来。马小却赶紧搀扶着她，你不是说没事儿吗？两个女人重新回到咖啡馆，在靠近门口的沙发上坐下来。

李勤勤慢悠悠地说，如果我没猜错的话，过程是这样的。我发了条短信，给你家钟一诺，恰巧让你看到，或者你此前就知道，他也主动坦白了。瞧，那个讨厌的女人，又来勾引我。说不定，那个男人会在你跟前痛哭流涕，向你寻求摆脱我的办法。于是你告诉钟一诺，去找马三儿呀！那个小混混，不是一直想把李勤勤搞到手吗？你去告诉他，李勤勤在哪个房间。你还要告诉他，这事儿不能强硬，得软下来，一定要手捧一束鲜花，对不对？马小却微笑着点头，对，基本就是这样。有时候男人其实很脆弱，经不住打击，头脑一热，就容易做把事情搞乱。女人反而更坚强。我的确那么做的，也正如你所说，钟一诺此前就主动对我说了你们之间的关系。皮总支走你，也是我的主意。可我没想到，我躲掉狼，又来了虎，现在，钟一诺跟一个实习的大学生搞上啦。

李勤勤咬着嘴唇，已是满脸泪水。

马小却拿起一张纸给她擦，我既然跟你这么说，就是坦诚的。不要太在乎男人。李勤勤还心存疑问，我不知道，钟一诺怎么拿下的马三儿，按说，他俩是死对头啊。马小却仍然微笑，你知道男人最看重的东西是什么？一是权，一是钱。这两样东西，钟一诺多多少少拥有一些。而你家男人，这两样都缺。李勤勤嘴唇不哆嗦了，哦？你家钟一诺那晚上给了马三儿多少钱？马小却说，错！不是钟一诺的钱，是我的，不多，一万块！

李勤勤扭头看着门外。大街上人来人往，在她的眼里是交叉迈动的一条条男人女人的腿。再次扭回头来，李勤勤呵呵而笑。她摸着肚子说，姐啊，这孩子在肚子里踢我呢！真是好玩儿！

（首发于《时代文学》2013年第1期，《中篇小说选刊》2013年第2期转载）

放爆仗

1

呃，鱼儿，说点儿什么吧？

这一男一女，女的叫小鱼，男的呢，女的喊他老飞，像许多年前某个冬天的某个夜晚一样，坐在香树街边儿胖嫂家的火锅鱼店里，坐在面街的一扇旧式格子窗后边一张小桌子旁。跟那个夜晚的画面似乎也吻合。位置照旧，小鱼朝西，老飞向东。冒着热气的火锅，貌似还是黑乎乎的那口，甚至，连锅里咕嘟咕嘟舞动着的那颗鱼头，也一如七年前那般欢快。俩人的神情看上去也没多大变化，男人照例笑嘻嘻的，要使坏，却使劲儿憋着的那种，小鱼呢，慵懒，松弛，整个儿人貌似都交付外界，她自己根本不在乎。就连老飞的这句开场白，都像七年前他求婚的样子。

不一样的是，小鱼在看窗外。确切地说，在看街对面的一间屋子。

那是家做洗头、泡脚、按摩生意的场所。门口挑一盏年味儿十足同时也暧昧十足的红灯笼。有个四十岁左右的男子刚经过那门口，坐在红灯笼下看似悠闲的姑娘小柔叫住他，只进行一问，一答，男人便倏忽一下，钻进那间估计色香味繁杂的屋子。女人呢，嘴角浮一丝笑，轻巧巧起身，扭动腰肢，挑一只白净净的手，缓缓落下那串碎珠门帘儿。

小鱼把一切细节收在眼里，左嘴角稍稍一翘，露出四分之一个鄙夷的冷笑，心里有句话浮到右边儿没翘起的嘴角上：狗要是改了吃屎，男人就能戒掉偷腥！她没听清老飞的话。于是，轻飘飘地问，你说什么？

七年前，就在这里，咱们喜结良缘。唉，无可奈何花落去！老飞的样子像是在殡仪馆念悼词。

小鱼啊呀一声，身子往前一倾，脸上的五官却顿时活跃无比。后悔了吧老飞？你可千万别！本姑娘今天不想怀旧，我怕七年来的杂碎、泡沫儿，全都堵到嗓子眼这儿，影响胃口。我嫂子做的鱼不赖，咱别糟蹋了。老飞眨巴着小眼睛，文质彬彬，纠正一下子哈，请注意，姑娘这个词儿，已不适合你，照约定俗成的解释，姑娘是指结婚前的女性。小鱼抱起胳膊微笑，哈，不愧是当老师的。只是，我是不是姑娘，亲爱的，你说了不算。今下午之前，跟你结婚之后，我没这么不要脸，现在我觉得当姑娘完全可以啦。老飞扭回头，看一眼小柜台后面正摁着计算器的胖嫂，回过头来，一下子很替小鱼伤心似的，低着声音说，鱼儿啊，咱不是处女啦。小鱼哧的一声笑，这个哦，你说了还是不算。她也压低声音，整整七年，你都没整明白一条鱼的身体结构。说句不怕得罪您老人家的话，从头到尾，你一次都没找到接头地点。老飞嘴巴翕动，困惑不解，不对呀！每一次接头暗号都没问题。小鱼说，可你一次也没完成组织交给你的任务。老飞一只手摇摆着，另一只手抚摸脑门儿，让我想想，四年前的秋天，你用一根小纸棒测出来的，那是什么玩意儿？小鱼盯看着老飞，突然慢声细语，你也不掰着脚趾头算算日子，那是你的啊？要是你的，我干吗去找医生处理掉？老飞狠狠地拍一下膝盖，你这人真有意思，干吗要撒谎呢？没时间考虑儿女私情啦，没钱没精力养孩子啦。其实，鱼你是知道我的，我没那么小家子气，不管谁的，只要你有胆量生，我就有责任和义务给你们养！

小鱼接得干脆利索，问题是，我分不清谁的。

老飞顿时无语。

小鱼紧追不舍，没事找事儿是吧？这顿散伙饭，是你先提出来吃的，老娘本来没心情，一丁点儿都没有！老飞再一次紧锣密鼓眨巴小眼睛，咱们好好说一次话行不行？都这时候啦！小鱼一张手，你不好好说啊！什么叫不是处女？哦，我承认，确实不是！那是谁干的？七年前这么一个晚上，你从姑奶奶身上滚下去，鬼鬼祟祟的，先去看床单，你以为我没感觉？你发现什么啦？落英缤纷，对不对？小鱼把下巴壳儿一翘，冲着街对面，我跟你说啊老飞，现如今，都什么时代啦？谁还在乎这点儿事？对面坐在椅子上那小姐，刚领个男人进去，说不定，她会跟那男的说，先生啊，小女子虽年方四八，可还是标准的处女一个，你不信哦，来，我证明给你看。老飞，她说的你信不信？你肯定不信！现在去造一层膜，花不了几个小钱儿，对不对？你要是真较劲儿，老娘抽空就去补一个，说不定心里一爽，打个电话通知你，再给你一次看床单的机会。

这饭看来没法吃了。老飞的嗓子里似乎严重缺水，干咳数声，端起面前的杯子，轻抿一口，又说，唉！小鱼你这脾气得改改啦，啥时候都像个爆仗。小鱼说，所以，咱俩八字儿不合。老飞嘟囔，看来去民政局是对的。小鱼抱起胳膊，身子往后一靠，说，我长这么大，这是干得最漂亮的一件事儿。老飞抓起面前的一包餐纸，伸手抽出一张，先擦嘴，后擦手，轻轻一揉，扔进桌子旁边的垃圾桶，接下来，从口袋里掏出个小本子，一并轻巧地扔进桶里。随后，他站起来，一语不发，扭头就走。

小鱼一动不动，浑身猛一阵哆嗦！

胖嫂像树墩子一般，堵住老飞的去路。咦，你就这么走啊？刚才我瞅了半天才发现，你还真是个王八蛋咧！老飞回头先看看小鱼，然后，扭回头来，说，嫂子，怎么个意思？胖嫂说，怎么个意思你不懂？我家小鱼儿，就白跟你四五年啊？

七年。嫂子你错了，是七年。老飞慢悠悠地说，又一次回头看小鱼，鱼啊，咱俩好像没点这一折吧？小鱼一下子笑得弯下腰去。她捂着肚子，走过来，面对胖嫂，嫂子啊，这出戏里头，确实没这一折。不是人家无情，离婚是本姑娘主动提出来的。瞧瞧你把这孩子吓得，哎哟哟，好个可怜的小人儿呀！她伸出一只手，轻轻擦拭老飞的额角，说，飞公子，小女子护送你最后一程，以后你一个人，可要心疼自己呀。说着，挽起老飞的胳膊，走向门口，踏到香树街上。老飞试图摆脱掉小鱼那只手，别，你别这样啊小鱼，我受不起。

他的话还没说完，就听对面洗头按摩房内有一阵笑语传出。刚进去的那男人，已经将军一样站到门口，身后的小柔帮他整一下衣摆，顺手一拍他的屁股，哥，你说话算话啊，年后你一定再来的，过了初六我就开业，人指定在。男人左右扫一眼香树街，并不说话，直起腰身，沿街自东往西走去。

这么快？老飞悄声说。

小鱼呵呵一笑，过年了么，人都心急火燎的，一边忙着，一边还想着赶紧回家置办年货。咦，正好，这孩子闲着也是闲着，要不，你去串个门儿吧？反正，你自由啦。就在那时，香树街中段的鸟窝网吧门口，突然有一道烟花蹿向半空，啪的一声炸裂开来，映红了半条街道。借着火花，小鱼捕捉到老飞扭曲着的脸型闪烁了一下。老飞连连点头，是啊，是啊，自由啦！你不是也重返大海了吗？好好游你的吧鱼儿。他紧走几步，又停住，抬起头，看半天空。

小鱼抱着胳膊等他。

老飞扭身走回来，站到小鱼面前，说，你老是说我撒谎，我承认，有时候我是没说实话。可你知道的，两口子之间，有些实话，反而最伤人。我为什么撒谎？因为，怕你伤心。不过，今晚上我要对你说一件真事儿。说实话，我有外遇——，小鱼说，打住，你不是外遇，要是外遇，人还干净点儿。老飞右手一摇，好，我去找小姐。我的意思是，我那么做，启蒙人是你哥。老飞指指火锅鱼店，就这家火锅鱼店的主人，胖嫂的老公，大胡子。有一回，天很晚了，他打电话给我，记得吗？我跟你说，你哥是跟人打仗，把人家肋条打断了。小鱼歪着脑袋，面带微笑，有这么回事儿，好像。老飞把脑袋往前凑凑，低声说，不是跟人打架，当然也没把人打伤，我从家里拿的那些钱，不是给人治伤的，其实，跟我前几天回家拿钱一样，都是为了交那种罚款。不信你问问你哥，是不是那天你嫂子回乡下了？老飞压低声音，你哥去的就是对面，那晚上的女人恰好就刚才这个。

小鱼眉毛一拧，又迅速散开。她呵呵一笑，都这时候啦，还拉个垫背的。你可真行！小鱼伸出两只手，替老飞整了整羽绒服领子，这冷的天，别把你这张娘们嘴给冻烂了。刚才你说错一个词儿，那不是我哥，是表哥，八竿子才够得着的表哥，在我们那村儿，这样的表哥数不清。他是个什么人，我比你清楚，骨子里就是个农民，没文化，大老粗，到城里，到这香树街上，时间也不算短了。这条街上有什么，你心里比我还清楚是吧？连你这种好人都会学坏，何况他这没什么思想境界的，抵制诱惑的能力肯定差，比不得你这教书育人的先生。城里男人的裤腰带啊，看着漂亮，结实，可是呢，随时都能哗啦一下子松开，亮出屁股来。乡下男人的裤腰带本来质量差，一不小心，掉了裤子，你觉得奇怪吗？何况，你跟我说这事儿，本身就很好笑，我跟胖嫂，能相提并论吗？再好的女人，时间一长，男人也没了胃口，这个我懂。但你再仔细端详端详，小女子这身段儿、这容颜，至少比胖嫂超出一截子吧？胖嫂都生仨孩子啦，你的前夫人，可是一个都没生。你们男人，对一个女人的松紧程度不是很看重吗？

老飞摆手，你别说啦小鱼，再见，再见！

小鱼说，别，最好别见。老飞问，为什么啊？散了也是朋友嘛！小鱼说，我也给你拽一下，曾经沧海难为水。你实在也不是我那一款菜，就连做朋友，也是彼此别扭。我怕我一个不小心把你的裤裆炸烂，还得负法律责任。说完，小鱼扭身就回到火锅鱼店。

老飞坐的位置上已换上胖嫂。她正举着一只碟子，嘴里咝咝啦啦，对付刚才在锅里翻滚的草鱼头。看到小鱼后，呸的一声，从嘴里吐出一块鱼骨，鼓着眼睛说，傻不傻啊鱼儿？让他结完账再走！

小鱼盯着胖嫂油腻的嘴巴，突然心情沉重。

胖嫂继续啃鱼头，我就喜欢吃鱼头，多少年啦都没吃够。小鱼慢慢伸过一只手，把胖嫂手里的碟子捏到手上，刷啦一下，把鱼头鱼刺倒进锅里，说，除了鱼头，你还关心什么呀？胖嫂说，别呀，我没啃完呢。我还能关心什么啊小鱼儿？她皱起眉头，唉，国家主席管的那摊子事儿，哪一件儿，是我能插上手的？胖嫂把自己给逗乐了，哈哈哈哈，笑个不止。小鱼盯着她看，略带忧伤。胖嫂咔嚓一声刹住车，我忘啦，你今天刚离婚，心情不好。来，丫头，吃鱼，喝酒，不就是个男人吗？两条腿的蛤蟆不好找，两条腿的男人，满大街跑。甩了他！找个更好的，咱没孩子，年龄又不大，愁着嫁不出去啊？

小鱼的眼泪在一瞬之间流出来。她看了一会儿垃圾桶，扭身开始翻找自己的包，终于，找到老飞扔弃的同样一本离婚证。小鱼咬牙切齿说，这个王八蛋！他真以为老娘离了他不行啊？一扬手，却将那小本子扔进鱼锅里。胖嫂哎哟一声，小姑奶奶，这一锅的鱼。小鱼的眼泪哗然而下，谁给我取的这名儿呀？这不糟蹋老娘吗？哦，我就天生该在锅里，被咕嘟咕嘟炖着？胖嫂笑了，鱼儿，你今晚说的话，真过瘾！她一弯腰，从垃圾桶里抓起另一本离婚证，把这一块炖了。

别！小鱼还没叫出来，另一个本子已经在锅里翻滚。

她居然毫不犹豫伸进手去，唰一下子，把那本子打捞上来！顾不上烫得生疼的手指，提着那东西走到屋门口，嗖的一声，却扔到对面那盏红灯笼下。小鱼马不停蹄，迅速跑进卫生间，拧开水龙头，哗啦啦冲洗一下手指。食指的第二骨节背上，还是起了小小一片红，钻心一样疼。她把手指塞到嘴里吮着，就那样子走出洗手间。胖嫂已在收拾残局，嘴里还不住声嘟囔。她心疼鱼头。

小鱼双手卡腰，站到屋子中央，大声叫道，痛快！老娘今儿个真痛快！

大胡子摔着手上的水珠，走出厨房，问，怎么啦鱼儿？

小鱼慢慢扭回头，盯着大胡子，端详他老半天。大胡子伸手摸摸腮，擦擦嘴角，不知道哪里出了问题。就在那时，却见小鱼扬起右手食指一比画，紧跟着一声吼叫，你给我滚蛋！

2

尽管嘴硬，但小鱼清楚，老飞那最后几句话，确实拥有无比强大的杀伤力。喊过痛快后，小鱼嗓子里瞬间就卡进一块鱼骨头。这个臭男人！他点上一个爆仗，却让小鱼一个人体验等待炸响的滋味。

嗓子里这块鱼骨头，跟爱情没多少关系了，跟婚姻的终结，也关系不大，倒是事关香树街上的那几个人。

一个是表哥，那个生着一脸蓬勃旺盛的络腮胡子，自己长辈一样的表哥，领墒。在乡下，人们管带队的头牛叫领墒。叫这小名的，肯定是家里第一个男孩子。他可不是八竿子够不着的，而是小鱼亲大姨家的表哥。小鱼在城里没其他直系亲戚，表哥一家子算最近的。自从她在城里读高中开始，就一直寄住在表哥家。小鱼的爹娘为了要儿子，一口气生下五个闺女，第六个，才如愿以偿。因此，小鱼前有冰糖葫芦样的一串姐姐，后面挂一个宝贝弟弟，姥姥不疼，舅舅不爱，怎么在那个小山村由一个黄毛丫头出落成楚楚动人的少女，估计都没人在意。要不是她学习实在太好，脾气又犟得像牛，不让上学，就闹个天翻地覆，早就成为庄稼地里一把好手了。在表哥家，小鱼得到的是嘘寒问暖，精心照料。这个家，比自己家实在还要亲近许多。这个表哥呢，比亲哥还要亲。她可真没想到，貌似老实憨厚的一个男人，居然也去打野食儿！恶心的是，哪儿不好？就眼皮子底下。兔子还不吃窝边草呢！领墒你还不如一只兔子。打那后，见了那挂络腮胡子，小鱼顿时觉得，嗓子里那块鱼骨头开始膨胀，忍不住想吐，似乎领墒每一根胡子根上都有成坨成坨的灰垢。

另一个当然是胖嫂。

长嫂比母，一点儿都不假。胖嫂嘴碎，话多，心肠却直。活得简单，活得没心没肺，像张白纸，像白开水。因了臭男人老飞点爆仗一样的几句话，小鱼对胖嫂就生出无言又无边的悲悯。这个大大咧咧的婆娘，这个身在城市，魂魄里却是标准农村人的婆娘，哪会想到自己的男人会去睡别的女人呀？

还有一个，是怎么绕也绕不过去的存在，对面按摩房里的小柔。小鱼经常在火锅鱼店碰到她。此前，可有可无，顶多当她不存在。现在不同啦，每次在夜色下一进香树街，目光忍不住就扫过去。有时候，门口那道暧昧的帘子下没人还好，一旦女人在，而且，还颇具挑逗意味地劈着双腿，半躺在那张老式藤椅上，假装古典女人，小鱼嗓子里那根鱼骨马上又鼓账起来，忍不住眼前就出现领墒跟那女人在床上的场景。

真恶心啊！她恨不得抓着领墒的胡子狠劲儿扇他两巴掌。何况，这女人呢，看上去左不过三十岁上下，是喊领墒爹的年纪。哎哟，你也是，那挂络腮胡子在你身上蹭来撩去的，不觉得恐怖吗？

小鱼不到香树街上去，半年多不去。

离婚，确实是小鱼提出来的。牵扯财产分割，她觉得自己让让步也无所谓。这是她的处事原则。小鱼没要那套俩人省吃俭用买下的小房子。想想就不可能要。男人可以健忘，可以随便带个女人，在前老婆曾睡过的床上滚来滚去。女人绝对不能！女人对一些小细节，牵肠挂肚一辈子的。眼不见，心不烦。动产不动产一拨拉，参照老飞的经济能力，小鱼分得小小一杯羹。她没为难老飞，王八蛋也不算太抠门儿。这也是俩人不急不躁溜达去民政局扯了离婚证，还能坐到一张桌子上吃鱼的缘故。当然，再怎么大度，离婚也不是张灯结彩的事儿。那个夜晚，俩人谁也没心思吃鱼，倒是三言两语过后，就开始打扫婚姻期内彼此内心堵塞的垃圾，最后，连离婚证都被扔进鱼锅里一块煮。

小鱼翻腾出一些旧情节，好几次倒是恨不得要扇自己耳光。你的眼力见儿呢，让狗给吃啦？这么猥猥琐琐一个男人，当初，居然当白马王子侍奉着。至于离婚的缘由，再恶俗不过。老飞说起来的时候，倒像是多么添彩头的事儿。现如今的男人都怎么啦？没脸没皮了吗？逛个勾栏院被警察逮住，还打电话叫老婆拿钱去赎人！以小鱼的性格，当然不去！没办法儿，男人低头耷拉脸，俩警察陪着，回家翻箱倒柜找钱。你说丢人不丢人呐？狗屁朋友呢？哪去了？找个朋友帮你先垫上，总比这有面子吧？估计你是找不到啊。你看你活得，就差找根绳子吊死算啦！幸好，这一页已经翻过去，那张假模假样的面孔再也不用看了。

很好，很好，好极啦！

不到香树街的日子，小鱼在租房子，收拾另一个暂住的家，以及，继续清理婚姻电脑里储存下的垃圾碎片。小鱼租的房子，在香树街东头，离西头的火锅鱼店不远也不近，想去看胖嫂，十几分钟就到，不想去的话，可绕着胡同道儿走。

她就职于一家民营小化工厂，干财会。租的房子还是同事给找的，搬家也是大家伙儿帮忙。热心的几个女人男人，为她专门举办了一场告别婚姻的晚宴。结果，小鱼喝个大醉。酒醒之后，她的新生活亮堂堂开始了。离婚本不是什么秘密，从未遮遮掩掩，甚至，没过多久她就开玩笑一样跟几个好友说，你们继续给我盯紧点儿，看有没有被别人挑剩的好男人，当然，最起码土豪级别！如此一来，离婚不到仨月，春暖花开时节，小鱼已走马灯一样，会见那些被挑剩下的男人一大宗。几次过后，兴趣索然。按她的话说，个顶个歪瓜裂枣，不是外形对不起人类，就是内心猥琐，纯粹心理亚健康。

挑剩下的，就是没好货啊！小鱼皱着眉心，一声叹息。

虽说化整为零，单身一人，但那段时间，小鱼的心情实在不坏。除了香树街火锅鱼店周围发生的恶心事儿，让她偶然想起来会稍有不爽。不过，单身不到半年，她遇见了另一件恶心事儿——又是一桩恶俗透顶的性骚扰。也不是说此前就没有，但之前，名花已有主，骚扰者毕竟心有顾忌。现在倒好，好像那些心怀鬼胎的男人，都觉得理直气壮。

问题是，该骚扰者，恰恰是小鱼的老板。一个小土豪。

在此之前，老板对她，言语挑逗是有的，表面上看，不过是开玩笑，但当事人心知肚明。小鱼又不是傻瓜。即便小土豪不是天生一副癞蛤蟆样，小鱼对他也根本没胃口。小鱼的嘴皮子，以及爆仗脾气，在那家民营小化工厂内赫赫有名，打算盘子一样，噼里啪啦几句话，往往化险情于无形。

一次，老板带她赴朋友宴，当众介绍说，这是我小三儿，你们谁也不准动念头，谁动，我跟谁急！小鱼二话没说，冲着跟前的大肚子就是一拳头。她心里有数，这一拳，是下足狠功夫的。老总哪料到她会这样子？疼也不好大声叫喊的。何况，人家小鱼脸上一直堆满笑容，亲爱的，你打算啥时候把我转正啊？

从那以后，癞蛤蟆有所收敛。但小鱼离婚后，他主动带小鱼参加酒宴的次数越来越多。酒桌上，虽不再明说这是小三儿，但暧昧模糊的笑容、举止，内行人一眼可知。小鱼一开始故作孙二娘状，大大咧咧，没心没肺。反正，回家也是孤家寡人一个，孤零零地做饭，跟着人蹭饭吃，也不是什么丢人的事儿，还省钱呐！慢慢地，咦，苗头不对！小暴发户的胆子有点儿撒欢儿，在酒局上根本不想怜香惜玉，倒是随时找个机会，把小鱼灌醉。于是，小鱼开始躲着他走。

那天晚上，癞蛤蟆乘着酒意晃到香树街上，给小鱼打电话，话语就有些赤裸，说，我想吃鱼。小鱼立马还击，回你家吃去吧，你家里有。老总口齿已经不太伶俐，我家没鱼，有母老虎，能吓死人！鱼儿，让我到你家躲躲吧？小鱼说，我家房子小，你体积大，没你坐的地方。老板说，床沿儿上就行。小鱼说，日子过得紧，连床也没买，我自己都睡沙发。她不想多纠缠，说几句话，趁机扣掉电话。男人却再把电话打进来，小鱼不接，后来，干脆关机。没想到，几分钟过后，楼底下响起一声又一声叫，小鱼！小鱼儿呀！就跟猫叫春一样。小鱼嘴里嘶的一声，这人疯了呀！他这么大呼小叫，满楼上的人都能听见，老娘以后在街上还怎么混？有一瞬间，小鱼甚至想报警，让警务室的片警王大头来收拾这小子。后来一想，毕竟是老板，给人留点儿面子吧。小鱼果断开手机，先给胖嫂打过去，说，先给我炖上一条。我们老板想吃鱼。

不一会儿，小鱼跟癞蛤蟆进了胖嫂的火锅鱼店。

自始至终，小鱼都不去看对面那张脸，一直端详锅里活泼泼翻滚的一枚鱼头，有那么一瞬，她很开心地想，那个鱼嘴巴，跟对面男人的嘴巴，长得可真像！老板不知道小鱼跟火锅店主人是一家子，说着说着，动作幅度就大，后来，干脆坐到小鱼身边儿。小鱼被逼到一个角落，不时抬头看看柜台后的胖嫂。老男人却得寸进尺，胳膊一搭，想把小鱼拦在怀里。小鱼扬起手就是一巴掌！

俩人距离不远也不近，小鱼胳臂也不算长，恰好能使上巧劲儿。声音清脆。

男人顿时气急败坏，居然想还手。

一边儿的胖嫂早就看出苗头来，见这架势，举着一把刀子，铿铿锵锵就走过来，你想干什么啊？我跟你说，一年前，这条街上，有个卖活鱼的女人，就用这种刀子，扑哧一声，把一个男人给收拾掉了！你也想试试？男人不敢轻易尝试这个，刺眉瞪眼一会儿，偃旗息鼓，站起来摇晃着往门外走。

却听胖嫂一声大吼，结账！

第二天一早，小鱼就去厂里收拾行囊。

一开始，没了工作的小鱼并不急。她有点儿小积蓄，不至于一下子寒蝉凄切。何况，现在的小鱼是彻底干净的自由人，一碗方便面，一个火烧，全家不饿。小鱼身上不乏文艺细胞，口味还刁钻古怪，读的书，看的影碟，都是很偏门的，偶尔她还会写几首诗，只是从不拿去发表。这些事情，足以打发空闲时光。刚辞职那会儿，她甚至还跟随着一个驴友团，畅行天下几番。日子过得真是爽！睡到自然醒，心无二事。可没过半年，小鱼意识到，这样子不行。不是入不敷出，是根本没收入。房租、手机费、上网费、水电费，等等，转化成数字是很惊人的，即便不吃不喝，这些数字也马不停蹄。于是，找工作日渐成为一个问题。小鱼小有财会经验，在这一领域就业，比刚出大学校门的学生还占些优势。问题是，她不喜欢走回头路。摆弄钱时间一久，感觉每张钱上都脏乎乎的，一想到某张钱有可能是经了卖猪肉的手，或者红灯笼底下小柔的手，就觉得脏。有段时间，小鱼甚至想，大不了，老娘到香树街上摆摊儿卖袜子去！又开心地想，这落差太大了吧？再说，就是摆摊儿卖菜、卖袜子、卖煎饼果子，也不要在香树街上吧？

胖嫂倒时不时给小鱼打个电话。那天又问，怎么这些天不来呀，嫂子得罪你啦？小鱼当时正准备泡面吃，心里一耸，眼泪差点儿掉下来，却故作轻松说，我忙啊，哪有时间去看你？没过几天，一个下午，小鱼走下楼，双脚踩到香树街上，日头明晃晃地悬在头顶，恍惚觉得，这条街竟陌生起来。不光这街，似乎满街人，整个世界，都大不一样了。走在街边儿，听着小贩们吆喝声，看着熙熙攘攘的人群，突然，有一股子强烈的孤独感升腾而起！小鱼啊小鱼，你到这城里来干什么啊？那么多年，辛辛苦苦读书，都换来什么？在那一瞬她很想大声哭出来。又往前走几步，才发现，是朝着胖嫂的火锅鱼店方向去的，顿时停住步子，往回走一截，又呆住。

——奶奶的，原来一个人过日子，是这么无聊啊！

几分钟后，她走进胖嫂店里。见到胖嫂，心里总算稍稍舒服一些。俩人笑闹几句，小鱼一扭头，却顿时愣住！

在她跟老飞吃散伙饭的那个位置，坐着一男一女。男的背对小鱼，看不到脸。女的是个正面，瞧个正着，却是对面的风尘女子小柔！

3

从小到大，小鱼的性格，就像个男孩子。凡男孩子玩得东西，她几乎一样不落。放爆仗就是其一。乡下老家的人，管过年过节时才能有的所有鞭炮、烟花，统一都叫爆仗。小鱼对那种能炸响的大鞭炮，接近痴迷，胆子比男孩子还肥。最过瘾的游戏，就是把一个大爆仗点燃，再迅速扣上个铁盆子，“嘭”的一声，铁盆冲天而起，然后，垂直降落，哐哐啷啷砸在地面上，要是恰好砸在猫呀狗呀身上，更过瘾。

看到小柔的第一眼，小鱼居然想到一根爆仗捻子。小鱼嗓子里的鱼骨头骤然膨胀！

女人的眉毛显然是被剃光的，桃树叶子样的两抹，是硬画上去的。两面腮上施的粉，又像是没出徒的泥瓦匠作品，斑驳淋漓。那嘴唇呢，老天！小鱼实在想不出，那该叫作一种什么色彩。于是，整张脸就像一幅刚涂鸦的孩子抹拉的一幅画，要点没点，要线没线，简直一锅糨糊。

小鱼眨巴着眼睛，正端详那张嘴，却见小柔抬起头，吆喝说，胖姐，再来瓶酒！胖嫂的声音欢快无比，好的，等着哈！

小鱼跟那女人对视一两秒，后者很快挪开，跟对面的男人继续说说笑笑。小鱼略带茫然地扭过头，去看身边的胖嫂，见她干脆麻利打开一瓶干红，却扭头对小鱼说，这是咱们最贵的红酒！

小鱼冷笑一声，两个字儿顺势而出，贱货！

胖嫂没反应过来，问，小鱼你嘟囔什么？小鱼恶狠狠地说，她是贱货，你叫下贱。胖嫂瞪她一眼，开饭店的，哪个不下贱？不下贱，能挣钱啊？不挣钱，咱们一家子喝西北风啊？

恰在此时，小柔又大叫一声，快点儿呀，胖姐你赶紧上酒！胖嫂马上换上巴结式的笑容，来啦！就在一瞬之间，小鱼已经哧啦一声，划亮一根火柴，准备点上那根爆仗捻子。

小鱼慢慢走近那两个人。

一男一女正对着头，嘿嘿呵呵地笑。胖嫂走在前面，挡住俩人的视线，因此，自始至终，那俩人都没意识到，小鱼已经跟随着到了桌子旁边儿。胖嫂满脸堆笑，低头问男人，给你们打开？男人一抬头，说，不，不，打开，怎，怎么喝？

不料，小鱼一伸手，把胖嫂手里的酒瓶抢过去，脸冲着小柔说，这酒不卖！

所有人都呆愣数秒！

小鱼你干啥？胖嫂问。小鱼说，让这个女人出去！

对面那男人，瘦得像根竹竿，露出的手臂上文着一把小刀子。他嘿的一声笑，好，好玩儿，头一次，碰，碰啊，碰到这事儿。

小柔抱起胳膊，说，你叫小鱼，对吧？跟我有仇啊？小鱼说，没仇，就是不想看你这张脸。小柔站起来，我这脸怎么啦？怎么惹你啦？小鱼说，没怎么，装修水平太差！小柔没料到小鱼如此伶牙俐齿，嘴巴张一张，我？我装修差不差，关你她妈屁事儿？小鱼说，这是公众场所，请你文雅一点儿。你知道什么叫审美吗？我跟你说，你的存在，影响我的审美。我一看见你就想吐。小柔面红耳赤，哑口无言。

胖嫂赶紧说，小柔你坐下，坐下说话哈。说着，去扯小鱼的胳膊，你到里屋去，快去！赶紧去！

男人一开始脑袋移动着，一左一右，看着小鱼和小柔在对话，这时，面无表情地开口，老板娘，这，这，这丫头，谁生出来的？懂，啊，懂不懂规矩？胖嫂说，兄弟你别生气，我这妹妹她不懂事儿，我给你们开酒。说着，转回身来，去夺酒瓶，小鱼却拿着酒瓶扭头就走。

小柔嘟囔说，她怎么这样啊？神经病啊！

小鱼猛地一下子转回身，你神经病！你全家都神经病！

男人点上一支烟，吸两口，慢慢站起来，烟在嘴角叼着，却伸出双手，将桌上的鱼锅端起，向吧台走过来。胖嫂跟在小鱼身后，一心要去夺酒瓶，一边悄声说，你别给我惹事儿，好不好？小鱼说，嫂子你长点志气，别人可以来，那女的不行！胖嫂说，怎么不行？街坊邻居的，对面儿住着。再说，咱们开饭店的，还管着谁来吃啊？胖嫂的话瞬时停住！她张着嘴巴，眼睁睁地看着那个男人，正端着一锅热气腾腾的鱼慢慢走近。胖嫂嘴角急速抽搐，兄弟，有话好好说，你常到胖姐这里来吃鱼，不看僧面看佛面。男人把嘴角刚点燃的那支烟呸的一声吐在锅里，谁，谁是僧，谁，是佛啊？说着，举起那一锅鱼汤，哗啦一下子，全倒在吧台上。

小鱼尖叫一声，有病啊你！

男子盯着她看半天，嘴巴翕动，却一句话也说不出来。胖嫂挡在小鱼前面，说，兄弟，我马上给你换一锅！今天所有消费，姐姐都给你免了！男子说不出话，脸憋得通红，终于说出来，却是这样，谁，谁，谁他妈有病？胖嫂说，她有病，她有病！我这妹妹有神经病，你没看到，平时我都不让她出来。

大胡子领墒从厨房踢踢踏踏走出来，稍稍一愣，怎么啦这是？

男子拿手指点着小鱼，你，必须，必须，道，道歉！

没想到小柔却慢慢走过来，挽起男子胳膊，哥，这孩子是神神道道的。算了吧，今天没心情吃了。结巴还要发火的，却又说不出话。胖嫂一边推着小鱼往屋里走，一边扭头说，谢谢你啊小柔，改天，我请你们俩来吃鱼。小鱼一甩手，嫂子，你怎么这样呢？胖嫂低声说，姑奶奶，算我求你。别说话！说着，连推带搡，把小鱼弄进里屋。领墒手疾眼快，赶紧去吧台里面壁橱上拿包烟出来，塞进男子裤兜。胖嫂闭上房门，声音高起来，小鱼你干什么？小鱼咬牙切齿，我一看着那女人，就恶心！你不知道她是干什么的？胖嫂说，人家干什么，关你个屁事儿？再说啦，干那个的，就不吃饭啊？小鱼还是气鼓鼓的，一扭头，不发一语，突然不知道该说什么。胖嫂说，知道那男的干啥的？街上的小痞子，动不动，就拿刀子捅人。小鱼俯下身子，双手插进头发里。

这才突然意识到，刚才自己的举动，确实莫名其妙。就是啊，人家凭什么就不能来吃鱼？

领墒推门而入，对胖嫂说，去打扫一下，这样子谁还敢来吃饭。胖嫂拿食指戳小鱼的额头一下，你呀，早晚吃一次亏，就改改你这爆仗脾气。说完，转身出去了。

领墒问，怎么啦小鱼？人家怎么惹你了？小鱼猛地抬起头，瞪着领墒，嘴唇发抖，一句话说不出来。领墒从没见过她这种架势，一时无语。小鱼终于把话说出来，你还好意思问？不都你的事儿吗？领墒双手一张，我一直在厨房里。小鱼站起身，关上门，转回身来说，你去过对面女人家里吗？领墒一愣，你什么意思？小鱼说，你是不是跟那女人睡过？领墒急了，我，我是那种人吗？

去过，还是没去过？小鱼继续逼问。

领墒避开小鱼的目光，没有！

小鱼依然紧盯着他，有一回，老飞回家去拿钱，说你跟别人打架，那到底怎么回事儿？领墒的嘴唇开始哆嗦，络腮胡子也开始哆嗦。小鱼嘿的一声笑，去交罚款是不是？被警察堵住了对不对？

领墒一挥手，有些不耐烦，没这回事儿！

小鱼已经满眼泪水。她一伸手就给领墒一巴掌。你不是我哥！

领墒站在那里，木雕一样。小鱼哭着说，你到城里来，快二十年，就学会了这个？我嫂子哪点儿对不起你啊？领墒还是不说话。小鱼用袖子擦擦眼睛，继续说，你可真行啊你，嫖女人，嫖个对门儿的，省事儿是吧？三步两步走过街去就到，对不对？你是不是经常去啊？你挣得这点儿钱，是不是都花在那烂女人身上啦？怪不得，那个小婊子假惺惺的，还替你打掩护。领墒闷了半天，说出一句话，你少管我的闲事儿。

小鱼大吼一声，错啦！这是我嫂子的事儿！

领墒的话软下来，小鱼，你千万别跟她说，哥求你！小鱼转身就走。恰好，胖嫂推门而入，俩人差点撞上。胖嫂哈哈笑着说，没事儿啦！都拾掇干净啦！小鱼看她几秒钟，扭过头来，指着领墒说，以后这种事儿你让他拾掇，看他能不能拾掇干净！小鱼擦着胖嫂的身子走出去。胖嫂迷惑不解，对着领墒嘟囔，小丫头今天吃枪药了吗？你到底怎么惹她啦？

4

事儿还没完。

或者说，炮仗捻子才刚点上。

大约一周过后，胖嫂打来电话，分明带着哭腔，小鱼儿，那些人再这么吃下去，我们就被吃垮啦。小鱼懵了，那些人，谁呀？什么意思？胖嫂说，你还不知道你惹出多大的事儿来呀？你知道得罪了谁？马三儿的手下。小柔的这家按摩店，其实是人家马三儿开的。一连五天，一伙子人天天来吃鱼，吃了，喝了，一抹嘴巴，拍拍屁股就走人。你哥给马三儿送去几条好烟，几瓶好酒，都不管用。

小鱼老早就听说过马三儿，也见过几次面。有一次，是在胖嫂的火锅鱼店里，马三儿盯着小鱼，看了好几眼。这人生得倒算佛相，可据说下手时毫不含糊。街上所有小痞子在他面前都毕恭毕敬。

小鱼顿时意识到，出大事儿了！

你要我去求马三儿？小鱼问。胖嫂说，我们实在没招了，要不，你去小柔那里，给人家道个歉？小鱼嘁的一声，我给她道歉？嫂子，你拿那把刀子来，把我宰了吧。胖嫂嘴里嘶嘶啦啦几声，那可怎么办？小鱼说，领墒怎么说的？胖嫂说，你哥呀？三棍子打不出一个屁，就知道唉声叹气。小鱼冷笑一声，活该！嫂子，这事儿怨不到我头上。你们就是关门，离开香树街，也不是我的事儿，要怨就怨你男人！

胖嫂咦了一声，这跟你哥有什么关系？

小鱼沉默好一会儿，总算憋住。有必要让嫂子知道吗？就她这直肠子货，要知道了这件事儿，还不真动刀子？小鱼扔下一句话，反正，我不去！

没想到，人家主动找上门来。

次日上午，小鱼正半躺在沙发上看电视，有人敲门。小鱼开门一瞧，顿时呆愣片刻！居然是那根竹竿！而且，小鱼还发现他一只手藏在背后，心脏立刻怦怦直跳，莫非，这人真要动刀子？她下意识地快速关门，却被竹竿拿膝盖死劲顶住。小鱼从里面抓住门把手，只留一道缝隙，问，你要干什么？

没想到，竹竿居然面带微笑，彬彬有礼。

他身后的那只手，忽然到了身前，竟然举着一支百合花！

我，我，我，竹竿吭哧半天，没吐出第二个字儿。小鱼不得其解，盯着他，等他把话说完。可竹竿把脸憋到通红，硬是说不出来。小鱼都有点儿替他着急了，片刻之间，又稍微感觉这有点儿好笑。难道真应了那句话，不打不成交？该小痞子心血来潮，打算来向自己求爱？过了好半天，竹竿一气呵成，我三哥让我来给你送花请你收下。说完，把花递过来。

小鱼眨巴眨巴眼睛，你三哥是谁？竹竿说，我，我三哥，就是，就是马三儿。小鱼的大脑在急速运转，嘴上却说，我不认识他！又要关门，可竹竿的手比她要快，当然，还更有劲儿。他一手推着门，举花的手往里一伸，继续说，街上，街上，街上就没，没人会拒绝，我三哥的礼物。他把花往小鱼手上一塞，扭头就走。小鱼快速关门，却没有去接那花。那支百合掉在门内，静静地躺在地面上。小鱼后退几步，眼盯着那朵花，呆愣半天！

什么意思？百年好合？他要跟谁啊？小鱼翻腾半天，还是弄不明白香树街上的老大马三儿到底想干啥。她弯下腰去，捡起那支花，直接扔进垃圾桶里。接下来，无论如何也看不下电视去了。坐在沙发上，又是翻来覆去，在想这事情意味着什么，后果怎样。这一次，爆仗捻子确实点燃，自己却没法去扣上一个大铁盆子，也没法跑开，因为你的一只脚已经被粘在爆仗上，没法挪开。爆仗炸响会怎样？那还用说，肯定先把脚炸伤！黑道的人，不是动不动就动刀子吗？这次怎么会是花？而且还是百合。难道，道上人换成这规矩了？先礼后兵？

越往深里想，越觉得这事儿透着蹊跷，又夹杂着恐怖。

几分钟过后，一条短信进来，让她觉得更恐怖。短信内容是，花收到了吧？没别的意思，我没打算和你百年好合，这个请放心。我的意思是，香树街上的和谐氛围来之不易，百姓们都盼望和平。维持一条街的治安，是很复杂很复杂的事儿。后面署名是，马三儿。

小鱼顿时觉得呼吸困难！

她意识到一个非常可怕的事实。这帮人，真对她动了脑子，换个说法，你真被黑道的人牢牢盯上啦！他们知道你家住址，知道你的手机号，这以后还怎么安生？小鱼的下一个念头是，马上走人！她霍地一下起身，开始收拾东西。

这个念头，在片刻过后，就被马三儿另一条短信给熄灭了。小鱼同志，根据我多年在香树街上的生存经验，遇到困难，躲是不行的。有一年，我被人追杀，就一步也没离开香树街。最危险的地方，往往是最安全的。你那房子位置不错，租金也合适，别搬啦。

小鱼举着手机，跑到窗口向下看。却见那根竹竿在楼下转来转去。

畜生！无赖！流氓！小鱼恶狠狠地吐出几个她认为很具有攻击性的词儿，在屋子里转了好几圈儿，莫名其妙，斗志竟起来了！难道你们这样子，我就被吓住了吗？这世界上没王法了？

她没有犹豫，直接给马三儿打电话，只响了一下，马三儿就接起来。

你到底想干什么？小鱼问。没想到，香树街上赫赫有名的马三儿，声音柔和无比。他没有回答小鱼，却问，你今早上洗脸了吗？小鱼一愣，说，别他妈拐弯抹角，有屁赶紧放！马三儿哈哈大笑，爽快！妹妹的性格我喜欢。我其实就想说一个道理。整条街上的人都知道，马三儿最讲道理。这就跟早上洗脸一样。咱们洗脸，是为什么呀？为了把这张脸整得干干净净。整干净又是为什么呀？给自己看？不对，是给别人看的！干脆我就直说吧，你三哥，也得要脸是吧？那件事儿我要压根儿不知道，无所谓。现在我知道了，不去过问一下，也不好。街上这么乱，怎么能行？总得有人挑起担子。我要是管，还摆不平，那你说，我在香树街上还有脸吗？妹妹你替我想一想。说实话，我都给你说了很多好话啦，你不知道，街上这帮孩子无法无天，脑子又缺弦，不知道水深水浅，由着他们的性子，那家火锅店早就稀巴烂啦。马三儿的语气实在绵软，但里面的内容却又咄咄逼人。

小鱼说，你有没有脸面，我管不着。我得罪街上一个妓女，也没得罪你，犯不着你来给我上课。你要再骚扰我，我就报警！

马三儿说，别！一报警，事儿就闹大了，影响香树街安定团结。我的意思，就这点小破事儿，没必要麻烦警察。刚才你用了个词儿，我觉着不妥，妓女，这词儿太伤人。退一步讲，妓女也是一种职业吧？人家凭自己的条件去劳动，去赚钱，咱们没必要鄙视人家，对不对呀？小鱼说，我不听你啰嗦，有本事，你来把我杀了！马三儿说，你这不是解决问题的态度呀！你不怕，你孤家寡人一个，刚离婚，工作也没啦，对吧？可你哥你嫂子怕呀，老两口从农村进军城市，一路坎坷，唉，真不容易！

小鱼稍稍平静，口气有些软了，那你到底想怎么样啊？反正，你要我去给那女人道歉，直接不可能！

马三儿叹息一声，这样吧，我请你吃饭，好不好？我这姿态够可以吧？你当可怜一下我，到时候，你跟小柔说句软话，几个字儿就行，你就说，不好意思哈，大水冲了龙王庙！小鱼冷笑，什么龙王庙啊？那样的人，她也配？马三儿说，妹妹，我又得劝你，说话别太刻薄。人活在世上，谁也不欠谁的。一个人的生活方式，是自己选择的，都不容易，做什么生意不都是为养家糊口吗？再说，做小姐的，人家也有一张脸。

我不管你说什么，反正我不去！小鱼说。

马三儿稍稍沉默，说，我发现，你很适合做香树街上的老大。

你抬举我，我做不了！小鱼不再跟马三儿继续啰嗦，扣掉电话。跟一个小痞子，说这么多干什么？我就不信，他会整天派人看着我。家里也没什么值钱的东西，顶多，我一件都不带，先回老家，躲出去再说。直到夜幕降临，小鱼没走出房门半步。她把所有贵重物品全部塞进包里，打算晚些时候，下楼走人。

晚上八点左右，马三儿又发来一条长长的短信。

如果我没猜错，你把金银细软都塞到包里，准备撤退，对吧？我觉得，这不符合你性格。我跟你说，妹妹，走夜路，危险更大！你看我分析得对不对，你做过会计，肯定明白，做什么事情之前，都想想收支平衡。你走了，你哥你嫂子肯定也得走。据我所知，这俩人，可跟你的亲生父母一样。你收获没收获自由，现在不好说。但你哥你嫂子收获的，却肯定是关门大吉。真到那时候，你不觉得良心受到谴责吗？几句话能过去的事儿，有必要整得太复杂吗？

小鱼颓然地坐在沙发上，想了足足有半个小时。终于，给马三儿回一条短信，好吧，我去。

5

地点选在胖嫂火锅鱼店。

小鱼第一个到的。

她心里其实也忐忑不安。虽说她胆子比寻常女人大些，但自小到大，还没遇到过这等被动得焦头烂额的事儿。即便在跟那个老飞编织的一段婚姻里，她似乎一直都在唱主角，牢牢把握着主动权。

小鱼一进门，胖嫂迎上来，先挽起她的胳膊，鱼啊，今晚上，你可千万千万别炸了！小鱼撇撇嘴角，什么话都没说，心上像被刀子剜了一下。领墒擦着双手，从厨房踢踢踏踏走出来，一脸的尴尬，硬堆起来的笑里，分明带着几分巴结。

一瞬之间，小鱼又觉得他可怜。

火锅鱼店里，有两个用木板隔开的雅间。东边那间还算齐整，胖嫂两口子显然早就精心收拾过，相比之下，房间里到处是干净的。圆桌上还摆了碎花桌布。小鱼先走进去，扫一眼，冷笑一声。

这叫她妈的什么事儿?

没多久，竹竿和小柔，一前一后出现在对面的梧桐树下。俩人一进门，胖嫂寒暄不止，领墒肚子上挂一条洁白的围裙，不断地哈着腰，却不说话。

小鱼从雅间门缝里扭头观看着哥嫂的表演，嗓子里顿时又被鱼刺堵住。不料，这次是真的，果然呕了起来。小鱼使劲憋着，跑出门，跑向洗手间。厅里那几个人，都齐齐地瞧她。竹竿说，小，小丫头，怎么啦这是？像，像，像——。还没等他把话说囫囵，却见小鱼脸色通红，捂着胸口，又蹒跚着出了洗手间。那里面味道更浓，比厨房里的腥臭味，比嗓子里那根无形的鱼骨头，还容易催人呕吐。竹竿的话咔嚓截住，惶惑不解，眨巴着眼睛。局面出现短暂尴尬，胖嫂赶紧把两位贵客往雅间里让。竹竿进了门，才扭回身子，稍低了声音，说完先前的话，像，像是怀孕了你这妹妹。胖嫂一愣，立马堆笑，兄弟你可真会开玩笑，我这妹妹一个人过，怀的哪门子孕啊？小柔一撇嘴，这可难说，还不定是谁的。

小鱼坐在吧台后面椅子上，不愿进那间屋子。主角未到，等一等也无所谓，省得看到那俩人嗓子又要难受。她没听到这对话，否则，肯定又有爆仗会炸响。

又过了将近半个时辰，马三儿腋下夹着一个黑包，急匆匆进门。还没等胖嫂说话，先说，对不起！和组织部长打麻将，人家不散，我哪里敢走？你说是吧嫂子？幸亏，领导们今晚要开个很重要的会，要不，我还得请他们客，那就来不了了。脸一扭，看到吧台后面的小鱼。后者刚才一直想吐，双手捂着胸口，身子微微前倾，脸色很难看，有点儿噤若寒蝉的意思。

马三儿啊呀一声，这个妹妹，咱俩以前见过！

小鱼一皱眉头，没理他的假模假样。胖嫂在一边挤眉弄眼，想让她主动，小鱼却装没看见，不吭一声。马三儿并不尴尬，马上转回身，冲着一直把腰弯着的领墒，我就是请人家客，人家也未必赏我脸，对吧？哥。领墒稍稍一愣，马三儿这话转得太快了。马三儿继续说，人家组织部长什么人哪？再说，现在搞治理整顿，当领导的，晚上没一个敢出来吃饭的。你没看那些大酒店，一到晚上，稀稀拉拉几辆车停着。现在，到大酒店撮一顿，比到老哥你这里吃鱼还便宜。

领墒弯腰，堆笑，三哥开玩笑，人家那啥档次？我这里——

马三儿一摆手，你喊我老弟，要不直接喊马三儿，我听着舒坦。

竹竿和小柔已走出来，俩人站在一边儿，并不插话。胖嫂赶紧张罗，别都站着啊，到屋里说话去。

箭已经在弦上，小鱼真的已经没了退路。胖嫂扭身去厨房上菜前，又一个劲儿地冲她使眼色。小鱼沉思片刻，直起身子，慢慢向那间屋子走去。经过吧台到达那个门口几步路的过程中，她缓缓地把头仰起来。管它呢！不就是街上几个小痞子吗？还能吃了老娘不成？为了胖嫂，今晚上我就弯一次腰给你们瞧，小女子照样能屈能伸！

她果断地推门而入，马三儿还沿着刚才那话题，对另两人说得唾沫星子乱溅。一抬头，瞧见了小鱼，话就刹住。屋子里顿时没了动静。

小鱼站在门口，转瞬之间，脸上堆起笑容，说，上菜前，还是先把事儿了结了吧。她把脸冲向竹竿和小柔，那天，我心情不好，一时冲动，扫了两位吃鱼的雅兴，尤其，顶撞了这位小姐（你可不就是个小姐吗?），伤了你的芳心。在此，我非常非常诚恳地向两位道歉！今晚，大家放开喝（喝死你们!），我请客！

竹竿和小柔一起扭过头去看马三儿。却见马三儿盯着小鱼的脸，慢慢站起来。那个过程中，房间里一丝动静也没有，小鱼都能听到空气缓慢流淌的声音。胖嫂和领墒立在门外，脖子拧得像鸭子。

啪，一声，啪啪，接连几声。

马三儿的两只手掌，伟人一样，并行着举起来，缓缓地撞击一下，又一下。竹竿和小柔反应过来，都站起身鼓掌。

马三儿仰着下巴，说，妹妹真是爽快人！我就喜欢这样子，多好！放心，我说过的话，绝对算数！今晚我请客！你俩听着，那事儿就这么过去，以后你们几个小崽子给我安稳点儿，别光知道吃啊，喝啊，跟猪一样。对啦，胖嫂这边的账该结的赶紧结！人家小本生意，你们这么个吃法哪能行？竹竿说，听，听，听——马三儿说，听我的对吧？那好，听我的，就一起举起酒杯。小鱼妹妹，你也稍微表示一下，不喝酒，喝水也行。

小鱼本想说完转身就走的，这样一来，只好进入下一个环节。她走到桌边，倒一杯白开水举起来。几个人站着碰杯，活跃气氛顿时有了一点儿。小鱼稍稍放松，居然感觉，马三儿做事还算符合套路。整个过程，人家确实没给自己难看，如此一来，你再使小性子，就不合适。小鱼说，你们聊着，我去上菜！马三儿并没坐下，一脸真诚，妹妹，菜不用你上。我有个冒昧的请求，能否赏个脸，陪我们坐下喝一杯？小鱼眼珠子迅速转一圈儿，一瞬之间好几个念头一闪而过，归结到一处，无非是道选择题：A. 接受；B. 拒绝。

片刻过后，小鱼选择了 A。

许多天以后，她突然想，接下来一个又一个爆仗炸响，实在应该归功于她这一坐。而且，那时候的她，才终于明白，马三儿以滴水不漏层层递进的方式，把她一步一步套牢。

接下去的发展，完全出乎小鱼的预料。前半场，马三儿始终是场上的男一号，干脆这么说吧，完全是一个人的表演秀。马三儿的话似乎像方队一样，都排列在嗓子眼儿那里等候，随时能变换新方阵，踢着漂亮的正步开始表演。期间，衔接得还几乎天衣无缝。比如，由官场腐败，说到打老虎同时绝对不能忽视打苍蝇，腐败问题落脚到一个字，就是贪，引申到另一个字，钱。于是，下一个话题进入金融业，美元与人民币的兑换比例，美元与欧元谁更坚挺，由美元再进入美国的全球金融战略，美国的霸权主义。

形势相当严峻啊！马三儿时不时这么总结。

拐一个大弯道，话题驶入香树街。马三儿大手一挥，别看这么一条小街，麻雀虽小，五脏俱全。往大了说，这是时代的变迁和缩影！你们看，从20 世纪八十年代改革开放以来，街上发生了什么？那时候，这条街还是镇上的一条大马路！后来，慢慢变成县城的一条小路，再看现在，成什么啦？就一条小胡同旮旯，脏，乱，差！必须整改！

起初，小鱼坐在那里，内心不免浮起一声又一声冷笑。一个小痞子，你跩什么呀？同时，莫名其妙拿他来跟老飞对比。那个是教书育人的，平时却根本不这么说话，倒是每句话都要往男人女人的下三路走。奇的是，马三儿的话居然能让她听进去。自始至终，小鱼脑子并没有太长时间去开小差。慢慢地，有些不一样了，稍微有点儿佩服该小痞子。有些观点，尽管隔靴搔痒，或者，干脆是拣人家的话来说，但马三儿说起来，却像是胸有成竹，就像是他的原创观点，而且简直就像真理。一个小混混，倒像是启动伊拉克战争的那个人，你说要命不要命？

顺便，小鱼也冷眼观察坐在对面的小柔。

居然也由鄙夷，恶心，慢慢转化成可怜。那个女人，一晚上几乎一句话都没说，脸上的笑，倒是保持始终，感觉从头到尾，她都戴着一张面具。你未免太想做淑女了吧？小鱼想。

突然那么一瞬，小鱼依靠女人的敏锐洞察力，有了一个重大发现！这女人在整个夜晚，根本没在乎其他人的存在！甚至，连给她赔礼道歉的小鱼，都几乎没正眼瞧一下。她的注意力，完全在马三儿那里！她注视马三儿的眼神里头，缥缈着迷茫的稍带灿烂的光芒。很有意思！小鱼果断下了结论：这女人，是真心喜欢这男人！很有可能，是带有崇拜的、带有自虐性质的、不要命的那种喜欢。可怜的是，那个叫马三儿的男人，自始至终好像根本没注意她也坐在那里。

小鱼发现这个问题后，或者说，马三儿的长篇大论听得稍微有些入耳后，开始按照自己的性格，主动出击。她反正没太多心理负担。对马三儿，顶多先前有点恐惧，貌似危险已经过去后，适当插科打诨，也算不得什么伤大雅。于是，小鱼偶尔穿针引线，反而像是给马三儿捧哏。场面显得更加有意思。

有一个转角，出现在胖嫂进来添菜的时候。马三儿居然鼓动胖嫂也加入酒局，胖嫂从来不喝酒，哈哈笑着拒绝。马三儿不肯，非逼着她倒上一杯，顺理成章的，又扭头面朝小鱼，提出下一个冒昧请求，您老人家，能否赏个脸喝一杯？

这一次，小鱼脑子里根本没出现选择题，说，那就少倒一点儿。

喝下一小杯酒，小鱼在场上就开始全面翻盘。甚至还主动出击，跟马三儿喝了一大口。借着酒劲儿，小鱼翻转心态，尤其是她偶尔捕捉到对面小柔投射过来表情复杂的一瞥后，心里居然莫名其妙一阵兴奋。

酒足饭饱后，马三儿说话算话，胖嫂和领墒坚决不收他的钱，结果他还是强硬地结了账。

送走几个人，胖嫂对小鱼说，你看，也没那么复杂，对吧？一边的领墒也附和说，是啊，今晚上多亏了小鱼。小鱼没理睬胖嫂，却扭头端详领墒，半天不说话。领墒赶紧撤退，我去收拾桌子！你俩聊。胖嫂眨巴一下眼睛，拿手指捅捅小鱼的腰，鱼儿，你哥到底怎么得罪你啦？他好像怕你。小鱼冷笑，他啊？胆子大着呢！胖嫂更觉得蹊跷。按她的性格，一件事儿不打听清楚，怎能罢休？于是，紧追着问，到底怎么回事儿？小鱼沉思片刻，说，他跟那个老飞穿一条裤子！胖嫂声音高起来，想造反啊他？外人自家人他分不清吗？

小鱼看着胖嫂，越看越觉得心疼。

就在那时，对面的小柔却又推门而入。胖嫂哎哟一声，怎么又回来啦？落下东西了？小鱼盯着她看，不作声。小柔说，我想和小鱼说几句话。小鱼稍稍一愣，我不是道过歉了吗？小柔看一眼胖嫂，没出声。胖嫂眨巴一下眼，转身去了。小柔站在门口，顺手掏出一盒烟，抽出一根，先递给小鱼，小鱼摆手，她自己就悠悠地点上。小鱼靠近她一点儿，一直盯着她看。小柔却看着门外。香树街上夜生活才刚开始，几家烧烤铺子烟雾缭绕。

你想跟我说什么？小鱼打破沉默。

小柔扭过头来，脸庞模糊，你今晚上不是道歉的。小鱼反问，那我是干什么的？小柔说，算了，你的嘴皮子我领教过。实际上，我也应该跟你道歉，你知道，有些事情我控制不了局面。小鱼说，说这个还有意义吗？一开始，算我错。可你们把我的小错无限放大，逼得我都没选择。我总算明白了，什么叫无赖！你要是觉得不满意，我再跟你道一次歉。小柔摆手，其实，我心里清楚，你为什么那样。小鱼抱着胳膊，为什么？两个女人对视，仅仅两三秒，先撤退的是小柔。她冷笑一声，我这种人，要想人尊重我，简直痴心妄想！我知道自己是什么东西。

小鱼内心深处一颤。

小柔说，不说这个。我只想给你提个醒，有些事儿很危险，做过了，想回头都难。小鱼问，什么意思？小柔盯了她的脸瞧，小心点儿，我还从没看见过马三儿对哪个女人这样子。小鱼反问，什么样子？小柔又是冷笑，不信，你就等着瞧。说完，转身出去了。小鱼站在那里没动，目光却一直跟随着那女人的背影。女人这次没坐在那棵梧桐树下，直接挑起帘子，进屋去了。

小鱼第一次感觉，那个背影如此瘦小。

6

几个月后的一天晚上，小鱼下楼扔垃圾，一开门，瞧见楼道里站着个熟悉的影子，就是想不起对方名字。男人满脸堆笑，说，怎么啦？妹妹不记得我了？一听声音，小鱼才在瞬间反应过来，是马三儿。

原来，一个人的声音，也可以激活记忆。

你怎么在这里？小鱼下意识地问。

马三儿笑呵呵的，来拜访你，怎么？不欢迎吗？小鱼一下子无语，不知此话是否为真。于是，倚在门口，略作思索。马三儿哈了一声，看来，我吓着你了。放心吧，我不是来骚扰你的。话音未落，对面的房门打开，一张老男人的脸探出来。小鱼见过那张脸几次，彼此笑笑，算是招呼，仅此而已，连姓什么也不知。马三儿却喊一声李老师。老男人哼了一声，似乎对马三儿的到访并不热情。马三儿却不以为意，神态自若，回头冲小鱼说，改天我请你吃酒，好不好？小鱼未置可否，马三儿已扭身进了对面。

小鱼轻轻摇一下脑袋，那种感觉很奇怪了。按说，对马三儿是心怀仇恨才对，或者还要夹杂些恐惧。道歉事件过后，马三儿倒是从未打扰过她。不料，今天一见面，自己的那股子泼辣劲儿像是一下子躲藏起来，至少，内心深处对这个马三儿，并不是十分讨厌。

这很危险。小鱼提醒自己。

本以为小瘪三只是一句消闲话，没想到仅过一周，马三儿真的发来条短信，问，晚上一起吃饭怎样？当时是午后，小鱼刚刚睡了一阵儿，精神饱满，正在看书。去还是不去，似乎又面临一道选择题。小鱼还在犹豫，马三儿又一条短信，把吃饭地点告知。末后附一句话，如果不反对，晚些时候我派车去接。

什么意思？小鱼想，普通一顿饭而已，还是这小痞子真的想泡自己？如果后者，为什么那事儿过后这么久，而且在一次偶遇之后才发出信号？如不是，仅仅是吃次饭，似乎牵强了些。平白无故，一个小混混请你吃哪门子饭啊？又不是一路人，连朋友也算不上。何况，小柔那晚的话，以及眼神，小鱼还记忆犹新。

于是，小鱼回复，感谢盛情！但晚上我有事，实在抱歉。

不一会儿，马三儿直接打进电话来，问，怎么？害怕三哥把你卖了？小鱼说，这个我不担心，就我这身价，你也卖不了几个小钱儿。小鱼突然意识到这话未免轻佻，于是赶紧弥补，我今晚上确实有事儿，跟同学约好了。马三儿以一声轻叹表示遗憾，那就改天，或者，你什么时候想听三哥讲课，就给我打电话。你三哥上知天文，下知地理，你是知道的。小鱼扑哧一声笑，听起来，像是一个萨满巫师啊！马三儿问，什么满？小鱼没心情给他补课，寒暄一句，挂掉电话。心想，这人倒是多少有一点儿可爱，居然真一本正经起来，你算得哪门子三哥？

一个上午，小鱼正在街上买菜，一抬头，瞧见女房东。突然记起，房租又马上该交了，可是兜里的现钞实在寒酸。正要假装没瞧见，女房东却笑着主动来跟她打招呼，被逼无奈，小鱼只得应酬。说过几句话，自己把话题扯过来，大姐，你看，能不能稍晚几天再给你打过钱去？不料，那女人说，有人给你交过啦。小鱼一愣，谁啊？女人一笑，却不答话。小鱼顿觉蹊跷。女人又说，有给出钱的还不好，你只管住免费住房子。小鱼追问到底是谁，女人还是不说。

小鱼恍然大悟，马三儿吧？

女人笑一笑，转身就走。

于是，小鱼果断给马三儿打电话，你想干吗？咱没必要这样子。

马三儿似乎被问愣住，妹妹，我在外地。香树街上发生什么惊天动地的事儿啦？小鱼说，我那房租是不是你交的？马三儿说，不是。小鱼一下子无语，没想到对方一口否认。马三儿在另一头嘿嘿一笑，小鱼顿时明白这家伙装疯卖傻。她说，给个账号，我打给你。

马三儿说，不用，那人欠我的钱，比房租还多。

小鱼一听，更觉得不安，假如马三儿敲诈人家，事情不是变得更复杂了吗？岂不连人家房东也连累了？话说回来，你马三儿替我交房租，算怎么回事儿呀！小鱼问，你做事向来如此吗？马三儿追问，向来如何？小鱼说，强人所难，说白了，就是敲诈勒索！马三儿语气真诚，妹妹言重，你以为三哥真是黑社会啊？你见过如此文质彬彬的老大吗？我没敲诈你，也没欺诈你的房东，他们真的是欠我钱。借了我好多钱，还拖着不还，你说我怎么办？总不能杀人放火。

小鱼沉默半天，说，看来，我只好搬家啦。

别呀！马三儿说，你就是搬走，我那钱也要不回来。你知道这两口子现在住哪里？在父母家。当然是男的父母家。就是腾出房子来，换点儿租钱。小鱼说，那你这么干，人家没房租怎么过日子？马三儿说，妹妹你仁慈，可我不这么看问题，我要这么想，我怎么赚啊？小鱼问，咦，你从我这里，想赚什么啊？马三儿说，赚点儿感谢吧。我觉得，你至少该感谢我一下。小鱼冷笑，何必呢？直接免掉房东的债不就行了？人家总不能骂你。马三儿说，跟你说实话，虽然你不拿我当朋友，可我心里实在佩服你的性格脾气，你就不能放低一下姿态，把你三哥当个人看？小鱼差点儿笑了。马三儿又说，还有，你不知道，那男的是个赌徒，我不逼他，他再继续赌，人就废了。就这样，他老婆还得感谢我。说不定，几年之后，那小子也得给我送锦旗。你说，我是不是赚多了？

小鱼哭笑不得。

她盘算好了，赶紧找份工作，再过几天就搬走，远离是非。那期间，以及此前，小鱼已经自降身份，短期的杂活也肯去干。没办法，生存嘛！她刷过盘子，做过家政，甚至，差点儿去给一个瘫痪在床的老头做保姆。

不料，天上突掉馅饼。

有天清晨，突然接到个电话，一个陌生男子问，你是不是在人才中心投过一份求职资料？小鱼一阵惊喜，是啊，不止一份呢。男人又问，以前做过会计？小鱼语气兴奋，是啊，很有经验的。男人说，现在有工作吗？小鱼连说没有。男人说，那你感不感兴趣，到我们公司来面试一下？小鱼当然感兴趣，吃罢早饭，她就赶过去。是家制造不锈钢管的公司。面试顺利得有些不正常，没过半个小时，小鱼被告知，明天就可以来正式上班。走出那家公司的时候，小鱼头顶的日光辉煌灿烂。她双手握拳，欢呼一声。

拿到第一个月的工资，先联系马三儿，说，我给你打过房租去，还是直接交到你手上？马三儿嘴里嘶的一声，你这个妹妹，怎么这么犟啊？小鱼说，没办法，天生的。马三儿沉思半晌，说，我不愿意把一个见美女的机会白白浪费。小鱼说，那好，今晚上请你吃鱼。马三儿呵的一笑，这是你说的，我可从来没想过要吃鱼。

小鱼反应过来，叫道，王八蛋，赚我便宜啊？

当晚，胖嫂一见小鱼跟马三儿一起进门，悄悄把她扯到一边问，小鱼，你怎么回事儿？怎么还跟这种人来往？小鱼说到房租的事儿，胖嫂说，他要是安好心，我就倒着走！小鱼说，我又不是小孩子。胖嫂说，我走的路，比你过的桥多。听我的，别跟这种人交往！

当小鱼把装有钞票的信封递给马三儿，他并没推让，顺手塞进包里。小鱼问，不数一数？马三儿微笑，你会多给我吗？小鱼知道马三儿是个好对手，一笑作罢，却说，以后，我就直接给房东。你们的债务纠纷，自己解决，别拖上我。马三儿低头，盯看小鱼，不想跟我这种人掺和吧？小鱼答，聪明人不用说废话。马三儿说，这是表扬呢，还是挖苦人？小鱼说，聪明人连这个也听不出来啊？马三儿轻轻摇头，说，我现在老后悔一件事儿。小鱼问什么事，马三儿说，跟你认识太晚。小鱼说，早了又能如何？马三儿说，能训练嘴皮子，刺激大脑，那样，我这人就更聪明。小鱼瞅他半天，呵呵大笑。

站在柜台后面的胖嫂，却慢慢皱起眉头。

小鱼压低声音，你到底想干什么呀？她打算套出马三儿的话，然后，一盆冷水，浇在火炭上。马三儿以牙还牙，聪明人连这个也看不出来？

小鱼正想还击，不料，却见马三儿的眉毛急速跳动几下，脸上有冷峻的神色一闪而过，却又迅速换上笑容。他突然压低声音说，去拿瓶酒，赶紧的！小鱼不解，不还没喝完吗？马三儿继续微笑，听我的，别犹豫，快！小鱼起身，向吧台走去，却与迎面而来三个男子擦身而过，她突然反应过来，迅速扭回头去！就在那一瞬之间，三个男子手上分别都多了把刀子，对着马三儿冲过去！马三儿呢，手上早已经抄起一张凳子。小鱼站在那里，目瞪口呆！眼睁睁地看着四个男人打到一起，耳朵里却突然悄无声息，只有画面在动！几秒钟过后，小鱼才反应过来，扭头对同样张大嘴巴的胖嫂喊，快报警啊！

警察赶到的时候，场面已经改变。

三个男人跑得无影无踪，被马三儿一个人打跑的。这注定会成为马三儿在香树街上的漂亮战绩之一。马三儿的几个兄弟已经赶过来，沿着香树街四处搜索，宜将胜勇追穷寇。那时候的马三儿，是真让小鱼觉得恐怖！他光着上身，浑身是血！后背上纹的一只老鹰身上，也到处沾满血迹。看上去激动万分，像只斗鸡！跟此前见过的又判若两人。

一个年轻的警察一瞧是他，笑了，咦，老三，香树街上有什么屁事儿你都在场啊？马三儿却顿时笑成弥勒佛，说，几个屁孩子一起吃鱼，吃着吃着动起手来，你说，这人还懂不懂规矩？就这点儿小矛盾，麻烦不到您老人家！警察问，你真的没事儿？马三儿说，就蹭破一点儿皮，没事儿。

于是，警察撤离。

警察走后不到两分钟，马三儿在小鱼眼皮子底下轰然倒地！

7

小鱼反复犹豫，要不要去医院探望一下伤员。她自己说不清什么缘故，这成了一件大事，越压抑着不想、不理睬，某些画面越是紧锣密鼓跳出来。

那天晚上，胖嫂又一次严厉警告她，都瞧见了是吧？我说的话你到底听不听？以后，你要再敢跟他联系，我打断你的腿！当时，小鱼惊魂未定，脸上蜡黄，连句话都说不出来。

可这件事既然在自己眼皮子底下发生，况且，起因跟自己多少也有那么一点儿牵扯，要不是你约他还钱，也不会在火锅鱼店发生这事儿，因此，不去看看，倒也不应该。

最终，小鱼还是去了。

马三儿吊着胳膊，头上扎着绷带。小鱼一进去，先愣了数秒，不由自主笑起来。马三儿不笑，鱼儿，哥这形象很好笑吗？小鱼点点头，说，有点儿。于是，马三儿也忍不住笑起来，你这个妹妹，跟别人真是不一样。小鱼说，我怎样？别人又怎样？先前，病房里还有两个光头陪护着，小鱼刚进去，俩人居然很识趣地去了走廊。房间里没别人。马三儿压低声音，说，别人怕我，你不怕。小鱼说，别人怕死。马三儿一愣，你为什么不怕死？小鱼说，我从小胆子就大。马三儿轻轻摇头，爽快！我还想你根本不可能来看我，你这次肯定吓怕了。你能来，三哥高兴死啦！小鱼说，别，要一高兴就死了，我还得继续负责。这次，居然是马三儿甘拜下风，他摆摆手，我不敢跟你斗。

显然，事情完全没沿着胖嫂的思路走。

小鱼不仅在接下来数次会见马三儿，而且，在某个夜晚，小鱼突然意识到一个可怕的问题，她问自己，鱼儿，你是不是真的被这小痞子吸引住了？之所以想到这问题，是在此之前，小鱼居然在内心里把马三儿和老飞按序列、按条目进行过一番对比，结论居然是，马三儿要比那个教书的老飞更像男人！女人嘛，内心深处不都希望自己的男人威武强大，在他身边有安全感吗？可问题又来了，在马三儿身边，真会有安全感吗？那天晚上不就是个例子吗？

于是，小鱼又很纠结。

大约过了一个月，不纠结了。按世俗的说法是，生米做成了熟饭。

过程顺理成章，而且，顺得毫无羁绊，毫无预兆。

其实，说毫无预兆也不完全对。

预兆是，小鱼得知另外一个消息。有一天，她所在公司的老总偶遇她，无意中说了一句话，小鱼眉毛一挑，顿时起疑。老总说，马总出院了。昨晚上我们几个朋友给他贺了一下。小鱼稍过片刻，反应过来，再过片刻，彻底回过味儿来。想问一句话的，却又咽回去，到办公室，那问题却翻来覆去折腾她，于是趁着到老总屋里送报表，就问了，我这份工作，是不是马三儿给介绍的？老总眨巴几下眼睛，笑了，你瞧，看来我不适合做间谍。小鱼，你可千万别告诉他。他不想让你知道的。老总又加一句，老三这人其实不坏！而且，有些见识。

小鱼进退两难。

过了大约一个月，一个周末的下午，马三儿的车突然停在香树街边儿，停在小鱼租住房子的楼下。不一会儿，小鱼接到他电话，问，爬山去吧？小鱼扭头看一眼窗外，稍作沉默，说，都什么时间了还去爬山？马三儿说，我带你去一个很好玩儿的地方，原始村落一样。小鱼稍感兴趣，是吗？

几分钟后，小鱼下楼，迅速钻进马三儿的车里。

她给自己的解释是，借这次机会一者祝贺他出院，二者感谢他给介绍工作。至于其他，索性也趁机敞开心扉，把话说透，朋友可以做，更深一层发展绝不可能。

一个小时后，俩人已经在一个山谷里。眼前是一条能走车的土路，两边却是悬崖峭壁。小鱼开始兴奋，连声问，你怎么找到这种地方的？前面有人住吗？马三儿说，很快你将会看到一座原汁原味的城堡。车子又前行十几分钟，谷底里已经暗下来，小鱼才突然意识到时间问题，本着安抚自己的原则，却又暗自计算一下，心说，再返回城里也未必有多么晚，于是心下稍安，完全没意识到，实际上是自己在跟自己斗心眼儿。再前行不一会儿，出现一个分叉的路，马三儿没有犹豫，直接选择走左边。前行几分钟，车子到了山半腰，从车窗向外望去，右侧谷底都是郁郁葱葱的香椿树。小鱼摇下玻璃，使劲呼吸了几口，简直心旷神怡。

真是一座城堡啊！当车子再转过一个弯，小鱼发出一声感叹。

那是隐在三面山里的一个小村子，一路上没遇到一个人，由此可推断，村子里已空无一人。奇的是那些房子全都是石头砌成，依山搭建，错错落落，有的在峭壁之上高达三四层。从稍远的地方看，高高低低的房子隐在树丛中，整个村落可不就像一个城堡？

一下车，顿时一阵清凉袭向自己，小鱼忍不住张开双臂，伸向天空。马三儿去开车后备厢，说，先帮着拿东西，进村子里去更好玩儿。小鱼扭回头去看，见马三儿一样一样往外摆东西，先拿出两个大背包，两根拄杖，小鱼跟过户外旅行团，知道那行头很是昂贵。马三儿再往外拉出两包东西，小鱼却顿时起疑，那是两个户外帐篷。她不由就问，怎么，要住在这里吗？马三儿坏笑，山上很安全，没狼，也没老虎。小鱼哼一声，这次却没还击。

住在山上，住在城堡里，的确是件很吸引人的事儿。

只是，要跟这个小痞子住在山上，会怎样呢？小鱼想不出结果，嘴上却嘟囔，反正，早晚得回去。说完，立刻暗骂自己，丫头，骗鬼去吧！

沿着一条崎岖的山路进了村子，小鱼已经忘掉一切。此时，她在一个荒芜的村落里，走在石板路上，两边是错综复杂、互相勾连的荒废的石板屋子。不知为何，小鱼对这样的颓败的东西，一向很痴迷。尽管，她累得呼呼直喘，但是穿行其间，依然兴奋得像个小孩儿。马三儿其实更累，不断提醒说，咱们到达目的地，放下东西，可以尽情玩儿。但小鱼不听，看到好景色，就要停下来。马三儿没法，干脆放下身上的几个大包裹，拿出照相机来，给小鱼拍照。当他们到达村子稍高处的一个平台，能俯视整个村子的时候，天已经黑下来。小鱼余兴未止，仍转着瞧风景。那处平台上原也是一家住户，只剩下四面断壁和一个院子。马三儿开始整理行囊，不一会儿，小鱼回来，顿时一愣！在支起的帐篷旁边，一块大篷布上，马三儿已经整出一地晚餐，吃的食品琳琅满目，更妙的是马三儿还带了一瓶红酒，两只高脚酒杯，而且还有红蜡烛。

小鱼半天没说话。

接下来，还有一件更让她激动的事儿。喝过一杯酒后，马三儿突然说，再给你一个惊喜。小鱼迷惑不解，一杯红酒下去，她已经觉得面庞微微发烧。没想到，马三儿搬出的是一个大烟花。小鱼欢呼一声，三哥，你那个大背包，是百宝箱啊！我要放爆仗！我要自己点！

烟花腾空而起，四周一片璀璨，小鱼彻底醉了。她觉得自己在一个梦里。她觉得自己是童话里的公主了。因此，当男人的双手从背后缠绕过来时，似乎除了闭上眼睛把自己的身体依靠到另一个坚硬的身体上，已经别无选择。甚至，当另一个嘴巴凑过来时，她的已经毫不犹豫地寻找过去。两棵树站着缠绕，经历了一个漫长的瞬间，随后男人把女人抱起来走向帐篷。

那个时候，女人说，我不想在帐篷里。

周围的一切静得不可思议的时候，赤裸的两个人还彼此抱在一起。小鱼的脑袋动一下，仰面朝天，于是，满眼星星。她发出一声叹息，略带惊喜。

8

怎么变成这样子的？

清晨，小鱼醒来，马三儿还在酣睡。小鱼瞧着那一张棱角分明的脸，开始问自己这个问题。她悄无声息走出帐篷，站到那块平面的边缘，瞧着东方即将升起太阳的地方，瞧着身下那一片原汁原味的城堡，一遍又一遍问自己那个问题。

最后的答案是，男情，女愿。

是的，小鱼你没被强迫，你自己愿意，你内心深处有这份渴望。小鱼试着说服自己，即便只有这样一个夜晚，不已经很完美吗？人家马三儿又没跟你求婚？

事情完全发生改变，或者说，小鱼的心态完全发生改变。一个真正的大爆仗由自己亲手点燃，就意味着这种改变，是小鱼你自己的选择。小鱼根本意识不到，这个选择究竟会把她带向何方？她也几乎没怎么去想将来的事儿。当那晚的事情发生过后，小鱼就屡屡以这个搪塞自己，去他妈的将来！那是多么虚无缥缈的事儿啊？短短数月，在你身上发生的这些事儿，不是已经很不可思议了吗？那还想将来干吗？

之所以这样说，是在接下来的好多日子里，小鱼不得不面对一个她羞于启齿的问题，她居然渴望马三儿的到来。以她的性格，主动不太可能。可马三儿呢？那晚过后却如同销声匿迹，似乎在刻意撩拨小鱼，一条短信也不发。似乎那个夜晚，真是一场梦。

这样也好！终于有一天，小鱼站在窗前，瞧着香树街，自言自语。

又过了不久，俩人有过一次偶遇。却因为地点不对，或者其他缘故，俩人甚至连一句话都没说，只是对视一眼，彼此心事重重。

那是在胖嫂的火锅鱼店门前，俩人中间，隔一条香树街。舞台不大，但舞台上的角色却不仅限于他俩，还有次要人物两个。一个是胖嫂，站在小鱼身后，门口稍往里。另一个是小柔，站在梧桐树下。马三儿胳膊下夹着那个标志性黑包，急匆匆由东往西向街外走，再走三四步就会跟小柔擦身而过。

舞台虽小，戏份却很足。小鱼自始至终一直瞧马三儿，小柔则是在关注马三儿的中途，眉毛一挑，转脸去看对面的小鱼，胖嫂呢，目光里明显写满警惕，自始至终在马三儿和小鱼之间来回穿梭。而舞台上的绝对男一号，先是低头，然后，跟小鱼对视，只微微点一点头，小鱼的身子顿时摇晃一下，眼前的景物有些模糊，等清晰些的时候，马三儿只留背影。

小鱼！胖嫂叫她一声，小鱼精神恍惚。胖嫂再叫一声，她才反应过来，迅速扭头，胖嫂愣了一下！小鱼面色潮红，眼睛湿润，像是发烧了。胖嫂问，小鱼，你怎么啦？小鱼，你和那个小痞子还继续勾扯着，对不对？我早就看出来了。小鱼，你不听话是吧？小鱼，你怎么不说话？小鱼啊小鱼，早晚有你吃亏的那天！

小鱼一声呻吟，那天已经来了。

胖嫂问，什么意思？小鱼你什么意思？

小鱼不回头，沿着香树街开始往东走，却突然听到有人在叫她的名字。小鱼站住，迷惑地去对面寻找，却见小柔在冲她轻轻招手。小鱼站在街边，望着一街迷蒙的烟火气，然后，扭身走到路对面。站到小柔身边儿，才稍稍有些后悔。你到这里来干什么？你不是一向躲着走的吗？对这个女人，你不一向鄙视的吗？

却听小柔问，敢不敢进我屋里去坐一坐？小鱼冷笑，我又不是男人，我怕什么啊？扭身进去了。

进屋前，稍稍回头，扫一眼满脸迷惑的胖嫂。

屋子里头跟小鱼想象得差不多，除了浓郁得有些凌乱的香味儿，摆置得倒还算有条理。小鱼四下里看时，小柔抱着胳膊，却在端详她。突然嘿的一笑，说，我猜，你多少有点儿好奇，你在想，我在哪里接待那些男人，对不对？感不感兴趣参观一下？小鱼微笑，试探我的胆量吧？告诉你，我从小胆子就大。小柔继续笑，在前面带路，分别参观了两个房间。两间卧室，风格完全不同。里头的一间，看上去十分素净。小鱼推开那道门时，才找到在客厅里嗅到的一股香味的源头，门后面摆着一个小香炉，不是祭拜用的那种，是熏香，无端有了些不伦不类的佛家味道。不用问，这肯定是小柔自己住的。另一间，则香艳许多，床是双人的，铺设艳丽。小鱼的目光缓缓扫过，突然眉头一皱！她似乎在那张床上看到领墒的影子，于是，迅速回身。小柔幽幽地开了口，两间房子其实都一样脏，想干净也干净不起来。天底下最好的香，也熏不好。

小鱼有些错愕，一下子找不出话说。

小柔似乎没打算让小鱼坐下来，自己依靠在一间卧室门口，抱着胳膊，抽一根细细的烟。小鱼主动问，你想跟我说什么？小柔这一次没有拐弯抹角，是不是已经吃过亏了？小鱼迅速抬头，与她对视。一边想，她什么意思？是讥讽嘲笑我吗？但看上去，小柔不像是开玩笑，倒像是关心。小鱼问，我没弄明白你的话。小柔说，我提醒过你。可一个小姐的话，往往连个屁都不算。小鱼说，我还是没弄明白。小柔说，我没文化，没心眼儿，可我是个女人，我的心也很细，我一看你瞧他的眼神，就知道，你也完蛋了。小鱼耸耸肩膀，想摆一副莫名其妙的样子，实则借这个动作摆脱尴尬。她得承认，这句话直接点到某个穴位上。所以，她无法进攻，必须防守。这已完全不是她的性格。或者说，某些事情已发生，人物的角色地位，已然发生改变。实际上，小柔也没给她进攻时间。小柔叹息一声，说，你不用回答，脸上眼神里头都写着呢！随之一声苍凉的笑，你跟我一样傻。

小鱼觉得浑身一阵发冷，说，我得走了。

小柔说，我就是要你明白，如果现在还能撤退，完全来得及。小鱼一皱眉头，笑话，我到哪里了？我要撤到哪里去？小柔说，我不是吃你的醋，我是看你可怜。小鱼冷笑，我需要你可怜吗？小柔嘴唇哆嗦起来，似乎有个爆仗突然炸响！她几乎是在叫喊，这个世界上，男人都是他妈的王八蛋！到最后，吃亏的还是女人！对，你不需要我可怜，你不需要，你有知识，有文化，你聪明，你该看我笑话，看着我可怜才对！可我跟你说，我照样也不需要你的可怜！

小鱼说，那你叫住我干什么？你要跟我说什么？

小柔突然双手捂住脸，身体靠着墙壁，直接松软到地面上。她幽幽地说，我现在真是后悔了！我干吗要到这城里来呀？我在老家好好种地不好吗？我要是种地，肯定能找个疼我的男人，现在孩子都上学了。你说，我这辈子算是怎么回事儿？

小鱼的话也软下来，你这些话我倒是也想过。

小柔像是自言自语，我在超市里打工，在这条街上摆摊儿，卖手套，卖袜子，卖小孩子衣服，我还卖过水果，你说，我卖什么，不比卖身子强啊？马三儿那个王八蛋，你说他算什么东西？明明知道就是个无赖，可他妈的，有时候他还真像个男人，他还不如直接坏得彻彻底底的。是，我承认，我是喜欢这个男人，可喜欢有个屁用？我为了他，流产好几次，结果被他破抹布一样扔掉！我就是个傻逼！为了报复他我故意在香树街上做这个，我要他每天都看着，他曾经的女人现在是所有男人的。你说我傻不傻？我这是跟谁较劲？男人才不在乎你干什么呢？

小鱼说，姐你别说啦。我明白。

小柔却说个不止，你明白个屁！你要明白还弄成这样？我告诉你，马三儿心里只有一个女人，就是住在你对面的李老头家的闺女，叫李勤勤。那女人有什么好？不就是在大酒店当个领班吗？不照样是风尘女子吗？小鱼如遭雷击，呆愣不语。小柔还在絮絮叨叨，我跟你说啊小鱼，赶紧撤！别像我一样，从里到外都弄成这样，怎么洗都洗不干净。我跟你说，下个月，马三儿和李勤勤就要办喜事了，你趁早死了这份心吧！

小鱼站起身来，一语不发，向外就走。

小柔继续说，我明天就离开香树街！我要再踏上这条街半步，就咔嚓一下被车撞死！小鱼一下子扭回头，瞧小柔半天。那女人披头散发，肆虐的泪水，把一张脸冲刷得更加难看。小鱼说，小柔，认识你这么久，你就现在最真实。离开吧，离开这条街，哪怕回你的乡下去，找个没人了解你过去的地方从头开始。小柔抬起头，一声冷笑，你觉着我还能从头开始？小鱼说，怎么不能？天底下男人有的是，非得一棵树上吊死？男人能甩女人，女人就不能甩男人？

小柔点点头，对！谁他妈离了谁不行啊？

小鱼转身刚要走，又站住。她慢慢转回身，说，小柔，我问你个事儿。小柔说，我知道你想问什么，就你哥那事儿，对吧？是真的。小鱼慢慢地闭上眼睛。却听小柔又说，可实际情况不是你想象的那样，你哥是个好人。这条街上没几个人拿我当人看，你哥你嫂子不一样。大哥说过我好几次，让我离开，让我别干这个，可我不听啊！小鱼问，我只想明白一点，他先来找你的，还是你先勾搭他的？小柔略带嘲讽地笑了，有区别吗？小鱼说，这对我来说，很重要。小柔说，是我，我先招惹他。我们俩在一块就两次，第一次，我在你哥店里喝多了，他劝了好多次，我还是不走，一直在喝，就想喝死拉倒。你嫂子最后撑不住，睡觉去了。凌晨三点多，你哥把我送过来，我把他缠住了，就这么回事儿。你说倒霉不倒霉，第二次就遇上警察，怎么解释也解释不清楚，哪里的法律规定，我和你哥这叫卖淫嫖娼？我又没要他的钱！

小柔还要继续说，却见小鱼伸手推开门帘，出去了。

9

跟小鱼谈过话后，小柔果然离开香树街。

许多年后，小鱼很后悔一件事情，那时候为什么不问一下，小柔家在哪里？离开香树街后，又会去哪里？甚至，连手机号码都没存。现在倒好，小柔就像一个影子，一个梦境中擦身而过的女人，一下子销声匿迹，似乎世界上本来没有这样一个人。

不过，与此时小鱼的计划相比，这不过是件小事情。

小鱼计划里面的一个环节是，她要住进小柔租住的房子。

她给马三儿打电话，说，我不在你介绍的那家公司干了。马三儿问为什么。小鱼说，想在街上干点事儿，但我听说，这房子是你的？马三儿问，哪儿的房子？小鱼说，小柔住的这里。

马三儿顿时沉默。

小鱼没理睬他，继续说，反正，现在空着也是空着。马三儿突然问，你想做什么？小鱼说，小柔做什么，我就做什么吧。马三儿斩钉截铁，绝对不行！小鱼问，为什么呀？马三儿说，不行就是不行！你是不是听小柔那个神经病说什么啦？小鱼说，三哥，我可不是为了报复你，才干这个的，我是觉得，做这事情很好玩儿。马三儿说，你有工作，别学小柔那一套！到头来，还不是自己吃亏？小鱼嘿的一声笑，你都要结婚啦，我还能在那公司干吗？我算你什么人？房租要你交，工作要你找。我不能老欠你的啊。马三儿说，我不管你说什么？用那房子可以，做什么都行，但是绝对不能干那个！

小鱼说，你管不着。

马三儿冷笑，小鱼，街上跟我叫板的人，还没有一个呢，你信不信？

小鱼说，那好，现在我不欠你的，是你欠我的。你帮我做件事儿，我就听你的。马三儿说，说吧。小鱼说，你不是老大吗？我要你去教训一个人。马三儿又重复俩字，说吧。小鱼说，我这几天翻来覆去想，为什么走到今天这一步，我发现不是你的原因，是另一个叫老飞的男人。马三儿问，你想怎么教训他？

小鱼说，很简单。就在小柔住的这间屋子里，在我哥我嫂子火锅鱼店的对面儿，我要亲眼看着你在他裤裆里塞上个大爆仗，然后，你把爆仗捻子点上，任务就完成了。马三儿稍稍沉默，你说的是真的？小鱼说，你知道的啊，我就喜欢放爆仗。马三儿说，那为什么不尝试一下自己点上？

小鱼哎呀一声，你讨厌，人家是个女人，哪有那么大胆子？

马三儿长叹一声，小鱼，你确实很适合做老大。我喜欢！

小鱼说，屁话！喜欢为什么不娶我？马三儿说，你以为我不娶你，是害你吗？我整天被人拿着砍刀在身后撵，你又不是没看见，你跟着我，有好日子过啊？小鱼说，你这话有多少真实成分？马三儿说，鱼，我跟你说的每句话都是真的。我要撒谎，出门就被砍死！小鱼稍稍沉默，说，其实，我倒是不怕被刀砍死。马三儿叹息一声，总有一天，你会明白你三哥的心思。小鱼说，现在说这些没用的干吗？那事儿你干不干？你不干，我找别人。马三儿又笑了。

于是，初步计划敲定，接下来是定日子的问题。

小鱼拿到钥匙，刚开始打扫屋子，胖嫂就跟过来，追问不止，小鱼，你到底想要干什么啊？小鱼走到哪里，胖嫂跟到哪里。小鱼转回身，说，我想做生意。胖嫂说，做生意，非得干这个啊？小鱼说，这个怎么啦？人家小柔不是干得好好的吗？胖嫂嘴角抽搐半天，突然弯下腰，把一只鞋子抄在手上，气死我是吧？你要是敢干这个，我跟你豁上！我先抽死你，再拿把刀子捅死自己，你信不信？

小鱼盯着胖嫂看了半天，扑哧一声笑。

小鱼说，嫂子，你真是个能人！

胖嫂呆愣片刻，狠狠心，抡起鞋底抽打过来。小鱼并不躲，那一下就抽在小鱼脸上，啪的一声脆响！胖嫂和小鱼都愣住！胖嫂说，你怎么不躲呢？你傻啊！小鱼两眼含泪，居然笑了，嫂子，你头一回打我。胖嫂蹲下身子，穿上鞋，说，那你听不听话？小鱼说，我听话，我听你的还不行吗？胖嫂虚张声势，你要是敢胡作非为，我说到做到，——打疼你没有？

小鱼满眼泪水，不疼，我皮厚。

房子还是打扫干净了。胖嫂不知就里，一直给小鱼参谋，做这个做那个的，小鱼什么都答应，一本正经的样子。领墒呢，更是揣摩不透，见了小鱼也不敢问。小鱼稍微给他一个笑脸，他就激动得不知如何是好。

反倒是马三儿沉不住气，主动电话来问，妹妹，是不是想开了，没必要整得那么严重？其实三哥这几天也在想，那么做有点儿过，弄不好会出人命。小鱼说，香树街上的老大，就这点儿胆量？那天一对三的时候，不是这样子的啊？马三儿说，一码归一码，我那是正当防卫。小鱼说，干脆点儿，敢不敢做？马三儿稍稍沉默，说，不用激我，说个时间吧。小鱼说，就你结婚的前一天晚上，相当于我提前给你放鞭炮祝贺一下。

马三儿一下子被噎住。

小鱼一笑，怎么不说话？

马三儿说，鱼儿，你不想让我结婚啊，你想让我进监狱。

小鱼说，对！我就这么想的。

马三儿停顿片刻，又问，一定要这样，你才出气？小鱼说，我没气，我觉得这很好玩儿，一举两得，怎么算，都是我赚。马三儿叹息一声，好吧，我答应你！但有个条件，做这事情时，你不能在场。接下来无论发生什么事儿，无论谁找到你，你都跟这件事儿一点关系都没有，你跟我从来都不认识，好不好？

不好！小鱼说，那样我没法看放爆仗了。

估计马三儿有点儿咬牙切齿，我这是为你好。小鱼说，我知道。可我必须在场。马三儿沉默半天，说，奶奶的，没想到，我马三儿输给你一个丫头片子！小鱼是真的咬牙切齿了。小鱼说，马三儿你没输！这种事儿，最后输的总是女人。我就想让你知道，欠别人的，就得还！

提前一天，小鱼给老飞打电话。

老飞很是意外，小鱼啊？今天什么日子？太阳从北边出来的吧？小鱼懒洋洋的，少来这一套，今天这日子没什么特殊的，但明天比较特殊。老飞沉默半天，明天是什么日子？我想不起来。小鱼说，看来老飞同志又有了新欢，把旧爱给忘了。老飞说，新欢是没有，有给介绍的，也看过一些，实话说能比上小鱼的实在没有。小鱼说，现在觉着我好了？老飞说，不是现在，是一直，自始至终我的心就没变。小鱼说，花言巧语。我跟你说啊，明天还真不是什么特殊日子，是我要开业，做点儿小生意。突然想起你那天说，散了也是朋友嘛，我就想，既然是朋友，你是不是该来捧捧场？老飞说，那当然，一定去。在哪里开店？做什么生意？

小鱼说，就香树街上，我哥我嫂子对面儿。你还记得那家洗头按摩店吗？现在是我的了。老飞似乎一愣，哦，那你做什么？小鱼说，唉，都不是处女了，干什么，不都是干吗？还记得分手那晚上，我跟你说过什么吗？我说说不定我心情一好，会再给你提供一次看床单的机会，你瞧瞧，现在机会就来了。趁着我还没开张，老飞还是你先来吧。放心，我不收你钱。

老飞半天无语，良久才问，小鱼，开玩笑的吧？

小鱼呵呵而笑，哎哟哟，瞧把你吓得，你的胆子呢？不过，约你晚上来倒是真的，来帮我参谋一下，怎么装修一下房子。

老飞说，小鱼，你真的把我整出一身冷汗！

第二天，小鱼一整天都没离开那房子，连门都没开。她躲在屋里，就坐在沙发上，没吃饭，没喝水，呆坐一天。胖嫂根本没意识到小鱼在那屋里，而老飞到香树街时，胖嫂正在忙碌，没注意到他什么时候进了屋子。但马三儿推门而入的时候，胖嫂注意到了。胖嫂觉得奇怪，马三儿不是明天要结婚吗？今晚上他到那屋子里干什么？难道，小鱼在里面？

胖嫂立刻给小鱼打电话，小鱼很快就接起来。

胖嫂问，你在哪里？小鱼打个呵欠，我能在哪里啊？在租的房子里。胖嫂问，没撒谎？小鱼说，我干吗骗你？胖嫂问，那马三儿去对面这屋子干什么？小鱼说，人家去自己家的房子，还需要个理由吗？

马三儿进屋的时候，老飞已经半躺在沙发上。

他喝下小鱼准备的一杯水，很快睡着了。

小鱼没开灯，马三儿借着外面昏暗的光影，看一眼沙发上的男人，问，就这小子？小鱼正幽幽地抽烟，说，就是他。我前夫。马三儿说，怎么惹你生气了？小鱼慢悠悠地说，出去找女人。马三儿说，狗东西，身在福中不知福。小鱼嘿的一笑，那你知道福吗？马三儿说，我从来就没在福中。就在那时，胖嫂的电话打进来，小鱼扣掉电话后，在黑暗中瞧着马三儿，不说话。

马三儿把视线移开，问，一定要在这里动手？

小鱼说，我觉着，还是在这里有意义。

马三儿目光仍在别处，可你嫂子看到我进来了。

小鱼却突然问，三哥，问你件事儿，那晚上，我是说山顶上的那晚，你是真心的吗？马三儿说，我要骗你，我就——小鱼止住他，别发誓，明天是你大喜的日子。别说不吉利的话。只要你是真心，我没怨恨，毕竟咱俩也没到那份上，对不对？马三儿说，鱼儿，人在江湖，身不由己。小鱼摆手，我之所以这么问，是觉得你在犹豫。你不想做，对吧？

马三儿说，不是不想，这地方不对头。

小鱼问，那你为什么还要来？

马三儿说，三哥既然答应你，就一定来。小鱼叹息一声，是条汉子！马三儿啊马三儿，你这辈子坑过多少女人啊？你瞧，我到现在，都恨不起你来。你明天结婚了，今天还来帮我做这个，其实挺让人感动的。马三儿说，我不是来帮你的。我想劝你，面对面劝你。我是做过很多坏事儿，也对不起很多女人，但这一次我不想再伤你太深。到此为止，好不好？别整出人命来！你要不解恨，过几天，我亲自去修理他一顿，行不行？小鱼说，今天一整天，我都坐在这沙发上，翻来覆去想，把头都想大了，最后，我明白了。这是命！我命该如此。跟谁也没关系。你赶紧滚吧！回去好好准备，明天踏踏实实做你的新郎！

马三儿问，真想通了？

小鱼说，你要是还想帮我，改天来帮我开业吧。放心，我不会做小柔做过的生意。赶紧走吧，免得我改变主意。

马三儿如释重负，转身就走。

胖嫂满腹狐疑。她瞧着马三儿急匆匆出门，急匆匆离开，连门也没关，那么说屋子里另有其人。会是谁？小柔回来了？不可能呀，一天也没见开过门。胖嫂心里咯噔一下，会是小鱼吗？她越想越不对，自己一个人去那间屋子，却有些怕。想喊上领墒，店里客人很多，俩人都走开也不成。于是，胖嫂进厨房，顺手塞进腰里一把刀子，跟领墒说，我出去一趟，你先招呼客人。胖嫂走过香树街，到对面的门口，门是虚掩着的，轻轻一推就开了。屋子里有些暗，胖嫂问一句，有人吗？没人回答，稍过片刻，目光适应过来，才发现屋子中央坐着一个，沙发上躺着一个。

屋子中央那个动了动，发出了声音，嫂子，你来干吗？

胖嫂吓了一跳，小鱼，真是你在这里！你在这里干什么？说着，顺手摸到墙上的开关，打开灯，先看见小鱼左手举一个打火机，右手举一枚大鞭炮。胖嫂声音哆嗦，小鱼你要做什么？小鱼脸色苍白，带着哭腔，我想放爆仗。胖嫂快步走过去，先夺下小鱼手里的打火机，说，你疯了吗？不过年不过节，放什么爆仗？一扭头，又呆了呆，认出沙发上的男人是老飞，而且一动不动！胖嫂顿时浑身发抖，完了！作下大事啦！肯定是小鱼，或者马三儿，把老飞给弄死了。

却听小鱼说，老飞没事儿，他睡一觉就醒了。

胖嫂问，怎么回事儿？他为什么在这里？

小鱼说，别问啦嫂子，咱到街上放爆仗去吧。

胖嫂继续问，我看见马三儿刚才来过一次，你们都干什么啦？

小鱼面带微笑，过去了，真的过去了，我以后再也不会见马三儿啦！说完，小鱼站起身，轻轻摇晃一下，神态却很是欢喜。她从墙角又拿过一挂鞭炮，说，走，嫂子，咱俩一起去放。胖嫂没跟她走，扭身盯看老飞半天，悄然伸手去试探老飞的鼻孔，感觉还在喘气，于是，稍稍放心。等胖嫂走出屋子，却见小鱼已经把门口的红灯笼取下，挂红灯笼的扣上挂上一串鞭炮。小鱼举着打火机，小心翼翼点上鞭炮捻子，顿时，香树街上响起噼噼啪啪的鞭炮声。胖嫂捂着耳朵，走到小鱼身边，端详着她的脸。却见小鱼此时脸色红润，丝毫寻不出任何异样。而且，小鱼越来越兴奋。她蹦蹦跳跳着，把那一枚更大的鞭炮，放到香树街中央，扭着身子点上后，顺手将一个塑料盆子扣在上面。只听嘭的一声响！那塑料盆子从街中央冲天而起。好长时间后，却落到胖嫂家的火锅鱼店的屋顶上。

那枚大鞭炮炸响的时候，老飞摇晃着身子，站在门口。那张略显扭曲的脸型在烟花中闪烁了一下。老飞嘟囔了一句，今天到底什么日子啊？

（首发于《时代文学》2014 年第 7 期，《北京文学·中篇小说月报》2014 年第 8 期转载）